草凪 優

黒闇

実業之日本社

実業之日本社文庫

目次

第一章　周回遅れ

1

　女の背中を追って改札を出た。女というより女の子だ。年は二十歳と聞いているが、服のセンスがひどく幼い。白いピーコート、ピンクのミニスカート、靴とバッグもピンクと白のコンビカラー。まるでキャンディの包み紙だった。黒髪のボブカットで、輪郭の丸い童顔だから、背丈はそれほど低くないのに、成人の落ち着きからは程遠く見える。

　ピンクと白の後ろ姿が、高架下の信号を渡って路地に入っていった。間口の狭い飲食店がびっしりと軒を連ね、路上に看板が林立している。昼食時なので人の行き来が多い。

　迫田修一（さこたしゅういち）にとって、ここ高田馬場界隈（たかだのばばかいわい）は馴染（なじ）みの薄い場所だった。東京に住んで十七年になるが、駅に降りた記憶もない。

　路地を行き交っているのは若い学生ふうが多かった。近くに有名大学があるので、学生街なのだろう。にきび面の男たちが定食屋や牛丼屋に吸いこまれては、吐きだされてくる。安酒場の看板も多いから、夜はもっと賑(にぎ)やかなのかもしれない。おしゃれなカフェやスイーツショップは見当たらず、もっぱら若い男をターゲットにした店ばかりが並んでいる。

ピンクと白のキャンディガールには、似つかわしくない場所だった。この路地を抜けた先になにがあるのか、初めて降りた駅では想像もつかない。

彼女の名前は龍谷杏奈(りゅうこくあんな)という。最終的な確認はまだとれていないが、十中八九間違いない。

飲食街のはずれで、杏奈は雑居ビルに入っていった。エレベーターに乗りこんでいく後ろ姿を見送った。五階建てくらいの小さなビルだった。インジケーターのランプが四階で停(と)まる。各階のテナントを示すプレートを見た。四階は〈黒猫白猫(くろねこしろねこ)〉。ファッションヘルスらしい。

どの階にも表示されているのは一店舗だけだったので、ワンフロア単位で貸しだしているテナントビルなのだろう。つまり、杏奈はファッションヘルスで働いているということになる。

迫田は風俗で遊んだことがないが、ファッションヘルスがどういうところなのかくらいは知っていた。いわゆる本番行為、性器の結合はなしで、女が口や手を使って男を射精に導くところである。

エレベーターを呼んだ。ドアが開いたが、足が前に進まなかった。躊躇(ためら)っているうちにドアは閉まった。もう一度ボタンを押す気にはなれなかった。彼女が働いているなら、客を装って入ってみれば会話が交わせるだろう。だが、少し気持ちを落ち着ける必要があった。迫田は動揺していた。杏奈が風俗嬢だったのは、かなりの不意打ちだった。

ひとまず退散しようとすると、路上に置かれた看板が眼にとまった。〈黒猫白猫〉の看板だ。女の子の写真が四枚貼られていた。右下が杏奈の写真だった。四人ともそれなりに可愛かったが、将来性なら彼女がいちばんだと思った。眼つきに精彩がなく、頰や顎に年ごろらしきふくよかさはあるものの、もともとの造形が端整だった。二十四、五歳になり、顔が引き締まってくれば、押しも押されもせぬ美人になるはずだ。宣伝用のコントラストの強い写真をじっと見つめていると、父親の面影が浮かびあがってきた。その美形で日本中の女を虜にしたあの男のＤＮＡを、彼女は間違いなく受け継いでいる。

それにしても……。

週刊誌に嗅ぎつけられれば、大スキャンダルになるのではないだろうか。いま日本でもっとも人気のあるアーティストのひとり、その隠し子がこんなところで働いているなんて……。

ドスンッ、と背中に人がぶつかってきた。

「なに突っ立ってんだよ、おっさん！」

若い男が声を荒らげた。仲間が三人いた。狭い路地とはいえ、迫田は道の端にある看板の前に立っていた。彼らが横にひろがって歩いていたのでぶつかったのだ。無礼な連

中だと、一瞥をくれて立ち去ろうとすると、

「真っ昼間から抜くのかよ？」

若い男が笑った。

「キモッ！」

「仕事しろ、仕事」

口汚く罵ってくる連中に背を向け、足早にその場を立ち去った。俺も丸くなったものだ、と胸底でつぶやく。昔だったら、後先考えずに半殺しにしていただろう。返り討ちに遭うかもしれないが、少なくともひとりは道連れにした。

無礼な若者に腹が立たなくなったのは、生きる気力を失ってしまったからだろうか。それとも、ただ単に年をとったせいなのか。迫田は今年、三十五歳になった。おっさん呼ばわりされるのは不快だったが、にきび面の連中から見ればたしかにそうに違いない。

土地勘のない道をあてもなく歩いていると、学校に出た。野暮ったい体操服姿の男子中学生が、砂埃をたてながらグラウンドを走っていた。中距離走をしているようだった。いかにも都会の学校らしく、グラウンドが狭い。足の速い生徒が、周回遅れの生徒をどんどん追い抜いていく。周回遅れ組は息絶えだえで、後ろから勢いよく迫ってきた先頭集団に突き飛ばされたりしている。周回遅れになったら、ライン際のコースは空けておくのがマナーなのだ。それを守らないと、突き飛ばされても文句は言えない。

迫田が育ったのはお世辞にも都会などと言えない北関東の地方都市だが、中学校のグ

ラウンドは狭かった。千五百メートル走るのに、トラックを六周もしなければならなかった。周回遅れがたくさん出た。迫田は足が速いほうだった。インターミドルに出るようなレベルではないけれど、同級生の中では三本の指に入っていた。いつだって、周回遅れの鈍くさい連中をぶち抜いて、トップ争いのデッドヒートを繰りひろげていた。邪魔なやつは突き飛ばした。周回遅れのくせにコースを塞いでいるやつには本気で腹をたてた。

昔の話だった。

中学を卒業してから、運動はまったくしていない。高校時代さえ、なんのかんのと理由をつけて体育の授業はさぼってばかりいた。いまはもう、千五百メートルなんて走れない。走りきる体力があるとは思えない。スピードに乗った先頭集団に突き飛ばされ、みじめに転ぶのがせいぜいだ。

迫田は人生の周回遅れだった。

それだけは間違いなかった。

走るのが遅いだけならいい。走る勝負をしなければいいからだ。しかし、人生の周回遅れとなると、もはや処置なしだ。一周ならともかく、何度も何度も先頭集団に追い抜かれ、彼らの背中が小さくなるのを見送っていると、心が折れる。他人との勝負ではなく、自分との戦いに破れる。負け犬でいることに、悔しさすら感じなくなっていく。

2

自分の人生のピークは十代にあった、と迫田は思う。

誰にでも一度は訪れる、あのきらきらした季節のせいだけではない。

迫田は高校時代から、〈スパンクキッズ〉というバンドをやっていた。音楽的な素養があったわけではなく、「おまえ目立つからヴォーカルをやれ」と楽器のできる連中に誘われたのだ。

すぐにのめりこんだ。ちょうど退屈していたところだった。バイトをしてギターを買い、一日に四時間でも五時間でも弾いていた。最初はコピーから始め、やがてオリジナルをつくって地元のライブハウスに出演するようになった。ステージでスポットライトを浴びる恍惚（こうこつ）を知ると、ますますのめりこんだ。ライブハウスは地元の不良の溜（た）まり場だった。音楽性がどうのこうのではなく、騒ぐのを目的にやってきていた。喧嘩（けんか）沙汰は絶えなかったが、刺激的だった。大音響での演奏をバックに、喉も裂けそうなほどシャウトしていると、言葉にならない全能感があった。自分が無敵に思えた。

高校を卒業するころには、地元ではかなり有名なバンドになっていた。しかしそれは北関東の一地方都市でのことで、上京しなければならないという焦燥感が迫田にも他のメンバーにもあった。「音楽で飯を食ってやる」が当時のみんなの合い言葉だった。卒業後、まずは迫田が下北沢に部屋を借りた。仕事先も決まっていなかったが、放任主義の親はとくになにも言わなかった。迫田を追うように、他のメンバーも次々に下北沢に引っ越してきた。〈スパンクキッズ〉は都内のライブハウスで暴れまわった。CD不況がささやかれ、音楽で飯が食えない時代が訪れようとしていたが、関係なかった。自分たちならなんとかなる、と根拠もなく信じこんでいた。

チャンスは予想より早く訪れた。レコード会社からオファーがきたとき、迫田はまだ二十歳になっていなかった。インディーズではなくメジャーだ。「デビューはもっと自分たちの音楽性を煮詰めてからでも遅くない」と反対するメンバーもいたが、迫田は聞く耳をもたなかった。音楽性もへったくれもない。

「俺は売れたいんだ」

拳を握りしめて言った。

「バンドなんて売れなかったら糞以下だぜ。目立たなくちゃダメなんだ。そのためには商業主義でもなんでも利用すりゃあいいんだ」

当時、迫田の売れたいという願望は、病的なほどだった。不良の溜まり場だった地元のライブハウスとは違い、都内でライブをやれば音楽にこだわりをもつ客が多く来てくれた。対バンもそれぞれに個性的で面白かった。そういう状況に刺激を受けていたのは、けれども半年くらいのものだ。百人も入れば寿司づめ状態になる小さなコヤではなく、もっとでかいところでシャウトしたかった。たとえば日比谷野外音楽堂、あるいは渋谷公会堂、なんなら日本武道館。そういうところで演奏しなければ、ロックに人生を賭けた意味などないと思った。

大それた夢だった。

レコード会社にあてがわれたプロデューサーは、バブル期から時代感覚がとまったままの男で、〈スパンクキッズ〉の音を好き放題にいじりまわした。もちろん抵抗したが、迫田たちは世間をなにもわかっちゃいないガキだった。音楽をビジネスにしているレコード会社の人間は、海千山千の大人だった。疲弊の果てに完成したアルバムは、自分たちのイメージを半分も実現できず、セールスも散々だった。

ビジネスにならないと判断されると、大人たちは冷たかった。たった一枚のアルバムを出しただけで放りだされた。バンド内で諍いが絶えなくなった。五人いたメンバーのうち、ふたりが脱退して地元に帰った。あんな田舎に帰ってどうすると訊ねても、黙ってうつむいているばかりだった。理由もなく地元に帰りたがる人間を負け犬と言うんだ、と迫田は怒声をあげて断罪した。

東京に残った三人で〈スパンクキッズ〉を続けた。サポートメンバーを何度となく入れ替えながら二十五歳まで続けたが、人気に火がつくことはなく、結局は空中分解して解散した。武道館はおろか、マニアに支持されるカルトスターにさえなれないまま、東京のライブシーンから煙のように消えていった。

人間の運の総量は決まっているというのが本当だとすれば、迫田の運はもう底を突いてしまったのかもしれない。上京して一年ちょっとでメジャーデビューのチャンスが訪れるなんて、よく考えてみればとんでもない幸運だったのだ。あのとき、もっと慎重になっておくべきだった。仲間が言ったように自分たちの音楽性を煮詰める必要もあれば、海千山千の大人たちと渡りあう知恵も必要だった。とにかく世間知らずだった。後悔してもしきれないが、あのラッキーチャンスだけは逃してはならなかったのだ。おかげで、それから三十五歳のいままで、ノーチャンスだ。

鏡を見るとゾッとする。

自分の劣化した容姿に、毎日のように寒気を覚えている。

ステージに立つことがなくなってから、見た目をまったく気にしなくなった。人に見られている意識があると、髪型や服装だけではなく、表情も引き締まって冴えるものだ。いまは履き古されたワークブーツのような疲労感ばかりが、顔の表面に浮きでている。〈スパンクキッズ〉が解散してからも、いくつかユニットを組んでライブハウスに出ていた。抜け殻になった自分を確認する作業のようなものだった。三十を過ぎてからは一度もステージに立っていない。最後にギターを触ったのがいつだったのかも、いまとなっては思いだせない。

3

「少し休んだほうがいいと思う」

バンドを解散したとき、そう言ってくれた女がいた。

「疲れてるんだよ、修ちゃん。バンドも一段落したことだし、少しのんびりしたほうがいいんじゃないかな。そうすれば、きっとまた、曲をつくる気力もわいてくるだろうから……」

女は恋人だった。その二、三カ月前から同棲していた。名前は果穂。ふたつ年下だから当時二十三歳。〈スパンクキッズ〉の熱狂的ファンで、女子高生時代からライブによく来ていた。

「バンドだけじゃなくて、バイトもみんなやめちゃえばいい。生活費ならわたしがなんとかするから、修ちゃんは充電していればいいよ。まだまだ人生長いんだもん。そういう時間も必要なんだと思う」

迫田はそのとき、破れたシャツを着て頭から血を流し、玄関にへたりこんでいた。業界人の集まる酒場で口の悪いイベントプロデューサーと大立ちまわりを演じ、夜の街を歩いて帰ってきたのだった。

果穂は気丈な女だった。好きだったバンドの憧れのヴォーカリストと恋仲になり、気丈に振る舞わずにいられなかったのだろう。一方の迫田は、救いがたい甘ったれだった。お言葉に甘えて、働くのをやめた。昼はコールセンター、夜は居酒屋で働く果穂を尻目に、毎日酒ばかり飲んでいた。

ミュージシャンの充電――寝る間もないスケジュールを何年もこなし、レコード会社や所属事務所に何億もの利益をもたらした人間なら、なにも考えない無為な時間も必要かもしれない。しかし、捲土重来を期するつもりなら、売れている人間の楽曲を研究するとか、映画や舞台を観て曲のイメージをふくらませるとか、歌詞の参考にするために本を読んでみるとか、するべきことがいくらでもあるはずだった。

迫田はなにもしなかった。人脈をひろげようとさえせず、むしろ知りあいを避けるようになった。注文以外に口をきく必要のない安酒場で、ただ黙々と飲んでいた。結婚しよう、と果穂が言ったので籍を入れた。彼女はたぶん、立ち直るきっかけを与えてくれようとしたのだろう。しかし、迫田の自堕落な生活は続いた。たまにギターを手にすることがあっても、指が動かなくなっているのをしみじみと嚙みしめるだけだった。

酒に溺れ、まわりに人を寄せつけなくなっていく夫を見て、果穂は危機感を覚えたのだろう。もともと商才があったのかもしれないが、昼夜掛け持ちで仕事をしながら、さらにネット通販の会社を立ちあげた。最初はひとりでやっていた。インターネット上にショップを開き、メールで客とやりとりして、アクセサリーだの下着だのニットだのを一つひとつ梱包して発送する、内職じみた地味な仕事だった。それが時代の波に乗り、ヒット商品にも恵まれて、人を使うようになった。自宅とは別に事務所と倉庫を借り、迫田が三十歳になるころには年商数億を稼ぎだす会社になっていた。

果穂は二十八歳にして、立派な女社長になってしまったのである。

生活が変わった。住まいは下北沢の六畳二間から中目黒の高級マンションになり、オンボロ自転車がＢＭＷになった。迫田は果穂の仕事をなにも手伝わなかった。果穂は自社の役員になるよう何度も説得してきたが、決して首を縦に振らなかった。ただ絶望していた。いたずらに年を重ね、ついに三十歳になってしまったことに。いちばん身近である妻が、自分を追い抜いて背中がどんどん小さくなっていくことに。

迫田の時計の針は、十代を過ぎてからやけにゆっくりまわるようになり、〈スパンクキッズ〉を解散した二十五歳で完全にとまった。それ以降は、もっぱら体力を衰えさせ、容姿を劣化させていっただけだった。

一方の果穂の時計の針は、二十三歳からぐんぐんとスピードをあげ、二十八歳でフル回転になった。眼を見張るほど、綺麗になっていった。蕾が開花し、蛹が蝶に孵ったようだった。もちろん、いい美容室に行き、高価な化粧品を揃え、ブランド服を身につけて、エステサロンに通える経済力がついたこともあるだろうが、成功による自信も大きかったに違いない。

二十八歳の美しき女社長は、いじけた顔で酒ばかり飲んでいる夫に哀しげなまなざしを向けつつも、成功を謳歌しはじめた。セレブが集うパーティに出入りするようになり、ますます美しさに磨きをかけていった。夫婦の会話はなくなった。セックスはずっと前からなかった。離婚しよう、と迫田は思った。このままでは、果穂のお荷物になってしまう。ならば、厄介者扱いされる前にみずから別れを切りだしたほうがいい。当時はまだ、その程度のプライドが残っていた。

とはいえ、周回遅れの人間はのろまだ。決断を下すことがなかなかできない。マナーを守ってさっさとラインから離れればいいのに、後ろからきた先頭集団に突き飛ばされるまで、ゾンビのようにコースを塞いでいる。勝負を投げていないのではなく、負けたことを受け入れられない。

明日こそ別れを切りだそう、と思っているうちに、一週間、一カ月、一年と時間だけが過ぎていった。まともな会話がなくなっても、果穂はやさしかった。酒浸りの人間の屑（くず）に、きちんと毎月小遣いをくれた。安酒場でなら、毎晩飲んでもお釣りがくるほどの額だった。別れればそれがなくなる。自分で稼がなくてはならなくなる。それを思うと、離婚は恐怖だった。まともな職歴もない三十過ぎの男に、いったいどんな仕事があるというのだろう。

迫田はコースを塞ぎつづけた。異変を感じたのは、いまから二年前、迫田が三十三歳、果穂が三十一歳のときだった。

会話がないだけではなく、眼を合わせてくれなくなった。それまでは、たとえ憐（あわ）れみの滲（にじ）んだ哀しい笑顔であったとしても、眼が合えば笑いかけてくれたのに、避けられるようになった。

男ができたな、と直感が働いた。できて当たり前だった。むしろ、できないほうがおかしい。セレブの集うパーティに行けば、成功した男との出会いには事欠かない。百万円を超える機械式腕時計を買えるようになってからも、果穂は左手の薬指に結婚指輪をしていた。たしかペアで七千八百円だった。迫田がとっくに失くしてしまっているのに、果穂はずっと嵌めつづけていた。だが、成功した男はそんなものなど気にしないだろう。人妻であろうがなんであろうが、いい女は口説かずにいられない。相手に男がいても、力で奪いとろうとする。迫田にはよくわかった。自分もそういう男になりたかったからだ。

潮時だった。

いまここで自分が身を引けば、果穂は夫を裏切ったという罪悪感をもたずにすむかもしれない。やさしさが半分、自己愛が半分だった。

しかし、瀬戸際まで追いこまれていながら、まだのろまを決めこんでいるうちに、果穂が先に切りだしてきた。

「ちょっと話があるの」

そう言われてリビングのテーブル席に着くと、

「ごめんなさい」

と深々と頭をさげられた。

「別れてください。わたしもう、修ちゃんとはやっていけない。修ちゃんのためにも、ひとりになったほうがいいと思う……」

迫田はにわかに言葉を返せなかった。別れる覚悟をしていたとはいえ、やはりいざそのときが来ると心が乱れた。膝まで震えだしたのには、自分でも驚いた。完全に動揺していた。ナメていたのかもしれない。

結婚して八年、ずっと彼女に養われている身とはいえ、果穂はもともと〈スパンクキッズ〉の追っかけだった。迫田に憧れていたのだ。ならば、結婚できたことに感謝しろという思いがどこかにあった。

我ながら、反吐が出るような傲慢さだった。わかっていたから、口にはしなかった。どう考えても、別れる以外に選択肢はなかった。ならば、きれいに別れたほうがいい。最後に詫びと礼を言おうと思った。すまなかった、ありがとう、でかまわないのに、言葉を探してしまった。少しは気が利いたことを言ってやりたい、という見栄があった。

先に果穂が口を開いた。

「好きな人ができたの……」

聞きたくなかった。

「向こうもね、わたしを好きでいてくれてるみたいで……驚くかもしれないけど、手塚光敏……」

迫田は息を呑んで眼を見開いた。手塚光敏――現在、日本でいちばん人気が高いと言っても過言ではないソロアーティストだ。迫田よりひと世代上なので、四十代半ばだろうか。アルバムを出せばミリオンセラー、コンサートはドームツアー、他のアーティストへの楽曲提供やプロデュースも多く、彼ほどの成功者は音楽業界でも指折りである。

「嘘だろ？　冗談にしては面白くないぜ」

迫田は鼻で笑った。

「ちょっとね……自分でも信じられないんだけど……」

果穂の顔は恍惚としていた。

「あるパーティで知りあったんだけど、なんだか妙に気に入られちゃってね。メールアドレスを交換したのが始まりだった。忙しい人なのに、メールはすごくマメなのよ。わたしもマメに返した。有名人とメル友になれたのが嬉しかったんじゃなくて、わたしきっと、会話に飢えてたの。修ちゃんともあんまり話さなくなってたから、プライヴェートの会話にね……彼と一日に五回も十回もメールをやりとりするのが普通になって、いつのまにかそれが毎日の楽しみになってた。わたしだって暇じゃないのにね……それで先週、彼の別荘に招待されたの。葉山にあるコンドミニアム……勘違いしないでね。エッチはしてないから。彼はそのつもりで誘ったみたいだけど、断りました。修ちゃんのこときちんとしてからじゃないと、それは無理だって……彼はわかってくれた。すごく嬉しかった。だから……」

迫田はソファから立ちあがった。強い足音をたて、つんのめるようにして冷蔵庫まで歩いた。扉を開けて缶ビールを出し、タブをあげて飲んだ。渇いた喉に苦味がひろがった。これほど苦いビールを飲んだのは生まれて初めてだった。

果穂が息を呑み、こちらを見つめている。迫田は果穂を見ていない。冷蔵庫の銀色のドアを睨んでいる。

「ふざけるな」

吐き捨てるように言った。

「誰が別れてやるもんか。離婚なんて絶対にしない」

憎悪のこもった口ぶりに、果穂は言葉を返せなかった。迫田は彼女を睨みつけ、ビールを床にこぼした。ドボドボと音をたててフローリングにビールがひろがっていった。空になると缶も投げ捨てた。間の抜けた音がした。凍りついた顔をしている果穂を残し、迫田は部屋を出ていった。

4

手塚光敏に私怨があったわけではない。

同じ音楽業界にいたとはいえ、会ったことすらない雲の上の存在だ。

なぜ祝福してやることができなかったのだろう？

別れる覚悟を決めていたのに、どうしてそれを覆したのか。

二十代半ば、果穂が休養を勧めてくれるまで、迫田はバイトをいくつもかけもちしていた。コンビニ、ティッシュ配り、深夜のビル清掃、引っ越し業者、そんな感じだ。どこに行っても、手塚光敏のポスターを見かけた。あるいは歌声が聞こえてきた。いつかは自分も、と思う気力も潰(つい)えていた。〈スパンクキッズ〉はデビューアルバムが惨敗して以来、浮上の兆候は皆無だった。そのバンドも解散してしまえば、途方に暮れるしかなかった。周回遅れになっているのに、それを受けいれられず、ただ漠然と日々をやりすごしていた。

そんな生きる屍(しかばね)にとって、手塚光敏の存在はまぶしかった。音楽通に受けるタイプではなく、大衆受けを狙った曲には興味がなかったが、売れに売れていた。まぶしくてしかたがなかった。

果穂が手塚の名前を出したとき、そのまぶしさを思いだした。憧れの光でも、恵みの光でもなかった。手塚光敏がまぶしければまぶしいほど、自分が背負っている影が濃くなっていく、恐ろしい光だった。大それた夢をもち、それに破れ、都会の底辺をはいずりまわっている現実を突きつけられた。この手にあるのは、ただ黒々とした闇だけだった。

果穂は手塚の名前を出すべきではなかった。スーパースターと恋仲になって舞いあがっていたのかもしれないが、絶対に言うべきではなかった。名前さえ出さなければ、迫田もすんなり離婚届に判を押せたはずだ。意固地にならなくてすんだのである。

「お願いだから、離婚してください」

果穂は毎晩のようにそう言って頭をさげてきた。迫田を説得するために、帰宅時間がそれまでより二、三時間も早くなった。

「ね、修ちゃん、わかって。お金なら、まとまった額を渡せると思う。お店でもやったらどう？　ロック酒場みたいなやつ。軌道に乗るまで、月々いくらって援助したっていい。だから……」

「ハッ！」

迫田は酒で濁りきった眼で苦笑した。

「ロック酒場だって？　冗談はやめてくれ。ミュージシャン崩れがやっているその手の店は、例外なく全部糞だ。蠅がたかってる。俺に糞まみれになれっていうのか？　自分が手塚光敏と乳繰りあうために？」

「べつにロック酒場じゃなくてもいいのよ……」

「ひとつ教えてやる。酒場のマスターは下戸に限るんだ。俺みたいな飲んだくれがやったら、客に出す前に自分で全部飲んじまって、あっという間におだぶつなんだよ。死ねって言ってるのか、てめえのダンナに？」

「だから、酒場じゃなくてもいいって……」

「じゃあ俺になにができる？　三十三までバイトしかしてない、バンドマン崩れのこの俺に。できる仕事なんかあるわけないぜ。なんでかわかるか？　おまえが俺をスポイルしたからだ。『ちょっと休めば』なんておまえが言ったからだ。おまえが俺をヒモ扱いしたせいで、俺は世間じゃ使い物にならないダメ人間になっちまったんだ」

「……ひどいこと言ってるよ、修ちゃん」

果穂の顔は青ざめていた。

「ああ、ひどい。まったく最低だ。そんなことはわかってるんだよ。でも、離婚はしない。絶対にしない。どうしても別れたいなら、俺を殺せばいい。ハハッ、新宿(しんじゅく)あたりの不良外人に頼めば、五百万くらいで弾(はじ)いてくれるらしいぜ。そのほうが、ロック酒場の開業資金より、よっぽど安い」

「もうやめて……」

果穂は眼に涙をため、唇を震わせた。

「わたしはね、修ちゃんのこと、本当に好きだったんだよ。高校生のころから、ずっと大好きだった……でも、もうダメでしょ。一緒にいたってどうにもならないでしょ。なんでわかってくれないの？　どうしてそんな呆(あき)れるようなことばっかり言うの？」

迫田も呆れていた。自分で自分に呆れ果てていた。

しかし、だからと言って離婚に応じる気にもなれなかった。絶対に嫌だった。手塚光敏は、おそらく死ぬまでスターのままだ。聞く気がなくとも、街を歩けばその歌声が耳に入ってくる。そのたびに、女を奪われたことを思いだす。まともな神経を保っていようとするなら、海外にでも逃亡するしかない。

果穂の説得はひと月ほど続いた。迫田が決して首を縦に振らないことを理解すると、鬼になった。人間性が百八十度ひっくり返った。

ある日、深夜に酔って帰ってきた。

迫田はリビングのソファでウイスキーを飲んでいた。飲みすぎて視界が覚束（おぼつか）なくなっていたが、意識はそれほど混濁していなかった。

ソファの端に、果穂は着替えもせずに腰をおろした。また説得が始まるのかと、迫田は思った。望むところだった。今夜も思いきり悪態をついてやる。

しかし、果穂はしばらく口をきかなかった。酔って帰宅しても、果穂はソファに浅く腰かけ、背筋を伸ばして座る。親の躾（しつけ）が行き届いているのだ。濃紺のタイトスーツがよく似合っていた。いい女だ、と酔った頭で思った。リビングは薄暗かった。果穂の座っているところにだけ、ダウンライトが落ちていた。まるで、舞台女優がこれから芝居を始めるような雰囲気があった。

「いま、手塚さんに抱かれてきました」

果穂は落ち着き払った顔で、けれども声だけを少し上ずらせて言った。

「申し訳ないけど、もう我慢できませんでした。あなたの態度が頑（かたく）なな以上、わたしも勝手にさせてもらいます」

ふたりの間を、重苦しい沈黙が流れていった。

「そうか……やったか……ついにやっちまったか……」

迫田は笑った。腹の底から笑いがこみあげてきた。

「最低だな。おまえは最低な女だ」

意固地になって離婚に応じない迫田のほうこそ最低だった。しかし、これで果穂も最低だ。人妻でありながら、他の男に抱かれたのだから、最低に決まっている。手塚もそうだ。みんな最低になったわけだ。

「となると、次のステップは別居か？　やってみろよ。だが、それをやったら、俺はマスコミにチクるぜ。手塚光敏の略奪愛で日本中が大騒ぎだ。ハハッ、便乗して〈スパンクキッズ〉のアルバムも復刻されたりしてな」

果穂が夜叉のような顔で睨みつけてくる。だが、ふうっとひとつ息をつき、すぐに表情を和らげた。蕩けるような顔になった。

「最高だった。彼のセックス……」

長い溜息をつくように言葉を継いだ。

「たとえどんなセックスをされてもね、わたしは彼に失望しない自信があった。もしすごく下手だったとしても、変態みたいなことされちゃっても、嫌いになんかならないだろうって……でも、できる男って、なんでもできるのね。彼は宝石を扱うように、わたしの体を扱ってくれました。柔らかいセーム革で磨きあげるようにね、体中に舌を這わせてきた。髪、首筋、両手、胸……痛いくらいに尖った乳首は、特別念入りにね……脇腹、お腹、太腿、内腿……まだショーツも脱がされてないのに、体が熱くてしかたがなかった……膝、ふくらはぎ、足の指……足の指をしゃぶられながら、ショーツ越しにあそこをいじられた瞬間、わたし、軽くイッちゃった。それが、彼がわたしにくれた最初のエクスタシー。釣りあげられたばかりの魚みたいにビクビクしてるわたしを、彼は眼を細めて見つめてくるの。その眼がたまらなかった。キミのことが愛おしくてしかたがない、ってそういう眼。なのにね、瞳の奥には炎があるの。すごくいやらしいことを考えてることが伝わってくるの。わたしは急に怖くなって、体を丸めた。彼のことが怖くなったんじゃないの。自分が乱れている姿が生々しく頭に浮かんできて、怖くなっちゃったの……彼はやさしく、わたしの緊張をほぐしてくれた。舌じゃなくて、今度は指で全身を撫でてくれた。手塚光敏の指よ。ステージで黄金のレスポールを奏でているあの指が、自分の体を這いまわっているのよ。最上級の愛撫じゃない？　わたしはもう、頭がおかしくなりそうなくらい感じまくっちゃって、気がつけば四つん這いにされてました。ショーツを少しだけめくられて、舐めちゃいけないところを舐められました。修ちゃん、知ってるよね？　普通だったら、わたし、嫌がるよね？　感じるとか感じないの問題じゃなくて、恥ずかしいもの。匂いを嗅がれたり、味を知られたりするなんて耐えられない……そう思ってたはずなのに、自分でもびっくりするくらい自然に受けとめていた。彼にはわたしの全部を……いいところも悪いところも、表も裏も、綺麗なところも汚いところも、全部知ってもらいたかった。そういうのが本当の愛って言うなら、わたしは生まれて初めて愛を知ったのかもしれない。それにね……最初はちょっとくすぐったかったけど、あそこってとっても感じるのね。彼の舌使いが上手（うま）いせいもあるかもしれない。わたし、泣いちゃった。気持ちがよすぎて。よがりすぎて大泣き。まだショーツだって完全には脱がされてないのに、肝心なところなんてほとんど愛撫されてないのに、体中の痙攣（けいれん）がとまらなくなって、一生懸命シーツを握りしめて……」

迫田は立ちあがった。勝ち誇った笑顔を浮かべている果穂に背を向け、寝室に閉じこもった。ベッドに倒れた。迫田は勃起していた。妻が浮気の告白をしているというのに、痛いくらいに勃起しきっていた。

5

手塚が女を宝石のように扱うという話は、嘘ではないらしい。

彼と逢瀬（おうせ）を重ねるたびに、果穂は綺麗になっていった。磨きあげられて、輝くばかりになった。それに気づいたのは迫田ひとりではないようだった。目敏（めざと）い人間はどこの世界にもいるもので、果穂はよく雑誌に登場するようになった。女性誌で「若い女性の起業家」としてインタビューを受けるのだが、どう見てもカラーグラビアのほうに力が入っていた。プロのカメラマンやスタイリストが、ますます果穂の美しさに磨きをかけた。評判が評判を呼び、取材のオファーが次々と入ってきた。このままなら、いずれ文化人枠でテレビのワイドショーに出演する日も遠くないのではないか、と冗談ではなく思った。

それでも果穂は、迫田と住む部屋から出ていかなかった。迫田を追いだそうともしなかった。

強引に別居を決行すれば、迫田がマスコミになにをしゃべるかわからない、という理由もあっただろうが、果穂は根っから真面目(まじめ)な女だった。真面目すぎるほどだった。離婚をしないまま他の男と暮らすような、だらしない生活を受け入れられなかったのだ。一方の手塚もまた、真面目を装わなくてはならない有名人であり、人気稼業を生業(なりわい)にしている男だった。

不毛な生活が続いた。

果穂は手塚に抱かれて帰ってくるたびに、ベッドでの一部始終を臨場感たっぷりに語って聞かせた。嫌がらせじみたそんな行為をしつこく続けることで、迫田の心が折れるのを待っていた。

だが、迫田の心はとっくに折れていた。果穂に下卑たセックスストーリーを聞かされても、悪態をつくことはなかった。ただ黙って聞いていた。もはや角を矯(た)められた牛のようなものだった。手も足も出なかった。酒を飲んで荒れる気力すら失くしてしまっていた。

果穂のいない昼間、彼女に聞かされたセックスストーリーを思いだし、自慰に耽(ふけ)ってしまうことが日課になっていた。最低だった。人間の屑どころか、虫けら以下だと思った。誰かにひねり潰してほしかった。離婚に踏みきらなかったのは、きっかけがなかったからにすぎない。妻の寝取られ物語を聞いて自慰をするようなウジ虫には、ただ息を吸って吐くこと以外に、日々のやり過ごし方がわからなくなっていた。

　果穂が手塚と寝たと宣言してから、二年が過ぎた。

　迫田は三十五歳になり、果穂は三十三歳になっていた。

　ある日、果穂が人を連れて帰ってきた。

　手塚光敏だった。

　迫田はそのとき、リビングのソファに座っていた。テレビもつけず、酒も飲んでいなかった。なのに酔ったような気分になった。酩酊(めいてい)してしまった。

　果穂が手塚光敏と付き合っている——その事実は彼女の口から聞かされていただけで、ベッドでのあれこれをどれだけ事細かに聞かされても、現実感が希薄だった。希薄に決まっている。自分の妻が億万長者の人気アーティストと不倫をしているという話を聞き、現実感がもてるほうがおかしい。

　だが、手塚光敏はやってきた。トレードマークの黒いコートを着て、迫田の前に現れた。

　手塚はしばらく無言で立っていた。立っているだけで絵になる男だった。メディアと生身では、受ける印象がまるで違った。肩まである長髪、彫りの深い小さな顔、すらりとした背丈、長い手脚。メディアを通じて見ると、格好がよすぎて頭が悪そうに見えるのに、生身はただ美しかった。男に対してそんな印象を抱いたのは、生まれて初めてだった。

「ふたりきりに……」

手塚が果穂に言った。

「男同士で話をさせてくれないかな」

果穂は少し逡巡したが、

「一時間くらいしたら、戻ってきます」

そう言って玄関に向かった。ドアが閉まる音が聞こえると、手塚は「失礼するよ」とコートを着たままソファに腰をおろした。手塚光敏と並んで座っているという状況が、迫田をますます酩酊にいざなっていった。

「謝るつもりはない……」

手塚は静かに言葉を継いだ。

「女を幸せにできない男は、女に捨てられて当然だ。他の男に奪われて当然なんだ。潔く別れて、彼女を自由にしてやることしか、いまのキミにできることはないんじゃないかな……」

まったくその通りだった。

「しかしね……」

手塚はくだけた調子に声音を変え、ふうっとひとつ息をついた。

「それじゃあキミも収まらないだろうから、ひとつ、仕事を頼みたい。僕の個人的な仕事だ。三千万、キャッシュで払う。それをもって東南アジアにでも行けばいい。派手なことをしなきゃ、十年は遊んで暮らせるだろう。バンコクかマニラなら、向こうの知人を紹介してやることもできる」

迫田は戦慄に身構えた。冷酷な言葉だった。日本にはもうおまえの居場所はない。異郷で死んでこい――遠まわしに、そう言われているような気がした。

バンコクやマニラ、あるいはインドあたりで、現地の不良と知りあいになれば、麻薬は簡単に手に入るらしい。迫田には麻薬に手を出した経験がなかったが、未来に絶望している状態で目の前にあれば、手を出すに決まっている。他にすることもなく、友達ひとりいない状況なら、ジャンキーになるのもあっという間だろう。麻薬に溺れ、さらなる快楽と淋しさを埋めあわせるために女を買うだけの毎日が、延々と繰り返される。十年も生きていられるわけがない。ドラッグと南国の太陽、そして売春婦の体液にまみれて命を削り、異郷の土になるのだ。

甘美な死に様だ、と思ってしまった自分にゾッとした。

「仕事っていうのは……」

手塚が続ける。

「女をひとり、捜しだしてほしいんだ。公表していないし、事務所の人間にも、果穂にも言っていないが……僕には血を分けた娘がひとりいる。二十一年前、まだ売れる前に孕(はら)ませた……」

　意外な話の流れに、迫田は戸惑いを隠せなかった。

「いいんですか？」

　卑屈に笑いながら手塚を見た。

「そんな重大な話、俺みたいな男にしゃべっちゃって。マスコミに流れたら、大変なスキャンダルじゃないですか？」

　手塚は息を呑んで迫田を見つめ返すと、

「そんなことを言うなよ……」

　長い睫(まつげ)毛を震わせ、わざとらしいほど哀しげな顔をした。

「俺みたいな男、なんて言うな。仮にもキミは、果穂が愛した男だ。事実として、十年間も夫婦でいたんだ。僕はね、果穂がキミを愛していた過去までひっくるめて、彼女を愛したい……そう思っている」

　迫田は鼻白んだ。どうせ略奪不倫愛のネタはつかまれているので、もうひとつネタを出したところで大差ないとでも思っているのだろう。ならば信用するふりをして抱きこんでしまえばいい、と。

「その娘とは、生まれてから一度も会っていない。母親ができた女でね。妊娠がわかったとき、僕にこう言った。『あなたはこれからスターになる人です。こぶつきじゃ困るでしょ。子供はわたしがひとりで育てます』。慰謝料も養育費も固辞された。生まれる前に、性別はわかってたんだ。娘だった。名前は杏奈にすると、最後の電話で教えてくれた。アプリコットが好きな女だったんだ」

「どうしてです？」

迫田は訊ねた。

「二十年もほったらかしにしていた娘を、どうしていまさら捜さなくちゃならないんです？」

手塚は大きく息を吐きだすと、腕を組み、右手で顎を撫でながら黙りこんだ。悔しいことに、迫田はその姿に見とれてしまった。手塚と同じ空間にいるだけで、どこかにワープしていくような気分になるのだ。観ている映画のスクリーンの向こうに、吸いこまれていく感じとでも言えばいいか。

果穂はすごいと思った。

こんな男と恋仲になり、男女の関係を築きあげていることが、迫田には途方もないことに思えた。あれだけ情事の話を聞かされていたにもかかわらず、実物の手塚を前にすると、ふたりがセックスしている姿が想像つかなかった。憎悪も嫉妬も吹っ飛んで、憧憬だけに押しつぶされてしまいそうだった。

「僕は……」

手塚がかすれた声で言った。

「四十五歳のいままで独身を通してきた。しかし、果穂とは結婚を考えている。その前に、過去ときちんと向きあいたいんだ。自分の娘を手放すなんて、どういう理由があったにせよ罪じゃないか？　償えることがあるなら償いたい。幸せな生活をしているならそれでいい。だが、力になれることがあればなんでもしてやりたい。娘を産んで育ててくれた女にも、お礼というかお詫びというか、なんらかの形で誠意を示したい……」

迫田はその仕事を引き受けることにした。

手塚の話に共感したからではない。むしろ、共感できるところなど皆無だった。二十年も前に捨てた女や隠し子を捜しだし、金品をいくら与えたところで、過去の罪は消えない。消えるわけがない。

だが、手塚の中ではなにかが清算されるのだ。傲慢な男だった。エゴイスティックの極みだった。

それでも引き受けることにした。

迫田もまた、傲慢なエゴイストだったからだ。

三千万円払うから離婚届に判を押せと迫られたなら、意地になって拒んだかもしれない。しかし、あの手塚光敏が極秘の話を打ち明けてくれ、仕事を与えてくれたことに、自尊心をくすぐられた。日本にはもうおまえの居場所はない。異郷で死んでこい――手塚は冷酷にそう迫る一方で、迫田をひとりの人間として扱ってくれた。ひとりの男として……。

「探偵に頼めば、三日で片付く仕事かもしれない」

手塚は言った。

「しかし、赤の他人に秘密をもらせばなにが起こるかわからない。弱みをつかまれてしまう。守秘義務があろうがなんだろうが、人間、裏切るときは裏切るもんだ。探偵だろうと、弁護士だろうと、事務所の人間だろうと……だからこの件は、誰にも言いだせなかった……」

言葉の奥に、スターの孤独が垣間見えた。迫田は嬉しかった。たとえそれが自分と果穂を離婚させる方便だとしても、あの手塚光敏にひとりの男として扱われたことが、嬉しくてたまらなかった。

6

男なら誰でも、私立探偵という職業に憧れたことがあるのではないだろうか。迫田もそうだった。行方不明の人間を捜しだすという小さな冒険に、純粋な好奇心を覚えた。

だがそれは、想像以上に面倒な作業だった。

手塚が与えてくれた情報は、自分の子供を孕んだ女の名前と年齢、娘の名前、当時住んでいたアパートだけだった。龍谷美奈子、現在四十二歳、住んでいたのは荒川区西日暮里にある月光荘の一〇一号室。

その住所を訪ねていくと、立派なオフィスビルが建っていた。月光荘はとっくに取り壊されてしまったらしく、あたりの住人に訊ねても首をかしげられるばかりだった。

迫田は途方に暮れた。手塚に追加の情報を求めると、当時、美奈子がアルバイトをしていたという喫茶店や、ふたりでよく足を運んでいた料理屋が十軒ほどあがってきた。東京中に散らばっているそれらの店を、虱潰しにあたった。こんなに歩いたのは久しぶりだった。体力の衰えが骨身にしみた。十軒のうち五軒が跡形もなくなっていた。四軒で首をかしげられた。最後に訪れた池袋の喫茶店で、ようやく実りのある情報を手に入れることができた。

なんでも、五、六年前まで、美奈子はその喫茶店の近所にあるスナックで働いており、よく店に顔を出していたという。

件のスナックは、池袋西口の繁華街、ロマンス通りにあった。年季の入った雑居ビルの四階だ。店に入ると、昭和の香りが漂っていた。七十を確実に超えていそうなママは、美奈子のことを覚えていた。名前を出すと、干し柿のように皺くちゃな顔をさらに皺くちゃにしかめた。

「勤務態度がなってない子でねえ。子供がいるからしかたがないところもあるんだけど、ほとんど毎日遅刻してたもの。いつまで経っても他の子と馴染まなくて、ずいぶん手を焼いたわね。それでも、三年くらいは働いてたかしら。どういうわけか、客受けだけはよかったのよ」

「現住所とかはわかりませんか？」

「さあ、椎名町に住んでたはずだけど」

「椎名町？」

「池袋から西武線でひと駅行くと椎名町。山手通り沿いにミッション系の幼稚園があって、そのあたりだって言ってたような気がするけど」

「細かい住所は……」

ママは首をかしげて迫田のグラスにビールを注いできた。迫田がスコッチのボトルを頼もうとすると、

「そんなことしたって、わからないもんはわからないよ」

ぴしゃりと言われてしまった。

しかたなく、件の幼稚園のまわりを、またもや虱潰しにあたった。龍谷という名字は珍しいから、表札を見てまわればなんとかなるかもしれないと思った。もちろん、引っ越している可能性もあるし、結婚していれば名字は変わっている。ただ、スナックのママの話から、結婚はしていないような気がした。あまり幸福な人生を送っていないような気も……。

丸二日間、幼稚園のまわりを歩きまわった。いい加減うんざりしてきたが、やめたところで他に手の打ちようがなかった。

見つけたのは、ほとんど偶然だった。あるアパートの郵便ポストで、ひとつだけ名前

の書いていない部屋があった。葉書が半分顔を出していた。あたりに人がいないことを確認してから、抜きとった。龍谷美奈子という名前が眼に飛びこんできた。電気会社からの督促状だった。

迫田の心臓は早鐘を打ちだした。すぐに葉書を元に戻した。昔ながらの木造モルタルアパートだった。壁は塗り直されているようだが、築三十年は経っていそうな古い建物だ。まわりは小綺麗な戸建てやマンションが並んでいるのに、その一角だけ雰囲気が違った。

アパートの両隣は電気店とクリーニング店なのだが、どちらも錆びたシャッターが閉まって、もう何年も営業をしていない様子だった。向かいは壁という壁に蔦が這っている古い産婦人科医院と、薄暗いコインランドリー。殺伐とした雰囲気がした。殺伐とした中に、生活感が色濃く漂っていた。日陰で風に揺れる洗濯物、パンクした自転車、泥だらけのオモチャがつまった段ボール……。

龍谷美奈子の部屋は一〇四号室だった。迫田はゆっくりと敷地の奥に進んだ。腕時計を見た。時刻は午後三時四十分。まだ部屋をノックする覚悟はできていなかった。とりあえず部屋の前まで行ってみようと思った。一〇四号室は、建物のいちばん奥まったところにあった。

扉をノックし、美奈子が顔を出せば、ミッションはコンプリートされる。迫田は手塚から三千万を受けとり、機上の人となる。南国の太陽が振りまく光が、脳裏をちらつく。

東南アジアには行ったことがない。だから、あくまでイメージにすぎないが、彼(か)の地の太陽はひどくまぶしいに違いない。ギラギラと脂ぎっているはずだ。湘南(しょうなん)あたりの夏の光とは比べものにならない殺人的な紫外線が、肌を焼き、思考を狂わせる。太陽から逃れるように、暗くジメジメした娼婦の部屋に入る。静脈を叩(たた)いて浮かせ、注射器の針を打ちこむ。ポンプに逆流していくドス黒い血液を眺めながら、恍惚が訪れるのを静かに待つ……。

ぼんやり立ちつくしていた迫田は、ハッと我に返った。

一〇四号室の中で、人が動く気配がしたからだ。反射的に、物置の陰に身を隠した。ドアが開き、人が出てくる。カンカンカンカンとやけに甲高い足音が、道に向かって遠ざかっていく。

迫田は気配を消して後を追った。金色のラインが入った白いジャージ上下に身を包んだ女が、前を歩いていた。甲高い足音を鳴らしているのは、安っぽいサンダルだった。これが美奈子だろうか？　かつて手塚光敏と愛しあい、彼の将来のために妊婦のまま身を引いた、健気(けなげ)な女なのか？

白いジャージの女は、通りに出てタクシーに乗りこんだ。迫田もあわててタクシーを停め、前のクルマを追うように頼む。走ったのはワンメーターだった。池袋駅前のパチンコ屋に、女は入っていった。

彼女が龍谷美奈子本人なのか、あるいはたまたま彼女の家にいた別人なのか、確かめるには声をかけてみるしかない。

躊躇ってしまう。虚ろな眼でパチンコ台に向きあっている彼女からは、不穏なものを感じずにはいられなかった。

ジャージ上下にサンダル履き、昼間からパチンコ、という組み合わせからは、荒んだ生活しか連想できなかった。右手にパチンコ台のハンドル、左手に甘味たっぷりの缶コーヒー、口には細いメンソール煙草。髪もボサボサなら、メイクも中途半端……。

手塚の話からイメージできたのは、たとえ生活苦から水商売に身を投じたとしても、自分を見失わない女だった。生活を崩さず、娘をきちんと躾け、手塚への愛を胸に秘めている、泥に咲く蓮の花のような女だった。

迫田は声をかけられなかった。声をかけるタイミングを逸したまま、一時間ほどが経った。ただぼうっと立っているわけにもいかないので、少し打ってみた。あっという間に千円がなくなった。迫田はパチンコだの競馬だのが大嫌いだった。賭け事が嫌いなわけではなく、みみっちい小銭のやりとりが嫌いなのだ。自分はもっと大きく、ロックに人生を賭けたつもりだった。大敗を喫し、バンドマン時代は素寒貧だった。パチンコをするくらいなら、掛け持ちしているバイトをひとつでも減らしたかった。

「ったく、なんで出ねえんだよっ！」

ドンドンドンドンと台を叩きながら、白いジャージの女が叫んだ。

「二万も使ってるのに、ざけんなっ！　泥棒台っ！　泥棒台っ！」

パンチパーマの店員が飛んでくる。

「おいっ、壊したら弁償だよ」

女は舌打ちをして立ちあがった。パンチパーマを睨みつけ、もう少しで唾すら吐きそうな形相で店を出ていった。

迫田は唖然(あぜん)としながら、女を追った。まわりの客は、まったくの無関心だった。自分の勝負のほうが重要なのか、そういう女は見飽きているのか、あるいはその両方だろう。なにしろギャンブルは人を狂わせる。赤ん坊をクルマの中に放置したままパチンコを打ち、死なせてしまう母親もいるというが……。

パチンコ屋を出て、白いジャージの女を捜した。道の左右を見渡しても、背中が見えなかった。驚いたことに、入口のすぐ脇、迫田の後ろに立っていた。眼が合った。意味ありげに笑いかけられた。

「おにいさん、さっきからチラチラわたしのこと見てたでしょ?」

「いえ……」

迫田は顔をひきつらせた。

「わかってるのよ。これでどう?」

女は胸のあたりで指を二本立て、うごめかせた。化粧もまばらな顔に、卑猥(ひわい)な笑みを浮かべながら。

「ホテル代は別ね」

「いや……急いでいるので」

迫田はあわててその場を後にした。背中で女が舌打ちし、「ざけんなよ」と吐き捨てたが、振り返らずに進んだ。鼓動が乱れていた。女の二本指が眼に焼きついて離れなかった。ピースサインをするわけでもなく、中途半端に折り曲げて、地を這う芋虫のようにうごめかせている様子が不気味だった。それが意味するところに思いを馳せれば、不気味さに拍車がかかる。

二万円でセックスを買わないか、という誘いだろう。それ以外に考えられない。パチンコ代を捻出するために、パチンコ屋の前で私娼じみた振る舞いをするとは、いったいどこまで荒んだ生活を送っているのか。

本物なのだろうか？　彼女が手塚の娘を産んだ女なのだろうか？

そうではなく、ただの知りあいであってくれることを祈るばかりだったが、彼女こそが美奈子であるという確信は、一歩一歩足を前に運ぶごとに強まっていった。手塚が彼女と別れてから、もう二十年が経っている。人が別人に生まれ変わるのに充分な時間だった。迫田にしても、十五年前は別人だった。無敵な気分でステージに立ち、輝く未来を信じて疑っていなかった。

駅前のセレクトショップに入り、度の入っていないメガネとキャップを買った。そして黒いフリース。その場で着替え、それまで着ていた臙脂色のパーカーを袋に入れてもらった。

セレクトショップを出ると、タクシーを拾って椎名町にあるアパートに戻った。白いジャージの女が出てきたアパートだ。前にある薄暗いコインランドリーに入った。パーカーを洗濯機に入れ、コインを投入する。目立たないところで丸椅子に腰をおろし、じっと息をひそめた。白いジャージの女が帰ってくれば、彼女が美奈子であると判断していいだろう。

洗濯が終わり、乾燥も終わった。カラーボックスにつめこまれた古い漫画雑誌を手にしても、まるで頭に入ってこなかった。夕暮れが近づくと、制服姿の中高生が家路を急ぎ、買い物に行く主婦が自転車で通りすぎていった。夜になった。午後九時を過ぎると、人通りが極端に少なくなった。池袋までタクシーでワンメーターなのに、静かなところだった。

午後十時過ぎ、白いジャージの女が現れた。泥酔しているらしく、千鳥足だった。よろめいた拍子にコインランドリーに入ってきそうになったので、迫田は焦った。幸い、軌道修正して前のアパートに入っていった。眼を凝らし、どの部屋に入るのか確認した。いちばん奥の一〇四号室。

やはり彼女が、龍谷美奈子らしい。

7

翌日、早朝八時から椎名町で張りこんだ。

メガネにキャップにマスクという、我ながら胡散臭すぎる格好をしてコインランドリーの粗末な丸椅子に腰をおろすと、自分はいったいなにをやっているのだろうという気になった。

手塚に頼まれた仕事は、隠し子の行方を捜すことだった。産んだのは龍谷美奈子だ。あの白いジャージの女が美奈子であることはほぼ間違いないのだから、部屋の扉をノックすれば、仕事は終わる。

手塚は言った。「幸せな生活をしているならそれでいい。だが、力になれることがあればなんでもしてやりたい」。娘の杏奈はもちろん、母親の美奈子に対しても、「なんらかの形で誠意を示したい」と。

残念ながら、美奈子は幸せな生活を送っていないようだった。となれば、手塚から援助が受けられる。彼女にとっても悪い話ではないのである。

だが、なにかが引っかかった。

胸をざわめかせるもやもやしたものの正体は、自分でもよくわからなかった。わからないままに、素人じみた変装をして薄暗いコインランドリーの片隅で息をひそめていた。

昨日もここに六時間ほどいた。今日もしつこく張りこんでいれば、不審者として通報されるかもしれない。

いたずらに仕事を引き延ばす限界も、今日までだろう。早朝から椎名町にやって来たのは、娘の杏奈を確認したかったからだった。学校に行っているにしろ、仕事をしているにしろ、一緒に住んでいれば部屋から出てくるだろう。出てきたら尾行しようと思った。幸福とは言えない生い立ちを背負い、荒みきった母親と暮らしている杏奈が、それでも健気に生きている姿を見ることができれば、少しは安堵してこの仕事を終えることができる気がした。

午前九時までに、前のアパートから何人か出てきた。ネクタイを締めた四、五十代の男ばかりだった。一〇四号室の扉はなかなか開かなかった。迫田は焦れた。もう面倒なので、ドアをノックしてやろうかと何度も思った。正午を過ぎてようやく出てきた。ピンクと白ばかりを身に着けた若い女の子だ。杏奈に違いない、と迫田は立ちあがった。メガネとキャップとマスクは、コインランドリーのゴミ箱に捨てた。

杏奈は椎名町から西武線で池袋に出ると、内まわりの山手線に乗り換えた。それほど混んでいなかったので、杏奈はシートに座り、虚ろに視線をさまよわせていた。蚊でも飛んでいるのかと思ったが、そんな季節でもない。やがてぶつぶつとなにか言いはじめた。迫田はさりげなく近づいていった。杏奈は歌を歌っていた。彼女の耳には、ヘッドフォンもイヤフォンも差しこまれていなかった。頭の中で音楽が鳴っているらしい。小声だったが、次第に熱を帯びていった。左右の乗客が眉をひそめて立ちあがっても、おかまいなしに足でリズムまで刻みはじめた……。

8

「……ったく、まいった」

中学校のグラウンドを眺めながら、迫田は独りごちた。中距離走は終わりに近づき、走っているのはもう、周回遅れ組だけだった。グラウンドに腰をおろし、満足げな顔で息をはずませている先頭組をよそに、息苦しさに顔を歪(ゆが)めて、絶望的な足取りで前に進む。彼らを待っているのは、栄光とは無縁のゴールだ。勝負はもうついているのに、ただノルマをこなすだけの敗戦処理を課せられている。絶望的にならないわけがない。

だが、眼を凝らしてよく見れば、周回遅れの中にも優劣がある、ということに気づく。後ろには後ろがいることを、迫田は考えたことがなかった。周回遅れになっただけで、もう充分に打ちのめされていたからだ。立ち直る気力を根こそぎにされ、オーバードースで死ぬことだけに救いを求めていた。

いったい自分は、人生に何周遅れているだろう？　あるいは、龍谷美奈子は、そして杏奈は……。

携帯電話を取りだした。アドレス帳を開き、手塚光敏の名前を探した。とにかく、状況を説明して判断を仰ごうと思った。はっきり言って、どうしていいかわからなかった。龍谷母娘（おやこ）は普通ではなかった。いまの世の中、母がパチンコに狂い、娘が風俗で働くことくらい、さして珍しいことではないのかもしれない。それでも普通ではない。十年間もの長きにわたり、ヒモじみた暮らしに甘んじていた迫田から見ても、異様に思える。卑猥（ひわい）な笑みを浮かべながら、二本の指を芋虫のようにうごめかせていた美奈子が脳裏に蘇（よみがえ）ってくる。視線を虚ろにさまよわせながら、電車の中で歌を歌っていた杏奈がそれにオーバーラップしていく。

携帯電話をポケットにしまった。この状況を説明するためには、それなりのテンションが必要だった。さすがの手塚光敏もショックを受け、怒りだすことも考えられる。別人ではないかと言われるかもしれないし、その可能性はゼロではなかった。あの母娘が龍谷美奈子と杏奈であることはほぼ間違いないだろうが、迫田はまだ、決定的な証拠をつかんでいなかった。やはり本人に直接あたって、名前だけは確認したほうがいいだろう。

あたるなら、杏奈だと思った。美奈子とは、できることなら二度と話をしたくなかった。

携帯電話でアダルトサイトにアクセスし、〈黒猫白猫〉の電話番号を調べた。

「すいません。ビルの下にある看板を見たんですけど、右下の写真の……黒いボブカットの子はいますか？」

「ああ、ユミちゃんですね」

源氏名だろう。

「何時くらいまで働いてます？」

「今日は七時までですね。予約しますか？」

「いえ……」

迫田は曖昧に言葉を濁して電話を切った。

まだ午後二時にもなっていなかった。時間を潰す必要があった。土地勘のない高田馬場を離れ、新宿に向かった。サウナで汗を流し、マッサージを頼んだ。六時前に高田馬場に戻った。幸い、店のまわりは酒場ばかりだった。隣のビルの二階にある居酒屋の、窓際の席が空いていた。張りこみには、うってつけのポジションだった。テーブル席だったので、ひとりだと断られるかもしれないと思い、あとから三人来ると嘘をついて通してもらった。

生ビールが渇いた喉にしみた。

とはいえ、本気で飲むわけにはいかない。酔っ払ってはならない。それは、源氏名ユミちゃんに、本名を質してからだ。

店の周辺で声をかけるのは、やめたほうがいいだろう。ストーカー化した客に間違われるかもしれないからだ。山手線から西武線に乗り換える人混みにチャンスはありそうだった。問題は口実をどうするかだ。迫田はもう、若い女相手にナンパをするには不自然な年になっていた。

　生ビールをおかわりした。朝からなにも食べていなかったが、食欲はまったくなかった。空の胃袋にアルコールが火を灯（とも）した。

　いまこのときも、杏奈は隣のビルの四階で働いているはずだった。いまはまだ花も蕾（つぼみ）の印象だが、杏奈はかならずや美人になる。彼女は父親によく似ていた。手塚光敏は、まずルックスで人気に火がついたのだ。その遺伝子を受け継いでいる杏奈が美人にならないわけがない。

　不意に閃（ひらめ）いた。

　声をかける口実だ。

　あなたは生き別れた娘に似ている——。

　そう言ったら、杏奈はどんな反応を見せるだろう。そもそも彼女は、自分が手塚光敏の隠し子であることを知っているのだろうか。たぶん知らないだろう。知っていたら、風俗なんかで働かないような気がする。

　いや……。

　決めつけは危険だった。現実に、手塚光敏の元恋人、彼の娘を産んだ女が、二万円でセックスしないかともちかけてきたではないか。

　それに、杏奈は心が不安定そうだった。よけいなことを言って感情を揺さぶらないほうがいい。目的を忘れてはならない。とにかく名前さえわかればいいのだ。本名さえ……。

隣のビルから、白とピンクの女が出てきた。

杏奈だ！

まだ六時三十分だったので、迫田は焦った。あわてて伝票を取って立ちあがり、レジに向かった。

「申し訳ない。急用ができた」

伝票と一緒に一万円札をレジに置き、階段を駆け下りていく。杏奈は道端に立って誰かと話していた。金色のラインの入った白いジャージ姿の女と……。

美奈子ではないか。迫田は訝しげに眉をひそめつつ、電信柱の陰に身を隠して携帯を取りだした。メールを打っているふりをして、母娘の様子をうかがった。眼を凝らし、耳をすました。

「どうしてよ？　どうして渡さなくちゃいけないの？」

いまにも泣きだしそうな顔で、杏奈が言う。

「わたし、毎月きちんと生活費を渡してるじゃない」

「いいから出せばいいの」

美奈子は強引に杏奈からバッグを奪い、中から茶封筒を取りだした。

「ああっ……」

宝物の人形を取りあげられた少女のように、杏奈が眼尻を垂らす。

「ちゃんと返すから。勝ったら倍にして返してやるよ」

美奈子は茶封筒をそそくさとジャージのポケットに突っこみ、バッグだけを杏奈に戻した。

「そんなこと言ってえ、ママ、返してくれたことないじゃないの」

杏奈は恨みがましく母の腕をつかんだ。

「うるさいな」

美奈子は不愉快そうに杏奈の手を払いのけて、踵を返した。呆然と立ちつくしている娘を残し、足早に駅の方に去っていく。

迫田も呆然とするしかなかった。

美奈子が奪っていったのは、店から支払われた日当に違いない。裸になり、女としての恥という恥をさらし、屈辱にまみれて稼いだ金を、こんな形で奪われるとは、杏奈の心中を察すると身震いが起こる。

なによりも……。

美奈子が杏奈の職場を知っていたことに、戦慄を覚えずにはいられなかった。杏奈が働いている店を、美奈子は知っていたのだ。にもかかわらず、人の道を諭すこともなく日当を巻きあげるとは、いったいどういう神経なのだろうか。もちろんその金は、パチンコに使うのだろう。ギャンブルであっという間に溶かしてしまうのだろう。

にわかに全身が熱くなった。体中の血液が逆流しているようだった。

許せなかった。

これほどの人間の屑を見たことがない。屑も屑、人の皮を被（かぶ）った鬼畜と言っても過言ではない。

助けてやりたい、という衝動が身の底からこみあげてきた。

この女を助けてやらなければ、自分の仕事は終わらない。

いったいなぜ、そんなことを思ってしまったのか、自分でもよくわからなかった。わからないままに、迫田は電柱の陰から躍りでた。呆然と立ちつくしている杏奈に向かって、まっすぐ進んでいった。

第二章　突き抜けたい

1

喉の渇きで眼を覚ました。

ベッドから這いずりでて、寝室のドアを開け、キッチンの冷蔵庫を目指す。目脂で瞼が塞がって視界が覚束ないが、窓の外は暗かった。寝ていたのは二、三時間だろうか。おそらくまだ深夜だ。

リビングに人の気配がした。ドアを開けて入っていくと、「きゃっ」と小さな悲鳴がした。

果穂が身をすくめて両手で胸を隠していた。

裸のようだった。迫田はかまわずキッチンに向かった。冷蔵庫を開け、ミネラルウォーターのボトルを出して飲んだ。瞼をこすり、壁にかかった時計を見た。午前零時三十分。果穂は全裸ではなく下着姿だった。光沢のある紫色のサテンが黒いレースで縁取られたセクシーなランジェリーだ。仕事から帰ってきて風呂にでも入るところなのだろうと思ったが、そうではなかった。

「ちょっと出かけてくるから」

果穂が妙に明るい声で言った。

こんな時間にか？　という言葉が喉元まで迫りあがったきたが、迫田は黙っていた。

「ふふっ、手塚さんと密会。もうお風呂にも入って寝るところだったんだけどね。呼びだされたら嬉しくて眼が覚めちゃった」

明日も仕事だろうにご苦労なことだ。迫田が寝室に戻ろうとすると、果穂がドアの前に立ちはだかった。今度は身もすくめていなければ、胸も隠していなかった。ひと目で海外ブランドものだとわかる扇情的なランジェリーに飾られた、艶めかしい素肌を見せつけてきた。

「……なんだよ？」

迫田は眼をそむけた。

「男の人がこんな時間に呼びだすなんて、よっぽどだと思わない？　よっぽどわたしを抱きたいのよ。手塚光敏なら、抱かせてくれる女なんて掃いて捨てるほどいるでしょうにね。わたしじゃなくちゃダメなのよ」

果穂の着けているブラジャーのカップは浅めで、胸の谷間が露わだった。間接照明に照らされた紫色のサテンの生地はサファイヤのように妖しく輝き、黒いレースの縁取りが素肌の白さを際立たせている。

「いつもは紳士な彼だけど、今夜は獣みたいに求めてくるかもしれないわね。ほら、セックスってそういうところあるじゃない？　ささくれ立った気分を晴らしたくて、欲望を爆発させたいときが。男の人はとくにそうよね。ふふっ、どんなことされちゃうのかしら？　外資系の高層ホテルだから、きちんとしたドレスを着ていくつもりだけど、彼はよく見もしないで脱がしてきて……ううん、裾をまくるだけで、いきなり後ろから入れられちゃうかもしれないわね。もちろん、立ったままね。宝石箱みたいにキラキラした夜景が見える窓に両手をつかされて、愛撫もなく乱暴な感じで……それでもわたしは乱れちゃうと思う……。だって……彼から呼びだしの電話があって、下着を替えようとしたら自分でも赤面しちゃうくらい、濡れてたから……」

　手塚光敏と付き合うようになって、果穂はさらに綺麗になった。それは間違いない。開花した薔薇のように、磨きあげられた宝石のように、匂いたつ色香を手に入れた。三十三歳という、若さと成熟のちょうど中間にある年齢と相俟って、美しさのピークに達していると言っていい。

　そして、迫田に対して鬼になった。昔はこんな女ではなかった。親の躾が行き届いた行儀のいいお嬢さんで、あばずれめいた安っぽい台詞を口にするところなど想像もできなかった。自分の甘ったれた生き様が彼女の性格をこんなふうにねじ曲げてしまったのだと思うと、胸が痛んでしようがなかった。

果穂と知りあったのは、彼女がまだ女子高生時代のことだ。迫田がヴォーカルを務めるバンド〈スパンクキッズ〉の追っかけだった。薄汚いライブハウスの片隅で息をひそめている表情が場違いに清らかで、穢れを知らない雰囲気があった。

自分たちの演奏が終わったあと、迫田がフロアでビールを飲んでいると、ひどく思いつめた表情で話しかけてきた。話し相手になってやれば、遠慮がちに笑った。偏差値の高い女子校で、成績も優秀なのだと誰かが言っていた。凛とした意志の強そうな眼をしていた。その眼はいまも変わらないが、それ以外はすべて変わってしまった。

「ねえ、どうしよう、修ちゃん……あんまり濡らしすぎて、ホテルで匂ったらどうしよう？　とっても格式の高いホテルなのよ。ロビーとかエレベーターの中とかでいやらしい匂いさせてたら、恥ずかしいわよね？　コールガールみたい？　アハハ、お金で買われる売春婦が、欲情してるわけないか……」

「……もういいだろ」

迫田が果穂の体をどけ、寝室に戻ろうとすると、

「ひとつお願いがあるんだけど……」

金属のように冷たい声を、背中に投げつけられた。

「オナニーに使ったティッシュ、きちんと始末してくれない？　生臭くってしようがないの。ビニール袋に入れて口を縛るか、そうじゃなかったら自分で下のゴミ捨て場に出してください」

「……ああ」

迫田は背中を向けたまま うなずき、寝室に戻った。果穂の眼を見ることはとてもできなかった。勃起していたからだ。

体の線を露わにしたセクシーなドレスに身を包み、それ以上に扇情的なランジェリーを素肌に着けた果穂が、深夜零時過ぎ、高層ホテルの部屋を訪ねる。当代一の人気を誇るアーティストである手塚光敏が滞在しているのは、スイートかデラックスかプレジデンシャルか、とにかく広くて豪華な部屋だろう。東京の夜景がパノラマで見渡せるようなところで果穂を迎え、金銀のリボンをほどくようにして果穂からドレスを脱がし、下着を奪う。あるいは果穂が言っていたように、ドレスを着たまま性器を繋げるのかもしれないが、腰を振りあうふたりはどこまでもエレガントで、日本中のカップルが夢に描いているメイクラブそのものを具現化する。

もちろん、迫田も憧れていた。深夜零時に連絡を入れ、とびきりのいい女があそこを濡らして部屋を訪れてくれるような展開に、憧れない男はいない。

事後には広々としたジャグジーバスに浸かり、喉が渇けば辛口のシャンパン。カスピ海産フレッシュキャビアを添えて――不況にあえぐ現在の日本で、そんな享楽は過去の遺物だ、バブリーだと忌み嫌われている。しかし、実際にそういう生活を満喫している人間はいる。当代一の人気アーティストでなくとも富裕層は確実に存在する。

その証拠に、外資系の高級ホテルは次々に建っている。欧州の自動車メーカーが新車を発表すれば予約が殺到し、売上が低迷している百貨店でも高級ブランド品だけは売れているらしい。世捨て人のような暮らしをしている迫田だって、それくらいのことは知っていた。光がまぶしければ、影はどこまでも濃い。この国はいま、富める者はますます富み、貧するものはますます貧する事態に陥っているのである。

痛いくらいに勃起しているのに自慰をしなかったのは、果穂の辛辣な捨て台詞のせいではなかった。酒が残っていて動くのが面倒だというのもあるが、別の女のことを考えていたからだ。

手塚と果穂がバブリーなセックスを始めようとしているいまこのとき、彼女はいったいなにをしているだろう?

もう寝ているだろうか。

それとも、眠りに落ちる前に好きな音楽でも聴いているか。

一寸先も見えない闇の中であえぐように生きているはずの彼女も、せめて夢の中では、深窓の令嬢になったり、誇り高き姫君になったり、光り輝く存在になることができるだろうか。

2

ほんの六時間ばかり前のことだ。

迫田は高田馬場にいた。路地を見下ろせる酒場で、ひとりの女を待っていた。すぐ隣のビルに入ったファッションヘルス店で働いている風俗嬢だ。店に電話で確認したところ、午後七時まで働いているということだったが、三十分ほど早く出てきた。あわてて階下におりると、彼女は待ち伏せしていたパチンコ狂いの母親につかまり、その日の給料を奪われていた。

衝撃的な光景だった。

彼女が手塚に頼まれて捜している龍谷杏奈であることは十中八九間違いなく、あとは本名を確認するだけだったのだが、そんなことなど吹っ飛んでしまった。風俗で働いている娘から、日当を巻きあげる母親。それも、パチンコをするために……。

鬼畜の所業ではないかと、怒髪天の怒りに駆られた。呆然と立ちすくんでいる娘が哀れでしかたなく、店の前で声をかけるのはまずいと頭ではわかっていたのに、衝動的に近づいていってしまった。

「よお、ユミちゃん」

源氏名で呼ぶと、杏奈はびっくりしたように眼を見開いた。ストーカーに間違われてはならないと自分に言い聞かせながら、迫田はできるだけ軽薄な口調で言葉を継いだ。

「俺、〈黒猫白猫〉で働いてたんだけど、覚えてない？　あんまり顔合わさなかったから、忘れちゃったかな？」

咄嗟の嘘にしては上出来な部類だろう。

「えっ？　ええーっと……」

　杏奈は困った顔で首をひねっている。

「店、いま終わったとこ？」

「あ、はい……」

「じゃあ、ちょうどよかった。俺、これから飯なんだけどさ、ひとりじゃ淋しいから付き合ってよ」

「えっ、でも……」

「ハハハッ、いいじゃないか。実は給料出たばっかりなんだ。なんでもご馳走するから行こう、ほら……」

　強引に腕を取って歩きだした。彼女のようなタイプは強引な男に弱いと踏んだ。吉と出るか凶と出るか、運否天賦だった。杏奈は困った顔をしながらも、とりあえずついてきてくれた。路地を抜け、タクシーが拾える大通りに出るまで百メートルほど。その間に〈黒猫白猫〉の関係者に会ったらまずいことになる。なんとか無事に高田馬場から離れられるよう、必死に祈りながら歩を速める。

「なにがいいかな？　焼肉？　イタリアン？　なんか俺、今日はパーッとやりたい気分なんだよね……」

　軽薄にしゃべりつつも、心臓は胸を突き破りそうな勢いで鳴っていた。連行するように腕を取って歩きつづけると目立ちそうなので、手を離した。安酒場が並び、それを目当てに集まってくる若い男たちでごった返している路地だった。白いピーコートにピンクのミニスカートの杏奈はただでさえ目立つのに、彼女は歩くのが遅かった。仕事終わりで疲れているのかもしれないが、迫田が歩く速度をあげてもついてこようとしない。苛立ちに歯軋りしながらようやく大通りに出て、タクシーの後部座席に体をすべりこませると、魂までも抜けだすような深い溜息がもれた。

「新宿と池袋、どっちがいい？」

「……新宿」

杏奈が答え、迫田は運転手に行き先を伝えた。杏奈の自宅は椎名町で、池袋の隣の駅だった。それを避けたということは、母親のパチンコ屋通いと関係あるのだろうか。

「なにが食べたい？　お腹空いてるだろう？」

杏奈は首を横に振った。

「じゃあ、お酒が飲めるところにしようか？　どういうところがいい？」

「なんでも……いいです……」

うつむいて力なく答える杏奈は、あきらかに気乗りしていない様子だった。迫田が店の従業員だったという話を疑っているのだろう。ボロが出ないように誤魔化したくとも、運転手のいる車内では込みいった話などできない。高田馬場から新宿までタクシーで十五分ほどか。一分が一時間にも感じられる、焦れるばかりの息苦しい時間が続いた。

「ちょっと停めて」

新宿はまだ先だったが、迫田はタクシーを降りた。道路沿いにカラオケボックスの看板を見つけたので、そこに入ろうと思った。

杏奈は黙ってついてきた。薄暗く狭い個室に入ると、迫田は生ビールを、杏奈はカシスウーロンというよくわからない酒を注文した。杏奈はますます警戒心を露わにしており、乾杯もどこか虚(むな)しかった。慎重に話を運ばなければならなかった。まずは疑惑を晴らし、本名を聞きだすことだ。

「ユミちゃん、俺が従業員だって話、疑ってるだろう？　迫田って名前だけど、覚えてない？」

杏奈は視線を泳がせ、曖昧に首をかしげた。

「まあ、無理もないか。俺があの店にいたの、一週間くらいだし。ユミちゃんさあ……あっ、店でもないのに源氏名はやめようか。本名、なんてったっけ？」

杏奈は眉をひそめて迫田を見つめ、唇を引き結んでいる。話が信用できないらしい。当たり前だ。我ながらあやしすぎる。

「ああ、そうだ、思いだした。杏奈ちゃんだ」

杏奈は息を呑(の)んだ。

「龍谷杏奈ちゃん、だよね？」

杏奈はびっくりした顔で、コクリと小さくうなずいた。迫田はなにかが大きく動きだすのを感じていた。いままで闇に包まれて影しか見えなかったものが、ついに光を浴びてその全貌を現したのだ。

　彼女が龍谷杏奈であることは、ほぼ間違いないと思っていた。しかし、別人の可能性もゼロではなかった。

　だがこれで、彼女があの男の娘であることが確定した。当代一の人気アーティスト、手塚光敏の……。

　本名を言い当てられ、杏奈は猜疑心から解放されたのだろう。白いピーコートを脱いだ。白地に漫画っぽい猫のキャラクターがいくつもプリントされた、パジャマのような柄のニットを着ていた。下はピンクのミニスカートで、靴もピンクと白のコンビカラー。そんなファンシーな格好をしているにもかかわらず、杏奈は存在感が希薄だった。顔立ちは整っているし、商売柄なのかメイクも濃い。なのに見ていると輪郭がぼやける。綿菓子のようにふわふわした、頼りなく儚げな感じばかりが伝わってくる。

「まあ、飲んでよ……」

　迫田は酒を勧めた。

「実はいま声をかけたのはね、もちろん懐かしかったからでもあるんだけどさ、店にいる女の子の中じゃ、キミがいちばん可愛いと思ってたから……でも、その……そういうのとは別にね、見ちゃったんだよ。店から出てきたキミが、白いジャージを着た女の人に給料袋を取りあげられてるところ……」

　杏奈の顔から、もともと希薄だった表情が抜けていく。

「あれ、お母さんだろ？」
杏奈は反射的に首を横に振った。大きく眼を見開き、可哀相なくらい顔をこわばらせている。
「嘘つかなくていいんだ……」
迫田は眼を細め、諭すように言った。
「キミの力になりたいんだ。俺は間違っても敵じゃない。それだけはわかってほしい。
よかったら、詳しい話、聞かせてくれないかな？」
聞いてどうするのだ、ともうひとりの自分が言う。手塚光敏に頼まれたのは、生き別
れた娘の所在をあきらかにしてほしいということだけだった。ならばこの時点で、彼女
が龍谷杏奈だとわかった時点で、仕事は終了である。手塚に報告し、報酬を受けとって、
機上の人となればいい。
それでも聞かずにいられないのはどうしてだろう？
「俺はショックだったんだ。まず娘があの店で働いていることを母親が知っていること
に驚いた。普通とめるだろう？　別の仕事を探しなさいって説教するところだろう？
なのにキミのお母さんはよりによって……」
「ママの悪口を言わないでっ！」
杏奈が叫んだ。一瞬、嚙みつかれるかと身構えたくらい、怖い顔をしていた。彼女が
小動物なら、全身の毛を逆立てていたことだろう。

「ママは悪くないの……ママだって苦労してわたしを育ててくれたわけだし……いまは疲れて働けなくなっちゃったから……わたしが働くしかないじゃないですか？」

「なにも風俗で働くことないだろ」

「でもわたし、普通の仕事苦手だし……ああいうお店なら割がいいから……ママも昔、似たようなことやってたんです……だから……あんたもやってみればって……言われて……」

迫田は天を仰ぎたくなった。つまり杏奈は、母の美奈子の勧めによって働きはじめたのである。でたらめな話だった。シングルマザーが売春をして娘を育てるのはまだわかる。しかし逆はあり得ない。母親が病床に伏しているならしかたがないかもしれないが、美奈子はパチンコ屋で散財し、泥酔状態で家に帰っている。

「じゃあ、いまの生活が続いてもいいの？」

杏奈がうなずく。うつむいて、眼尻の涙を拭っている。

どんな子供時代を送ってきたのか、学校はきちんと出たのか、実の父親が誰であるか聞かされているのか、彼女に訊ねたいことは山ほどあった。しかし、訊ねるのが怖くて、迫田は言葉を継げなかった。現状を見れば、過去はだいたい想像がつく。いや、想像を絶するような救いがたい過去を突きつけられるかもしれず、そうなればますます言葉を失うばかりだろう。

この状況を手塚光敏に報告したら、彼はいったいどうするだろうか。金はありあまっているだろうから、援助することは間違いない。たとえば母娘で一緒に働ける店を出させるなどの方法が簡単に思いつくが、それでふたりは幸せになれるだろうか。

迫田も果穂に似たようなことを言われた。離婚に応じてくれるなら、ロック酒場を出す資金を提供すると。

迫田は自分でも引いてしまうくらい、怒りを爆発させてしまった。まずロック酒場の類が大嫌いだった。ミュージシャンの夢に破れ、肥大した自我の後始末に困り、それを酒場で表現しているような輩はろくなものではない。あれこそ周回遅れになっているのにコースを塞いでいる最たるものだ。負けを認める潔さがない、負け犬以下のゾンビだった。そういう輩に限って蘊蓄だけは無駄に深く、ピーピーとおしゃべりで、せっかくの酒を台無しにする。酒場のプロに徹することもできない。

屁理屈だろうか。そんな輩でも働いているだけ、女のヒモよりマシだろうか。意固地になって離婚を受け入れず、恩を仇で返すような駄々をこねている人間の屑よりは、この世に存在する価値があるだろうか。

「わたし……もう帰っていいですか？」

杏奈の声で迫田は我に返った。杏奈の顔には、退屈と居心地の悪さだけが、くっきりと浮かびあがっていた。

「ああ、ごめん」

迫田は笑顔をつくった。

「ちょっと考えごとしてたんだ。帰ってなにかすることがあるの？」

杏奈は曖昧に首をかしげた。

「じゃあもうちょっといいじゃないか。なにか歌ってくれよ」

苦しまぎれにデンモクを渡すと、杏奈は躊躇いもせず受けとった。タッチパネルを操作して曲を入れた。歌が好きなのだろうか。そういえば電車の中で、まわりの乗客に眉をひそめられながら口ずさんでいた。

スローバラードふうのイントロに乗って、画面に曲名が現れた。

〈アンダーカレント〉。

迫田は知らない曲だったが、作詞作曲が手塚光敏とクレジットされていた。もしかすると杏奈は、自分の出生を知っているのかもしれないと思った。

話していると頼りないばかりの杏奈だが、マイクを持つと別人になり、切々と歌いあげた。可愛い顔からは想像がつかないくらい、声が太く、伸びがある。その歌声のせいかもしれないが、いい曲だと思った。都市生活に疲れ果てた男女の諦観を歌っているのに、メロディになんとも言えない透明感があった。

「うまいじゃないか」

迫田が盛大な拍手を送ると、杏奈は初めて笑顔を見せた。

「もしかして、バンドとかやってるの？」

杏奈は黒髪を跳ねさせて首を振り、

「でも、カラオケは好き……ひとりでよく来る……」

恥ずかしそうにうつむいた。歌いおわった途端、頼りない彼女に戻っていた。

「ひとりカラオケか……淋しくないの？　聴いてくれる人がいなくて」

「それは……べつに……」

「手塚光敏が好きなんだ？」

迫田は手に汗を握りながら訊ねたが、杏奈の表情に変化はなかった。

「べつに……普通かな。でもいまの曲は好き……」

彼女は自分の出生を知らない、と断定したくなる反応だった。

会話が途切れ、沈黙が訪れた。三十五歳の男と二十歳の女では、共通の話題を探すのが難しかった。杏奈は歌が好きなようだが、迫田は流行りの音楽を避けるようにして生きている。

しばらくして、カラオケボックスを出た。

「今度こそ本当に食事に行こうよ。なんでもご馳走するからさ」

別れ際に言うと、杏奈は笑顔をこわばらせてうなずいた。携帯番号の交換には応じてくれたけれど、電話をかけても出てくれない気がした。明日出勤すれば、迫田の嘘は簡単にバレるだろう。

3

新宿駅で杏奈と別れた迫田は、ガード下の酒場に入った。輪ゴムを嚙んでいるような焼き鳥と宿酔い必至の安酒を出す店だったが、文句はなかった。今夜のざらついた気分には、そういう店こそが相応しいような気がした。

安酒を浴びるように飲み、テンションがあがったら、手塚光敏に電話をするつもりだった。龍谷母娘の所在地を伝え、現在の暮らしぶりを簡単に説明して、金を受けとる段取りをつけるのだ。

三千万キャッシュで払うと、手塚は言っていた。それを持って、海外に飛ぶ。バンコクでもマニラでもデリーでも、太陽がギラギラしているところならどこでもいい。しばらくは、ツーリスト用のセキュリティのしっかりしたホテルに滞在し、ひょうたん形のプールで泳いだり、現地のうまいものを食べたりして、のんびりしていればいい。性病の心配がなく、サービスのいい高級娼婦を買って楽しむのも悪くない。

だが、そんな生活もすぐに飽きるだろう。飽きるというか嫌になる。成功者が人生を謳歌するためのバカンスをなぞってみたところで、迫田は負け犬なのだ。夢に破れ、女を奪われ、尻尾を巻いて日本から逃げだしてきた絶望感から逃れられるわけがない。リゾートホテルのプールやめくるめく美食やギラギラした太陽は、手塚と果穂を忘れさせてはくれない。むしろ思いださせる。使っている金の出所を思って敗北感に打ちひしがれ、ふたりのバブリーかつ優雅なセックスを想像して嫉妬に狂い、やがて自分を消したくなる。

闇を求め、闇に誘われる。墨を流しこんだように暗く蒸し暑い部屋、未来と引き替えに与えられるドラッグの恍惚、生まれてから一度も笑ったことがないような最下層の娼婦の浅黒い肌……。

「……ふうっ」

冷や酒を三杯干すと、少し気分が落ち着いた。杏奈が母親に金を奪われた現場を目撃したとき、こみあげてきた火のような怒りはすでに消えていた。杏奈と小一時間一緒にいて、跡形もなくなった。残ったのは、砂を嚙むような無力感だけだった。

迫田にできることはなにもなかった。話していて思い知らされた。手塚ならなんとかできるかもしれなかった。少なくとも金の援助はできる。たとえ迫田にとって釈然としないやり方だとしても、杏奈は風俗嬢から足を洗える。目の前に大金を積まれれば、美奈子だって小躍りして喜ぶに違いない。荒んだ生活と縁を切り、心を入れ替えて真人間になる可能性だってなくはない……。

なにもかも、迫田には関係のない話だった。どうかそうなってくださいと、祈ることしかできなかった。

冷や酒をさらに三杯干すと、視界が揺れてきた。ふらついた足取りで店を出た。にわかに気分が悪くなり、路上で嘔吐した。涙が出るほど悶え苦しみ、視界が光の洪水になった。「テメエこの野郎、人の店の前汚しやがって」という怒声が聞こえた。それを掻き消す轟音をたてて、頭上を電車が通過していく。

ここはいったいどこなのかと、苦く酸っぱい胃液を噛みしめながら思った。新宿なのかバンコクなのかマニラなのかデリーなのか、わけがわからなくなった頭でぼんやりと考えながら、なんとかタクシーに乗りこみ自宅に戻った。帰巣本能というのはたいしたものだと思った。そのまま気絶するように寝てしまったので、手塚に電話することはできなかった。

喉が渇いて眼を覚まし、淫らな下着姿で股間を濡らしている妻にこれから浮気してくると告げられ、再びベッドに入っても眠れなかった。果穂の扇情的な下着姿が眼に焼きついていたが、考えていたのは杏奈のことだ。

果穂の場合、エロティックな下着で男を興奮させることは悦びだ。セクシャルに飾りたて、劇的に演出すべき愛がある。肉欲の裏側に心を満たす深い絆がしっかりとあるから、とことん淫らになっても精神の安定は保証されている。

しかし、杏奈は違う。おそらくピンクと白の、果穂よりもなおいやらしいランジェリーを着けていても、見せるのは店の客である。一見もいれば、馴染みもいるだろうけれど、好きでもなんでもない男に見せて触らせる。金でセクシャルなサービスを売っているのである。

その心情を推し量るほどに、眠れなくなった。杏奈のあのいかにも儚げで、頼りない存在感と、風俗嬢であることがうまく結びつかない。

店では案外しっかりと働いているのだろうか。あるいはクレームばかりつけられているお荷物的存在なのか。もともとは年相応に潑剌(はつらつ)としていたのが、好きでもない男のペニスを咥えているうちに、生気を吸いとられてしまったのか……。

迫田にはわからなかった。

いくら考えても答えなど出るはずがなかった。考えてもしかたがないことを考えるのは時間の無駄だ。心の健康のためにもよくないことだ。

なのに考えずにはいられない。

杏奈とはおそらく、二度と会うことがないだろう。それでも彼女の未来を想像し、胸を痛めずにはいられなかった。

実の父親が当代一の人気アーティストだと知ったとき、杏奈はいったい、どんなリアクションを見せるだろうか。

4

明け方になってようやく眠りにつき、眼を覚ますと午後二時だった。

寝室を出てトイレで用を足し、リビングに向かった。果穂が帰ってきた痕跡はなかった。帰ってきて朝食を食べたなら、迫田のぶんもテーブルに用意されているはずだから だ。口汚い悪態までついて離婚を迫りながらも、そういうところはきちんとした女だった。朝食のかわりに、テーブルには封筒が置かれていた。中身は確認するまでもなくわかった。一万円札が十五枚入っている。迫田のひと月分の小遣いである。

律儀な女だった。兵糧攻めにして迫田が自暴自棄になることを恐れているだけかもしれないが、それにしても頭がさがる。たとえ迫田が自暴自棄になり、マスコミにすべてをぶちまけたとしても、世間は手塚と果穂に味方するのではないか、と最近よく考える。たしかに世の奥様連中は不倫や略奪愛に厳しいけれど、略奪された女の夫がまったく働かないヒモ男となれば、話は違ってくるはずだ。飲んだくれる以外に能がない元バンドマンを十年も養っていた果穂に、同情する向きも多いのではないだろうか。

熱いシャワーを浴びた。少し元気をとり戻したので、外に出た。

向かった先は池袋のパチンコ屋だった。龍谷美奈子に会うためだ。会ったところでなにになるのか、自分でもわかっていなかった。杏奈の本名が確認できた時点で、仕事は終了なのだ。あとは手塚の問題であり、龍谷母娘の問題だった。自分にはまったく関係がないとわかっているのに、どうして放っておくことができないのだろうか。

杏奈と話した感触が、あまりにも手応えがなかったからかもしれない。わたしはひどい目に遭っていると泣き叫んでくれたなら、躊躇うことなく手塚に電話をかけ、娘を助けてやってくれと言えただろう。しかし杏奈は、母親に給料を巻きあげられたところを目撃されてなお、母親を庇(かば)っていた。意味がわからなかった。この子は心のどこかが壊れているということ以外、伝わってくるものがなにもなかった。

　美奈子はすぐに見つかった。

　この前と同じ、金色のラインが入った白いジャージの上下を着ていた。足元のサンダルも同じだった。今日は早々に持ち金を溶かしてしまったのか、喫煙所の一角でふて腐れた顔をして細長いメンソール煙草(たばこ)を吸っていた。迫田のことは覚えていないようだった。前を通りすぎ、隣のベンチに腰をおろしても、視線を向けてこなかった。あるいは援助交際を断ったことを根にもって、無視しているのかもしれないが。

　迫田は美奈子の横顔を盗み見ながら、手塚と知りあったころの彼女を想像していた。かつては可愛かったのかもしれない。ヒロインになれる華はなくとも、脇役で眼を惹(ひ)くコケティッシュさがある。高校時代のクラスメイトに、似たようなタイプがいた。すねた表情が魅力的な、ヤンキーっぽい女の子だった。あんがい、才色兼備な美少女系よりモテていた。

　もっとも、時間というのは残酷なものだ。若さは女の七難を隠すけれど、三十路(みそじ)を過ぎた大人の女が美しく輝くためには、知性や教養や経験や、日々の生活の充実、時間をかけて獲得した自信、お互いを高めあえる人間関係、そのすべてを裏打ちする経済力が必要だ。もちろん、美奈子はなにひとつもっているように見えなかった。おまけに三十路どころか四十路(よそじ)も過ぎている。

「あのう……」

迷った末、迫田は声をかけた。

「いま、ちょっと時間ありますか？」

美奈子が面倒くさそうに顔を向けてきた。

「これでどうです？」

迫田は胸のところで、さりげなく指を二本立てた。美奈子の顔色が変わった。眼尻をさげ、喉の奥で鳩のような笑い声をもらした。

「いいわよ……」

横顔を向けて言った。

「いますぐ？」

迫田がうなずくと、ベンチから腰をあげた。早足で店を出ていく彼女を迫田は追った。カンカンカンと異様に甲高い足音に、ついていく感じだった。それが彼女の癖なのか、わざとサンダルの踵を鳴らすように歩く。線路沿いの道に出ると、一度振り返って迫田を確認した。風を切って迫ってきた貨物列車に追い抜かれながら、ふたりはラブホテル街を目指した。

抱けるだろうか、と思いながら迫田は美奈子の背中を見つめていた。もちろん、抱くつもりなどこれっぽっちもなかったから、いたずらな妄想だ。四十二歳という美奈子の体は、ジャージの上から見ても女らしいラインが崩れていた。極端に太っているわけではないが、脂肪が重そうだった。小柄なのに尻が大きく、腰のくびれが心許(こころもと)ない。彼女とラブホテルにしけこんでも、二万円という金額に見合ったひとときを過ごせるとは、とても思えない。

とはいえ、その体はかつて手塚光敏が抱いた体だった。深く情熱的に愛しあったのか、単なるセックスフレンドだったのかは定かではないが、とにかくその腹に手塚の子を宿し、産み落とした。孕(はら)んでしまうほどまぐわった。その一点に、興味がないと言えば嘘になる。

それでも抱けないだろうと思った。白いジャージを脱がせたときに現れるのはきっと、荒んだ生活で溜めこんだ疲労を年輪のように刻みこんだだらしない体で、おそらく勃起しない。そもそも迫田のペニスは蕩(とろ)けるような蜜壺(みつつぼ)の感触から久しく離れ、妻を寝取られる現場を想像してはみずからしごきたてるばかりの、みじめな境遇に追いやられているのである。

ラブホテルに入るのはかなり久しぶりだった。

十年前に結婚してからは確実に来ていないが、もともと装飾過多で脂ぎった雰囲気が好きではなかった。バンドをやっていたころはホテル代も出せないくらい貧乏だった。そのかわり、部屋に泊めてくれる女にも困らなかった。

美奈子が選んだ部屋は、装飾過多でも脂ぎってもいなかった。ガランとした室内はむしろ殺風景で、暖房が効いているのに寒々しい雰囲気だった。嵌(は)め殺しの窓のせいもあり、ビルの陰に建った異様に陽当たりの悪い家を連想させ、こんなところで淫らな汗をかく連中の気が知れなかった。

「先にもらうものもらっていい？」

美奈子が右手を差しだしてきたので、迫田は一万円札を二枚、その手に渡してやった。

「シャワー浴びる？　寒いからお風呂入れましょうか？　ふふっ、一緒に入ろうなんて言わないでね」

金を受けとったことで、美奈子はあからさまに上機嫌になった。迫田は無視して冷蔵庫を開け、コインを入れて缶ビールを取りだした。部屋の空気が乾いているせいか、喉にしみた。

「あら、やーねー、わたしにもちょうだいよ」

美奈子が言ったので、迫田はもう一本缶ビールを取りだして渡した。迫田の険しい表情を見て、怪訝そうに眉をひそめた。

「なによ？」

「ちょっと話をしていいかな？」

「面倒な話はいやよ」

美奈子はそっぽを向き、ベッドに腰かけて缶ビールのタブをあげた。上機嫌さを引っこめ、つまらなそうに缶ビールを飲んだ。

「龍谷美奈子さんだな？」

迫田は立ったまま言った。美奈子の顔に緊張が走った。

「心配しないでいい。俺は警察でもやくざでもない。手塚光敏に頼まれてあんたを捜してた。あんたと、あんたの娘、杏奈を……」

美奈子は黙っている。顔色だけが刻一刻と青ざめていく。

「もう裏はとれてるんだ。昨日、杏奈に会った。彼女の父親は、手塚光敏なんだろう？」

「なんのことだか……」

美奈子は力なく首を振った。

「警察でもやくざでもないなら、マスコミかなんかかい？　つまらないこと嗅ぎまわってないで、もうちょっと世のため人のためになることとしたらどう」

「マスコミでもないよ」

迫田はひとつ息を吐きだした。

「事情があって、手塚光敏に個人的に頼まれただけだ。本当のことを言えば、俺の仕事はもう終わってる。あんたら母娘が住んでいるアパートの住所を教えれば、それでいいんだ。だが、どうしても引っかかるものがあってね、あんたと話をしてみたくなった。なにを言っても世間に出ることはない。手塚にも報告しない。だから正直にしゃべってくれないか……」

缶ビールを置き、財布を取りだした。一万円札をすべて取りだし、美奈子が座っているベッドに置いた。先に渡した二万と合わせて十五万になるはずだった。今朝、果穂がテーブルに置いていった全額だ。

　美奈子が手を伸ばさなかったので、迫田は軽いショックを覚えた。パチンコの軍資金をつくるためなら、娘の給料さえ毟り取るような女だった。なのに動かない。剝きだしの現金を見ようともしない。異様だ。

「あの男は……」

　美奈子はひどくかすれた声で言った。

「わたしらの居所を知って、どうしようっていうんだい？」

「正確にはわからないが……」

　迫田は乾いた唇を舌で湿らせてから続けた。

「悪い話じゃないと思う。手塚は手塚なりに、あんたや杏奈に罪の意識を感じていて、それを清算したいんだろう。なにしろ金は持ってるだろうからな。それなりの援助を期待してもいいんじゃないか」

「……ざけんな」

　美奈子は唇をいびつに歪めた。

「なにをいまさら……どうせ、援助するかわりに杏奈に会わせろって言うんだろ。冗談じゃないね。あんな男の顔、見たくもないし、思いだしたくもない……」

　殺風景な室内に、重苦しい沈黙が垂れこめてくる。

耐えがたい時間を、迫田は耐えた。美奈子が話をする気になるのを、息をひそめて待った。彼女の本音を引きだしたいなら、無理に急(せ)かさないほうがいい。待っていることをアピールするために、椅子を引き寄せて腰をおろす。

美奈子は缶ビールを呷(あお)った。これほどまずそうにビールを飲む人間も、滅多にお目にかかれないだろう。そんなふうに思わせる表情で呷りつづける。

「あの男だけは許さない……」

「絶対に……絶対に許さない……」

やがて、震える声を絞りだすようにして言った。

「聞かせてくださいよ」

迫田は低く静かに訊(たず)ねた。

「なぜ許せないのか、その理由を……」

5

知りあったころはあの男にも可愛いところがあったのよ、と美奈子は話を始めた。

杏奈がちょうど二十歳だから、手塚に出会ったのは二十一年も前ってことになるのかしらね。カート・コバーンが死んで、アイルトン・セナが死んで、ビートたけしがバイク事故起こして、「同情するなら金をくれ」ってドラマが流行ってたころの話よ。

わたしは西日暮里のハンバーガーショップで働いてて、手塚もそこでバイトしてたの。いまじゃ信じられないけど、黄色い制服に赤いサンバイザー被って、ニコニコしながら「いらっしゃいませ、ようこそ」なんてやってたんだから。わたしが二十一歳で、向こうが二十四歳……バーガーショップなんて高校生から働けるから、けっこう年いってる感じだった。でも格好よくてね。顔はもちろん男前だし、背が高くてすらっとしてて、物憂げな感じがとってもよかった。

当時は暗かったのよ。カート・コバーンとアイルトン・セナと、大尊敬している人が立てつづけに死んじゃったせいとか言ってたけど。あの男も改造しまくったロードスターに乗っててね。ボロボロのやつ。乗せてもらったことはないけど、けっこう無茶な運転するってまわりは言ってたな。デビューしてからも、カーレースに出たりしたんでしょ？　よく知らないけどさ。

音楽のことも、詳しい話は聞いたことがなかった。ライブに呼んでくれることもなかったし、ギターを弾いてるところも見たことないね。まあ、こっちも興味なかったから……で、どんなきっかけだったか忘れちゃったけど、気がつけばわたしのアパートに入り浸ってた。うちにいれば、ごはんつくってあげたり、洗濯してあげたりするからだろうね。あとはエッチ。とにかくもう、びっくりするくらい性欲が強い男だった。二十代半ばだったせいかもしれないけど、毎日のようにしてるのに、二回も三回も求めてきたから。

でも、好きだとかは言わないのよ。ゴムも着けないで抱くくせにね。できたらどうすんのって言ったら、そのときはそのときだよなんて答えてた。いちおう外に出してたから大丈夫だって思ってたんだろうけど、毎日のようにしてれば、どうなるかわからないじゃないの。わたしはまだ二十一歳だったし、子供なんて欲しくなかったから、生でするのがすごく嫌だった。一緒にいても、エッチかごはんか身のまわりの世話で、デートなんか連れてってくれなかった。それもすごく嫌だった。所帯じみていくみたいで……。

でもやっぱり男前でしょ？　一緒にいると見とれちゃうでしょ？　抱かれたら、天にも昇るような気持ちになるわけよ。で、別れようかどうしようかぐずぐずしてるうちに半年くらい経っちゃって、妊娠が発覚したわけ。

焦ったなあ。めちゃ焦った。うちの父親って消防隊員でさ、かなり厳格に育てられたわけよ。その反動で上京してからは面白おかしく生きることを目指すようになったんだけど、バーガーショップでバイトしてる男に孕まされましたなんて言ったら、殺されると思った。わたし自身、結婚して子育てなんて冗談じゃなかったしね。田舎から出てきて四年目でしょ？　ようやく都会暮らしに馴染んできたところだったから、まだまだ遊んでいたかったわけよ。

でもほら、やっぱりね……堕ろすってなると、それはそれで勇気がいるわけじゃないの。これからの人生、水子を背負って生きるのと、赤ちゃんを背負って生きるのとどっちがいいかって……どっちもつらくて大変そうだったけど、幽霊より生身のほうがマシかも、なんてわけのわからないこと考えて……わたしも若かったし、たいがい馬鹿だから……。

「産みたい」

って手塚に言ったらさ、なんて言われたと思う？

「産むならひとりで産んでくれ」

だって。

「俺には将来があるから結婚はできないし、子供の面倒も見られない」

だって。お金だって、びた一文払うつもりはないみたいだった。

じゃあわたしや子供の将来はどうなるの、って思ったけど、言えなかった。わたしだってさ、若いころからいまみたいに図々しい女じゃなかったのよ。どっちかって言ったら引っ込み思案だったし、男の人に上からものを言われたら言い返せない感じだったわけよ。

毎日泣いてたね。泣いて泣いて泣いて、涙って涸れないんだなあなんてぼんやり思いながら、お腹だけがどんどん大きくなっていってね。

友達がいなかったら、どうなってたかわからないよ。サクラっていって、前の仕事先だった洋服屋で一緒に働いてた子なんだけど。親身になって同情してくれてさ。うちによく泊まってくれたし、産んだときも立ち会ってくれて……でも結局は裏切られたけどね。ひどいもんよ。

杏奈が三歳になるころかな。サクラは当時、ホステスやってたから、売り掛けかなんかで穴を空けたんだろうね。わたしの通帳から貯金全部引きだして逃げやがった。四十三万いくら……あのときはホント、目の前が真っ暗になったよ。だって、赤ん坊抱えながら爪に火を灯すようにして貯めた金だよ。

殺してやるって思って、眼の色変えて捜したけど、結局見つからなかった。考えてみたらさ、わたしあの子の実家とか人間関係とか、ほとんどなんにも知らなくてさ。まあ、出産と子育てと、けっこう力になってくれたから、そのぶんだと思えばいいかって……なかなか諦めきれなかったけどね。

水商売？　ううん、まだやってない。真面目に頑張ってたよ。牛丼屋で働いてたりしたもん。時間が空いたらチラシ配りね。街中まわってポストに入れていくやつ。あんなのもやってた。一日が長くて長くて、夜まで必死に辿り着く感じで、仕事が終わったら保育所に杏奈を迎えにいくんだけど、その保育所の料金がまた高くて……。

結局、サクラに逃げられたことがきっかけで、風俗に転落よ。だってもう、財布の中に小銭しかないんだもん。実家に頼れなかったのかって？　無理。子供産んだのがバレて、勘当状態だったから。孫の顔見たら許してくれるって思ってたわたしも甘いんだけど、塩撒くような勢いで追い返されたのはショック大きかったなあ。わたし、子供のころから出来が悪かったから、他の兄弟より親に好かれてなかったんだけどね。それにしてもさ……。

風俗はひととおりなんでもやったな。ピンサロを皮切りに、デリヘル、性感、ソープランド……SM以外はなんでもやった。でもさすがに三十過ぎると体がきつくなって、スナックに移ったのよ。けっこう人気あったんだから。枕営業バンバンやるからね。それでも、風俗で働くよりはずっと楽だった。だってさ、最後に働いてた格安ソープなんて、五十分ワンセットで一日に八本とか九本とか客とるのよ。ソープはこっちがサービスするのが基本だから、テンパッちゃって、もう……その点、枕営業なら、向こうが頑張ってくれるしね。こっちは股ひろげてあんあん言ってりゃいいんだから……。

6

ずいぶん話が違うじゃないか、と迫田は胸底で何度もつぶやいた。

手塚によれば、美奈子が彼の将来を案じて自分のほうから身を引いた、ということだったが、美奈子は手塚に捨てられた、と主張している。それも、血も涙もない非情なやり方で。

もちろん、美奈子の言葉ばかりを鵜呑(うの)みにするわけにはいかない。物事は見る角度によって様相が変わってくるし、男と女の別れ話はとくにそうだ。それに、人は過去を書きかえたがる。誰だって自分を肯定して生きていたいから、少しずつ都合のいいように自分の物語を書きかえていく。二十年の時を経てみれば、両者に大きな隔たりが生まれることもあるだろう。

「苦労したんですね……」

長い告白を終えた美奈子に、迫田は言った。心から言ったつもりだったが、自分の言葉が嘘くさくて、やりきれなくなった。

美奈子はふて腐れた顔でうつむいている。横顔に、同情を寄せつけない強さを感じた。あんたなんかになにがわかる、という心の声が聞こえてきそうだった。

もちろん、迫田にはわからない。わかるはずがない。それでも、と思ってしまう。たとえどんな事情があろうとも、人としてやっていいことと悪いことがあるのではないだろうか。

「手塚光敏に……」

迫田は低く声を絞った。

「そういう事情を話せば、いまの生活をなんとかしてもらえるんじゃないですかね？ここまできて意地を張ることはないですよ。向こうが援助したいって言ってるんだから、ありがたく援助してもらえば……」

美奈子は横顔を向けたまま黙っている。反応のなさが、昨日会った杏奈を彷彿(ほうふつ)とさせる。

「このままじゃよくないでしょ？」

まだ黙っている。

「杏奈ちゃんが可哀相じゃないですか。若いのに風俗なんかで働かせて……同じ年頃なら、まだ学生でしょう？　おまけに……」

気持ちが昂ぶってしまい、迫田の舌鋒は鋭くなった。

「あんた昨日、杏奈ちゃんが働いたお金、店の前で取りあげただろう？　パチンコをするために……いったいどういう母親なんだって思ったよ。いくらなんでもひどいだろ。そこまでしてパチンコなんかやりたいのかよ……」

美奈子の顔がこちらを向いた。眼を剝いて睨んできた。

「わたしはこれでもねえ、一生懸命生きてきたのよ……」

唸るように言った。

「二十一歳からこっちの人生を、あの子に捧げたって言っていい。サクラに金を持ち逃げされたあと、風俗で働きだしたときは、ほんの腰掛けのつもりだった。半年か一年頑張って金を貯めたら、昼の仕事か、夜でも飲み屋の仕事に移ろうってね。だけどね、あの子は手のかかる子供だった。一緒にいる時間を減らすと、てきめんに情緒不安定になるんだよ。おかげで、短くても割りのいい風俗の仕事しかできなかった。やりたくてやってたわけじゃないんだよ、こっちだって……本当に……本当に杏奈はイカれた子供だった。万引きで警察に呼びだされたことなんて、十回じゃきかないからね。家出はもっと日常茶飯事。小学校三、四年生のころからよ。中学に入ったら、担任の先生と駆け落ちまでしようとしやがって……先生も先生なんだけど、あの子もあの子なんだよ。年端もいかないときから色っぽい眼つきして、末恐ろしくてたまんなかったもの。とにかくすぐ股ひらいちゃうから、相手の親が怒鳴りこんできたりするの。普通逆でしょ？　娘を傷物にしやがってって、こっちが怒鳴りこむところでしょ？　高校は行かせてやれなかったけど、あの子にはかえってよかったんだ。ようやく落ち着いて、お菓子工場で真面目に働いてくれたからね。でももう、こっちが限界だった。デリヘルとかソープとかスナックで枕営業とか、ガチャガチャ仕事を変えながらその日暮らしでなんとか生き延びてきたけど、ある日突然、布団から起きあがれなくなっちゃった。体のどっかが悪いっていうより、心よ。心がすり減って、なんにもなくなっちゃったんだよ。電池が切れたみたいにね。昼間はずっと寝たきりで、夜になると酒飲んだりするんだけど、とにかく生きる気力がなくなっちゃった……」

美奈子は缶ビールを呷ったが、もう残っていなかったらしく、缶をゴミ箱に投げた。入らずに床に転がった。

「それで杏奈を風俗嬢にしたわけか？」

「そうじゃないよ。わたしはあの子に言ったわよ。もう二十歳なんだから家から出ていって好きに生きなさいって。しばらく連絡もしちゃダメだって。そうすれば、生活保護で生きていけると思ったからね。どのみち、あの子の給料だけじゃふたりで暮らしていくのは難しかったんだ。手取りで給料十二万じゃ、食うや食わずよ。生活保護以下よ……でも、あの子は出ていかなかった。子供のころは家出ばっかりしてたくせに、ママと離れたくないって泣くわけ。わたしもう頭にきちゃって、だったら風俗で働いたらって言ってやったのよ。ママだってずっと体を売ってあなたを育てたんだから、今度はあんたがやりなさいって。本気じゃなかったわよ、もちろん。愛想尽かして出ていってくれれば、それでよかったの。なのにあの子は、面接受かっちゃったなんて嬉しそうに報告してくるわけ……馬鹿なのよ。母親の馬鹿さ加減が、きっちり遺伝しちゃったのよ……」

迫田は眩暈(めまい)を覚えていた。都会の汚濁に呑みこまれてしまったような、母娘の地獄巡りに対してではない。美奈子がなぜ、自分の恥部をこんなにもヒステリックにまくし立てているのか、理解できなかったからだ。

なるほど、筆舌に尽くしがたいほどみじめでつらい思いをしてきたのは、事実なのだろう。悲惨な境遇に叫び声をあげたくなり、けれども乳飲み子を抱えていては正気を失うことも許されず、黙々と体を売って凌(しの)いできた二十年間のサバイバルは、想像するだけで心が粟立(あわだ)つ。

しかし……。

だがしかし、迫田がいま示しているのは、地獄からの救済の道なのだ。普通なら、恥にまみれた人生をぶちまけたりせず、これでようやく人並みの生活が手に入ると喜ぶべきところではないだろうか。露悪趣味を発揮している場合ではなく、援助の具体的な方法でも質(ただ)してくれればいいではないか。

美奈子は肩で息をしながら冷蔵庫に向かい、

「小銭ちょうだい」

と背中を向けたまま言ってきた。迫田がありったけのコインを渡すと、美奈子は缶チューハイを取りだして立ったまま飲みだした。ベッドの上には、先ほど渡した十三万が置かれていたが、一瞥もくれようとしない。

「悪いんだけどさ……」

言葉をちぎって投げるように、美奈子は言った。

「わたしらの居場所、あの男に教えないでもらえないかな。あんたも仕事だから無理か？」

砂漠のように乾いた笑みを、口の端に浮かべる。報告するなら逃げる、とその顔には書いてあった。

「援助を受けたくないってことか？」

「思いだしたくないのよ」

「杏奈はどうする？」

美奈子の顔がこわばる。

「手塚から援助を受ければ、杏奈は風俗で働かなくてすむんだぞ。だいたい、あの子は自分の父親が手塚光敏だって知ってるのか？」

美奈子は首を横に振った。

「一生言わない……誰が言うか」

「なぜ？」

「それはあんたには関係ない話だ。あんたの仕事は、わたしが体を売りながら娘を育てて、いまは娘が体を売ってわたしを養ってるって、あの男に報告することだろ」

迫田は言葉を返せなかった。名づけようのない激しい感情に、胸を搔き毟られていた。

自分が感動しているのだとわかるまで、しばらく時間がかかった。そう、感動していた。目の前にいる女はまぎれもない人間の屑で、鬼畜の所業に手を染めていたが、プライドを捨てていなかった。

別れ話の真相が、彼女の言う通りなのかどうかわからない。しかし、二十年もの長きにわたり、都会の底辺を這いずりまわっていた母娘を、手塚が放置していたのは事実だった。

美奈子はそれを決して許さないと言っているのだ。援助を申し出るならもっと早いタイミングがあったのではないか、と怒り狂っているのだ。手塚の人気がブレイクしたのは、迫田が高校三年のときだった。なんて軟弱な歌だと、バンドのメンバーと悪口を言いあったことをよく覚えている。いまから十七年前、手塚がブレイクしていたまさにそのとき、美奈子は信じていた友達に裏切られ、乳飲み子の杏奈を抱えて途方に暮れていたのである。

手塚からの連絡はなく、美奈子も救いの手を求めなかった。女としての恥という恥をさらす苦界(くがい)に身を沈め、たったひとりで杏奈を二十歳まで育てあげたのだ。天晴(あっぱ)れとしか言いようがないではないか。彼女こそがまさしく、泥に咲く蓮(はす)の花だと賞賛せずにはいられようか。

いや……。

彼女はたしかに天晴れな女であり、感動したのは事実だった。しかし、その高潔なプライドの裏側にドス黒いなにかがぴたりと貼りついていることを、見逃すわけにはいかなかった。

無意識かもしれない。そうと自覚してやっていることではないのかもしれないが、美奈子の生き様には手塚に対する復讐(ふくしゅう)の匂いがした。心がすり減って起きあがれなくなるまで売春稼業に身をやつし、そうして育てあげた娘を風俗で働かせてギャンブルに溺れる——自分たちを裏切ったあの男のせいでこんなひどいことになってしまったのだという捨て身の絶唱が、地獄で奏でる断末魔に似た復讐のメロディが、迫田には聞こえてくるようだった。

気持ちはよくわかった。

手塚のせいで彼女の人生がめちゃくちゃになってしまったことは、疑いを入れる余地がない。

だがしかし、それはある種の甘えなのだ。甘えがあれば、人間どこまでも堕ちていける。わが宿命のみじめさや悲惨さを他人に責任転嫁した瞬間、堕落は歯止めがきかなくなる。屑になり、虫けらになり、生きる屍となって、死が与えてくれる音のない暗闇だけに救いを求めるようになる。

迫田は絶句して立ちすくむ以外になにもできなかった。

もちろん、自分のことを考えていたからだ。美奈子よりもずっと甘ったれた、高潔なプライドなどと縁もゆかりもない、薄汚れた自分の人生のことを。

7

「ハッ、もう帰ってもいいかな?」

白けた声で美奈子が言い、迫田は我に返った。似たようなことを、昨日杏奈に言われたことを思いだした。やはり母娘だ。杏奈は父親似だが、つまらなそうな表情をしていると、面影がダブる。

美奈子が部屋を出ていこうとしたので、

「待てよ」

迫田は立ちあがって腕をつかんだ。

「二万円……」

「返せっていうの？　あんたもせこいね」

美奈子が鼻で笑った。

「兎にも角にもわたしの時間を使ったんだから、二万は正当な取り分じゃない？」

「そうじゃない。一発やらせろって言ってんだ」

なぜそんなことを口走ってしまったのか、迫田は自分でもわからなかった。唖然としたように眼を見開いている美奈子に、欲情などしていない。セックスを求める甘い疼きなど、体のどこにも見当たらない。けれども衝動がこみあげてくる。この女を抱き、恍惚を分かちあったとき、なにかが変わるのではないか——そんな予感が衝動となって体を突き動かし、唇から言葉を放ったのだ。

安易な好奇心では断じてなかった。大げさに言えば天啓を受けた。この女を抱いて射精を果たしたとき、そこに見える光景が、いまは想像することすら難しい事後の心の有り様が、未来への指針になるはずだ、と。

美奈子の腕を取り、ベッドに押し倒した。十三枚の一万円札が宙に舞った。迫田は一瞥もくれずに、白いジャージを脱がしにかかった。「いやだよっ、やめてっ」と美奈子が叫ぶ。挑むように睨んできたが、眼の下を赤く染めたその顔は羞じらっているように見えなくもなく、迫田の本能を揺さぶった。女の羞じらいは、男を昂ぶらせる最高の刺激だ。破れるような音をたててTシャツを脱がした。安っぽいショッキングピンクの下着が露わになった。よくもまあこんな下着でベッドインをする気になったものだと呆れるような代物だったが、体のラインは思ったよりも崩れていなかった。もちろん、四十二歳なりにふくよかだったけれど、肉感的だと評せるレベルで、眼をそむけたくなるほどではない。肌が白く、そこそこ艶もある。小柄なのにブラジャーのカップは大きく、太腿(ふともも)の量感は眼を見張るほどだ。

「やめてって言ってるでしょっ！」

美奈子が叫ぶように言ったが、

「うるせえっ！」

迫田は倍の声量で怒鳴り返した。

「少し黙っててくれ……やさしくしてやるから……な、やさしくするから……」

馬乗りになり、美奈子の唇を奪った。美奈子は眼を剝いたまま唇を引き結んでいたが、ブラジャーの上から乳房を揉(も)んでやると、あえぐように口を開けた。逃げまわる舌を追いかけながら、迫田は自分が興奮していることに気づいた。まだ勃起はしていなかったが、嫌がる美奈子を感じさせてやりたいという欲望が生まれた。

たっぷりと舌をからめあってから、ブラジャーをはずした。大きなカップからこぼれ出た乳房はたわわに実り、指が簡単に沈みこむほど柔らかかった。乳首は黒ずんだあずき色だったが、乳房が大きく白いせいでやけに卑猥(ひわい)に見えた。吸ってやると、すぐに硬くなった。物欲しげに突起して、ますます卑猥になっていく。美奈子は「やめて、やめて」と繰り返していたが、その声量は刻一刻と小さくなってうわごとじみていき、はずむ呼吸に吞みこまれた。眼の下をひときわ紅潮させ、眉根を寄せると、女らしさが匂ってきた。

迫田が乳首を吸いながら見つめると、美奈子は顔をそむけた。迫田はその固い表情を凝視しながら、横から身を寄せる体勢になり、右手を下肢に這わせていった。ショーツの上から柔肉を探ると、湿った熱気が指にからみついてきた。肉の合わせ目をなぞるように指を這わせ、小高い丘の麓にあるものをいじりまわした。美奈子は激しく呼吸をはずませ、身をよじりはじめた。量感あふれる太腿をみずから開いてしまいそうになり、あわてて閉じた。風俗で心をすり減らしてしまった彼女も、性感まではすり減らさなかったのだろうか。あるいは性感は、経験を積むほどに磨きあげられていくものなのか。

「くううっ！」

ショーツの前を股間に食いこませると、美奈子はしたたかにのけぞった。屈辱的なやり方にもかかわらず、もう太腿を閉じていることができなくなった。みずから脚をひろげ、腰をまわしはじめた。しっかりと眼を閉じ、眉根を寄せている表情がいやらしかった。女の悦びを知っている顔だった。女は性の悦びを知れば知るほど、感じているときの表情がいやらしくなっていく。

「見せてくれよ……」

迫田は上体を起こし、美奈子の体に残った最後の一枚を毟りとるように奪った。場所を移動し、両脚をM字に割りひろげた。

「いやっ……」

首に筋を浮かべて顔をそむけた美奈子は、今度こそ本気で羞じらっていた。それもそのはずだった。つい先ほどまで彼女は、みずからの汚濁にまみれた人生を語っていた。風俗嬢として働き、水商売では枕営業などという、口外するのもはばかられるような過去をすべてぶちまけた。迫田が手塚からの使者だったからだ。手塚の耳に届かせるために恥を忍んで吠えたのだ。彼女にとって、迫田の耳が手塚の耳、というわけだ。ならば、迫田の眼は手塚の眼だった。彼女はいま、男たちの慰みものになり、汚れに汚れたその部分を手塚に見られているのだ。

「見ないでっ……」

うら若き二十一歳だったころの彼女も、手塚に同じ台詞を言ったかもしれない。そのとき見られることを羞じらったのは、清らかでひめやかななにかだったろう。しかし、いま見られるのを拒んでいるのは彼女の汚れた人生そのものだった。顔から火が出そうなほど、恥ずかしいに違いない。

迫田は息を呑んで凝視した。

黒かった。逆三角形の草むらは素肌が透けて見えないほどびっしりと生い茂り、縮れた縮毛がマングローブさながらにうねっている。それが下に向かって流れていき、取り囲んでいる花びらもまた黒かった。巻き貝のように縮れながら、新鮮さとは無縁の黒ずみばかりを際立たせ、すっかり崩れてしまった形でだらしなく身を寄せあっている。

迫田は圧倒された。いままで抱いた女の花を、思わず思い返してしまった。女に困らなかったのはバンドをやっていた十代後半から二十代にかけてだから、相手もまた若かった。毛が濃い女もときにはいたが、たいていは春の若草のような頼りない生え方で、形崩れしていないアーモンドピンクの花びらが行儀よく口を閉じていた。

あの清らかな花園が、どうすればここまで変貌を遂げられるのか、彼女の過去に思いを馳せれば眼がくらんだ。いったいどれほどの淫水を流し、勃起した男根を咥えこんだのだろうか。金で女を買うしかない、やりきれないほどの淋しさを抱えた男たちを慰めてきたのか。

クリトリスの包皮を剝いた。泥水に浮かんだ真珠のように、そこだけは半透明に輝いていた。黒い闇に口づけをする気分で草むらに顔を近づけ、舌を伸ばした。湿った熱気とともにむんむんと漂ってくる獣じみた匂いに鼻腔をくすぐられながら、真珠のような肉芽を舌先で転がしはじめた。

美奈子は声をこらえていた。全身をこわばらせ、顔を真っ赤にして歯を食いしばっていたが、一分も舐め転がしていると、こらえきれなくなった。鬼の形相でパチンコ台を叩いていたときと同じ女とは思えない可愛らしい声で、すすり泣くような声をもらした。いまにも泣きだしてしまいそうだった。

彼女がなぜ感極まりそうになっているのか、にわかには判断がつかなかった。乳首を勃て、クリトリスを尖らせ、すべてを忘れさせてくれる深く濃いオルガスムスを欲しているのか。あるいは過去を思いだしているのか。手塚と過ごした短い時間と、捨てられてからの長く険しい道のりが、走馬燈のように脳裏を駆け巡っているのか。

迫田は舌を踊らせた。舌先で肉芽を転がすような腰の引けたやり方ではなく、唾液のしたたる舌腹で黒い花びらを舐めまわした。口に含んで、ふやけるほどにしゃぶりたてた。肥厚した花びらが蝶々のような形に開いていくと、薄桃色の粘膜が見えた。薔薇の蕾のように幾重にも重なった肉ひだから、涎じみた蜜を漏らしていた。音をたててそれを啜り、肉穴に舌先を差しこんだ。

まみれていく、と思った。

この女にまみれていく……。

美奈子は手放しでよがり泣いていた。ついさっきまで声をこらえていたのが嘘のように、ひいひいと喉を絞ってのたうちまわっている。

迫田は蜜にまみれた顔を拭いもせず、服を脱いで全裸になった。股間が苦しくてしょうがなかった。はちきれんばかりに勃起していた。なにに欲情しているのか自分でもわけがわからなかったが、とにかく結合したかった。射精に向かって走りだしたくて、体の震えがとまらない。

スキンも着けずに貫いた。美奈子は咎めてこなかった。淫らに煮崩れた部分に侵入していくと、眉根を寄せて喜悦に歪んだ悲鳴をあげた。髪を振り乱しながらしがみついてきた。迫田が腰を使いはじめると、豊満な体を激しくくねらせ、浅ましく股間を押しつけてきた。粘っこく鳴り響く肉ずれ音に煽られるようにして、全身を火照らせ、汗ばませていった。

女が本気で感じているのかどうか、男には正確には判断できない。ましてや彼女ほど経験が豊富なら、感じたふりをすることくらい朝飯前に違いない。だが迫田は、美奈子に本気を感じた。本気で燃え狂っていると思った。それほど没頭していた。腰を振りたてながら舌を吸いあい、体中をまさぐりあった。妻とロックスターのエレガントなメイクラブを想像して自慰に耽っているばかりのみじめなペニスが、鋼鉄のように硬くなっていた。はちきれて爆発しそうだった。女とひとつになっている陶酔感に、気が遠くなりそうだった。

怖いくらいに、激しく息がはずんでいた。快感への意志だけに全身を支配されていた。あまりの興奮に体中の血液が沸騰しているようで、毛穴という毛穴から淫らな汗が噴きだしてくる。体の芯が甘く疼く。こみあげてくる衝動のままに射精に向かってひた走りながら、迫田はただひとつのことを考えていた。

この女と生きていこう――。

胸に誓った。覚悟を決めた。腹を括った。

二十一年前、手塚光敏が彼女の魂に空けた大きな穴を、自分が埋めるのだ。堅気の仕事に就き、母と娘を養うのだ。

美奈子を救いたかった。

杏奈を救いたかった。

そうすることで自分も救われるような気がした。

天啓の正体を、迫田はいまありありと嚙みしめていた。これが神の思し召しなら、百度参りでもなんでもして、地べたに額をこすりつけて感謝の気持ちを伝えたかった。

美奈子が喉を突きだし、獣じみた悲鳴をあげた。もはや人間の表情ではなかった。呆れるほどいやらしい百面相を披露しながら、オルガスムスに駆けあがっていった。

五体の肉という肉を痙攣させている美奈子を力の限り抱きしめて、迫田も雄叫びをあげた。腰を振りたてながら、ほとんど吠えていた。全身が奮い立っていた。

突き抜けたかった。

甘美な死の向こう側に、この快感の力で突き抜けてしまいたかった。

第三章　にわか家族

1

溶ける、と思った。

そんな感覚にとらわれるセックスの経験が、迫田にはなかった。最近の若い連中は、女を抱くことを「打つ」と言うらしい。その言語感覚はわからないでもない。迫田も若いときはそうだった。本能だけに操られた力まかせなピストン運動と、射精直前のターボチャージャーがかかったような連打。肉と肉とがぶつかりあう音をたて、まさしく女を「打つ」ように抱いていた。

しかし、もう若くない迫田は、そんなふうに女を抱けなかった。三十五歳。若くないと言うには早すぎるかもしれないけれど、酒に溺れた怠惰な十年のおかげで、体力がすっかり衰えていた。正常位で肘をつき、自分の体を支えているだけで腕が震える。自慰ばかりしていたせいで、ペース配分を忘れてしまった節もある。気持ちばかりがからまわりして、すぐに息があがってしまう。

腕の中の美奈子は、そんな迫田を驚きの手練手管で受けとめてくれた。迫田が腰の動きをスローダウンさせると、首に腕をまわして見つめてきた。すでに何度かオルガスムスに達した美奈子の瞳は淫らに濡れ、月明かりに照らされた夜の海のようにぬらぬらと光っていた。見つめあい、視線をからめあいながら、ゆっくりと動いた。下になっている美奈子が腰を揺らし、迫田がそのリズムに乗る感じだった。極端なスローピッチだから、リズムが粘る。唇を重ね、舌をからめあいながら、粘るリズムを共有する。

やがて美奈子は迫田の首にまいた腕をほどき、手を握ってきた。交錯させた指から、あわてないでという気持ちが伝わってくるようだった。迫田はピッチをあげたい欲望をこらえ、一打一打を丁寧に送りこんだ。見つめあうことで呼吸が重なった。美奈子がせつなげに眉根を寄せる。キスを続けていられなくなり、息をはずませる。それでも見つめてくる。迫田も視線をはずせない。

元風俗嬢のキャリアがなせる業なのか、あるいは生来のものなのか。たゆたうようなリズムに乗って、迫田は熱狂していた。ターボチャージャーのかかった連打よりもずっと静かで激しさとは無縁なのに、いても立ってもいられなくなった。美奈子の中に埋まっている男根は、限界を超えて硬く膨張しているだけではなく、信じがたいほど敏感になっていた。

外側の黒い花びらは弾力に富んで、内側の濡れた肉ひだは吸いついてくるようだった。

蛭のようにうごめく一枚一枚まで感じられる気がした。そんな経験は初めてだったが、やがてその感覚がプッツリと切れ、男根が溶けだしていくと思った。

もちろん勃起したままだった。鋼鉄のように硬くなっているのに、自分のものではなくなっていくような不確かな感覚におののいた次の瞬間、眼も眩むような多幸感が襲いかかってきた。別々なはずのふたつの体が、性器を通じて繋がったと思った。比喩ではなく、物理的に一体化した実感がたしかにあった。

美奈子の呼吸は激しくはずんでいたが、そうせずにはいられないという切迫した表情で、キスを求めてきた。いまにも泣きだしてしまいそうな顔で必死に舌を動かして、迫田の舌を舐めまわしてきた。

彼女も感じているのだろうと思った。この幸福な一体感を。

そして悟ってしまったのだ。いまこの一瞬一瞬が恐ろしいほど満たされているがゆえに、自分になにかが欠落しているのを知ってしまったのだ。迫田もまた、そうだった。美奈子に負けないくらい顔を歪めていた。

じわり、と射精が迫ってくる。

終わりたくなかった。

現実に戻れば、欠落の正体と向きあわなければならない。

粘るリズムがもたらす快感は、打つ快楽とは質が違った。燃えあがるのではなく、染みこんでくる。血がたぎるのではなく、濃くなっていくような気がする。体の震えがとまらなくなった。腕の中の美奈子もそうだった。顔を真っ赤に燃えあがらせ、五体の肉という肉を痙攣させている。迫田の送りこむ一打一打に、喉を突きだしてのけぞっては激しく髪を振り乱す。

衝動が生まれた。

射精の前兆であるむず痒さが腰の裏側あたりで生まれ、肛門から玉袋の筋を伝って、男根の芯へと這っていく。むず痒い感覚は生きている糸のようなものだった。男根から伸びた先で、美奈子の糸と結ばれている。糸を切れば、すべてが終わる。一体感が失われる代わりに、射精に至れるだろう。

爆発的な射精を遂げられることは間違いなかった。期待ではなく確信があった。

それでも終わりたくなかった。

迫田は歯を食いしばって衝動をこらえた。

欠落の正体はわかりきっていた。

たぶん、愛のようななにかだ。体だけではなく、心まで熱くするリズムとメロディだ。

嫌だった。それが欠落した冷えびえとした現実に、戻りたくない——。

2

静かだった。

五年以上住んでいた部屋だというのに、見納めの日が来ても迫田の心は静謐に凪いだまま、小さな波ひとつ立たなかった。

人も羨む中目黒の高級マンションだ。

2LDKなのに百平米近くある。広い。間接照明を多用した生活感を感じさせない内装、北欧製のダイニングテーブルに椅子、最新型のシステムキッチン。豪華で洒落ている。だが、最後までよそよそしく、馴染むことができなかった。思い入れも愛着も、なにひとつない。

要するにこういうことだろう。人間、自分の力で獲得したものにしか価値を見いだせないのだ。血と汗の滲んだ努力の結晶、それだけが人生に充足感を与えてくれる。だからこの部屋は、果穂にとっては価値がある。彼女の成功の証以外のなにものでもないからだ。迫田には価値がない。この部屋のどこを探しても、自分の血や汗が滲んでいるところは見当たらない。

引っ越しの準備は簡単だった。スーツケースひとつにすべておさまった。

「楽器はどうするの？」

寝室を出て玄関に向かおうとすると、果穂が後ろから声をかけてきた。迫田は振り返って視線を泳がせた。ギターが三本とキーボード、アンプやエフェクター類が、納戸にしまったままだった。

「悪いけど、処分しておいてくれ」

息をひとつ、大きく吐いた。逡巡がなかったわけではない。迫田にとって、ギターは唯一と言っていい特技だった。それを披露したい相手が、いないわけではなかった。

しかし、過去はすべて捨てていこうと決めていた。そうしなければならないという、動かしがたい覚悟があった。

他にも処分を頼んだものはたくさんあった。膨大な数のCDやDVD、本や楽譜、虫に食われたステージ衣装、音源データのつまった型遅れのノートパソコン……大それた夢を抱き、それに破れた証ばかりだ。

果穂はなにか言いたそうだったが、

「……わかった」

言葉を呑みこんでうなずいた。

「じゃあな」

「ちょっと待ってよ。話があるから座って」

迫田は動かなかった。話など、もうなにもないはずだった。一昨日、離婚届に判を押した。昨日、果穂が役所に提出してきた。

「お願い、五分でいいから」

真顔で哀願され、不承不承テーブル席に腰をおろすと、

「ごめんなさい」

テーブルを挟んで座った果穂は、深く頭をさげた。

「全部、わたしのわがままだってことはわかってます。修ちゃんをたくさん傷つけたって……」

「もういいよ」

迫田は苦い顔をつくったが、果穂はかまわず続けた。

「わたし、この二年間、すごく嫌な女だった。嫌な女になって、修ちゃんを離婚に追いこもうとした……本当にごめんなさい。でも……でも、どうしても、わたしは彼と生きていきたかった……他にはなにも望まない。でも、彼と一緒になりたいっていう気持ち、それだけは譲れなかった……ごめんなさい。わたしのわがままを許してくれて、本当にありがとう」

もう一度、深々と頭をさげた。出社時間はとうに過ぎていたが、それを言うために待っていたのだろう。女社長仕様の、ワインレッドのパンツスーツ姿だった。派手な色なのに落ち着いた雰囲気で、パンツスタイルにもかかわらずノーブルな艶がある。安物ではない。それもまた、彼女の成功の証のひとつだ。

果穂はまだなにか言いたそうだったが、

「もういいって」

迫田は強く言って制した。

「終わったことじゃないか、全部」

「これ……」

果穂がテーブルに封筒を出し、迫田の方にすべらせた。迫田は眉をひそめて中を見た。迫田名義で新しくつくられた通帳と印鑑だった。1の後ろに0が七つ並んでいた。一千万だ。

「よしてくれよ」

迫田は通帳を果穂の方に戻した。

「手切れ金ならもう貰(もら)った。あれで充分だ」

離婚を承諾するのと引き替えに、引っ越しにかかる費用を用立ててもらった。百万だ。その金で迫田は葛飾(かつしか)区に小さな一軒家を借りた。それもまだ半分以上残っているし、美奈子が受けとらなかった十三万もある。

「でも、わたしに非がある離婚なんだから収めてちょうだい。これから先も、お金が入り用なときは言ってくれれば……」

「いいんだよ」

迫田は遮って首を振った。

「言っただろう？　俺は自分の力で一から出直してみたいんだ。だからもういい。もし金に困っても、たとえ食うや食わずの宿無しになっても、おまえにだけは絶対に頼らない」

「修ちゃん……」

果穂は哀(かな)しげに眉尻を垂らした。

「もう行くぜ……」

迫田が立ちあがると、

「これは……」

果穂はあわてて左手の薬指からリングをはずし、テーブルに置いた。ペアで七千八百円の結婚指輪だ。果穂は手塚光敏と付き合うようになってからもはずさなかった。新しい恋に溺れながらも、そういう真面目(まじめ)さが拭いされない女だった。

テーブルに置かれたそのリングを、迫田は立ったままぼんやりと眺めていた。買ったときはそれなりに綺麗(きれい)なシルバーだったのに、もはや黒ずんで輝きはない。安物なので磨いても元には戻らない。

「どうしろっていうんだ?」

「結婚したときに交換したものだから、返すべきかなって……」

「俺は返せないぜ。失(な)くしたから」

「知ってる」

果穂がいまにも泣きだしてしまいそうだったので、迫田は指輪を取ろうとした。愁嘆場を演じるのはごめんだった。返したいならそうしてやる。とにかく一刻も早くこの部屋から出ていきたい。

迫田より早く、果穂の手がリングをつかんだ。泣き笑いのような顔で、すがるように迫田を見た。

「やっぱり……わたしが持っててもいい？　もう着けることはないと思うけど、思い出として……」

迫田は果穂の手をつかみ、指をひろげてリングを奪った。視線が合った。果穂はなにか言いたげに唇を震わせている。迫田はそれを断ちきるように、窓を開けてベランダに出た。

最後まで馴染めなかったこの高級マンションも、ベランダからの眺めだけは悪くなかった。目黒川が見える。ドブ川めいた細い川だ。川沿いが桜並木になっていて、春になると眼下にピンク色の絨毯が出現する。いまは花も葉もなく節くれ立った黒い枝しか見えないけれど、そんな寒々とした冬の景色がいちばんしっくりきた。ワインドアップで振りかぶり、肩が抜けるような勢いで目黒川に向かって結婚指輪を放り投げた。

「ちょっとっ！」

果穂がストッキングのままベランダに飛びだしてくる。見えなくなったリングの行方を必死の形相で追い、肩を震わせる。引き結んだ唇から、声にならない声をもらす。

あなたのことが好きだった……。

本当に本当に好きだった……。

果穂の言いたいことは想像がついた。

ねえ修ちゃん、覚えてる？　下北沢にある修ちゃんのアパートに転がりこんだときのこと。わたし、自分から一緒に住みたいなんて言ったくせに、カチンカチンに緊張してて、畳の上に正座したまま動けなくなっちゃって……あのときの修ちゃんの困った顔、いま思いだすと笑っちゃうけど、わたしも一杯いっぱいだった。男の人と一緒に住むのなんて初めてだったし。それも自分から転がりこんできて、恥ずかしくてしようがなかったし。でも絶対幸せになってやるんだって覚悟決めてたし。だって修ちゃんは……修ちゃんは、ずっとわたしの憧れの人だったから……。

言わせるわけにはいかなかった。

「じゃあな」

迫田はベランダから室内に戻り、スーツケースを持って玄関に向かった。一度だけ、振り返った。果穂はベランダで立ちすくんだまま、こちらを見ていた。

「……馬鹿」

唇を歪めて言った。それでいいと迫田は思った。ワインレッドのパンツスーツ姿が、まぶしいくらいに女らしかった。掛け値なしの美女がそこにいた。そんなふうに磨いてくれた男と、新しい生活を始めるために別れるのだ。過去など見ないほうがいい。思い出など必要ない。昔の男のことなど、きれいさっぱり忘れてしまったほうがいい。

エレベーターに乗った。下降していく嫌な感覚の中、静寂が胸に迫る。

「一千万か……」

壁にもたれ、独りごちた。世捨て人じみた生活を送っていた迫田にとって、現実味のない金額だった。手塚から貰えるはずだった三千万と合わせれば、目ん玉が飛びだすような大金になる。

だが、手塚からの金も断った。頑張って捜してみたものの、龍谷母娘は見つからなかったと報告したから、断ったと言うより報酬の権利をみずから放棄したと言ったほうが正確だろうか。

新しい相手と、新しい生活を始めるのは、果穂だけではなかった。迫田もまた、船出のときを迎えていた。考えてみれば、これほど大きな人生の決断は、バンドをやるために上京してきて以来かもしれない。

「一緒に暮らそう」

真剣な表情で女にそんな台詞をささやいたのは、迫田にとって初めてのことだった。果穂とのときは、同棲も結婚も向こうから切りだしてきた。

池袋の殺風景なラブホテルで、美奈子と初めて体を重ねたあとのことだ。迫田の勃起はまだおさまっておらず、美奈子のたるんだ腹部には湯気のたちそうな白濁液が飛び散っていた。

「なあ、一緒に暮らそう」

熱っぽくささやいても、美奈子は反応しなかった。オルガスムスの余韻で放心状態に陥ったまま、ぼんやりと天井を眺めているばかりだった。

「俺が養ってやる。あんたと娘を……」

射精の余韻で気怠くなっているはずなのに、迫田はひどく高揚していた。フルピッチのピストン運動を送りこむような勢いで言葉を畳みかけた。

「なあ、そうさせてくれ。パチンコ代まで出すわけにはいかないが、堅気の仕事をして生活費をきっちり入れる。そうすりゃ杏奈だって、風俗なんかで働かなくてすむ。実入りが悪くても、もっとまっとうな仕事をさせて……」

「なにを言ってるの？」

淫らに濡れた瞳が、ようやくこちらを向いた。

「結婚しようって言ってるんだ」

迫田が返すと、美奈子は唖然とたように口を開いた。すぐに笑いだした。ほんの一分前まで顔に似合わない可愛い声であえいでいたくせに、憎たらしいほど悪辣な笑い声だった。

「あんた馬鹿？　わたしがいままでどんなに薄汚れた人生を歩んできたか、さっき長々と話してやったよね」

「風俗や枕営業がなんだって言うんだ」

迫田はベッドの上で正座した。

「たしかに褒められることじゃない。世間に後ろ指さされる生活だったかもしれない。だが、それで杏奈を育てあげたわけだろう？　曲がりなりにも成人させたんだろう？　立派なもんじゃねえか……マジで大変だったはずだ。風俗で働きながら子育てなんて、誰にでもできるような簡単なことじゃない。俺は絶対に軽蔑したりしない」

　美奈子はもう笑っていなかった。

「しかし……しかしだよ。育てたところまでは立派だが、いまのあんたは最低だ。いじけるなよ。腐るなよ。子供みたいに拗ねて、実の娘を犠牲にするなよ」

「関係ないじゃない……あんたに……」

「あるよ。関係あるよ。いま関係したじゃないか。いいか、よく聞け。あんたは畜生以下のあばずれだが、俺だって似たようなもんさ。偉そうなことを言ってたってヒモだ。女の生き血を吸ってる人間の屑だよ。最低だ。毎日死ぬことばっかり考えてたよ。でも……でもな、死ぬことなんていつでもできる。立ち直るんだ。いじけてないで、腐ってないで、自分の力でまっとうになるんだ。そう、たしかに……ひとりじゃ無理かもしれない。俺だって自信がない。力を合わせるんだ。力を合わせて頑張れば、ひとりじゃダメでもふたりなら、まっとうになれるかもしれないじゃないか」

「……ハッ！」

　真顔で聞いていた美奈子が、唐突に苦笑した。

「そんなによかったんだ、二万じゃ安かったかもしれないね」

　唇を歪め、たるんだ腹に付着した精子を指で粘らせる。ティッシュを取ろうと上体を起こした彼女を、迫田は乱暴に押し倒した。馬乗りになって上から睨みつけた。

「照れるなよ」

　凄んだ迫田に、美奈子が息を呑む。

「照れてる場合じゃないんだよ。こうしているいまこのときも、杏奈は知らない男のチンポをしゃぶってるんだよ。胸が痛まないか？　血を分けた娘が金のためにそんなことしてるんだぞ。本当はつらいんだろ？　できることならそんなことさせたくないだろ？　素直になれよ」

「わけがわからないよ……」

美奈子は怯えた顔で首を振った。

「あんたは手塚に頼まれて、わたしらの居所を調べてたんじゃないのかい？　そんな男がどうして……」

「嫌なのか？」

迫田はまぶしげに眼を細めた。

「いま一瞬……抱きながら一瞬でも気持ちが通じあったと思ったのは、俺の錯覚か？　俺にはわかったぜ。あんたは淋しいんだよ。淋しくてやりきれないんだよ。それをパチンコなんかで誤魔化してるから、泥沼に嵌まっていくばかりなんだよ。本当に欲しいのは、パチンコ屋で腐ってる毎日じゃなくて、まっとうな生活だろ？　いじけて酒飲んでるだけじゃ、お天道様に申し訳ないって思うんだろ？　でも、どうしたってひとりじゃ無理だ。そもそも出来が悪いうえに救いがたい怠け者ときてる。俺も同じだよ。俺も立ち直りたいんだよ。だったら力を合わせればいいじゃないか。そうすりゃ淋しくなんかない。杏奈と三人なら、毎日がお祭り騒ぎだぜ。それがあんたの求めてる、喉から手が出そうなほど欲しがってる……未来だ」

美奈子は顔をそむけ、唇を震わせた。

「なにがわかるっていうんだよ、あんたに……たった一回……しただけで……」

迫田は美奈子の唇を奪った。横から抱きしめる格好になって股間に右手を伸ばしていき、熱く煮崩れた女の部分を指先でいじりまわした。

「や、やめてっ……」

美奈子が首を振り、キスをとく。

「やめるもんか。あんたが俺を受け入れてくれるまでやめない。一緒に暮らすことを了解するまで、抱いて抱いて抱きまくってやる……」

指を突っこんで掻き混ぜると、美奈子はのけぞって腰をわななかせた。ひいひいと喉を絞ってよがり泣いた。敏感な体だった。貪欲な体でもあった。あれほど何度もイキまくったというのに、濡れた柔肉が痛烈に指を食い締めてきた。

そこに愛があるのか？

そう問われても、迫田は胸を張ってうなずくことはできなかっただろう。だが、愛もまた獲得し、育てていくものではないだろうか。美奈子に言った言葉に嘘はなかった。傷だらけの彼女と一緒にいれば、立ち直れるような気がした。自分はどこまで傲慢なエゴイストなのだろうとうんざりする一方で、そのかわり後悔だけは絶対にさせないと覚悟を決めた。美奈子と杏奈を幸せにすることが、自分の幸せなのだ。その一点さえぶれなければ、傲慢なエゴイストで悪いことなどなにもないはずだった。

3

中目黒のマンションを出たのは正午少し前だった。

電車を乗り継ぎ、新居のある街に向かった。中目黒からはかなり遠い、東京の東側だ。上野(うえの)発の私鉄電車に乗り、ぼんやり車窓を眺めていると、東に進むほど景色が変わっていった。建物が軒並み低くなり、街の色がくすんでいく。都心を離れ、ダウンタウンに向かっていく実感がこみあげてくる。

私鉄電車はやがて、銀色の橋に差しかかった。眼下は荒川(あらかわ)だ。住宅街をチョロチョロ流れている目黒川とは比べものにならない浩々(こうこう)たる川幅で、河川敷には野球やサッカーのグラウンドがある。目黒川がミミズなら大蛇、いや竜のごとき迫力だった。

荒川を渡った最初の駅で、電車を降りた。堀切菖蒲園(ほりきりしょうぶえん)。迫田にはまったく縁のない土地だった。家賃の安い一軒家を探しているうちに辿(たど)りついた。近くに荒川が流れているのが決め手となった。広く荒涼とした風景が、ひと目で気に入った。堀切菖蒲園の駅前はいささか淋しい雰囲気だったが、二十分ほど歩いて綾瀬(あやせ)まで出れば、大きなショッピングセンターがある。

吹きさらしのホームから階段をおりて改札を出た。新居まで徒歩七、八分というところか。川が近いせいか風が強かった。住宅街の狭い路地に、二トントラックが停まっていた。新居の前で、ちょうど走り去るところだった。

十五坪の木造一戸建て。築四十年を超えているらしい。さすがにデザインや設備に古めかしさは隠せなかったし、すきま風が気になった。しかし、前に住んでいた人間が手入れを怠らなかったらしく、住み心地は悪くなさそうだった。一階に十畳ほどのリビングキッチンと風呂や洗面所があり、二階には六畳間がふたつと物干し用のベランダがある。それで家賃七万二千円、敷金一カ月、礼金なしだから、ちょっとしたバーゲンプライスだろう。

玄関のドアに鍵はかかっていなかった。リビングには大量の段ボールが積まれていて、ダウンジャケットにデニムパンツ姿の美奈子が、荷ほどき作業をしていた。きちんと化粧をしていたので、ジャージ上下でパチンコをしていたときよりはずっと若く見えた。もちろん、年下には見えなかったが……。

「お疲れさん」

笑顔で声をかけると、

「ああ……」

美奈子が顔をあげた。

「ちょうどいま、荷物を運びおえたところだよ……」

笑顔をつくろうとしたようだが、頰がひきつっていた。迫田もきっとそうだったろう。

「杏奈は？」

「二階で自分の荷物片付けてる」

「ハハッ、意外に物持ちだったんだな？」

迫田が部屋を見渡して言うと、美奈子は苦笑した。

「捨てられないだけさ。面倒くさいだろ、粗大ゴミ出すの」

テーブルセットに食器棚、三人掛けのソファまである。もちろん、北欧製の家具とは比べものにならないほどチープなものばかりだったが、この古い一軒家には似合っている気がした。

迫田は中目黒のマンションから運びだすものがなにもなかったので、当面は美奈子と杏奈が使っていた家財道具を使うことになっていた。経済状態が安定してきたら、少しずつ買い直していけばいい。

手伝おうか、と言いかけてやめた。

「飯でも食いにいくか？　朝から作業して疲れてるだろう？」

「ああ……」

美奈子は曖昧にうなずいた。

「そういや朝飯も食べてないね」

「蕎麦(そば)かな、やっぱり。引っ越し蕎麦」

「なんでもいい……あんまり食欲ないし」

どこかふて腐れたように言ったので、

「そっちはそうでも、杏奈は育ちざかりだろうが」

迫田は声を尖らせた。しかし、すぐにピンときた。照れているのだ。照れるなとは言えなかった。迫田もひどく照れていたからだ。

「じゃあ、まあ、飯行くついでに、やることやっちまおうか。婚姻届、書いてきたよな？」

「えっ？　ああ……」

美奈子の顔に生気が戻った。自分の服を点検した。

「出かけるなら着替えるけど」

「外で待ってる」

出ていこうとすると、

「あんた……ホントに物好きな男だね……」

美奈子が呆れたような声を背中に投げてきた。

「四十二歳の子持ちと結婚……親が聞いたら泣くよ。号泣よ」

迫田は苦笑しつつ外に出た。

たしかにそうだ。親に言えば泣くかもしれない。しかし、言うつもりはなかった。両親は田舎で弟夫婦と同居し、孫を抱いて楽しく暮らしている。迫田が実家に帰っても居場所はない。放任主義もここに極まれりだが、彼らにだって世間体以前に望んでいることがあるだろう。問題は、東京に行ったきりの馬鹿息子が泣いて暮らしていないかどうかだ。笑って生きているかどうかが大事に決まっている。

風の中で五分ほど待った。寒かったのでノックして急（せ）かそうとしたとき、美奈子と杏奈が出てきた。

美奈子は、黒い毛皮のコートを羽織り、茶色いスエードのロングブーツを履いていた。スナックに勤めていたくらいだから、衣装がないわけではないのだろう。

「決めすぎだよ。この街に毛皮はないぜ」

「放っといて」

杏奈はいつも通りの白いピーコートとピンクのミニスカートだった。服を買ってやりたくなったが、迫田と視線を合わせなかった。偶然合うと、あわててそらす。無理もない。彼女に結婚話を伝えてから、数日しか経（た）っていないのだ。迫田自身、まだ実感がなかった。美奈子だってそうだろう。なにしろ、池袋のラブホテルで初めて体を重ねたのが、一週間前のことなのである。

迫田はふたりを先導して歩きだした。強風にミニスカートをめくられ、杏奈が悲鳴をあげる。美奈子が笑いながら娘をなだめる。

駅のすぐ側（そば）に、区役所の出張所があった。用意してあった婚姻届を出した。浮かれていることはできなかった。住民票や健康保険をはじめ、他にも面倒な手続きがたくさんあった。

　べつに紙きれ一枚にこだわる必要はなかった。美奈子も最初、尻込みしていた。一緒に住むのはいいとしても、籍まで入れる必要があるのかどうか。しかし迫田は筋を通すことにこだわった。美奈子や杏奈に対してもそうだが、それより強く手塚光敏を意識していた。

　あの男が信用に足りる探偵を見つければ、いずれ自分たちの前に現れるに違いない。嘘がバレる。迫田は手塚に、龍谷母娘が見つからなかったという報告をしたのだ。その男が、当の母娘とひとつ屋根の下で住んでいる事態に、手塚は混乱するだろう。ふざけるなと怒りだすかもしれない。そのとき、籍を入れているのといないのとでは、状況が大きく異なるような気がした。美奈子のことを愛していると、胸を張って言える証が欲しかった。

　もっとも手続きが面倒だったのは、杏奈との養子縁組だった。婚姻届を出すよりも、むしろこちらのほうが緊張した。結婚は二度目だが、子供をもつのは初めてだった。しかもいきなり、二十歳の娘の父親である。

　ようやく手続きを終えると、迫田は美奈子と一瞬眼を見合わせた。お互い、すぐに眼をそらした。言いたいことがなかったわけではない。しかし、口にすれば照れくささに身悶(みもだ)えてしまいそうだった。美奈子も黙っている。得意の悪態さえつかない。

　ピンクと白の杏奈は、ロビーの隅で眼をつぶって足でリズムを刻んでいた。指まで鳴らして、いまにも踊りだしそうだった。

迫田と美奈子は近づいていった。

「おまえは今日から、龍谷杏奈じゃなくて迫田杏奈だ。俺のこと、お父さんって呼ぶんだぜ」

おどけた調子で言ったのだが、杏奈はキョトンとして瞬(まばた)きを繰り返すばかりだった。唐突な展開についてこれないこともあるだろうし、父親という存在がよくわからないのかもしれない。彼女はもう二十歳だから、保護者が必要な子供でもない。誰が戸籍上の父親になろうと、どうだっていいのかもしれない。

だが、兎(と)にも角(かく)にも、これで三人は家族になったわけだ。

それは間違いない。

家族になったのだ。

不思議な気分だった。

元風俗嬢の母娘と、元ヒモの夫にして父親——底辺も底辺、吹きだまりに折り重なった濡れ落ち葉のようなメンバーだが、自虐的な気持ちは微塵(みじん)もなかった。過去は過去、問題は未来に違いない。生きていれば未来がある。過去は書きかえられないが、未来は自分たち次第でどうにでもつくりだすことができる。

おかしなものだった。

未来などないものと思っていた。

手塚光敏に頼まれ、龍谷母娘を捜しながら死ぬことばかり考えていた。

死ぬのはそれほど怖くなかった。

太陽のギラつく異国に渡り、麻薬にまみれて滅亡していくような最期には、いまでも強い憧れがある。さぞや甘美であろうと想像せずにはいられない。

ただ、気づいてしまったのだ。いや、本当は気づくというより、最初からわかっていた。

人は死ぬ直前になると、それまでの人生が走馬燈のように脳裏を駆け巡るという。自分の場合、なにが駆け巡るのだろうか？　バンドで成功できなかった挫折感か？　女のヒモに成り下がり、酒を飲むだけで無為に過ごした十年か？　妻をスターに寝取られた屈辱か？　別れ話を切りだされてから、二年あまりもゴネ倒した自己嫌悪か？

冗談ではなかった。

そんなことでは死んでも死にきれない。

間違っても三途の川を渡ることなどできない。

ならば勝ちとらなければならなかった。

大それた夢などもういらない。どんな小さなことでもいい。自分の力で、努力を積み重ねて、なにかをこの手につかむのだ。失敗したってかまわない。何度でも立ち直って挑みかかっていけばいい。おそらくそういう暮らしの中にしか、三途の川を渡るに足りる人生はない。

4

自分の選択は決して間違っていなかったという確信を得るまで、それほど長い時間はかからなかった。

　ひとつ屋根の下で三人で暮らしはじめて、ひと月。季節さえまだ変わっていなかったが、迫田と美奈子と杏奈の暮らしは三者三様に変化を遂げ、それぞれに生活のリズムをつかみつつあった。

　迫田は就職した。シロアリ駆除の小さな会社だ。いわゆる３Ｋ、きつい・汚い・危険という労働環境なので、不況の昨今でも人手不足らしく、職歴の欄が真っ白の三十五歳でも仕事にありつくことができた。

「実際きついよ」

　面接のとき、社長の馬淵民夫（まぶちたみお）が言った。迫田と同世代の男で、異様に顔色が悪く、面接だというのにひっきりなしに煙草（たばこ）を吸っていた。

「俺もいろんなことやったけど、陸地でやる仕事でこれよりきついと思ったのはないね。あ、ひとつあったか。特殊清掃業者。ひとり暮らししてる年寄りが孤独死したり、自殺したあとを片付ける仕事な。あれはやばい。さすがにまいった。でも、それ以外は敵なしだ。工事現場より引っ越し屋より築地（つきじ）の配送業よりきつい。なんでかわかる？　家の床の下にもぐりこむから、汚いんだよ。埃（ほこり）まみれ泥まみれ蜘蛛（くも）の巣まみれになりながら、猫の死骸なんかを片付けなくちゃならないからよ。その代わり、これがいい」

親指と人差し指で輪をつくった。

「汚いのさえ我慢すりゃあ、カミさんを楽させてやれる。あんた、結婚したばかりなんだろう？　真面目にやってりゃ食うには困らない。それは約束できる。将来的には独立だってできるかもしれない。ただ、本当に汚いよ。あんたがいま想像しているより、確実に百倍は汚いね。千倍かもしれない」

おかしな男だった。作業内容に念を押すのは経営者として当然なのかもしれないが、「汚い」と言いながら唇を歪めて笑うのだ。汚濁にまみれて家族を養っていることが、彼のプライドなのかもしれなかった。ただ、人間性と仕事の関係についてのんびり考察するような余裕が、迫田にはなかった。できるかできないかは、やってみなければわからない。そして、どうせやるなら報酬は高いほうがいいに決まっている。

会社といっても、馬淵の他にエイジという若い男がいるだけの、ほとんど個人商店だった。エイジは馬淵の遠縁らしいが、見るからにチャラい若者で、勤労意欲がまったく感じられなかった。

三人で薬剤タンクを積んだ作業車に乗りこみ、現場をまわった。シロアリを駆除する薬剤を撒（ま）く前に、建物の床下にもぐって掃除と調査をする。匍匐（ほふく）前進で這っていくわけだが、体が半日で悲鳴をあげた。筋肉痛はもちろん、肘と膝に穴が空きそうになった。

馬淵が何度も念押ししてきた通り、床下の汚なさは想像を絶していた。あっという間に、埃まみれ、泥まみれになった。ムカデ、ダンゴ虫、カマドウマ、床下はとにかく虫の宝庫だ。汗の滲んだ顔に蜘蛛の巣がかかる。それも、視界を遮るほど大量に。ゴキブリがやってくる。まだ可愛いほうだ。蛇が死んでいる。見たこともないほど大きな蜘蛛がいる。ネズミがキーキー鳴きながらすさまじい勢いで走ってくる。怖い。死んでいれば鼻が曲がりそうなほど臭い。猫の死体はそれ以上で、かなりまいる。マスクをしていても息ができない。狭苦しさと手脚の痛みに往生しながらそれらを片付けていくのは、ほとんど苦行に近かった。

おそらく、昔の迫田なら一日で逃げだしていたことだろう。一日ももたなかったかもしれない。

しかし、迫田はもう昔の迫田ではなかった。職歴のない三十五歳がまっとうに稼ごうとしたら、ここより条件のいいところは滅多にないのだ。まっとうに稼ぐのだと自分に何度も言い聞かせながら、肘と膝にタオルを巻いて匍匐前進した。ネズミを追い払い、猫の死骸を片付けた。まっとうに稼いで美奈子と杏奈を養うのだと、自分に言い聞かせながら。

ふたりのためだと思うと、不思議と力がこみあげてきた。耐えがたきを耐えることができた。守るべきものができると人間ここまで強くなれるのか、と自分でも驚いてしまった。迫田はいままで、自分のためにしか生きてこなかった。自分のための努力、自分のための我慢、自分のための快楽。誰かのために頑張ることは、なんだかキラキラ輝いていた。そうなると、仕事は過酷であればあるほどいい。まるでマゾヒストだ。早く仕事を覚えたかった。独立して稼ぎを何倍にもしてやろうと目標を立てた。住む家のグレードをあげ、マイカーを購入し、たまには家族旅行くらいできるようになれば、美奈子や杏奈がどれだけ喜んでくれるだろうか。

そのためには、人の何倍も努力することだった。なにしろこちらは周回遅れなのだ。とにかくがむしゃらに走らなければ、遅れた分を取り戻すことなど夢のまた夢になってしまう。

「ゲエッ、この家やっべえ」

現場に着くと、エイジは二回に一回はそう言った。

「ここは絶対、猫が死んでるね。それも一匹じゃないよ」

文句を言うこととサボることとしか能がないエイジだが、迫田は涼しい顔で答えた。

「じゃあ、自分が先に行って片付けますよ」

「迫田さん、よく平気だね。感心しちゃうよ。もしかして、動物の死骸とかに、なんにも感じないタイプ?」

動物の死骸は大嫌いだし、筋肉痛は治まる気配がなかったが、迫田は率先して働いた。エイジが決してやらない残業も断らなかったので、定時に帰宅できるのは週に一、二度だった。文句はなかった。せっかくの新居にいる時間が少なくても、迫田の心には美奈子と杏奈がいつもいた。

ふたりの待っている新居に帰ることは、喜び以外のなにものでもなかった。帰路につく電車の中でついニヤニヤしてしまい、まわりの乗客に眉をひそめられることもよくある。

帰宅してまずすることは、風呂に入ることだ。

帰宅時間が早くても遅くても、それは変わらない。脱衣所に干された女ものの下着にドギマギしながら裸になり、湯船に浸かる前に入念にシャワーを浴びる。埃や泥、無数の虫や小動物の死骸にまみれた作業をしているので、髪も顔も体も、いままでの三倍丁寧に洗うようになった。

風呂からあがると、美奈子が冷えたビールを出してくれる。本物ではなく一缶百円の発泡酒だが、いままで飲んだどんなビールよりもうまい。かつては野放図に飲んでいた酒も、いまは缶二本に節制している。宿酔いは、肉体労働の敵なのである。

仕事を定時であがれたときは、その後みんなで食事になる。遅ければ、美奈子がひとり分だけつくってくれる。

杏奈はいつもテレビの前にいる。眼が悪いわけではないのに、どういうわけかテーブル席にもソファにも座らず、テレビのすぐ前の床に座って観ている。どんな番組が好きなのか訊いたら、ＣＭと答えた。正確にはＣＭソングが好きなのだ。お気に入りがかかると、一緒に口ずさむ。体を揺らし、指を鳴らしたり膝を叩いたりする。

平和だった。

もう少し杏奈が懐いてくれればもっといい、とは思う。ほとんど口をきいてくれないし、視線を合わせようとすると避けられる。まあ、しかたがなかった。紙切れ一枚で今日から父親だと言われ、すんなり懐いてくるほうがおかしいだろう。血の繋がった実の娘でも、二十歳ともなれば父親と夜ごとおしゃべりを楽しんでいるほうが珍しいはずだ。焦る必要はない。一緒にいる時間を、ゆっくりと積みあげていけばいい。

杏奈はヘルスの仕事をやめ、二週間前から近所のカラオケボックスで働きはじめていた。最大の懸案だっただけに、迫田は安堵した。時給は安いらしいが、月に五万も稼げれば小遣いには充分だろう。生活費を家に入れる必要はないし、もう誰も彼女から給料をかすめとったりしない。

杏奈がＣＭソングを一緒に歌いだした。はっきり声を出して歌うのは珍しいので、特別のお気に入りらしい。こんなとき、ギターを持ってくればよかったと思わないこともない。ギターがあれば伴奏してやれる。これだけ音楽が好きな子なのだから、打ち解けるきっかけになるかもしれない。安物のギターでも買ってくるか、と迫田はこのところ悩んでいた。問題は、流行りの曲を奏でるのに抵抗があることだった。売れた連中に対するジェラシーは、まだ腹の底にくすぶっていた。手塚光敏の曲などを求められた日には、冷静に弾ける自信がない。

美奈子も一週間前から働きだしていた。ふたつ先の駅にあるパチンコ屋だ。

「さすがにそれはどうなんだ……」

話を聞き、迫田は顔をしかめてしまった。

「大丈夫、大丈夫。もう自分じゃ打たないから。逆にね、仕事でパチンコ屋に行ってれば、自分の時間を使えるとき行きたくなくなると思うわけよ。休みの日まで仕事のこと思いだしたくないじゃない。ね？　これでもいろいろ考えてるんだから、ケチつけないで許してよ。週に三日だし」

「ホントだな？　自分じゃ絶対やらないな？」

「やらない、やらない。約束する」

不安はゼロではなかったが、迫田は了解した。働く意欲を見せてくれたのは悪いことではないので、しばらく様子を見るしかないだろう。

「杏奈、ごはんできたよ」

美奈子が味噌汁を運びながら言った。今日は定時に仕事をあがれたので、みんな揃って夕食だった。

杏奈は名残惜しそうにテレビの前から立ち、迫田の正面、美奈子の隣の席に腰をおろした。

テーブルいっぱいに並んでいるのは、白身魚のソテー、付け合わせの温野菜、肉じゃが、わかめの酢の物、大根の漬け物、豆腐の味噌汁。意外と言ったら申し訳ないが、美奈子の料理はおいしかった。品数が多く、栄養のバランスも考えられている。新婚なので頑張っているのかもしれないと思うと、いつも食べながら眼を細めたくなる。

あっ、と思った。

杏奈が盛大にごはんをこぼした。箸の使い方がおかしいので、びっくりするほどよくこぼす。迫田は「そんなことじゃお嫁に行けないぞ」という言葉をいつも呑みこんでいた。そういう台詞を冗談まじりに言えるようになるには、もう少し時間が必要だった。

5

しばらくセックスはしていなかった。

むろん、匍匐前進による筋肉痛のせいだ。シロアリ駆除の仕事を始めて二週間がピークだった。肘や膝が本気で痛くて、寝返りさえうまく打てなかった。ひと月が経ち、ようやく体が慣れてきた。痛みが消えただけではなく、絶望的に衰えていた体が鍛え直された実感があった。

美奈子と枕を並べて寝ていれば自慰もできないから、相当に溜まっていた。溜めていた、のかもしれない。出会いから結婚までの急展開、それが生じさせる手に負えない照れくささ、杏奈がいるゆえ純粋な男と女になりきれないもどかしさ、ぎくしゃくした空気。そういったものが落ち着くのを待っていた。

ひと月が経った。もう充分だろうと思った。

そろそろ抱きたい――そんな気分は言葉にせずとも伝わるものらしく、その夜、美奈子は杏奈より先に風呂に入った。美奈子は半身浴を日課にしていて、ゆっくり浸かりたいから、いつもは杏奈を先に入らせるのである。

二階にあるふた部屋は、ひとつが杏奈の部屋で、もうひとつが夫婦の寝室だった。迫田は布団を敷いた。いつものようにふた組を並べて。照明を常夜灯まで消すと、布団の上にあぐらをかいた。カーテンや襖の隙間から入ってくる光や、ファンヒーターのランプがついているから、完全な暗闇というわけではない。次第に眼が慣れてくる。

階下から話し声が聞こえてきた。「杏奈、お風呂入りなさい」「はーい」。階段を昇ってくる足音がそれに続く。

迫田は立ちあがって服を脱ぎ、闇の中でブリーフ一枚になった。闇の中に美奈子が入ってきた。濡れた髪をバスタオルに包み、顔を乳液で光らせていた。豊満な体はペパーミントグリーンのパジャマに包まれていた。抱き寄せると柔らかかった。ブラジャーをしていないせいだった。

「えっ……」

声にならない声をもらし、美奈子が見つめてくる。一瞬のことだった。迫田は布団の上に押し倒し、唇を重ねた。のんびりしている暇はなかった。母は長風呂でも、娘が入浴に要する時間は三十分ほどだ。その間にすべてを終わらせなくてはならない。

舌を吸いあった。深いキスを続けていると、美奈子の頭からバスタオルが落ちた。濡れた髪が乱れ、シャンプーの残り香が鼻腔をくすぐった。美奈子は眼を閉じている。迫田は舌を動かしながら、乳房をまさぐった。量感のある丸い隆起が、パジャマの薄い生地の向こうにあった。ボタンをはずし、生身を揉んだ。丸く柔らかいふくらみを揉みしだくほどに、懐かしさがこみあげてきた。

美奈子とベッドインしたのは、たった一回だけだった。迫田は四度射精し、五度目にも挑んだが完走できなかった。続きをする日を待ちわびていた。四十二歳の体はふくよかに熟れて、記憶の中で何度も迫田を挑発してきた。

美奈子を抱くまで、女は若いほうがいいと思っていた。ベストは二十代前半まで。よほど魅力的なら三十代半ばまでＯＫだが、四十代はあり得ない。そんな考えを疑ったことさえなかったが、間違っていた。

熟女はいい。こちらが若者ではなくなったせいもあるのかもしれないが、そうであるなら若さとは愚かさにとてもよく似ている。熟女には、抱けばわかる奥深さがある。セックスに没頭できる。頭を空っぽにして快楽を追求することができる。

着ているものを奪いあうようにして、お互い裸になった。迫田は美奈子の両脚を大きくひろげ、黒い花びらを舐めまわした。結合したときの一体感を思いだすと、自然と舌使いに熱がこもった。花びらを口に含んでしゃぶりまわし、黒々とした繊毛を掻き分けてクリトリスの包皮を剝いた。黒い闇の中で、肉芽が真珠のように光った。舌先でつつきまわした。

美奈子がのけぞって悲鳴を放つ。だがすぐに口を押さえた。両手で顔を掻き毟(むし)るようにしてのたうちまわった。肉が躍動していた。乳房も二の腕も太腿(ふともも)も、こみあげてくる歓喜に揺れはずんでいる。

「ねえ、わたしにも……」

美奈子は単身でフェラチオがしたいようだったが、迫田が選んだのは横向きのシックスナインだった。舐めて、舐められた。結合前から、早くも一体感の兆候が現れた。性器を繋げるのとはまた違う、言いようのない高揚感があった。メイクラブ。愛しあう。そんな感じだが少し違う。愛しあう意志はあっても、愛はまだ充分に育っていない。傷の舐めあいという言葉が脳裏をよぎった。それだ、と思った。

自分の舌では届かない深い傷を、自分たちは舐めあっているのだ。その想念は、迫田の胸を熱くした。目頭まで熱くなり、美奈子に愛(いと)おしさを覚えた。と同時に、泣かせたくなった。オルガスムスに達してくしゃくしゃに歪んだ彼女の顔を、見たくて見たくてたまらなくなった。愛情が向こう側に突き抜けて、ひどく凶暴な気分になっていく。

「もう我慢できないよ……」

美奈子が騎乗位の体勢でまたがってきた。迫田にも異論はなかった。この前は正常位でしか抱いていない。下になっていても男をコントロールできる彼女が、どんな腰使いを見せるのか期待が高まる。

美奈子はいきなり最後まで腰を落としてこなかった。穴の入口を唇のように使って、亀頭をしゃぶってきた。五分近く、かなり長い間、中腰でそれを続けた。美奈子の中からあふれた熱い蜜が、血管の浮かんだ部分に垂れてきた。もどかしさに迫田はうめいた。早くすべて咥えこんでほしい、という気持ちをこめて美奈子を見た。美奈子は闇の中、眼だけを淫らに濡れ光らせている。

ようやく最後まで腰を落とすと、美奈子は上体を覆い被せてきた。息を呑む迫田の顔に、美奈子の顔が近づいてくる。濡れた髪が、顔や肩にかかった。冷たい感触が、ぞくぞくするほど気持ちよかった。お互い、すぐには動けなかった。素肌が重なった部分から、体温が伝わってきた。動かなくても、快感はあった。ひどく収まりがよかった。乳房を揉み、乳首をつまんだ。美奈子は身をよじった。その動きが、淫らなリズムの呼び水になった。美奈子が腰を揺らし、性器と性器がこすれあう。美奈子の中は充分に潤んでいて、体の内側で音がたった。それが耳からではなく、繋がった性器を通じて伝わってくる。

たまらなかった。

美奈子の腰使いはスローピッチで、激しく動くわけではない。そのやり方が、泣きたくなるほど心地いい。粘るリズムの中に、熱狂がある。ひと月前の記憶が蘇ってくる。頭ではなく体が、すべてを覚えている。肉や骨や血はおろか、細胞の一つひとつまで興奮を反芻する。

ひと月前と違っていることが、ひとつあった。

迫田の体力だ。

このひと月の間、慣れない肉体労働で痛めつけられ、新妻を抱いてやることもできなかった。そこから蘇った。鍛え直された実感があり、上になっても簡単には息があがらないはずだった。下になっていても責められると思った。両膝を立て、下からリズムを送りこんだ。

美奈子がこらえきれずに喜悦に歪んだ悲鳴を放つ。

肉と肉とがぶつかりあう音をたてて、迫田は連打を放った。五回ほどだ。連打をやめると、お互いに身をよじりながら相手の体にしがみついた。五回以上は突けなかった。体力の問題ではない。体力があるから逆に、そのまま最後まで突っ走ってしまいそうで怖かったのである。

美奈子が腰をまわしてくる。連打の刺激に締まりが増している。迫田は美奈子の体をまさぐった。乳房、腰、尻の双丘。四十二歳の体は柔らかく熟れ、湯上がりの素肌が発情に汗ばみはじめている。尻の双丘をつかみ、揉みしだいた。指が簡単に沈みこむのに、もっちりとした弾力がある。ここを両手でつかみながら連打を放てば、先ほどより深く突けそうだった。呼吸を整えた。尻肉を揉みくちゃにしながら、タイミングを計った。

「ねえ……」

美奈子が耳元で言った。ハアハアと息をはずませながら声を絞った。

「中で出していいからね。ピル飲んでるから」

セックスを金で売っていたときに始めた、身を守るための習慣か。あるいは、もう子育てに自分の時間を削られたくないのか。

そんなことはどうでもよかった。

迫田は歓喜した。この前は四度とも膣外射精だったので、中で出せることが嬉しくてしようがなかった。あの一体感を味わいながら、射精に至れる。その瞬間を想像すると、あまりの興奮に全身の震えがとまらなくなった。

6

春が近づいてきた。

雨が降るたびに、風が暖かくなっていく。そんなことを感じるのは、実に久しぶりな気がした。野外で肉体労働をしていれば、気候の変化に敏感になるのは当然かもしれない。だがそれ以上に、気持ちの変化が大きかった。なんだかこの十年、ずっと冬の中にいたようだった。十年ぶりに冬眠から目覚め、暗い穴から這いだしたような気分だった。

シロアリ駆除の仕事に就いて四カ月が過ぎていた。エイジがよくわからない理由で仕事に来なくなってしまったので、迫田の負担は増えた。文句は言わなかった。効率よく現場をまわせるように知恵を絞った。無駄な動きを極力排除し、箒一本取りにいくにも走った。そんな迫田を、社長の馬淵も認めてくれたようだった。見習い期間の三カ月が過ぎて正社員になるとき、最初に約束していたよりもずっと高い給料を提示してくれた。

「シロアリ駆除は、注文のピークがゴールデンウイークなんだ。カレンダー通りに休めるなんて思うなよ」

「大丈夫です。覚悟はしてます」

頼りにされている、という感覚があった。嬉しかった。かつて嫌々やってたアルバイトでは、そういう感覚になったことはない。時間を切り売りすることによって、小金を稼ぐことしか頭になかったからである。

しかし、いまの迫田は違う。早く仕事を覚え、独立したいという目標がある。三年先か、五年先かはわからない。なるべく早くその日に辿り着けるように、いまは脇目も振らず頑張るだけだった。

そんなある日。

朝から小雨が降ったりやんだりしていたのだが、午後になってバケツをひっくり返したような大雨になった。風が強まり、雷まで鳴りだした。

「春の嵐だな」

フロントガラスに叩きつけられる雨を眺めながら、馬淵はうんざりしたような溜息をついた。ワイパーを最速にしているのに、視界がおぼろげだ。

「これじゃあ、さすがに現場は無理だ」

迫田は黙っていた。悪天候で現場が中止になるのは初めてだった。

「明日出てくれないか？　午後からでいい。半日で終わる」

「わかりました」

迫田はうなずいた。

その日は土曜日で、翌日は日曜だった。週に一度だけの休日に出勤してほしいと言われたわけだが、しかたがない。スケジュールが押していることを知っていたので、断る気にはなれなかった。

馬淵もさすがに悪いと思ったのか、今日は早退していいと言われた。着替えるためにいったん会社に戻り、迫田は帰路についた。べつに会社で道具の手入れをしていてもよかったのだが、馬淵の顔を立てた形だ。

時刻は午後三時を少し過ぎたところだった。堀切菖蒲園の駅に着いたのが四時ちょうど。いま帰っても、家には誰もいない。美奈子はパチンコ屋で、杏奈はカラオケボックスで、それぞれアルバイトしている。

ケーキでも買って帰ろうと思った。ケーキ屋があるのは駅の反対側だが、明日の日曜日、家族で過ごせないことを詫びるためだ。

言葉に出して取り決めをしたわけではないけれど、このところ日曜日は家族で過ごすのが当然のようになっていた。三人で一緒に暮らしはじめてすでに四カ月。その間には、クリスマスや正月などのイベントがあり、ぎくしゃくしながらもツリーを飾ったり、初詣に出かけたりした。世間の家族がするようなことをなぞってみたわけだ。そうするうちに、ほんの少しずつだが、家族としての連帯感が生まれてきて、暗黙の了解ができあがっていった。日曜日は家族で過ごす、というのもそのひとつだった。

特別なことをするわけではない。晴れていれば、荒川の河川敷でバドミントンやフリスビーをする。あるいはアミューズメント施設に行って、ボウリングやダーツやビリヤード。帰りにファミリーレストランで週に一度だけの外食。

そういうことを積極的にやりたがるのは美奈子で、迫田と杏奈はしかたなく付き合っている感じだった。三人とも、なにをやっても競技自体を楽しめるレベルではなかったからだ。

それでもかまわない。同じ時間を共有することで、形作られていくなにかがある。美奈子はそう思って誘っているようだった。口には出さないが、迫田にはわかっていた。おそらく杏奈も。

一人ひとりはひどく無力な、つぎはぎだらけのにわか家族だった。ほころびは至るところにあり、始めたばかりの共同生活に戸惑っていた。それでも、家族になると決めたからには、家族らしくなりたい。それが美奈子の願いなのだ。

この四カ月で迫田も変わったが、美奈子はそれ以上に変わったかもしれない。なにもかも穏やかになった。表情から険が消え、歩くときにカンカンカンとサンダルを鳴らす癖もなくなった。口が悪いのは相変わらずだったが、悪態もあまりつかない。かつて給料袋を奪っていたことが嘘のように、娘に対してやさしく接している。

女としての充実感が滲みでていた。悪いことではない。妻が女として充実しているということは、夫が男として充実していることと同義だからである。

家族三人ではまだぎくしゃくしていても、夫婦間はかなりうまくいっていた。ひと月のインターバルが明けて以来、夫婦生活は週に四度か五度。迫田が深夜に帰宅するとき以外は、日課のようにまぐわっている。

それもかなり濃厚なセックスだ。杏奈には申し訳ないが、彼女の存在がふたりを燃えさせている部分もある。杏奈が風呂に入っているときにしか抱きあえない住宅事情なので、かなりのスリルと少々の罪悪感を胸に抱きながら事に及ぶ。その三十分だけ、迫田と美奈子は父や母の仮面を脱ぎ捨てる。男と女、いや牡と牝になる。お互いの体をむさぼりあい、肉欲に溺れる。愛している、などとは決して言いあえない照れ屋なふたりだから、言葉の代わりに舌をしゃぶりあう。強く抱きしめる。熱烈に腰を振りあう。

快楽は深まっていくばかりだった。

もちろん、セックスだけで夫婦を語るのは無理がある。しかし、バロメーターにはなるはずだった。生活が落ち着き、心に余裕がなければ、充実した夫婦生活は営めない。そして、身も心も蕩けるようなセックスは、日常生活に張りを与え、生きる意欲をわかせる。自然と好循環が生まれる。

怖いくらいにうまくいっていた。いままで別々に暮らしていた人間がひとつ屋根の下に暮らすのだから、つまらない喧嘩くらいは覚悟していた。しかし、それすらない。

理由ははっきりしている。

美奈子のおかげだった。迫田は極端に朝が弱い。目覚まし時計のベルでは起きられず、美奈子に起こされてようやく眼を覚ましても、異様に機嫌が悪い。杏奈はだらしない。食べればこぼし、洗面所を使えばそこらじゅう水浸し。家事はなにひとつできず、やろうとさえしない。

文句のひとつも言いたくなるようなシチュエーションは、日々の生活の中に無数にあった。だが、美奈子はなにも言わない。朝は迫田の機嫌をとり、夜は杏奈の散らかしたものを黙々と片付けている。

頑張っているのだ。

迫田が床下にもぐり、埃まみれ、泥まみれ、蜘蛛の巣まみれになりながら匍匐前進しているように、美奈子もいい妻、いい母になろうとしている。無理に演じている部分もあるだろう。迫田にだってある。まっとうになろうとむきになっている自分に、鼻白んでしまう瞬間がないと言ったら嘘になる。だがそれでも、元に戻りたいとは思わない。いじけて、腐って、死んだほうがマシな自分をもてあましてばかりいる生活など、もうまっぴらごめんだった。

美奈子も同じに違いなかった。演じてたっていい。いまは無理をしていてもかまわない。たとえ最初は偽物でも、磨いているうちに本物以上に輝く石もあるかもしれない。ないとは誰にも断言できない。少なくとも迫田の美奈子へ対する愛情は、月日を追うごとに本物らしくなっていっている。

7

ケーキ屋は定休日だった。

閉まったシャッターの前で、迫田は呆然と立ちつくした。

現場を中止した馬淵の判断は間違っていなかったようで、雨も風も刻一刻と強まっていくばかりだった。傘を吹き飛ばされそうになりながらなんとかここまで歩いてきて、ズボンの膝から下は色が変わるほど濡れている。

どこかで休憩したかった。普段は節制している酒も、休みの前は解禁日だ。明日は出勤でも、午後からだった。飲んでもかまわないのだが、居酒屋が暖簾を出すにはまだ少し時間が早い。いっそタクシーで帰ってしまおうかと大通りに出ると、カラオケボックスの看板が眼にとまった。杏奈が働いているところである。

ちょっと寄ってみようか、と思った。

雨宿りついでに、杏奈が働いているところをのぞくのは悪くない気がした。そういう機会もなかったので、好奇心が疼いた。カラオケボックスなら、酒だって置いてあるだろう。

緊張の面持ちで入口のドアを押した。受付に杏奈はいなかった。エプロンが似合わないコンクールがあれば日本一かもしれない四十がらみの禿げたでぶが、個室に通してくれた。やけに広かった。長いテーブルを囲んだコの字形のソファは、ゆうに七、八人が座れそうだった。

土曜日とはいえ、この雨では暇なのだろう。巨大モニターがヒットチャートをせわしなく紹介しているだだっ広い闇の中にいると、緊張が不安に変わっていった。バイト先に突然父親が現れたりして、杏奈は嫌な気持ちにならないだろうか。自分が若いころなら、絶対に嫌だった。顔を真っ赤にして怒ったかもしれない。しかし、迫田と杏奈は親子になってまだ日が浅い。どんな形であれ、コミュニケーションが必要な時期なはずだ。

「失礼しまーす」

声がして、ドアが開いた。杏奈が入ってきた。迫田の顔を見て、びっくりしたように眼を見開く。

「修さん、どうして……」

お父さんと呼ぶかわりに、杏奈は迫田を「修さん」と呼んでいる。

「あ、いや……」

杏奈以上に、迫田のほうが驚いていた。杏奈の髪が金色に染まっていたからだ。昨夜は黒いままだった。いまどき珍しいくらい真っ黒いボブカットで、なんとなく清純な感じがするから、迫田はその髪型に好感をもっていた。なのに、色だけが黒から金に変化していた。それも茶髪に毛が生えたような生ぬるいものではなく、輝くようなブロンドである。

「あのう、ご注文は？」

杏奈がこわばった顔で言い、

「生ビール」

迫田もこわばりきった顔で返した。

気まずい間が流れ、お互いに視線を彷徨わせた。

「以上ですか？」

「あ、うん……」

「ごゆっくりどーぞー」

棒読みで言って出ていく杏奈の背中を、迫田は呆然と見送った。失敗したかもしれない。年ごろの女の子が髪の色を変えるくらい、珍しいことでもなんでもない。黙っていないで褒めてやるべきだった。娘だと思っているから、なにもリアクションがとれなかったのだ。彼女が単なる知りあいなら、冗談交じりに言ってやったはずだ。ハハッ、イメチェン？　けっこう大胆な金髪にしたねえ。でも色が白いから似合ってるよ……。

杏奈を傷つけてしまっただろうか。

だいたい、なぜここに来たのかさえ伝えていない。どんなふうに働いてるのか見てみたくなったんだと、やさしい笑顔で言うつもりだったのに、金髪を見た瞬間、台詞が飛んでしまった。

生ビールはなかなかやってこなかった。杏奈がこの部屋に来ることを嫌がり、他のバイトに交代してくれることを頼んでいるのかもしれないと思うと、ひどく気分が落ち着かなかった。

たっぷり十分以上待たされてから、再びドアが開いた。杏奈がやってきたのでホッとした。しかし今度は、挙動がおかしかった。頼んだのは生ビールひとつだけなのに、別のジョッキもテーブルに置いた。鶏の唐揚げやポテトフライ、ポップコーンの皿も次々と置く。もちろん頼んでいない。盆に載ったものをすべてテーブルに移すと、杏奈はソファに腰をおろした。よく見ると、先ほどしていたエプロンをしていなかった。

「……なにやってるんだ？」

迫田が困惑顔で訊ねると、

「だってぇ……せっかくだし……」

杏奈は視線を泳がせながら言った。

「せっかく修さんが来てくれたんだから……早退しちゃった」

迫田は一瞬、返す言葉を失った。こういう展開は、まったく予想していなかった。それなりに家族の時間を積みあげてきたとはいえ、彼女は相変わらず懐いてくれない。話がはずんだり、眼を見合わせて笑ったことなど一度もない。

チャンス、と考えればいいのだろうか。いきなり早退なんかして馘にならないか心配だったが、ひとまずそれは置いておこう。せっかくだと言ってくれているのだから、楽しく飲めばいいではないか。話題につまったら、歌でも歌ってもらえばいい。ハッとした。もしかすると杏奈は、歌が歌いたかったのかもしれない。

「とりあえず、乾杯、するか」

ぎこちなく、グラスを合わせた。ビールの味がよくわからなかった。杏奈を見た。ジョッキを傾けつつも、視線は下を向いている。

「なに飲んでるんだい？」

「カシスウーロン」

「ああ……」

迫田は破顔した。

「前に一緒にカラオケボックスに入ったとき、飲んでたやつだ」

杏奈がうなずく。

「あのときは、悪かったな。店の従業員なんて嘘ついて。美奈子さんに娘がいるっていうから、会ってみたくなったんだ」

嘘に嘘を重ねていた。出会ったばかりで結婚を決めたことを、さすがに杏奈にはそのまま伝えられなかった。友達以上恋人未満の時期が一年ほどあったと、結婚前に説明した。そのときもいまも反応は薄かった。話題を変えることにした。

「今日染めたのかい？」

金髪を指さして訊ねると、杏奈は恥ずかしそうにうつむいた。

「似合ってるよ。色が白いからかな」

杏奈はうつむいている。時々チラリと上目遣いを向けてくるが、眼が合うとあわててそむける。

先ほど自分は、金髪だけに絶句したのではないのかもしれない、と迫田は思った。相対し、まじまじと見ているとよくわかる。髪の色を変えたことによって、雰囲気そのものがずいぶん変わった。金髪が、それまで隠れていた彼女の魅力を表面に浮かびあがらせたようだった。

ひと言で言えば、色香のようなものだ。黒髪のときは、子供じみた部分ばかりが目立ち、いまでもそういうところは残っているのだが、それ以上に女らしさを強く感じた。少女のようなあどけなさの中に、大人びた危うさが宿っている。すれ違った男を振り返らせる引力めいた色香が、いまの彼女にはたしかにある。

「どうして急に金髪にしたの？」

「だってぇ……」

杏奈は気まずげに眼を泳がせた。

「ママは修さんにとられちゃったから……」

「えっ？」

迫田の顔はひきつった。言いたいことがよくわからなかった。美奈子を自分にとられたからといって、金髪にする理由がわからない。だが、そんなことよりも、杏奈が美奈子をとられた、と思っていたことに少なからぬショックを覚えた。自分ひとりが独占していた母親を、よそから来た男にとられた。杏奈はそんなふうに思っていたのか。だからなかなか懐いてくれなかったのか……。

「ねえ、修さん」

杏奈の眼がまっすぐにこちらを向いた。

「相談に乗ってもらってもいい？」

「んっ？　ああ……」

うなずきつつも、迫田の頭は混乱したままだった。ママをとられたと感じているなら、そうではないと説明したほうがいいのではないか。逆にキミには父親ができた。遠慮せずに頼っていいのだと……。

「わたし、好きな人ができたみたい」

杏奈が続ける。

「ここの店長」

「えっ？　ええ？」

迫田の頭に、新たな混乱が雪崩れこんでくる。

「店長って……まさか受付にいた男じゃないよな？」

「そうだと思う」

「いや、俺が見たのは、四十過ぎてそうなおっさんだぜ。ちょっとこう……」

頭が禿げてて太っている、という言葉をなんとか呑みこんだ。

「その人が店長。あとは若いバイトしかいないもん」

「いや……」

迫田は苦笑を浮かべてビールを飲んだ。一気に半分以上飲み干した。もちろん、その程度のことで混乱はおさまってくれなかった。父を知らずに育った杏奈は、ファザコンなのかもしれない。似たような境遇で、ずっと年上の男が好きになる女はたしかにいる。好きになるのはかまわないが……。

「独身なのかい？」

杏奈は首を横に振った。

「奥さんも子供もいるみたい」

迫田は天を仰ぎたくなった。

「まさか……」

「ううん」

杏奈がもう一度首を横に振った。先ほどよりずっと強い感じだった。

「まだなんにもないよ。告白(コク)ったりもしてないし。でもわたし、遊ばれてもいいから、付き合ってもらいたいなって……ダメかな？」

ダメに決まっている。迫田は無言のままうなずいた。

「……だよね」

杏奈は哀しげに顔を伏せ、唇を嚙みしめた。

「ママには相談したのかい？」

杏奈は首を横に振った。金髪が跳ねた。思いつめた顔が痛々しい。

迫田は必死に頭を回転させた。杏奈がなぜ、美奈子ではなく自分に相談してきたのかは、考えるまでもなかった。美奈子に言ったら怒られるからだ。

怒るのではなく諭すのだ、と迫田は自分に言い聞かせた。しかし、どうやって諭せばいいのかわからない。杏奈が友達であれば、なんと言ってやるだろうか。馬鹿なことはやめておけと一笑に付すような気がする。我ながら冷たい。しかも杏奈は、友達ではなく娘である。血は繫がっていなくても、戸籍上は間違いなくそうなのだ。笑い飛ばすことなどできるわけがない。

もしかするとこれは、父親になって初めての大きな試練かもしれなかった。ならば、うまく諭してやりたい。父親として尊敬されたい。だが、そう思えば思うほど、言葉が出てこなくなる。頭の中が真っ白になってしまう。

状況を整理した。

杏奈は迫田に美奈子をとられたと思っている。生活は落ち着いたが、どこかに淋しさがある。そんな気分が、ずっと年上の男に恋をさせた。相手の容姿が残念なことはとりあえずどうでもいいが、妻子持ちなことは見逃せない。杏奈は遊ばれてもいいとまで思いつめている。妻子持ちが遊び相手に選ぶのは、尻が軽そうに見える女だろうと考えた。

尻軽女であることをアピールするために、黒かった髪を金色に染めた……。

なにかが間違っているような気がした。金髪にすれば尻の軽そうな女に見えるだろうという認識が、まず決定的にずれている。むしろ逆だ。男にモテたければ、黒髪の清純派が鉄板と言っていい。清純な雰囲気を漂わせつつ、ちょっと野暮ったくて垢抜けない感じがあったら完璧だろう。相手が四十過ぎのおっさんならなおさらそうだ。頭がマッキンキンの女なんて、手を出したらやばそうに見えるだけだ。

いや……。

いったい、なにを考えているのだ。不倫がうまくいくようにアドバイスをしてどうするのだ。問題はそこではない。淋しさを埋めあわせるための恋人がほしいなら、もっとまともな独身の男を選ぶべきだが、それも少し引っかかった。淋しいからといって男に走るような、短絡的なことでいいのだろうか。杏奈は二十歳。まだ若いのだから、まずは自分の内面も外面も磨いて、相応しい男が近づいてくるのをじっくり待てばいいのではないだろうか。

まったく……。

突っこみどころがありすぎて、頭がこんがらがっていくばかりだった。考えれば考えるほど、どこから諭してやればいいのかわからなくなっていく。言葉が出てこない。ビールのジョッキはとっくに空になっている。

手塚光敏ならどうするだろうか？

血の繋がった実の娘に、どんなアドバイスをするだろうか？

関係ない、と思った。

血の問題ではなく、杏奈はいま、迫田の娘なのだ。自分でなんとかしなければならない。助言のひとつもできなくて、父親になれるわけがない。

「修さん、いいね」

杏奈が上目遣いでそっとささやいた。どういうわけか楽しげに笑っている。

「いまみたいな話を男の人にするとね、たいてい頭ごなしにお説教よ。なんでもかんでも、否定ばっかり。でもね、本当のパパがいたらね、絶対わたしのことを否定しないと思うの。ちょっと変なこと言っても、黙って聞いてるだけ。うん、うん、ってうなずいてくれてね。でも、杏奈のことはとっても愛してるの。愛してるから否定しないの。それがわたしのパパのイメージ。修さん、いまそんな感じだった」

迫田は泣きたくなった。よけいなことを言わなくてよかったと思っている自分が、あまりにも情けなく、不甲斐（ふがい）なかった。

第四章　アンダーカレント

1

馬鹿は風邪(かぜ)ひかないの見本みたいなもんだったんだけどね、と美奈子は氷枕を用意しながら言った。

「自分の娘に向かって言うことじゃないけどさ、あの子、昔から体だけはやたらと丈夫で、熱出して寝込んだことなんてほとんどないんだから」

「じゃあ、よけい心配じゃないか」

迫田は眉をひそめた。

「明日になっても熱がさがらなかったら、絶対医者に連れていけよ」

「大丈夫だと思うけどねえ」

日曜日の夜だった。

迫田は午後から仕事が入っていたのだが、日曜日は家族で過ごすという暗黙の了解ができあがりつつあったので、美奈子はひどく残念がった。せめて夕食くらいはみんなで外食しようと提案され、迫田は了解した。いつものファミリーレストランではなく、家のすぐ近くにあるもんじゃ焼き屋に行った。民家の一階部分を店に改造した、いかにも下町風情が漂っているところだった。

　迫田も美奈子も東京出身ではないので、東京名物だというもんじゃ焼きに馴染みがなかった。ただ、堀切界隈では看板をよく見かけるので、一度くらいは食べてみようという話を以前からしていた。黒光りする鉄板の埋めこまれた席に座り、五目もんじゃなるものを注文してみたものの、つくり方がわからなかったので、店をひとりで切り盛りしている女将に訊ねた。七十はゆうに越え、もしかすると八十にも手が届いていそうな女将は矍鑠として、滑舌もなめらかに手際よくもんじゃ焼きをつくってくれた。

「いいかい？　まずは鉄板に油をたっぷりひいて具をよく炒める。ヘラでこうやってキャベツを切りながらね。火が通ってきたら、生地を半分だけ入れてよく混ぜて、土手をつくる。ドーナツみたいにした真ん中に残りの生地を入れて、ソースをくるくるっとふたまわり。お好みで七味、青のり。生地が煮えてきたらヘラで土手を崩してよく練るんだよ。練れば練るほど、もんじゃはおいしくなるからね」

　貧相な食べ物だ、と迫田は思った。お好み焼きのほうが、よほど料理としての体をなしている。なぜこんなものが世界に冠たる大都会・東京の名物料理になっているのだろうか。

内心で首をひねっている迫田をよそに、美奈子と杏奈ははしゃいでいた。一人前をペロリと平らげ、おかわりをすると今度は美奈子がつくりはじめた。土手を崩すのが楽しみらしく、「もういいかな？　もういいかな？」とヘラを片手に母娘で眼を輝かせている姿が微笑ましかった。

「最近はもんじゃでも、立派な紅鮭入れたり、カマンベールチーズ使ってみたり、やけに豪勢なやつがあるけどさ……」

女将が言った。他に客はいなかった。

「もんじゃって言ったら、戦後の食糧難時代にね、腹を空かせて泣いている子供をなだめるための、おっかさんの苦肉の策だったんだよ。食べ物っていったらキャベツの葉っぱと揚げ玉くらいしかない。あとは小麦粉がこれっぽっち。これじゃあお好み焼きもつくれないってんで、知恵を絞ってさ。土手を崩して、子供たちを喜ばせたわけ。だからもんじゃは、舌じゃなくてここで味わう料理なの、ここで」

皺くちゃな手で胸を叩く女将に、迫田はなるほどとうなずいた。ソウルフードというわけだ。そういう話は嫌いではなかった。鉄板の上のアツアツのもんじゃが俄然うまくなったような気がした。冷えたビールによく合った。

美奈子は女将の話を聞いていなかった。食べ物のルーツにはまったく興味がないようで、七味を振ったり、醤油をかけてみたり、味のカスタマイズに夢中だった。

杏奈は静かになっていた。満腹になるには早すぎると思ったら、なにやら様子がおかしかった。酒も飲んでいないのに、顔が赤かった。左右の頬をりんごのように上気させ、苦しげに息をはずませていた。

「おい、大丈夫か？」

迫田が声をかけても反応しない。隣の美奈子が、額に手をあてた。

「やだ、すごい熱……」

あわてて家に戻った。熱を計ると三十九度近くあった。迫田は驚いて救急車を呼ぼうとしたが、美奈子に笑いながらとめられた。

「恥ずかしいから、大げさなことしないでよね。単なる風邪でしょ。寝てれば治るわよ」

迫田は釈然としなかったが、たしかに救急車はやりすぎかもしれなかった。様子を見る、というのも治癒には必要なプロセスだろう。

氷枕を持って二階にあがっていく美奈子を見送ると、迫田は冷蔵庫から缶ビールを出し、ソファに腰をおろして飲んだ。杏奈はいつから具合が悪かったのだろうか。本当は外出などしたくなかったのに、家族団欒（だんらん）に水を差すまいと無理していたのかもしれない。三十九度近くも熱が出ていたら、食欲があったとも思えない。なのにあんなにはしゃいで……。

昨日、杏奈はカラオケボックスで歌を歌わなかった。カシスウーロンをおかわりすることもなく、片思いをしているという店長の話を切れぎれにしては、自分勝手に身悶（みもだ）えたり、怯えたように眼を泳がせたり、不意にうつむいて黙りこんでしまったり、情緒が不安定だった。美奈子ほどではないのかもしれないけれど、杏奈もまた、傷だらけの女だった。どこか現実から切り離されたような、夢見がちに見える彼女の胸のうちを、迫田には推し量ることができなかった。

「ぐっすり寝てる」

美奈子が二階からおりてきて言った。

「あーあ、しかたがないから、今晩はわたしが徹夜で看病するよ。汗かくだろうし、着替えさせてやんないと」

「じゃあ俺も……」

「大丈夫だって。あんたは明日、仕事だろう？ わたしは休みだし、万一うつされても平気だから」

「なにが平気なんだ？」

「バイトだからさ。あんたと違って正社員じゃないから、馘になっても……ね。でも、大黒柱に風邪で寝込まれたら困るもの」

美奈子は口の悪いリアリストだった。

「わたしが寝込んだら、今度は杏奈に看病してもらおう。ハハッ、あの子の看病じゃ、なかなか治りそうにないけどさ」

迫田は缶ビールを飲んだ。髪や服にもんじゃ焼きの油の匂いが移っていて不快だった。

シャワーを浴びて着替えたかった。仕事から帰ってきて一度浴びているので、二度目のシャワーになるが、このままでは眠れそうもない。シロアリ駆除の仕事をするようになってから、体の汚れにひどく敏感になってしまった。

「杏奈のやつ、大丈夫なのかな……」

髪をかきあげながら独りごちるように言うと、

「だから、寝てりゃあ治るって」

美奈子がすかさず言い返してきたが、

「いや、そうじゃない。風邪の話じゃないんだ」

迫田は首を振った。

「いまの生活、満足してくれてんのかなって、思って……」

「どうしてそう思うのさ？」

「なんて言うかな……」

昨日から胸につかえていた言葉を思いきって吐きだした。

「彼女、まだ若いじゃないか。二十歳なんだから、どんな可能性だってある。カラオケボックスでバイトさせてるだけじゃもったいないよ。どうだろう、専門学校でも行かせてみたら。美容師とか料理とか、興味ないかな？」

「ハッ、金の無駄だよ、そんなの」

美奈子は鼻で笑った。

「見てりゃわかるだろう、あんただって。難しいことができないんだよ、あの子は。鋏とか包丁とか、刃物持たせたら危ないよ」

「いや、でも……」

「待って」

美奈子が手をあげて制した。にわかに思いつめたような表情になった。

「それ以上言われると、わたしの子育てが悪かったって非難されてるみたいで悲しくなる。わかってるんだよ、わたしだって。もうちょっとしっかり躾けておけばよかったって、後悔してるわけよ。将来のことだってちゃんと考えてやらなくちゃって思ってるし……」

だったら、という言葉を迫田は呑みこんだ。美奈子の表情に、いよいよ悲愴感まで漂いはじめたからだった。

美奈子はまだなにか言いたそうだったが、続ける前に冷蔵庫に向かった。缶ビールを出して飲んだ。珍しいことだった。同居を始めてから、ダイエットだと言って酒を控えていた。煙草はたまに、ベランダで吸っているが。

「うまいね、久々に飲むと」

眼尻を垂らして笑っているのに、どこか哀しげだった。迫田は黙っていた。後悔している、という彼女の言葉が耳の奥でこだましている。

「……浸らせてよ」

横顔を向けて、美奈子は言った。迫田には、一瞬意味がわからなかった。

「もうちょっと、いまの生活に浸らせてよ。わたし初めてなんだよ、こんな感じ。どういう感じって言われても困るけど……あんたは頑張ってくれてる。はっきり言って予想以上だ。いきなり二十歳の娘の父親になって、親らしいことがしたいって気持ちもわかる。でもさ、そんなに焦んなくてもいいんじゃないか。熱くなりすぎ。パチンコだって熱くなったら負けるからね」

「パチンコと一緒にするなよ」

迫田は苦笑した。美奈子が続ける。

「もっとゆったり構えててもいいんじゃないの。あの子のことは、おいおい考えていけばいいよ。わたしが初めてなんだから、杏奈もこんな生活したのは初めてなんだよ。まともな暮らしが……だからいまは戸惑ってるけど、そのうち慣れるだろうさ。いままでが異常で、こっちがまともなんだからね。慣れなきゃおかしいよ」

「熱くなってるかな、俺？」

自虐的な気分で訊ねてみる。

「なってる、なってる」

美奈子は笑った。今度は心から楽しそうな笑顔だった。

「でもまあ、それがあんたのいいところだけどね。口だけで熱く語る男はたくさんいるけど、あんたはそうじゃないもん」

迫田は不意に、もんじゃ焼きのことを思いだした。貧しい食材で子供たちの腹を満たすために考案されたというもんじゃ焼きには、いっぷう変わったつくり方以外にもおいしく食べられるからくりがあった。

熱さである。分厚い鉄板を高温に熱し、そこから直接ヘラで食べる。舌が火傷しそうなほど熱い。熱さに誤魔化されているというか、熱さをうまさと錯覚させるのだ。冷めてもうまい料理が本当にうまい料理とするなら、もんじゃ焼きはたぶんそうではない。実際、お好み焼きやたこ焼きにはテイクアウトで食べる習慣があるのに、もんじゃ焼きにはない。

自分と同じだ、と思った。

美奈子に指摘されるまでもなく、迫田は熱くなっている。まっとうな暮らしを手に入れようと、むきになっている。がむしゃらに頑張れば、望みのものが手に入るとただひたすらに信じている。悪いことではないと思う。その一方で、冷めてしまうことを極端に恐れているもうひとりの自分がいる。

2

杏奈はインフルエンザだった。

寝込んだ翌日、熱が一気に四十度近くまであがったので、さすがの美奈子も医者に連れていった。約一週間の絶対安静が言い渡された。熱が下がってからも、最低二日は外出禁止だという。

「あんた、予防接種なんてしてないよね？」

美奈子に訊ねられ、迫田はうなずいた。

「絶対にあの子の部屋には入らないでね。うつったら大変だから」

「そっちだって予防接種なんてしてないだろ」

「だから、あんたは大黒柱でこっちは枝葉でしょ。わたし経由でうつる可能性もあるから、わたしにも近づかないで」

「そんな無茶な……」

迫田は苦笑するしかなかった。美奈子経由でうつされるのなら、もはや運命だと諦めるしかないだろう。とはいえ、大黒柱と頼りにされるのは悪い気分ではなく、うがいや手洗いを徹底しようと思った。

家の中が急に淋しくなった。杏奈は基本的に無口でおとなしく、同じ空間にいても邪魔にならない。テレビを観ているか、食事をしながらごはんをこぼしているだけなのだが、そこにいるのといないのとでは大違いだった。

杏奈も淋しい思いをしているのではないか、と思った。杏奈の部屋にはテレビがなかった。部屋にテレビを置くと出てこなくなりそうだと美奈子が言い、迫田もその意見に賛成した。つぎはきだらけのにわか家族には、共有する時間の積み重ねが必要だった。

とはいえ、インフルエンザともなれば緊急事態だ。一週間も寝込むことになった杏奈が不憫でしかたなく、迫田は近所の質屋で、質流れ品のポータブルテレビを三千円で手に入れた。画面の小さな古ぼけたものだったので、三千円でも高いくらいだった。美奈子には、シロアリ駆除に訪れた家でタダで貰ったと嘘をついた。

「喜んでたか？」

二階からおりてきた美奈子に訊ねた。本当は直接杏奈に渡してやりたかったが、迫田は接触を禁じられている。

「そりゃもう。小躍りしそうなほどだったね」

美奈子はニヤニヤ笑っていた。迫田の嘘など見透かしているようだったが、咎めてはこなかった。

「ならよかった。病院だって、入院すりゃあひとり一台テレビがついてるしな。テレビくらいないと、退屈すぎて治る病気も治らなくなるよ」

迫田は言い訳じみた言葉を並べた。美奈子は黙って笑っていた。

杏奈が寝込んでから六日が過ぎた。

その日、迫田は久々に定時に仕事を終えて帰宅した。美奈子は家にいなかった。パチンコ屋のアルバイトは休んでいるので、買い物にでも行ったのだろう。シャワーで丁寧に体を洗い、熱い湯に浸かった。桜はそろそろ満開になりそうだったが、今日は寒の戻りだった。

体が充分に温まると、湯を抜いてバスタブを掃除した。このところ、自分の体を丁寧に洗うだけでは飽き足らず、自分が入ったバスタブも洗わなければ気がすまない。タイルの張られた壁や床、カランまでピカピカに磨きあげる。美奈子にはとても評判がいい。

風呂からあがっても、まだ美奈子は帰宅していなかった。携帯電話にメールが入っていた。

——まだ帰ってないよね？　綾瀬へ行ったら懐かしい友達と偶然会っちゃってさ。ちょっと飲んでから帰る。九時半か十時までには。もし帰ってたらごめん。杏奈には夕方ごはん食べさせたから。

時刻は午後八時少し前だった。

もし自分が帰ってなかったら杏奈がひとりじゃないか、と一瞬腹をたてたが、杏奈の熱は二日前にさがり、明日には晴れて外出解禁になる予定だった。

美奈子も看病で心身ともに疲れているだろう。熱が下がるまでは、夜中に何度も様子を見にいっていた。懐かしい友達とおしゃべりを楽しみ、気分転換になってくれればいいと思い直した。

冷蔵庫から缶ビールを出して飲んだ。空きっ腹に流しこんだので、胃が間の抜けた音をたてた。

果穂と暮らしていたときは、彼女の帰宅時間が遅かったこともあり、腹が減れば自分で料理をつくることもあった。あるいは外に食べに出た。いまはそんな気にはならない。美奈子を待って、彼女がつくる料理が食べたい。ありあわせでかまわない。彼女の手料理こそが明日の活力、そう信じている。

静かだった。

考えてみれば、このリビングでひとりで飲むのは初めてかもしれない。中目黒のマンションでは、いつもひとりで飲んでいた。ひとりで黙々と、ウイスキーや焼酎を浴びるように。

この家のリビングにはいつも誰かいた。美奈子がキッチンで料理をしているか、杏奈がテレビの前に座っているか、その両方だ。ふたりがいないとこんなにも淋しいものなのかと思いながら、テレビをつけようとした。リモコンを手にしたがスイッチは押さなかった。

杏奈の様子を見にいくことにした。どうせ明日になれば外出は解禁。完治しているも同然なのだから、インフルエンザをうつされることもあるまい。

手ぶらでいくのもなんなので、冷蔵庫から牛乳を出し、鍋で温めた。マグカップに移し、砂糖をたっぷり入れる。杏奈の口に合うかどうかわからなかったが、迫田が子供のころ、風邪をひくと母親がつくってくれたホットミルクだ。

なるべく足音をたてないように注意して二階にあがった。杏奈の部屋からは、襖越しにテレビの音が聞こえていた。起きているらしい。

「よう、ちょっといいかい？」

返事はなかった。襖を開けた。杏奈は布団にくるまり、壁にもたれてテレビを観ていた。瞼が腫れ、頰が赤かった。熱はさがったという話だったが、まだ万全ではないらしい。部屋はファンヒーターで暖められ、加湿器までつけられていたから、頰が赤いのはその影響もあるのだろう。

「久しぶりだな。どうだい具合は？」

「もう大丈夫……かな？」

エヘへと力のない笑顔が返ってくる。冷気が部屋に入りこまないように、迫田は中に入って襖を閉めた。ホットミルクを渡してやると、

「ありがと」

杏奈は口の中でもごもご言いながら受けとった。ひと口飲み、

「甘い」

と笑った。

「甘くてとってもおいしい」

いつもと印象がずいぶん違った。金髪と頰の赤さのせいだろうか。なんと言うか、儚げだった。なのにどこか生々しい。ノーメイクのせいかもしれない。

「なに観てたんだ？」

迫田はポータブルテレビに眼を向けた。

「えっ？　歌番組……」

「俺も一緒に観ていいかい？」

「インフル、うつっちゃわない？」

「もう大丈夫だろ」

迫田は畳の上にあぐらをかいた。ポータブルテレビは十インチなので、ふたりで観るにはいささか小さすぎて苦笑がもれる。曲が始まり、杏奈の興味は迫田から画面に移った。イントロに聴き覚えがあった。手塚光敏だった。舌打ちしたくなる。トレードマークの黒いコートに黄金のレスポール。高音で切々とリフを刻んでいる。スローバラードだ。曲名が出た。〈アンダーカレント〉……。

あっ、と思った。

いつか杏奈とカラオケボックスに行ったとき、彼女が歌っていた歌だ。ポータブルテレビの中で手塚が歌いはじめ、画面の下に歌詞が出た。

川の流れが急にとまった
ぼくたちの乗った船は櫂もなく
ただ揺れてばかりいて、きみが焦れる
ぼくも焦れる

海はもう目の前なのに
すぐそこまでやって来ているのに
きみと手を取りあって
ようやくこの街を出ていけるというのに

ねえ、この悪夢から解放してよ
ねえ、生まれてきた意味を教えてよ

足元に闇に染まった水が忍びこんでくる
船が水底に沈んでいく
過去も未来も黒々とした夜の海に溶けだして
ぼくたちは抱きあったまま声も出せない

星が見える、星が見えた
この街にあるはずのない満天の星が
水底に沈みゆくぼくの眼に映っている
きみの眼に映っている

なんて暗い歌なんだ、と迫田は胸底でつぶやいた。メロディの美しさが救いになっているものの、歌詞を眼で追っていると夢も希望もない。

迫田が知っている手塚光敏の曲は、良く言えばもっとキャッチーで明るく、悪く言えば軟弱だった。アルバムの中にこっそりとマニアックな曲やダークな曲を忍びこませることは、どんな能天気なアーティストにもあることかもしれない。しかし、テレビで歌っているということは、シングルカットされてそれなりに売れたのだろう。よくこんな曲が売れたものだ。

音楽の道で挫折した男の醜いジェラシーが、審美眼を狂わせているのだろうか。そうとは思えなかった。杏奈がカラオケで歌ったのを聴いたときは、もっといい曲に思えた。なんとも言えない透明感があり、夜空を見上げたときの満天の星がありありと眼に浮かんできたものだ。なのに手塚が歌っているとただひたすらに暗く、コールタールの海にでも沈んでいくようである。

エンディングに陶酔感たっぷりのギターソロが入り、曲が終わった。杏奈がこちらを向く。どういうわけかクスクス笑っている。悪戯っぽく、鼻に皺を寄せて。

「この歌、超エッチよね」

ええっ？　と迫田は声をあげそうになった。

「……どこが？」

こわばった顔で訊ねると、

「だってぇ……」

　杏奈は恥ずかしそうに身をよじった。

「絶対これ、エッチしながらイキそうなのに焦らしあってて、早くイキたい、でもイキたくない、って悶えあってる歌よ」

　違うんじゃないか、と迫田は思ったが言えなかった。杏奈は自分を否定されることを極端に恐れている。相手が大人の男ならなおさらそうらしい。

　しかし、だからといって、安易に肯定することもできなかった。いまの歌を聴きながら、迫田の脳裏には一瞬たりともセクシャルなイメージなど浮かばなかった。伝わってきたのは諦観と絶望、救いとしての死、それだけだ。

「最後に星が見えるところがね、とくにエッチ」

　杏奈が無邪気に続ける。

「暗い海に沈みながら、あるはずのない満天の星が見えるなんて……イクイクーッて感じじゃないですか？　手塚光敏ってね、わたしの瞼の裏を見たことがあるんじゃないかって思った。イッちゃうときの、わたしの瞼の裏……」

　迫田は言葉を返せなかった。どんな顔をしていいかさえわからなかった。気まずい空気が、ふたりの間に流れた。

「……引きました？」

　杏奈が上目遣いで見つめてくる。

「普通、ドン引きですよね？　こういう話すると、男の人ってドン引き。自然なことなのにね。エッチなんて誰だってしてるし、すればイクのに。はしたない、とか、白ける、とか、超言われる。修さんも引きました？　イクなんて言わないほうがいい？」

「いや……」

迫田はなんとかして余裕を保った。

「なんて言うか……面白いもんだな、曲の解釈って。俺はそんなふうに思わなかったけど、言われてみればエッチな気がしなくもない。古いリズム&ブルースなんかじゃ、わりとあるんだ、歌詞に性的な隠喩が出てくることが。だからまあ、作者にそういう意図があるのかもしれないね……」

苦しい答弁だった。なんとか誤魔化したかった。いっそのこと、美奈子がいますぐ帰ってきてくれたらいいのにとさえ思った。

「ホントに？　ホントにそう思います？」

杏奈は話に食いついてきた。身をくるんだ布団の中から手を伸ばし、迫田の腕をつかんだ。

「いまの話、否定しなかったの修さんが初めてよ」

不意に、女が匂った。一週間風呂に入ってない体から、ツンと酸っぱい汗の匂いが漂ってきた。手を伸ばしてきたせいで布団がめくれ、淡いピンクのパジャマが見えた。柔らかそうなパイルの生地が、ふくらみの形を露(あら)わにしていた。さらに顔だ。高熱の余韻で紅潮した頬やトロンとした眼つき、寝乱れた金髪のボブカットに、エロスとしか呼びようのないものが濃厚に滲(にじ)んでいる。

「ねえホント？　ホントにそう思う？」

「ああ、思う……思うよ……」

迫田は笑顔をひきつらせてうなずいた。内心は笑顔とは真逆の心境だった。この子は危険だ、と緊急事態を知らせるサイレンが鳴っていた。母親と一緒にいるときはさすがに隠しているが、風邪の影響で無防備になっているのだろう。若さに似合わない色気がダダ漏れだった。あふれるエロスとノーメイクのあどけない顔とひどくアンバランスで、正視することができない。危なっかしく、甘えるような態度の向こうに、淫蕩(いんとう)な本性が垣間(かいま)見えるようだった。それもナチュラルな、天然っぽい無邪気さとセットになっているから始末に負えない。

美奈子によれば、杏奈は昔から男癖が悪かったらしく、中学生のとき教師と駆け落ちしようとしたとまで言っていた。言っていた状況が状況なので、すべてを鵜呑(うの)みにするわけにはいかないけれど、あり得るかもしれないと思った。中学校の教師程度の常識人に、この杏奈が手に負えるわけがない。彼女の間合いに入ってしまえば、正気を失って求めてしまうか、なすがままに操られてしまうか、ふたつにひとつではないだろうか。

「体調が戻ったらさ……」

迫田はわざとらしいほど明るい声で言った。

「ママと三人でカラオケに行こうか。いまの歌も、そうじゃないのも、たくさん歌ってくれよ。杏奈の歌、とってもよかったから、また聴かせてほしい」

杏奈は迫田の腕から手を離し、つまらなそうに唇を尖(とが)らせた。

「どうした？」

「カラオケは……」

杏奈は匂いたつような色香を引っこめ、駄々をこねる少女の顔になった。

「歌を歌うのは……ママと一緒じゃ……やだな」

じゃあふたりで行こう、と迫田は言わなかった。いや、言えなかった。あれだけ歌が好きな杏奈が、なぜ母親と一緒にカラオケに行くことを拒むのか。ぼんやりと、頭に理由が浮かんできた。

マイクをつかんで歌うことは、彼女にとってエロスの放出なのではないだろうか。体の内側にもやもやとくすぶっている欲望を解放し、官能に身を委ねる。そういうタイプの女性シンガーが、プロの世界にも何人かいた。サビを歌いあげる表情が、オルガスムスの表情をありありと彷彿(ほうふつ)とさせる女が……。

だから母親と一緒に行きたくないのだ。どんな人間だって、親にだけは触れられたくないのがエロスというものだろう。思春期のころ、迫田は親に自慰を知られることをなによりも恐れていた。両親がセックスをしているという事実から、眼をそむけたかった。向きあうと吐き気を覚えた。

迫田はいちおう、杏奈の父親ということになっている。戸籍上は間違いなくそうだ。父親として過ごした時間は、四カ月とちょっと。杏奈はまだ一度も、お父さんと呼んでくれたことはない。パパとも呼ばない。修さん、だ。

杏奈の中で、自分が父親として認識されているのかどうか……考えたくなかった。確かめることなど論外だった。いや、確かめずとも答えなどわかりきっていた。

「なあ、腹減ってないか？　ママは遅くなるみたいだから、俺がなんかつくってこよう。栄養とって元気にならなくちゃな。ちょっと待ってろよ……」

迫田は下手なラッパーじみた抑揚のない早口で言うと、キョトンとしている杏奈を残して逃げるように部屋から出た。杏奈には夕方ごはん食べさせたから、と美奈子のメールにはあった。そんなことさえ忘れてしまうほど、気持ちが動転していた。

3

シロアリの習性を知れば知るほど、迫田は奇妙なほど惹かれている自分に気づいた。サーチ＆デストロイ。見つけだして殺すのが仕事なのに、おかしな感じだった。

人類が地球に誕生する遥か以前、三億年も前から生息しているシロアリは、餌を調達する、巣をつくる、外敵と戦うなど、役割分担をして共同生活を始めた最初の生物らしい。学習能力が高く、一説によれば雨を予知する能力まであるという。あっても不思議ではない。なにしろ三億年も前から生息しているので、ＤＮＡに刻みこまれた情報量が、人間とは比べものにならないくらい膨大なのである。

家を食べる。時間をかけて蝕み、内側から滅ぼしていく。シロアリ駆除の仕事につく前は、床下の木柱が被害に遭っているのだろうと思っていたが、それだけではない。押し入れに入りこみ布団が食われていることもある。敷居や鴨居や天井裏まで食い荒らされていることだってある。シロアリから見れば巨城のごとき家を、少しずつ少しずつ蝕み、やがてボロボロに朽ち果てさせる。

持ち主には同情するけれど、シロアリが家を蝕んでいくイメージは、どこかロマンチックだった。諸行無常、栄枯盛衰がロマンチックなのに似ている。この世に不変はないという達観は逆に、底辺であえぐ者には救いになる。もちろん、現実は違う。強い者が勝ちつづけ、弱い者は負けつづける。百年千年を俯瞰する高みに立てば、諸行無常も栄枯盛衰も真理なのかもしれない。しかし、その日その日を死にもの狂いで生きている者にとっては、まるで関係ない。次の日もそのまた次の日も、砂を嚙むような日々が続く。シロアリのように、いつか巨城を朽ち果てさせる日が訪れるのを、夢見ることさえ許されない。

春が来た。

シロアリの繁殖期なので、春から夏にかけて駆除業者の仕事量はピークに達する。迫田はすでに貴重な戦力だった。床下の掃除や家屋の養生などだけではなく、薬の散布や注入も行っていた。日に日に気温が高まり、湿度が上昇していくと、マスクの中も作業着の中も汗みどろになった。自分は試されていると思った。この仕事を続けていけるかどうかの正念場だった。馬車馬のように働いた。毎日が体力の限界との勝負だった。

「感心するぜ」

移動のクルマの中で馬淵が言った。

「正直言うと、面接に来たときはすぐにやめるだろうと思ってたからな。それがいまじゃ、立派な俺の右腕だ」

迫田こそ感心していた。こちらが馬車馬なら、馬淵はラッセル車のようなものだった。目の前を塞いでいる雪を掻き分けるようにして、仕事を進めていく。休憩もしない。食事は移動のクルマの中。現場で作業するとき以外は常に吸っている煙草の煙が、蒸気機関車の煙に見えるときさえあった。

彼が特別なのか、自営業者ではそう珍しくもないことなのか、職歴の貧しい迫田にはわからなかった。ただ、気圧されるような迫力があった。仕事をして稼ぎ、家族を養っているという、言ってしまえばごく当たり前のことをしているにもかかわらず、鬼気迫っていた。普通の暮らしをナメていた、と三十五歳まで遊び暮らしていた元バンドマンは思わざるを得なかった。

ある日。

床下の掃除中に懐中電灯のバッテリーが切れ、視界がブラックアウトした。駆けまわるネズミの足音に怯えながら、猫の死骸を片付けていたところだった。生きたネズミも死んだ猫も、一瞬にして闇のベールに覆われた。出入り口に使っている床下収納庫から明かりが差していたが、距離があった。手に届く範囲は、ゴキブリもムカデもカマドウマも、蜘蛛も蜘蛛の巣も自分自身も、すべて黒い闇に塗りつぶされてしまった。

怖くはなかった。戻るのが面倒くさいと思っただけだが、言いようのない安堵が、ほんの束の間、胸を衝いた。おぞましいものも、見えなければないも同じ。そんなことを思った。猫の死骸が強烈な異臭を放っていたし、虫がうごめく気配もした。断続的に、ネズミが駆けた。

それでも、見えなければないも同じだった。少なくとも、内臓をさらけだし、蛆がわいている猫のグロテスクな姿を見なくていい。光に向かって匍匐前進していくことのほうが、むしろ怖かった。視界が戻った瞬間、目の前にネズミがいたら肝を冷やす。光は進む方向を示してくれると同時に、見たくもないものを露わにする残酷さを秘めている。

昨夜降った雨の影響だろう。床下の闇はやりきれないほどの湿気を孕み、匍匐前進を始めた迫田の体は熱を帯びていくばかりだった。作業着の下で汗が噴きだし、額の汗が眼に入った。負けてたまるか、と手脚を倍の速度で動かした。いまの自分には守るべき者がある。養うべき家族がいる。

熱くなりすぎ、という美奈子の言葉がどういうわけか耳底に蘇ってきた。パチンコだって熱くなったら負けるからね。

たしかにその通りだった。熱くなれば負ける。自分を見失って判断を誤る。冷静にな
れ。たいていのことに通用するセオリーだ。
だが、冷静になったところで、結局は負ける気がした。闇が黒く、光が残酷なように、
必敗だけが自分たちに用意された運命なのではないか。なぜかそう思った。闇の中で足
掻いて足掻いて、ようやく抜けだしたところは、すべてが死に絶えた焼け野原。そんな
救いがたいイメージが脳裏を支配していく。
　仕事はきついけれど、なんとかこなしている。美奈子とはうまくいっているし、杏奈
とだって悪い関係ではない。なのに敗北の予感だけが闇の中でどこまでも生々しくなっ
ていき、熱を帯びた体が一瞬、硬くこわばった。

4

　東京の桜は満開だった。
　美奈子は家族で花見をすることを楽しみにしているようで、水元公園の桜はすごいら
しいとか、やっぱり浅草まで出てスカイツリーにものぼってみたいなどと言っていたが、
迫田はゴールデンウイークが過ぎるまで休日返上になりそうだった。
「悪いな」
　馬淵は悪びれることなく言った。

「そのかわり、梅雨（つゆ）になったら休みが多くなる。雨が降ってちゃ現場ができないからな。朝起きて窓を開けて、土砂降りだったらハイ休み。予定もなにも立ちゃしねえが、そういう仕事だ。諦めてくれ」

もちろんとっくに諦めていたが、美奈子に対して申し訳ない気持ちもあった。青空とピンクの桜のコラボレーションを楽しむことはできなくても、夜桜見物くらいならできるのではないか。そんなことを考えていた矢先、帰路の電車内で、耳寄りな情報を得た。隣にいた乗客の会話が聞こえてきたのだ。迫田の家のすぐ近所に桜が咲いている公園があり、規模は小さいが知る人ぞ知る名所になっているらしい。

家から歩いていける距離なら、それほど無理せず夜桜見物を決行できるような気がした。桜の下にシートを敷き、少し贅沢（ぜいたく）なケータリング弁当でも用意して、カップ酒を飲みながら小一時間。それなら翌日まで疲れが残ることもなく、春の宴を楽しめそうだ。

改札を抜けると、公園を探す旅に出た。「ラーメン屋の角を曲がって」とか「中学校まで行かない」などと断片的に聞こえてきた情報を元に、小さな戸建てばかりがマッチ箱のように並んでいる住宅街を歩きまわった。

なかなか見つからなかった。商店がなく、人通りもなかったので訊ねることもできないまま、二十分ほど彷徨（さまよ）っただろうか。

ようやく見つけたものの、待っていたのは深い落胆だった。

たしかに、地味な住宅街の景色を一変させる見事な桜がそこにあった。とはいえ、一本だけの淋しさだ。おまけに公園自体が、ママになりたての小心な母親が公園デビューするにはうってつけの慎ましさで、バスケットコートの半分もない。生け垣もない中、錆びたブランコが嫌な金属音をたてて風に揺れている。つまるところは生活感だけが濃厚に漂っている狭くてさびれた児童公園であり、風流な夜桜見物とは間違っても相容れない雰囲気だった。こんなところでシートをひろげて宴を開いていたら、通行人に笑われそうである。

なにが知る人ぞ知る名所だよ、と胸底で吐き捨てた。水銀灯に照らされた孤立無援の一本桜を眺めながら、深い溜息をついた。

やはり上野や浅草まで足を伸ばすしかないか、とぼんやり考えながら公園のまわりをまわった。桜の陰になって見えなかったベンチがあり、人がひとり座っていた。迫田は足をとめた。水銀灯の光を浴びて金髪が輝いていた。杏奈だった。時刻は午後九時を過ぎている。なにをやっているのだろうか。

「よう」

近づいていって声をかけた。

「病みあがりだろう？　こんなところにいたらぶり返すぜ」

「今日はそんなに寒くないもん」

杏奈は視線を泳がせながら言った。インフルエンザの完治から、すでに一週間が経っていた。カラオケボックスのアルバイトにも、もう復帰している。

「でもホットミルクが飲みたいな」

エヘへと笑顔を向けてきた。公園のすぐ前で自動販売機が光っていたので、迫田は足を向けた。ホットミルクはなかったが、砂糖とミルクの入った缶コーヒーを二本買った。

「ほら」

一本を差しだすと、杏奈は持っていた携帯電話を膝の上に置き、両手で缶コーヒーを包むように持った。暖をとるためだろう。花冷えとまでは言えない日だったが、やはり寒かったのだ。

迫田もベンチに座って缶コーヒーを飲んだ。甘ったるさに顔をしかめながら、安易に口を開かないようにしようと思った。こんな時間にこんなところにいるということは、美奈子と諍いでもあったのか。あるいはバイト先でのトラブルだろうか。心配だったが、杏奈は取り扱いが難しい。いきなり問いただしても萎縮するだけだろう。

「バイト、やめちゃった」

放り投げるような口調で、杏奈が言った。

「やっぱりほら、好きな人がいるのに告白れもしないって、つらいし。ママや修さんに合わせて昼間のシフトに入ってるから、暇すぎて逆に疲れるし。時給も安いしね……」

夜風が運んできた薄桃色の花びらが一枚、ひらひらと舞って金髪に落ちた。

「べつに無理してバイトしなくてもいいぞ」

頭ごなしの否定だけはしないよう、迫田は注意深く言葉を選んだ。

「世の中には、家事手伝いなんて肩書きもあるじゃないか。贅沢はさせてやれないけど、しばらくぶらぶらしながら英気を養うのも悪くないと思うよ。将来のことじっくり考えるのもいいし、趣味に没頭してみるのもいいし、友達と遊んだり……」

「わたし馬鹿でしょ」

遮るように杏奈は言った。

「将来のことじっくり考えたりしたら、頭が痛くなっちゃうの。趣味もないでしょ。友達もいないでしょ。家事手伝いになんてなったらね、カラオケボックスのバイトより暇になって、脳味噌(のうみそ)が腐っちゃいそう」

学校はどうだ、という言葉を迫田は呑みこんだ。美奈子に一笑に付されたからではなく、迫田自身、そういう解決方法では杏奈の抱えている困難は乗り越えられないような気がしていた。困難の正体は、うまく言葉にならない。ただ、美容師を目指すとか、料理人の修業をするとか、あるいは定時制高校に通ってみるとか、そういうやり方では、どうにもならないような気がしてしょうがなかった。

ならばどうすればいいのだろう？　こういうとき、実の父親なら、なんとアドバイスするのだろうか？　どこに導いてやろうとするのだろうか？

いくら考えてもわからなかった。そもそも彼女のような出生と育ちを背負った女が、世間に居場所を見つけることができるかどうかさえ定かではない。キャリアもなく、手に職もなく、勤労意欲はさらにない二十歳には、最低の時給で誰にでもできるアルバイトしか働き口はない。

結婚、というのが唯一の希望の光にも思える。もしかすると美奈子は、その線で杏奈を片付けられると高を括って（くく）いるのかもしれない。たしかに器量は十人並み以上だから、婚活パーティにでも行けば男が行列をなすだろう。

だが、杏奈はまったく家事ができない。しようともしない。箸もきちんと持てなければ、水浸しにした洗面台を雑巾で拭くことすらない。それ以前に、家族を知らない。父親である手塚光敏は、生まれる前に去っていった。女手ひとつで杏奈を育てなければならなかった美奈子は、おそらくかなりの精神的な荒廃を抱えて幼い娘に接していたはずだ。そんな環境で育った杏奈が、永久就職とばかりに結婚したところで、まともな家庭を築けるとは思えなかった。可哀相だが、破綻は眼に見えている。

「ねえ、修さん……」

杏奈が横顔を向けたまま言った。

「わたしさ……風俗に復帰しようかなって……思って……」

迫田は耳を疑った。まさかと思った。

「前に働いていた店の店長がね、けっこうマメにメールくれるんだ。元気？　とか、最近どう？　とか、他愛ないメールなんだけど、戻ってきたくなったらいつでも戻ってきていいからね、ってよく書いてある。さっきみんなで噂（うわさ）してたんだぜ、とか、お客さん予約入ったけど断ったよ、とか。なんかね、ちょっと嬉（うれ）しくて……いま電話してカラオケボックスやめたって言ったら、だったら戻ってきなよって。みんな待ってるよって……」

「ダメだ」

迫田は蒼白に染まった顔を左右に振った。

「悪いけど、それだけは許すわけにいかないな……」

声が震えてしまった。はらわたが煮えくり返っていた。〈黒猫白猫〉の店長に対してだ。足を洗った女の子に、どうしてメールなど送ってくるのだろう。砂糖をまぶしたような甘ったるい台詞で、なぜ復帰をうながしたりするのか。

もちろん、やさしさや思いやりが甘ったるい台詞を吐かせているわけではない。単なる仕事だ。女衒の常套手段と言ってもいい。発熱の余韻で頬を赤らめていた杏奈の姿が脳裏をよぎっていく。可愛い顔をしてあれほどエロスを漂わせていれば、人気があったに違いない。おまけに仕事の経験もあるから、戻れば即戦力だ。即刻売上アップに貢献できる。常連客だっていただろう。忘れられる前に復帰することで、予約のスケジュールがびっしり埋まる。

見透かされているのだ。杏奈がどんな口実で店をやめたのかは聞いていないが、風俗以外の世界で居場所を見つけることができないことをきっちり見透かされている。実際、杏奈のようなタイプは風俗業界にはごろごろいそうだった。きちんと躾けられていない、学歴もない、職歴もない、誰にでもできる仕事にしかつけない、つまらない、退屈だ、待遇はスズメの涙、将来のことを考えると頭が痛くなる……。

風俗は逆だった。学歴も職歴も不問。羞恥心やプライドの切り売りは、慣れてしまえば抵抗感が薄まる。なかには気の合う客もいる。刺激的と言えば刺激的。嫌な目に遭っても、同じ境遇の仲間と慰めあえる。報酬は破格だ。カラオケボックスの十倍稼ぐことも夢ではない。将来に不安を覚えたら、ドンチャン騒ぎで忘れてしまえ。ホストの金づるが風俗嬢というのは盛り場の常識である。でたらめに散財させて、つるんでいる闇金屋を差し向ける。あるいは、さらにハードなプレイの風俗店を紹介する。いっそＡＶに出演すればアイドルになれるかもよ、と嘘八百を並べたてカタに嵌めようとする……。

冗談ではなかった。

そんなことになれば、杏奈と養子縁組した意味がなくなる。まっとうに働いて、家族を養っている生活が根底から覆されてしまう。

「真面目な話をするから、真面目に聞いてくれるか？」

落ち着け、落ち着け、と自分に言い聞かせながら、迫田は言った。杏奈は怯えた顔でコクリと小さくうなずいた。

「俺は……杏奈には風俗の仕事に戻ってほしくない。絶対にダメだ。これは否定してるんじゃない。杏奈を大事にしたいから言ってるんだ。世の中には風俗で働かなくちゃ生きていけない人もいる。そういう人はしようがないけど、杏奈はそうじゃないだろ？もっと自分を大事にするんだ。普通、二十歳って言ったら大学生だぜ。まだ世の中のことを勉強してる時期だ。学校なんて無理に行くことないけど、杏奈はまだ、いろんなことを勉強しなきゃいけない年ごろなんだよ」

「風俗ってそんなに悪いこと？」

　杏奈がキョトンとした顔で訊ねてくる。

「減るもんじゃないでしょ、エッチしたって」

「減るよ。減るんだよ」

　迫田は自分のもっている言葉を総動員しようと決めた。とてもではないが、黙ってうなずいていることなどできなかった。

「得るものもあれば、失うものもある、ってよく言うだろ？　なにかを得るっていうことは、なにかを失うことと一緒なんだ。それが経験ってやつなんだよ。たとえばね、杏奈、お寿司は好きかい？」

　杏奈はうなずいた。

「銀座なんかにさ、ひとり五万くらいする超高級なお寿司屋さんがあるだろ？　行ったことある？」

　杏奈は首を横に振った。

「俺もないけど、そりゃもうすごいらしい。漁師さんはさ、日本中どこで魚を獲っても、上等なもんから築地に送ってくるんだ。いちばん高い値がつくからね。その中でも選び抜かれたとびきりのネタを、何十年も修業を積んで名人と呼ばれるようになった職人さんが握るわけだ。ほっぺたが落ちそうなくらいうまいだろうね。うますぎて涙ぐむ人だっているかもしれない。とはいえ、一回の食事に五万は高すぎる。普通は手が出ない。一度は行ってみたいと思ってる人は、コツコツ貯金してその日を楽しみにしてたりする。だけどね、世の中には五万や十万がなんでもないお金持ちもいる。そういう人にさ、よう杏奈、ザギンでシースー奢ってやろうか、なんて言われたら、喜んでついていくよな。食べたらうまいよ。五万もするんだから。でもね……でもそうすると、杏奈は未来に経験するべきことがひとつ減ってしまうんだ。自分でコツコツお金を貯めて、頑張って頑張ってようやく食べた五万円のお寿司と、ポケットからちり紙出すみたいにお金を出してくれるやつに奢ってもらったお寿司と、どっちがうまいかわかるだろう？　自分で貯めたほうに決まってるよな。安易に奢ってもらったりしたら、そういう感動がなくなっちゃうんだ。あるいはね、杏奈のことが大好きな男がいるとする。あんまりお金はないけど、杏奈がお寿司が好きだっていうから、コツコツお金を貯めて、誕生日でもクリスマスでも、なにか特別な日にご馳走してくれたとする。そういうときにね、手放しで喜べなくなるんだ。だって一回食べてるから。前のほうがネタが新鮮だったかも、なんてつい口走っちゃったりしてさ。彼氏はがっかりだよ。自分の努力が虚しくなるよ。俺は杏奈にね、そういうふうに男をがっかりさせる女になってほしくないんだ……」

むきになって言葉を費やしたわりには、杏奈のリアクションは薄かった。よくわからないという顔をしていた。まわりくどいたとえ話などせず、もっと直接的に言ってやったほうがいいのだろうか。

風俗で働いたところで、眼に見えて減るものはたしかにない。

ただ、未来にするはずの経験を、仕事という不自然な形で先取りしてしまうことによって、取り返しのつかない感覚に陥る。キスも抱擁も裸を見せあうことも、初めてだったら恥ずかしい。男でも女でもそうだ。裸を見せあったという事実より、恥ずかしさを一緒に乗り越えることが重要なのだ。その先で愉悦を分かちあったという経験だけが、男と女を強く結びつける。

しかし、仕事でなにもかも経験し、テクニックの向上も性感の開発も限界まで追求してしまった女は、男と結びつく手札がなくなってしまうだろう。ベッドで「こんなの初めて」と言わせたいのが、男という生き物なのだ。先取りしてしまった経験が邪魔をして、恋が発展しなくなる。愛を深めていきたくても、なす術がない。

いや……。

迫田はひとり、息を呑んだ。天を仰ぎたくなった。夜風に桜吹雪が舞っていた。杏奈の金髪にはもう、ピンク色の花びらが十枚以上載っている。

「……寒いな」

迫田はこわばった顔をなんとか動かして微笑んだ。

「寒いからもう帰ろう。とにかく、風俗で働くのはやめてくれ……せめて少し待ってくれ。内緒で働くのは……それだけは勘弁してくれな……」

杏奈のうなずき方は曖昧なものだったが、迫田はベンチから立ちあがり、歩きだした。ぬかるみを歩いているようだった。突然、自分の考えに自信がもてなくなった。自分は、杏奈が風俗に戻るのを阻止する、どんな言葉ももちあわせていないような気がした。

風俗嬢に身をやつし、水商売に移ってからも枕営業を続けながら、娘を二十歳まで育てあげた女が、迫田の妻だった。いままで何百人という男に抱かれてきたことだろう。迫田が想像すらできないとんでもない変態プレイだって、経験しているかもしれない。だがしかし、いまは迫田と愛しあっている。そういう実感がたしかにある。ならば、経験の先取りなどという理屈は説得力のない屁理屈に失墜し、情熱を込めて放ったはずの言葉も、風に舞いあがった桜の花びらのように夜の闇に呑みこまれていくしかない。

5

迫田は自宅のキッチンシンクを磨いていた。

洗剤を替え、スポンジを替えて、もう何度も洗っているのに、なにしろ年代物なので、曇りがなかなかとれてくれない。ガスレンジはすでに洗浄して磨いてあった。食器棚から食器をすべて出し、それを洗って布巾で拭き、食器棚を丁寧に水拭きしてから戻した。冷蔵庫の中もやった。三角コーナーの漂白までしている。

年末の大掃除ではなかった。窓の外は雨。シロアリ駆除の会社に勤めだして、二度目の早あがりになった。正午過ぎには体が空いたので、シチューでもつくろうと食材を買いこんで帰ってきた。しかし、いざ料理にとりかかろうとするとガスレンジの汚れがひどく気になり、それもいままでなら平然と見逃していた程度の汚れにもかかわらず、やりだしたらとまらなくなった。もう三時間以上も休みもせずにキッチンまわりの掃除を続けている。

美奈子はパチンコ屋でアルバイトの日だった。

カラオケボックスのアルバイトをやめてしまった杏奈は、二階にいる。トイレにおりてきたり、冷蔵庫のジュースを飲みにきたり、つごう三回顔を合わせた。最初のとき「シチューをつくるんだ」と宣言をした。二度目のとき、杏奈は「まだつくってないの？」と唇を尖らせた。「シチュー大好きだから、早くつくってね」。三度目になっても、迫田がまだキッチンシンクを夢中で磨いていたので、杏奈は呆(あき)れた顔で二階に戻っていった。

自分でも、なぜそんなことをしているのかよくわからなかった。ただ、きれいにしたかった。できることなら、家中を磨きあげたかった。風呂場もトイレも洗面所も、窓ガラスも窓の桟も、廊下も天井も押し入れの中も、塵(ちり)ひとつ落ちていないピカピカの状態にしたい。

ストレスなんだろうな、と思った。ストレスの捌(は)け口を、掃除に見いだしてしまったのだ。ギャンブルや酒や女でまぎらわすよりよほど健康的で家族のためにもなる解消法だったが、いささか病的になりつつあり、我ながら少し怖かった。

ストレスの原因ははっきりしている。

昨夜、美奈子と口論になった。

結婚してから、初めての大きな喧嘩だった。

半身浴が日課の美奈子が風呂からあがるのを待って、迫田は話を切りだした。時刻は午前零時を過ぎていた。一時間話をすれば睡眠時間が五時間になり、二時間話せば四時間になってしまう。肉体労働に従事している身にはつらかったが、放置できない問題があった。

「杏奈のことなんだけどさ……なんか、前に働いてたヘルスから、復帰しないかって誘われてるらしいんだ」

湯上がりに顔を上気させた美奈子は、表情を変えなかった。ダイニングテーブルの席に座り、化粧水を顔に塗りこみはじめた。

「どうしたらいいだろう？」

「放っておけばいいでしょ」

「いや、それが、復帰してもいいみたいなこと言ってるから、俺も驚いちゃってさ」

美奈子の表情は変わらなかった。化粧水の次に乳液を塗った。

「まずいだろ、とめないと」

「べつにいいんじゃないの」

美奈子は笑った。唇を歪めた嫌な笑い方だった。

「そりゃあね、わたしを養うためにやるのはまずいと思うよ。パチンコ代を巻きあげたりしたのも、反省してる。でも自分の意思でやるっていうなら、そりゃあもうしょうがないんじゃないかね」

「おまえ、それでも親か……」

立っていた迫田は両手をテーブルにつき、まじまじと美奈子の顔をのぞきこんだ。

「とめるだろ、普通。娘が風俗で働きそうになったら」

「本人がやりたがってるんだろ」

「だからって……」

「あんたさあ」

美奈子は遮って言った。

「最近口を開けば、杏奈、杏奈って、そればっかり。どうかしてるよ」

「どうかしてるのはそっちじゃないか！」

迫田が声を荒げると、美奈子は乳液でテカテカになった顔をそむけた。

「悪い……」

謝った。声を荒げてもしかたがない。怒鳴りあいがしたいわけではないし、二階の杏奈に聞こえてしまう恐れもある。

「……察してよ」

横顔を向けたまま、美奈子は拗ねたように唇を尖らせた。

「母と娘だってさあ、嫉妬ってものがあるんだよ。あの子は馬鹿だけど、顔はそこそこだし、二十歳のピチピチボディじゃないか。あんたが杏奈、杏奈って言ってると、わたしだっていい気持ちしないわけ……」

嘘をつくな、と迫田は胸底で吐き捨てた。いっそ清々しいほどの真っ赤な嘘だった。美奈子は杏奈に嫉妬などしていない。する必要もないのだが、もし本当に嫉妬しているなら、杏奈をこの家から追いだすなり、自分が出ていくなりするだろう。美奈子はそういう気性の女だ。誇り高い女なのだ。

そんな彼女が、真っ赤な嘘をつかなければならない理由はあきらかだった。風俗で働くことを否定されると、自分の過去を否定されているように感じるのだろう。金を貰ってセックスをする行為を、さも穢れたことのように言われると傷つくのだ。わたしの過去を否定しないで、という心の叫びが聞こえてくるようだった。

それはそれで当然だった。迫田は考えた。杏奈に元の店に復帰したいと告白されてから数日間、延々とそればかり考えていた。迫田はかつて風俗嬢だった美奈子を愛している。なおかつ杏奈には風俗嬢になってほしくない。この矛盾をどう解消し、美奈子や杏奈にわかってもらえばいいのか。

一方は過去であり、一方は未来である、そうとしか言いようがなかった。過去は書きかえられないが、未来はこれからつくりあげることができる。過ぎたことは過ぎたこととして、そこで負ってしまった傷も含めて、丸ごと愛するしか方法がない。しかし、未来は違う。傷を負うとわかっている茨の道に、杏奈を行かせてしまっていいわけがない。見殺しになってしまう。

そういうことを、できるだけ丁寧に説明した。

美奈子には通じなかった。なにも認めようとしなかった。

「だからね、わたしはべつに自分が風俗やってたことをどうこう言ってるわけじゃないの。嫉妬よ、嫉妬。ジェラシー」

「話をすり替えるなよ」

「あの子の色気はね、天性なんだよ。その気になったら、どんな男だって手玉に取っちゃうんだから。あんがい、風俗が天職かもよ」

「あのなあ……」

「あんたも気をつけたほうがいいからね。あの子は怖い子よ。わたしなんかより、よっぽどあばずれで、よっぽど好き者」

「娘が風俗で働いていいかどうかって話だろ」

「だから、自分の意思ならしようがないって言ってるの。職業選択の自由よ。風俗だろうがAVだろうが、やりたかったらやればいいんだ。わたしもAVくらい出演しとけばよかったよ。世間がどうこう言ってたって関係ないもんね。どうせ、百年経ったらいま生きてる人間はみんな死んでるんだ。恥知らずって後ろ指差したやつも、淫売って陰口叩いてたやつも、ひとり残らず草葉の陰。そんな連中の顔色うかがってたと思うと、情けなくて涙がチョチョ切れる。ノーカットのすごいやつでご開帳して、たんまり稼いでおけばよかったよ」

迫田は疲れてしまった。

美奈子に対して、腹はたっていなかった。むしろ、シンパシーを感じていた。自分とそっくりだった。矮小なプライドを守ろうと、必死になるところがまるで同じだ。手塚光敏と結婚したいから離婚してくれと説得してくる果穂に、迫田は美奈子よりずっとヒステリックに、ずっと苛烈な悪態をついていた。

似た者同士、なのだ。だから、矮小なプライドの陰に本音が隠れていることがよくわかった。迫田も本音では、果穂に対してとっくに白旗をあげていた。美奈子だって頭ではわかっている。娘を風俗嬢にしていいか悪いか、わからないわけがない。

とはいえ、迫田は果穂に対し、二年間ゴネ倒した。目の前の似た者同士を、ひと晩で説得できるわけがなかった。

気がつけば、午前三時になっていた。翌日の仕事のために、床に入らなければならなかった。寝室で枕を並べて布団を被ると、肉欲がむくむくとこみあげてきたが、それも我慢しなければならなかった。

美奈子を抱きたかった。機嫌をとるためとか、エクスタシーを餌にして意見を通そうとか、そんなよこしまな考えがあったわけではない。

純粋にセックスがしたかった。言葉はどこまでもまどろっこしい。話しあえば話しあうほど、言いたいことの半分も伝わっていないような徒労感だけが残る。美奈子もまた、そうなのかもしれない。どうしてわたしの気持ちをわかってくれないの、と叫び声のひとつもあげたかったかもしれない。

だからこそ、言葉のいらない世界でひとつになりたかった。裸になって抱きあいさえすれば、万能のコミュニケーションを手に入れることができる、そういう男と女だった。杏奈のインフルエンザ騒動と、迫田が仕事に忙殺されているせいで、夫婦生活を営む機会が激減していた。明日こそ抱こう、と心に決めて睡魔に身を委ねた。

6

今日、正午に早あがりになって、シチューをつくろうと思いたったのは、美奈子のご機嫌をとるためだった。卑屈になったわけではないが、そういうことも必要だろうと思った。杏奈のことは杏奈のこととして、せっかく好循環の中にいる夫婦の関係に亀裂を入れたくなかった。

なのに……。

どうして三時間以上も掃除ばかりに没頭して、お詫(わ)びの印である料理にとりかかれないのだろう。材料まで買ってきておいて、なぜ肉を切ったり、ジャガイモの皮を剝(む)いたりせず、年季が入りすぎて曇りなどとれるはずがないキッチンシンクを磨きつづけているのか。

できることなら消したいと思っているのだろうか？

迫田は何度も自問自答を繰り返していた。薄汚れた、と本人も言っていた美奈子の過去が、なければいいと思っているのだろうか？　まっさらな状態で、たとえば手塚と知りあう前の、二十歳のころの美奈子と出会えればよかったと思っているのだろうか？

答えはNOだった。二十歳の美奈子は、きっととても魅力的だったはずだ。杏奈を見ていれば、それはわかる。だが、いまの美奈子にあるような、力を合わせて立ち直りたいと思わせるところはなかっただろう。似た者同士として、傷を舐めあうことだってできなかったに違いない。そんなことはわかりきっているはずなのに、この釈然としない感じはいったいなんなのだろうか。

テーブルの上に置いてあった携帯電話が、メールの着信音を鳴らした。

迫田は濡れた両手をタオルで拭い、携帯電話を取った。美奈子からだった。

——今日の帰り、マリのところに寄ってく。遅くなると思う。おかずは冷蔵庫になんかあるはず。悪いけど、ごはんは自分で炊いて。それか、外で食べてきて。杏奈にもメールしとく。

迫田は舌打ちして携帯電話を閉じた。

マリというのは数日前に偶然再会したという美奈子の古い友達だった、綾瀬で小さなスナックを営んでいるらしい。そこに飲みにいくのだろうが、なぜあてつけのように今夜なのか。迫田はシチューをつくってご機嫌をとり、昨夜は言いすぎたと謝るつもりだった。もちろん、杏奈が風俗で働く件については一歩も譲るつもりはなかったが、夫婦の関係をぎくしゃくさせたままでは、解決できる問題も解決できなくなってしまう。謝って、セックスをしようと決めていた。今日はそういう、ちょっとばかり特別な日になるはずだったのに……。

いや……。

これでいいのかもしれない、と思い直した。夫婦や家族という、閉じられた関係の中では、解消できないストレスもあるかもしれない。ヘアメイクの人だったか、レコード会社の宣伝担当だったか、昔知りあいの女が、ダンナの悪口を女同士で言いあうのは、ストレス解消であるのと同時に、幸せの確認作業なんだと言っていた。迫田には理解できない感覚だったが、そういう考え方もあるのかもしれない。だいたい、シチューはまだつくりはじめてもいないし、掃除に熱中しすぎたおかげでつくる気力もなくなっていた。

時刻は午後四時を少し過ぎたところだった。本日二度目の風呂に入り、風呂場をきれいに掃除して、缶ビールを一本飲むと五時になった。酒場や料理屋やレストランがいっせいにオープンする時間だった。杏奈を誘って外で食事をしようと思った。

二階への階段をのぼっていきながら、ポータブルテレビを買い与えたのはやはり失敗だったかもしれないと思った。部屋にテレビがなければ、杏奈はリビングにいたはずだ。会話はなくとも、杏奈が側でテレビを観ながら鼻歌でも歌っていれば、迫田も掃除にのめりこんだりすることなく、シチューをつくりはじめていただろう。

「よう、ちょっといいか」

襖越しに声をかけたが、返事はなかった。テレビの音も聞こえない。寝ているのだろうか。

襖を少しだけ開けて、部屋の中をのぞきこんだ。眼に飛びこんできた光景の異様さに、もう少しで声をあげてしまうところだった。杏奈が逆さまになっていた。畳の上でブリッジをしていたのだ。手脚が剝きだしだったので、一瞬下着姿かと焦ったが、タンクトップとホットパンツが合体したような、オールインワンのルームウエアだった。色はもちろん、ピンクと白だ。

「なにやってんだ？」

迫田は笑いながら襖を開けた。

「……ストレッチ」

杏奈は天地が逆になった顔で答えると、ブリッジの体勢を崩し、畳の上に剝きだしの手脚を放りだした。寝そべったまま伸びをした。たしかにストレッチのようではあるが、迫田が知っているどんなストレッチにも似ていなかった。

「自己流か？」

「うん」

筋肉を伸ばす刺激に可愛い顔を歪めながら、杏奈はうなずいた。いきむほどに、肉づきのいい太腿（ふともも）が震える。美奈子が言っていた「二十歳のピチピチボディ」という言葉が脳裏をよぎっていく。たしかにはちきれんばかりで、眼のやり場に困った。汗の匂いがした。もう春だというのにファンヒーターをつけているから、杏奈の素肌は汗ばんでいた。

「ママからのメール見たかい？」

「見た」

「遅くなるみたいだから、外に飯食いにいかないか？」

「シチュー」

「すまん。結局つくれなかった。シチューが食える洋食屋にでも行こうぜ」

「待たされすぎて食欲なくなった」

筋肉を伸ばしおえた杏奈は、再びブリッジの体勢になった。左右の手脚を突っ張り、驚くほど背中が反っている。バドミントンやフリスビーやボウリングを一緒にやった感じでは、運動神経が鈍いようにしか見えなかった。グラマーな体型のせいで俊敏には見えないという理由もあるのだろうが、体はかなり柔らかいらしい。ピチピチのボディが反り返り、よじれ、震える。

悩殺的な光景だった。息をするのが苦しくなってきた。ブラジャーをしていないらしく、乳首が浮いている。視線をはずし、見なかったことにする。

「悪かったよ。シチューの件は謝るから勘弁してくれ。食欲なくても寿司なら食えるか？　お詫びに銀座に食いにいこうか？　ひとり五万円の超高級寿司」

杏奈はずっこけるようにブリッジの体勢を崩し、ドスンと尻餅をついた。上体を起こすと、眉根を寄せて睨んできた。

「修さんこの前、奢られたらダメって言ってたよ」

咎めるように頬をふくらませる。

「俺はいいんだよ。杏奈のことが大好きだから。コツコツ貯めた小遣いで、大好きな杏奈にご馳走しようっていうんだから」

もちろん冗談のつもりだった。しかし、杏奈が食いついてきたら、連れていってもかまわないと思った。

迫田は普段、金をほとんど遣わない。給料はすべて美奈子に渡し、月五万の小遣い制だったが、たいてい四万円以上残っている。昼飯は美奈子のつくってくれるおにぎりだし、残業のときは馬淵が食事代を払ってくれる。外で酒を飲む習慣はなくなった。そもそも仕事に忙殺されているので、金を遣う暇がないのだ。

杏奈の咎めるような表情が、ふっとほどけた。

「修さん、わたしのこと大好きなの？」

「ああ」

迫田は笑顔でうなずいた。

「本当？」

「本当だよ」

「じゃあ、風俗で働くこと許してください」

「……馬鹿言え」

笑顔を引っこめた。

「そんなこと認める親なんているわけないだろ」

「修さん……わたしのこと全然わかってないよ」

杏奈はどこか芝居がかった態度で、深い溜息をついた。

「わたしなんて、とっくのとうにヨゴレなのよ。修さんはさ、わたしがママに無理やり風俗で働かされたと思ってるんでしょ？　そりゃあお金を稼いでこいとは言われたけど、どっちかって言ったら自分の意思でお店の面接に行ったわけ。興味があったから」

「……なんの興味だ？」

「そりゃあもう、どんなエッチなことされちゃうんだろうな、って……」

杏奈の眼つきが変わった。刀がついに鞘から抜かれた、そんな感じだった。

「わたしはエッチが大好きなの。三度のごはんより大好き。銀座でお寿司を食べたことはないけど、中学生のとき、４Ｐしたことあるんだよ。輪姦されたんじゃないからね。わたしから誘ったんだもん。中学校の教室でね、したこともある。相手は担任の先生。

超興奮した。中学校の三年間だけで、たぶん三十人くらいとしてる。させてって頼まれたら断らないから。卒業してからは百人くらいかな。街で声かけられて、怖そうな人じゃなければついていっちゃう。誰だっていいの。差別はなし。させてって可愛く頼んでくれたら、それでついていく。お金を貰ったことは一度もないよ。ママとは違うもの。あんたみたいにいやらしい女見たことないって、ママにはよくぶたれた。中学生のころ。そのときママ、本番OKのデリヘルで働いてたんだけどね。そんな人から見ても、わたしは異常なんだって。わたしはただ、エッチするのが好きなだけなのにね。お金貰ったら法律違反だけど、エッチしてるだけなら誰にも迷惑かけてないのにさ。ヘルスは本番なしでしょ？　お客さんはたいてい、入れさせろって言ってくる。一万円札ピラピラッてさせたりしてね。わたしは絶対やらせない。やらせたのがバレたら馘になるっていうのもあるけど、焦らしプレイを楽しんでるわけ。個室に入っても抜いてあげないで、あとで会ってラブホ行くとか。もちろん人を選んでやってるから、店にバレたことは一回もないよ……」

どうしてこういうことになってしまったのか、もはや考えてもしかたがないと迫田は思った。考えるまでもなく、わかっていることもあった。

淋しいのだ。人は誰でも淋しいけれど、淋しさをまぎらわす方法が彼女にはセックスしかない。それ以外の方法を探す能力もなければ、導いてくれる人もいない。おかげで病んでしまった。淋しさをまぎらわす方法が過食であれば、杏奈はいまごろ体重百キロを超えていただろう。盗みであれば刑務所の女囚で、スピードに魅せられていれば事故を起こしてすでにこの世にいなかったかもしれない。

「ね、わかったでしょ」

杏奈は立ちあがり、得意げに胸を反らせた。体を覆う薄い生地がふたつの胸のふくらみにぴったりと張りつき、先端で乳首が浮いていた。

「修さん、いい人だからいままでおとなしくしてたけどさあ、わたしなんてとっくの昔に終わってるわけ。人としても、女としても、ジ・エンド。家族ごっこはけっこう楽しいよ。それは嘘じゃないけど、どうせならホントのわたしと家族ごっこしてよ。不倫はよくないとか、風俗で働くななんてつまらないこと言ってないでさ、エッチが大好きなわたしを認めてよ」

ツンと鼻をもちあげ、ニヤニヤと笑う。勝ち誇ったようなその顔に、迫田は平手を飛ばした。唸（うな）りをあげてスイングさせた右手で、杏奈の頬を打った。戦慄を誘うほど大きな打擲音（ちょうちゃくおん）が六畳間にこだました。誓って言うが、女に手をあげたのは初めてだった。間髪を容れず、今度は左手でビンタした。杏奈は倒れた。泣いてはいなかった。悲鳴もあげなかった。そんなこともできないくらい、驚いているようだった。双頬（そうきょう）を両手で押さえ、眼尻が切れそうなほど眼を見開いている。

迫田は畳に転がっていた携帯電話を拾いあげた。折りたたみ式を開き、バキッと音をたててまっぷたつに割った。

「なにするの……」

　怒りと怯えで、杏奈の声は震えていた。

「つまらないことかもしれないが……」

　迫田の声はそれ以上に震えていた。自分の暴力におののいていた。手のひらが熱かった。燃えているようだった。膝が笑っていた。腕も肘も肩も小刻みに震えていた。それを抑えこむように、大きく息を呑んだ。

「俺は言うよ。親だから言う。不倫はよくない。風俗では働くな。店に復帰させようと企（たくら）んでいるクズ野郎が知ってる電話番号は、明日にでも変更してこい……」

　杏奈が睨んでくる。凶暴な眼だった。野良猫の眼だ。親から見放されていることを自覚してる眼だ。迫田はありったけの眼力をこめて睨み返した。

「セックスは、相手を選んでしろ。簡単にさせるな。自分を大事にしてくれる男を探せ。難しい話じゃない。おまえは終わってなんかいないし、自分で思ってるほど馬鹿でもない。いいか、自分を大事にしてくれる男を探せ。最初はまずそれだけでいい。自分を大事にしてくれる男が見つかるまで、セックスはするな」

　杏奈は両手で顔を覆い、声をあげて泣きはじめた。

第五章　キルユー、キルミー

1

腕の中で悶(もだ)えている美奈子は魅力にあふれている。

こらえてもこらえてもこぼれてしまうあえぎ声が、普段のやさぐれたしゃべり方からは想像もつかない可愛(かわい)らしさで、眉根を寄せた表情は羞(は)じらい深い乙女(おとめ)のようだ。男好きする反応ではあるけれど、それが娼婦(しょうふ)に身をやつしているときに染みついたベッドマナーとは、迫田には思えなかった。面倒くさがりの美奈子が、そこまでして客の機嫌をとろうとするはずがない。

だからその反応はナチュラルなものだろう。彼女の中に乙女がいるのだ。迫田は腰を動かしながら、喜悦に歪(ゆが)んだ艶(なま)めかしい表情を凝視してしまう。視線に気づいた美奈子が眼を開ければ、視線がからみあう。自然と唇が吸い寄せられていく。熱い吐息をぶつけあいながら、舌をからませる。キスはみるみる息のとまるような深さになり、肉の悦(よろこ)

びは熱狂を目指していく。入れて出してという単純な運動が、命を刻むリズムになる。心を躍らせるビートになる。

美奈子はやがてキスを続けていられなくなり、こらえきれなくなった甲高い悲鳴が、唾液に濡れた唇から放たれる。悲鳴をあげていい住宅事情ではなかったが、熱狂の渦中にいる迫田もまた、我を失っている。リズムもビートも抑えがきかず、むしろますます力強さを増し、深く結びつこうとする。いちばん奥を狙って律動を送りこんでいると、そのうち愛情が肉欲によって裏返される瞬間が訪れる。殺意にも似た凶暴な気分を胸に抱いて、突きあげ、掻きまわし、怒濤の連打を放つ。美奈子は受けとめてくれる。可愛いあえぎ声が切羽つまっていく。肉づきのいい裸身を躍動させ、オルガスムスに駆けあがっていこうとする。

いつもと同じだった。

いつも以上かもしれなかった。

なのに迫田には違和感があった。美奈子の中に、居心地の悪さを感じた。美奈子はいま、三度目の絶頂に達しようとしている。いつもなら、その前後のタイミングで射精を果たす。声を出すのがはばかられる住宅事情のうえ、時間的にも制約がある夫婦の営みだった。迫田は自分も美奈子も焦らすことなく、本能を解放している。にもかかわらず射精が遠い。額に焦燥の脂汗が浮かんでくる。美奈子が甲高い悲鳴をあげ、総身をのけぞらせて絶頂に達した。ぶるぶると痙攣している体を抱きしめながら、迫田はその小刻みな動きに乗じて、なんとか射精を引き寄せようとした。

リズムが乱れ、ビートがすれ違っていた。迫田の違和感は大きくなっていくばかりなのに、オルガスムスで半狂乱になっている美奈子には、新たな刺激になったようだ。白い喉を突きだし、髪を振り乱して「すごい、すごい」と連呼している。ようやく射精の前兆をつかまえることができると、迫田は鬼の形相で腰を振りたてた。いまにも切れそうな糸を手繰りよせるように、慎重に慎重に自分の性欲を奮い立たせ、なんとか美奈子の中に恍惚の証を漏らしきった。

静寂が訪れた。

荒々しくはずむふたりの呼吸音が、かえって静けさを意識させた。こらえきれずにあふれた悲鳴や肉と肉とがぶつかりあう音、そして男女の性器がこすれあう音が、六畳の寝室からきれいになくなっていた。

「どんどんよくなっていくみたい……」

息をはずませながら、美奈子が言った。あお向けで天井を見上げていても、その眼にはなにも見えていないのだろう。完全に放心状態だった。

「なんかもう、すごすぎて笑っちゃいそうだったよ、いま……」

「声、出しすぎじゃないのか。杏奈に聞こえちゃうぞ……」

迫田は苦笑しようとしたが、息があがりすぎてうまく笑うことができなかった。美奈子と並んで、天井を見上げていた。全身が重怠く、心臓だけが胸を突き破りそうな勢いで暴れている。美奈子の両脚の間からは迫田が漏らしたものが逆流しているはずで、いつもならティッシュを取ってやったりするのだが、それすらもできない。

「大丈夫よ……」

美奈子が手を握ってきた。美奈子の手は熱く、汗ばんでいた。迫田の手もまた、そうだったろう。

「あの子最近、妙にお風呂が長いんだよね。わたしの真似(まね)して半身浴するようになったみたいでさ」

「へええ……」

「入浴剤が減るわ減るわ。いままで使ってなかったのに……まあ、いいけどね。おかげで遠慮なく乱れられるから……」

迫田は言葉を返せなかった。口の中に苦いものがひろがっていった。たしかに杏奈の入浴時間は長くなったようだったが、いまの美奈子の口調からは、気づかれたら気づかれたでかまわないという、開き直りが感じられた。愛しあう夫婦が性生活に励んでなにが悪い、と言いたいわけだ。

やめてくれ、と思った。たしかに夫婦が愛しあうのは悪くはない。巷(ちまた)で蔓延(まんえん)しているセックスレスよりよほどいいに違いないが、親の性生活は子供にとっては最大のタブーと言っていい。

杏奈の気持ちを考えると胸が締めつけられる。もしかすると杏奈は、夫婦の寝室からセックスの気配が伝わってくるのを嫌って、半身浴などするようになったのではないだろうか。

あるいは……。

別の理由があるとすれば、そちらのほうがずっと深刻だが……。

2

桜の季節は終わっていた。

満開から桜吹雪になり、葉桜になるまですぐだった。息つく間もなく初夏になって菖蒲が咲き、いまは梅雨、あじさいの季節である。野外で肉体労働をするようになって気づいたことがある。この国の季節の移り変わりは、サイケデリックなまでに目まぐるしい。

季節の変化を感じるほどに、迫田は憂鬱になった。梅雨が憂鬱なのではない。自然の四季は繰り返すのに、人生の四季は一回性だ。その事実に愕然とする。桜より、よほど儚い……。

桜は来年、また咲くだろう。三百六十五日経てば、再び豪華絢爛に咲き乱れる。なのになぜ、人生の四季は一回きりなのだろう。一度咲いた桜は二度と咲かない。いくら惜しんでも、春はもう戻ってこないのだ。

それゆえに、後悔は先に立たず、あやまちは取り返しがつかない。子供でも知っている人生の法則である。後悔もあやまちも、自分の一部として次の季節まで抱えていくしかない。抱えきれなくなれば、それまでだった。時間がとまる。一足飛びに、冬の先にある季節ではない季節に倒れこむことになる。

まだ桜が満開に咲き乱れていたころの話だ。

迫田は杏奈の頰を叩き、手厳しく説教をした。

杏奈は泣きつづけた。号泣し、慟哭した。迫田は心配になってきた。手のひらが熱かった。叩いたほうがこれだけ熱いのだから、杏奈の頰はもっと熱くなっていることだろう。痛みにジンジンしていてもおかしくない。実子のいない迫田には、育児の経験がなかった。運動部で後輩を指導したこともなければ、組織で部下を束ねたこともない。

致命的だった。目の前で三十分も泣きつづけられると、自分の考えに自信がもてなくなってきた。血の繫がりがあろうがなかろうが、風俗で働きたいなどという娘は張り倒して当然——本当にそうだろうか？　相手はか弱い女の子だ。暴力に訴えるのではなく、別のやり方があったのではないか？

「悪かったな……」

自分から声をかけてしまった。いま思えば、あの時点で負けは確定したようなものだった。杏奈が謝ってくるのを待つべきだった。人の親になるためには、辛抱強さが決定的に足りなかった。

「叩いたりして悪かった。でも聞いてくれ……俺は杏奈が憎くて叩いたんじゃないぞ。愛してるから叩いたんだ。愛する娘が風俗で働くなんて、俺にはどうしても耐えられないんだ……」

言いおえると、膝を折ってしゃがんだ。うずくまっている杏奈の、金色の髪を撫(な)でた。次の瞬間、杏奈が胸に飛びこんできた。床下で身を躍らせる猫のように俊敏な動きだった。迫田は尻餅をつきながらなんとか受けとめた。杏奈は泣きつづけた。涙と鼻水でぐちゃぐちゃになった顔を、迫田のシャツにこすりつけてはしゃくりあげた。

「修さん、助けて……」

嗚咽(おえつ)まじりに声を絞った。

「わたし、ダメな子だから、助けて……ねえ、お願い……」

「大丈夫だ」

迫田は、泣きすぎて熱く汗ばんでいる杏奈の背中を撫でた。

「俺がついてるから、助けてやるから、だからもう泣くな……」

感極まってしまいそうだった。叩いてしまった罪悪感のせいだけではなかった。杏奈の泣き方に、もらい泣きを誘う力があったからだ。気持ちをシンクロさせる、引力のようなものがあったとしか思えない。

「ホントに助けてくれる？」

杏奈が顔をあげた。無残な泣き顔だった。

「ああ、助けてやる」

迫田はうなずいた。何度でもうなずいてやるつもりだった。助ける、というキーワードが、なにを意味しているのかわかっていなかった。なにをどう助けてほしいのか、杏奈にさえはっきりしていないのではないかと思った。それでも、助けてやるつもりだった。彼女の抱えている困難を、なんとかしてやりたかった。それが親の役割だと思った。しかし杏奈には、なにをどう助けてほしいのか、具体的な要求があった。

「じゃあエッチして……」

耳を疑った。

「わたし、お店やめてから、一回もエッチしてないんだよ。修さんに悪いと思っていままでずっと我慢してきたの。でももう限界よ。このままだと、頭がどうにかなっちゃうよ……」

いいから我慢しろ、と言い放てる勇気と非情さがあればどれだけよかっただろう。

「いや、だから……」

迫田は呆然としながら言葉を継いだ。

「セックスが悪いなんて言ってないだろ。自分を大事にしてくれる男を探すんだよ。そうすればいくらでも……」

「修さん、ひどい」

杏奈が真っ赤な顔で遮った。

「そんなの本当にいると思う？　わたしの中学のときの渾名、肉便器っていうんだよ。わたしが男だっていやだもん。誰とでもやってる肉便器と、自分だけに尽くしてくれる女の子と、どっちを選ぶかなんて馬鹿でもわかるよ」

杏奈の表情はまるで、尿意を我慢している幼い少女そのものだった。もう一歩でも動けば粗相すると訴えていた。生活を整え、自分を磨き、恋を育てる時間的猶予など、ないというわけだ。

「ね、修さん、わたしいい子になる。修さんとママの言うこと、なんでもきくいい子になる。だから、して……ママには黙ってるから……黙ってればわからないから……」

股間をまさぐられた。迫田は勃起していた。不可抗力だった。薄手の部屋着一枚で、ブラジャーもしていないグラマーな二十歳に身を寄せられ、肉体が反応しないほど迫田は不健康な男ではなかった。

いや、健康とか不健康とか、そんな単純なことではない。ここが勃起していい場面かどうかわからないほど、迫田は理性を失っていなかった。杏奈の色気が尋常ではないのだ。盲目のミュージシャンという言葉が脳裏をよぎっていった。視覚が失われていることで、健常者より聴覚が敏感だという。杏奈は、世間の荒波を渡っていくための武器を、なにひとつもっていなかった。風俗くらいしか居場所が見つけられない社会不適合者だった。それゆえに、色気だけはすさまじいのかもしれない。そんな理屈が成りたつのかどうかわからないが、そうとでも考えなければ理解できないほど、腕の中にいる杏奈は過剰にエロティックな存在だった。

左右の頬にビンタを浴びて延々と泣きつづけた顔は赤とピンクのグラデーションに染まり、涙と鼻水でぐちゃぐちゃになっていた。にもかかわらず、本能を鷲づかみにされてしまう。エロスの放射が桁外れで、なす術もなく巻きこまれていく。

あるいは彼女が、迫田の勃起に気づいた瞬間、勝ち誇った笑みでも浮かべていたなら、冷静さを取り戻せたかもしれない。大人をナメるな、と気力を振り絞ってたしなめることもできただろう。杏奈は笑わなかった。「嬉しい、嬉しい」と大粒の涙をボロボロとこぼした。

「修さん、わたしのこと嫌いじゃないんだね。嫌いだったら、こんなふうにならないもんね。いまもし修さんがちっとも硬くなってなかったらね……そうしたらわたし、たぶん生きていけなかったと思う。死にたくなっちゃったと思う……わたしだって悪いことしてるのわかってるんだよ。ママに悪いってわかってるけど、もう我慢できないの。修さんに助けてもらわないと、どうにかなっちゃいそうなの……」

言いながら、杏奈は迫田のベルトをはずした。ファスナーをさげ、ズボンとブリーフをめくって、言葉が尽きると同時に、勃起しきった男根を口唇に咥えこんだ。

3

季節の移り変わりに呼応するようにして、杏奈は変化した。

桜からあじさい、というほどはっきりした形ではなかったが、たしかに変わった。

アルバイトを見つけてきた。北千住（きたせんじゅ）の駅前で、パチンコ屋や居酒屋の宣伝用のティッシュを配る仕事だ。美奈子は喜んだ。これでもう、杏奈が風俗で働くの働かないのというシリアスな相談を迫田にされなくてすむ、と思ったからだろう。

そんな美奈子に、杏奈は甘えるようになった。本当に微妙な変化だったが、迫田は見逃さなかった。いままでそんなことはほとんどなかったのに、料理をしている美奈子に杏奈のほうから近づいていき、「今日のおかずはなにかな？」と媚（こ）びを含んだ笑みを浮かべる。料理ができればテーブルに運ぶ。美奈子が「あちゃー、生姜（しょうが）焼きの生姜買ってくんの忘れた」と言えば、そそくさと買い物に出かけていく。逆に言えば、他の手伝いは相変わらずなにもしなかったのだが、内面的に大きな変化があったように迫田には感じられた。

ある雨の日曜日。

「たまにはみんなでデパートに行こう」

と杏奈が言いだし、

「そうね。わたしも久々に服を買いたいかな」

美奈子もうなずいた。雨では河川敷で遊ぶことができないし、ボウリングやダーツもいささか食傷気味だった。上野まで出て、デパートやファッションビルを巡った。言い出しっぺにもかかわらず、杏奈は自分の服を買おうとしなかった。一方の美奈子は、眼の色を変えて服や靴を物色していた。杏奈が美奈子に気を遣ったのだ。白いジャージの上下でパチンコを打っていた美奈子だが、ワードローブは意外なほど充実していた。本当はおしゃれなのだ。とはいえ、主婦になったことで買い物を自粛していたのだろう。杏奈のひと言が、物欲を解放したのである。

「あんたもなんか買えばいいじゃないか」

美奈子が杏奈に言った。

「わたしが買ってやろうか。ハハッ、実はパチンコ屋の給料出たばっかりなんだ。たまには親らしく見立ててやるよ」

杏奈はあまり気乗りしない様子だった。だがその体に纏っていたのは、いささかくたびれたピンクと白のワンピースだった。美奈子が言いださなければ、迫田が買ってやると言っていたところだ。

「あんたもいい加減、ピンクと白のワンパターンやめてさ。もうちょっと落ち着いた格好したらどう？　顔は悪くないんだから、もっとこう、お嬢様っぽい感じにさあ」

美奈子が見立てたのは、黒いワンピースだった。七分袖がレースになっていて素肌を透かし、丈も短かったから、落ち着いているという感じではなかったけれど、女の子っぽいキュートさとセクシーさが混じりあった眼を惹くデザインだった。しかし、試着室で着替えた杏奈を見るなり、美奈子は腹を抱えて笑いだした。

「あんた、やっぱダメだわ。その金髪じゃ、なに着たってお嬢様になんてなりゃしない」

「なによう、ママが着ろって言ったんでしょ」

杏奈は焼いた餅のように双頬をふくらませると、試着室のカーテンを乱暴に閉め、元のピンクと白に戻った。

迫田の胸はざわめいていた。美奈子は失笑し、本人も気に入っていない様子だったが、黒いレースのワンピースを着た杏奈は身震いを誘うほど女らしかった。妖艶、と言ってもいい。もともと彼女がもっている年齢にそぐわない濃厚な色香が露わになったようで、本能が揺さぶられた。ふたりに気づかれないように、生唾を呑みこんだ。

杏奈は結局服を買わず、洋食屋でハヤシライスを食べて帰路についたのだが、迫田の脳裏には、黒いレースのワンピースを着た杏奈の姿が、いつまでも消えることなく生々しい残像となって居座りつづけた。

4

翌日の月曜日も、朝から雨だった。

シロアリ駆除の薬剤散布は、雨になるとできない。もちろん、事務所でする仕事もあるのだが、その日は雨が降ったら休んでいいと馬淵に言われていた。ほとんど休日返上で仕事をしているバーターだ。

朝食を終えると、

「あーあ、雨が降るってわかってりゃあ、わたしもシフトはずしたのに」

美奈子はぶつぶつ言いながら出かけていった。パチンコ屋のアルバイトだ。そんなところで働くことに当初はかなり不安もあったのだが、真面目にやっているらしい。店長に見込まれたとかで、週三日だったシフトが最近は五日になっていた。

美奈子がいなくなると、家には迫田と杏奈だけが残る。路上でティッシュを配る杏奈のアルバイトもまた、雨が降ると休みなのだ。そういうバイトをわざわざ選んだのだ、と迫田にはわかっていた。

旅先の宿で雨に降られたような、ぽっかりと空いた時間がそこにあった。梅雨の湿気がこもっているリビングには、雨音だけが響いている。迫田はソファに座ってぼんやりしている。杏奈はテレビを観(み)ていない。二階にあがって、自室にこもることもない。所在なくうろうろしていたと思うと、跳ねるように迫田の隣に腰かけてくる。言葉はない。視線も合わせてこない。まるで猫のようだ、といつも思う。黙ってじゃれついてくる。身を寄せて、腕をからませる。杏奈はたいてい手脚を露わにしたオールインワンの部屋着姿で、迫田はTシャツに短パンだった。じゃれつかれれば肌が触れあう。触れてはいけない肌と肌が……。

曲がりなりにも父と娘である。抱きあっていい関係ではない。なのにたしなめることができない。すでに関係はできていた。桜が満開のころに初めて体を重ねて以来、雨が降り、家にふたりきりになると、セックスが始まってしまう。もう五回以上抱いている。やめなければならない、と思わないときはなかった。美奈子に知られれば、取り返しのつかないことになる。夫婦の関係も、母娘の関係も、壊れてしまうに決まっている。

だが、やめられなかった。

杏奈が半開きの唇を突きだし、キスを求めてくる。迫田は応えるが、杏奈は軽く唇を触れあわせるだけですぐに離す。眼尻を垂らして笑う。

笑顔はエロスを減退させる、と迫田はいままで思っていた。どんなに可愛いAV女優でも、ヘラヘラ笑っていては興醒めだ。杏奈は違う。笑顔から色香をしたたらせる。笑っているのに、眼の下がねっとりしたピンク色に染まってくる。みるみる瞳が潤んでいき、半開きの唇からもれる吐息が甘酸っぱくなっていく。

その匂いに引き寄せられるように、また唇を重ねる。少しだけ、舌を触れさせる。杏奈の舌は小さくて、すばしっこい。つかまえようとすると、逃げまわる。何度も何度も追いかけっこをして、ようやくつかまえると、達成感とともに言葉にならないくらいの感動が押し寄せてくる。舌という器官をもって生まれてきたことが、嬉しくてたまらなくなる。舌と舌とをからませあうという単純な行為が、そこで味わえる快楽とも呼べない慎ましい刺激が、自分の存在より大きくなってしまうのである。

その時点で、迫田の呼吸は情けないほどはずんでいる。杏奈を抱き寄せる。杏奈の体は、美奈子よりひとまわり大きい。小柄な美奈子は身長百五十二、三センチだが、杏奈は百六十くらいある。腕の中で存在感がある。二十歳という若さが、それに拍車をかける。熟女の体は柔らかいが、若い体は弾力に富んでいる。張りつめた丸みに悩殺され、迫田の欲望はつんのめっていく。

だが、杏奈はそれを軽くいなす。自分からじゃれついてきたくせに、乳房に触れようとすると逃げる。本当に逃げ足が速い。いつの間にか迫田の腕の中をすり抜けて、足元にしゃがんでいたりする。眼尻を垂らして笑っている。まだ時間はたっぷりあるじゃない――心の声が聞こえてくる。彼女はテレパシーが使えるのかもしれないと、冗談ではなく思う。気がつけばまた、腕の中にいる。キスを求めて半開きの唇を差しだしてくる。

舌をからめあいながら、迫田は自分の理性が完全に崩壊していることを悟るしかない。胸のふくらみに触れようとしても、触らせてくれない。ブラジャーさえも見せてもらえないまま、迫田はひとり裸にされてしまう。乳首にキスされる。舐(な)めて甘嚙(あまが)みされる。

歯を立てるときの鼻をもちあげた表情がひどく生意気そうで、挑発的だった。太腿に手のひらを這わせてくる。そのすぐ近くで屹立している部分には、なかなか触れてくれない。迫田の裸身に汗が噴きだしてくる。男根の先端からも体液が滲む。

狂おしいくらいに、いきり立っていた。男根だけではなく、全身がそうだった。興奮のあまり、迫田は激しい眩暈を覚えている。早く裸になってくれ、と迫る。こんな明るいところじゃ恥ずかしい、と杏奈は首を横に振る。眼尻を垂らして笑う。欲情の涙に濡れた瞳は、どこまでも黒くて底が見えない。

男根に指をからませ、そっとしごいてくる。ソファの上で猫のような四つん這いになって、男根を口唇に沈めこむ。舐めまわし、しゃぶってくる。迫田はすぐにでも射精に至りそうになるが、杏奈は絶対に出させてくれない。射精に至る快感が百とするなら、六十から七十くらいの刺激が行ったり来たりする。時折、九十を超えて百に近づく。すぐに五十くらいに急降下する。ゼロになってしまうこともある。迫田は泣きそうな顔になる。喜悦の涙で視界が霞んでいく。

「上に連れてって」

杏奈が誘う声はどこまでも甘い。彼女は明るいリビングでは決して裸にならない。杏奈の部屋は、年ごろの女に特有の匂いがこもっている。むせかえるほどだ。カーテンが引いてあって薄暗い。折りたたんであるだけの布団を敷く。迫田がそこに横たわると、杏奈はオールインワンの部屋着を脱いで下着姿になる。

ドキリとした。いつもは淡いピンク系なのに、黒いレースの大人びたランジェリーを着けていた。

昨日試着した黒いワンピース、修さんとってても気に入ってたでしょ、と杏奈がテレパシーを送ってくる。ママは笑ってたけど、修さん、眼つき変わったもんね。ちゃんと気づいてたよ。今度買ってこようかな。黒いワンピースなんて喪服みたいで好きじゃないけど、修さんが興奮するなら着ちゃおうかな。

ブラジャーをはずし、乳房を露わにする。たわわに実っている。ショーツも脱いでしまう。小判形に茂った黒い草むらが、迫田の眼を射つ。太腿の張りつめ方がすごい。ヒップの丸みもそうだ。どこもかしこも若々しさに艶めいて、見ているだけで体の震えがとまらなくなる。

全部好きにしていいからね、杏奈はテレパシーを送りながら、身を寄せてくる。下じゃ明るくて恥ずかしいけど、ここならなにをしてもいいんだから……。

杏奈の体は、見た目以上に触り心地が素晴らしかった。シャワーを浴びてもタオルなんていらないのではないか、と思えるほどなめらかだ。つるつるで、ピチピチだ。弾力がある。どこまでも丸みを帯びて、ゴム鞠のように跳ねる。

迫田は横から抱きしめる格好で、唇を重ねた。乳房を揉み、乳首をいじった。首筋にも耳殻にも金色の髪にも、キスの雨を降らせた。全身に舌を這わせずにはいられない体だった。乳房を舐めあげ、乳首を吸った。太腿にキスマークをつけた。両脚をひろげたり、四つん這いにしたり、横向きで片脚だけ折り曲げてみたり、思いつく限りのいやらしい格好でクンニリングスをした。杏奈はよく濡れる。文字通り、びしょ濡れになる。愛撫(あいぶ)を受けると、とても弱い。気まぐれな猫でいられなくなり、生々しいピンク色に染まった顔で結合を求めてくる。

勃起しきった男根で貫くと、迫田は我を失った。

杏奈とは、まだ正常位しかしていない。その体位が気持ちよすぎて、他の体位を試す気になれない。突きあげると、杏奈の体が吸いついてくる。結合部だけではなく、体全体が吸いついてくるような気がする。

美奈子とだって、体の相性は相当いいほうだと思う。それでも杏奈と比べてはいけない。美奈子が国産コンパクトカーなら、杏奈はポルシェかフェラーリだった。エンジン音を聞いているだけで恍惚とし、加速の迫力に鳥肌が立つスーパーカーだ。

国産コンパクトカーは、この国の交通事情にフィットするように開発された。高速道路でさえ時速百キロしか出せない日本では、小まわりのきく使い勝手が優先される。一方の杏奈は、アウトバーンを三百キロで爆走できるモンスターだった。すぐにイク。美奈子もイキやすいほうだが、杏奈は一分に一回はイク。ほとんどイキっぱなしと言っていい状態で、男を挑発してくる。男としての自信を与えてくれる。そして母親と同じ台詞(せりふ)を耳元でささやく。ピル飲んでるから、中で出していいよ……。

終われば甘えん坊になる。オルガスムスの余韻で赤く染まった小鼻を、迫田の胸に押しつけてくる。健気(けなげ)でいじらしく、ぞくぞくするほど可愛い女だった。おまけに男に尽くしたがる。はずんでいた呼吸が整う前に、お互いの体液にまみれた男根を舌と唇できれいにしてくれる。その刺激が、新たな欲望を呼び起こす。またしたくなる。時間はたっぷりある。雨音だけが聞こえてくる湿っぽい部屋で、肉欲だけが鎮まることなく業火(ごうか)をあげて燃え狂う。

杏奈を愛しているのか？

行為と行為の間にふと、そんな疑問が脳裏をよぎっていく。

迫田が愛しているのは、美奈子だった。心が求めているのは、彼女の母親なのだと思う。

ならばなぜ、杏奈を抱くのをやめられないのか？

誰にでも理解できる説明を、できる自信がなかった。体が抱きたくなるとしか言いようがない。愛でもなく、恋でもなく、傷を舐めあうことでさえない。そうはっきり自覚しているのに、杏奈が匂わせるエロティックなムードに呑みこまれてしまう。引力に吸い寄せられる。

セックスに才能という尺度をもちこむことが許されるなら、彼女は天才だった。同じ空気を吸っていると、したくなる。耐えがたい欲望がこみあげてきて、いても立ってもいられなくなる。言葉などひと言も発しなくても、男をその気にしてしまう雰囲気づくりが異様にうまい。密室でふたりきりになれば、すべては彼女の思いのままだった。迫田は彼女の手のひらの上で踊っているだけだ。責任逃れをしようとしているわけではなく、そんなふうに賞賛せずにはいられないなにかを、杏奈はたしかにもっているのだ。

心許ないエクスキューズがひとつあった。

セックスの天才である杏奈は、ひとたび欲情してしまえば、誰かれかまわず体を許してしまう悪癖がある。相手をピックアップするためなら、風俗嬢になることさえ厭わないと口にするほど奔放だ。

迫田が相手をしていれば、とりあえずそれだけは回避できる。腰掛けのアルバイトとはいえ、路上でティッシュを配るという地道な仕事もこなしている。欲望を溜めこむことがないから、家庭の中で年相応な明るさを発揮してくれるようになった。皮肉が重なるが、杏奈が明るくなったことで、つぎはぎだらけのにわか家族が、本物の家族のような雰囲気さえもちはじめた。

杏奈は、もてあましている性欲を処理することしか考えていない。母親から男を奪いたいなどという邪悪な思惑があるわけではない。むしろ、性欲さえうまく処理できるのなら、家族ごっこを楽しみたいと思っているらしい。

ならば、ヴァイブレーターかなにかになったような気分で、性欲処理に付き合ってやればいい。そうとでも思うしかなかった。杏奈が我慢の限界を迎えたときにだけ、こっそりと……。

しかし、人間、そう単純にはできていないのだった。愛だの恋だのという話ではない。

もっとずっと手前で、手足も心もからめとられてしまっている。

「まだするの？」

迫田が四回戦に挑みかかろうとすると、杏奈が眼を丸くした。

「もう疲れたか？」

「ううん、わたしは嬉しいけど……」

肉体労働で体が鍛え直されたとはいえ、三十五歳にもなって四回戦に挑むとは、普通ではなかった。美奈子とは、最初に池袋のラブホテルで抱いたときこそ四回したが、普段の夫婦生活は一回きりだ。それで充分満たされる。射精を果たしてすっきりする。杏奈が相手だと、そういう感覚がない。射精をしても、すっきりしないで後を引く。そこに達した瞬間、新たな欲望が生まれるからだ。抱けば抱くほどさらに抱きたくなって、決して満たされることがない。

美食が過食を生むようなものかもしれない。美食に取り憑かれた人間が箸を置く理由は、財布の中身や胃袋のサイズという制限だけ。世の中にこんなにおいしいものがあったのか、と感動してしまった人間は、またそれを食べたい、いや、それ以上のものを食べてみたいという欲望に抗えなくなる。

限度を超えたグルメやグルマンは危険だ。散財を続けて借金を背負うか、栄養過多によって病を得るか、あるいは美食以外のすべてに興味を失ってしまうか、いずれにしろ欲望によって身を滅ぼす可能性がある。自分という存在より欲望が大きくなってしまえば、欲望に自分が蝕まれてしまうのだ。

蝕まれている、と迫田は杏奈を抱くたびに思っていた。無我夢中で射精に向かうピストン運動を繰りだしながら、欲望に体を蝕まれている実感があった。シロアリに狙われた家のように、内側から蝕まれていた。

愛に担保されない性的な快楽は、心身を蝕む。愛を裏切っている自覚があればなおさらそうだ。このままでは自分も家族も、なにもかもすべてが壊れてしまう。壊れてしまうのに……。

5

その日、馬淵は朝からひどくナーバスだった。

苛立って迫田に声を荒げることはよくあるが、客には平身低頭を貫いているのが、馬淵という男だった。その彼が、客と口論になった。先方とこちらで日程の折りあいがどうしてもつかなかったのだが、「だったらよそに頼めばいい」と吐き捨てて現場を撤収した。普段なら考えられないことだった。

梅雨の長雨の影響で、スケジュールは押しに押しまくっていた。働く人間がふたりしかいないので、休みを返上したところで限度がある。馬淵が吐き捨てるまでもなく、「そんなに待たせるならよそに頼むよ」という客が続出している状態なのである。

だからこそ客は大事にしなければならないのに、馬淵は真逆の行動をとった。自分から客を切ってしまっては、スケジュールはうまく収まっても、売上は落ちていく。シロアリ駆除の薬剤は三、四年で効果が薄れるので、客との付き合いは一回こっきりではない。リピーターになってもらえば、春先から夏にかけての混みあう時期をはずしてもらうことだってできる。そんなことくらい馬淵だって先刻承知しているはずなのに……。

釈然としないまま、迫田は仕事をこなした。夕刻、事務所に戻ると異変があった。駐車場を知らないクルマが塞いでいた。いまどき珍しいツーシーターのスポーツカーで、町工場が並んだ界隈(かいわい)に似つかわしくない派手なオレンジ色だった。こちらのクルマが停(と)められないので、虫の居所の悪い馬淵が怒りを爆発させるのではないかと身構えた。しかし、どういうわけか「裏に停めてくる」と静かに言い、助手席に座っていた迫田を先におろしただけだった。

異変はもうひとつあった。誰もいないはずの事務所に、煌々(こうこう)と灯(あか)りがついていた。こちらのほうが大問題だった。迫田は緊張しつつガラス張りの引き戸に手をかけた。鍵が開いていた。来客用のソファに、女がひとり座っていた。やけに小柄だったので、一瞬中学生かと思ったが、顔は大人だった。化粧が濃く、耳にも首にも手首にもアクセサリーをつけすぎていた。

「あのう」

と声をかけようとすると、眼を剝(む)いて睨まれた。コンビニの前でしゃがみこんでいるヤンキーのような、暗く澱んだ眼をしていた。

啞然としていると、馬淵が事務所に入ってきた。

「わかってるからクルマで待っててくれ」

女の耳元でささやき、背中を押して外にうながす。

「急いでちょうだいよ」

女が尖った声で言った。イントネーションがおかしかった。日本人ではないようだった。ぎこちなく会釈する迫田を、女はもう一度睨んでから出ていった。ガラス戸の向こうで、オレンジ色のスポーツカーに乗りこむのが見えた。

迫田はひどく居心地の悪い気分になった。

「奥さん、ですか？」

「ああ」

馬淵はこちらを見ないでうなずいた。煙草に火をつけ、深く吸いこむ。吐きだした煙で、事務所の空気が白く濁っていく。

「ずいぶん派手なクルマに乗ってるんですね」

苦笑まじりに、迫田は言った。人の趣味をとやかく言うつもりはなかったが、口をついてしまった。馬淵は汗くさい男だった。なりふりかまわず仕事に打ちこんでいる彼に、オレンジ色のスポーツカーは似合わない。

「女房の趣味さ」

わがままな女でね、と言わんばかりに馬淵は答えた。

「お姫様扱いしないと、途端に臍を曲げられる。軽やハイブリッドじゃ、貧乏くさくてお姫様気分になれないらしい」

「お子さんは？」

訊ねてから後悔した。デリカシーのない質問だった。

「前の女房にはいるがね。もう五歳か……」

馬淵は淡々と答えた。狼狽えて言葉を濁すのはみっともない。そんなふうに思っているようだった。

「こっちの都合で一方的に別れたから、慰謝料も養育費も高くてなあ。いまの女房もいまの女房で金がかかるし、稼がにゃならんのよ。稼がにゃ……」

クラクションが鳴った。オレンジ色のスポーツカーだ。

馬淵は一瞥し、苦く笑った。

「いろいろあって、今日はご機嫌とりをせにゃならん。悪いが、あとは任せていいか？」

迫田がうなずくと、馬淵は半分も吸っていない煙草を灰皿で揉み消し、そそくさと着替えて出ていった。

ラッセル車のように働く馬淵に、迫田はまっとうな人間の底力を見ていた。同世代だが尊敬していたし、早く彼のようになりたいという目標でもあった。

とはいえ、まっとうな人間にもいろいろあるらしい。あの男もまた、蝕まれている、と思った。

オレンジ色のスポーツカーが、エンジン音も派手に走り去っていく。夜の盛り場で悪い女に引っかかった、典型的なパターンにしか見えなかった。もちろん、悪いだけの女などいない。ほんの束の間でも、男に甘い夢を見せることができなければ、魔性の女も希代の毒婦も成立しない。

あの眼つきの悪い女に、馬淵はどんな甘い夢を見せてもらったのだろう？

家族を失い、多額な慰謝料や養育費を背負い、似合わないスポーツカーを運転するのに足りる、どんな夢を……。

6

次の日曜日は休みだった。

もはやほとんど恒例のように、馬淵からは休日出勤してほしいという要請があった。会社の窮状は理解していたので心苦しかったが、美奈子との約束があったので、頭をさげて断るしかなかった。

なんでも、美奈子の知りあいの知りあいが不動産会社を営んでおり、その事務員として働かないかと声をかけられたらしい。そうなればパチンコ屋はやめられるし、いずれは正社員にもなれるかもしれないという。

いい話だった。手放しで賛成した迫田に、美奈子はその会社の社長と会ってほしいと言ってきた。一度ご主人もまじえて食事でもしようと、先方から誘いがあったらしい。それがこの日なのだった。

迫田はスーツをもっていなかった。当日の朝、できるだけシンプルなシャツとジャケットを選んで出かける準備を整えた。一方の美奈子は、七〇年代のヒッピーが着ているような、眼がチカチカしそうな柄のワンピースを着て玄関に現れた。

一瞬、冗談かと思った。これから勤める会社の社長に会いにいくのに、いくらなんでもそれはないだろうという格好だった。だが、美奈子のファッションセンスは独特で、口を挟まれるのをひどく嫌う。実際、似合っていないこともないのだが……。

「さすがにどうなんだ?」

駅まで黙して歩いたが、迫田はやはり言わずにいられなくなった。

「社長が一緒に飯食おうってことは、面接みたいなもんだろ? 遊びにいくんじゃないんだから、その服はないぜ」

「放っといて」

美奈子は澄ました顔で改札を抜け、ホームに向かう階段をあがっていった。ワンピースは柄が派手なだけではなく、太腿が半分見えるほど丈が短かった。ハイヒールは十センチ近くありそうで、ハンドバッグは財布と携帯電話しか入らないような小さなものだ。

見れば見るほど仕事がらみの食事会に赴くのではなく、仲間内のパーティにでも行くようである。

電車がホームに入ってきた。空いていたので並んで座った。電車が動きだす。迫田の胸のうちはモヤモヤしたままだ。

「ごめん」

美奈子が横顔を向けたまま言った。

「不動産屋の話、嘘だから」

「……なに？」

迫田は眉をひそめた。

「ホントはね、ご褒美」

美奈子はやはり、こちらを見ないで言った。

「頑張ってるから、たまには外でパーッと遊んで、おいしいもんでも食べようと思ってさ」

迫田は全身から力が抜けていきそうになった。だったら、という言葉を呑みこんだ。なぜ杏奈も誘わなかったのか、問いただすまでもなかった。まだ新婚一年目にもかかわらず、夫婦の時間は杏奈が風呂に入っている間だけ。たまには水入らずでどこかに遊びにいきたかったのだろう。

「ずいぶん手の込んだ嘘をつく」

迫田は溜息まじりに苦笑した。

「ハハッ、簡単な嘘じゃ、あんたに休日出勤されちゃいそうだったからさ」

「悪かったな、気を遣わせて……」

「べつに。気なんか遣ってないよ」

美奈子は歌うように言った。

「だって、わたしにご褒美だもん。頑張ってるわたしにご褒美。まあ、あんたもけっこう頑張ってるけどさ……」

横顔を向けたまま、手を握ってきた。素直じゃない、と迫田は胸底でつぶやいた。まったく素直じゃない。だが、そこが愛おしい。愛おしくてたまらない。電車の中で手を繋いでくる、このぎこちなくも初々しい様子はどうだ。そういうことをしたことがないのだ。二十代から三十代にかけて、美奈子は子育てに忙殺されていた。恋愛経験を重ねることもできないまま、娼婦に身をやつしていた。

迫田もまた、十代でツキを使い果たし、二十代から三十代にかけて、失意だけに塗りつぶされた暗黒の日々を送っていた。女に食わせてもらい、女が成功していくのを横眼で眺めながら酒ばかり飲んでいた。女に男ができれば嫉妬に狂った。曲がりなりにも娘を成人させた美奈子と、一緒にしたら申し訳ない。正真正銘、最低最悪の人間の屑だったと言っていい。

美奈子との出会いは奇跡だった。

砂漠で出会ったオアシスのようなものだった。

この世に、喉が渇いているときに飲む水以上にうまいものはない。どんな高価なワインもシャンパンも敵わない。寿司もステーキもお呼びじゃない。喉が渇いているときに欲しいのは水、それだけだ。

美奈子は水だった。命の水だ。渇きに渇き、干からびてしまう寸前に差しだされた。彼女にとって、迫田もまたそうだったのだろう。繋いだ手から、照れくさくて言葉にはできない気持ちが伝わってくる。ありがとう、感謝してるよ、あんたに出会わなかったらわたしは……。

「どこに行くつもりなんだ？」

熱いものがこみあげてくるのを抑えて、迫田は訊ねた。

「浅草」

美奈子はようやくこちらに顔を向けた。

「まずはスカイツリーでしょ。これははずせないわよね。それからね、花やしきっていう、ちっちゃくて可愛い遊園地があるのよ。そこ行って、どっかでごはん食べてから、隅田川を船でくだってお台場まで行くわけ。夕暮れの川くだり、けっこう素敵だと思うのよね」

「ちょっとした小旅行だ」

「盛りだくさんでしょ。これでも一生懸命調べたのよ。ずぼらなわたしが」

眼を見合わせて笑った。遠い眼にならないように、迫田は注意した。美奈子を愛していた。それ以外のことを考えるのは、今日はやめておこうと思った。無理にでもそうしておかなければ、胸に秘めている感情があふれだし、彼女の顔をまともに見られなくなりそうだった。

7

夜。

ふたりは綾瀬の駅にいた。

スカイツリーも花やしきも隅田川を船でくだるのも楽しかった。デートをした、という気分になった。考えてみれば、美奈子とデートらしいデートをしたのは初めてだった。美奈子は終始はしゃいでいた。笑顔がまぶしかった。迫田の手を、ずっと握っていた。三十五歳と四十二歳だが、浅草には熟年のカップルが多かったので、それほど恥ずかしい思いをしなくてすんだ。そんなところまで計算に入れてデートコースを決めたのかどうか、訊ねてみたかったがやめておいた。

「最後の仕上げにさ、わたしの友達のところで飲んでかない？」

お台場で船をおりると、美奈子は言った。おそらく、彼女の最初の計画にはなかった。今日という日を、まだ終わらせたくなかったのだろう。

友達というのは、最近偶然再会したというマリだ。綾瀬でスナックをやっている。自宅にいちばん近いのは京成線の堀切菖蒲園駅だが、ＪＲの綾瀬駅からも歩いて二十分ほど。タクシーでもワンメーターかそこらだろう。

迫田は快諾した。マリという友達にも一度会ってみたかった。しかし、お台場から綾瀬までモノレールや電車に揺られているうちに気が変わった。

「すまんが、ちょっと疲れちまった……帰っていいか？」

「ええーっ！」

美奈子は驚いた素振りを見せたが、

「まあ、そうだよね、明日も仕事だしね」

うんうんと自分に言い聞かせるようにうなずいた。

「わたしはほら、マリにメールしちゃったからちょっと寄ってくけど、あんたは先に帰ってて」

ものわかりがいいのには理由があった。お互い、口には出しづらい理由が……。

花やしきを出たあと、昼食をとるために西浅草のどじょう屋に入った。迫田はどじょうを食べたことがなかった。泥くさいのではないかと身構えたが、そんなことはまったくなく、野趣あふれる豊かな味わいがあり、昼酒が進んだ。

「浅草にはね、こういう精がつく料理のお店が多いんだって」

美奈子が得意げに言った。

「どじょう以外にも、うなぎとか桜鍋とか穴子の天ぷらとか、どうしてかわかる？」

「さあ」

「吉原（よしわら）遊郭がすぐそこでしょ。江戸時代の粋な遊び人がね、精をつけてから遊郭に繰りだしたらしいのよ。その伝統がいまに残ってるわけ」

「詳しいね」

「受け売り、受け売り。ネットで仕入れたプチ蘊蓄（うんちく）」

　へへッと笑う美奈子の眼は、どういうわけか淫靡（いんび）に濡れていた。店を出て理由が判明した。すぐ目の前がラブホテル街だった。隅田川をくだる船の出発時刻まで、まだかなり時間があった。

　たまには思いきり声が出せるところでセックスを楽しみたい、と美奈子は言わなかった。しかし、そう思っていることは火を見るよりあきらかだった。どじょうで精がついたかどうかはよくわからなかったが、ラブホテルに入った。結果は中折れだった。途中から勃起が持続しなくなった。美奈子を相手にして、そんなことは初めてだった。迫田は昼酒のせいにした。仕事で疲れているのよ、と美奈子はやさしくいたわってくれた。それでも、いまだにざらついた気分が残っている。おそらく、美奈子にも……。

「じゃあ、ここで」

　綾瀬駅の改札で別れることにした。

「疲れてるなら、タクシーで帰ったほうがいいよ」

「そうだな。そっちはゆっくりしてきてくれ。遠慮しないで遅くなっていいから」

迫田が背を向けて歩きだそうとすると、

「あっ、これ……」

美奈子が紙袋を渡してきた。浅草名物の芋ようかんだ。

「もしあの子が拗ねてたら、それ食べさせといて」

「……ああ」

美奈子に背を向けて歩きだすと、芋ようかんの紙袋がやけに重く感じられた。あの子、芋ようかんには眼がないから、と眼を細めて買い求めた美奈子の顔が脳裏をよぎっていく。

タクシー乗り場には向かわなかった。最初から歩いて帰るつもりだった。タクシー代が惜しかったわけではない。歩きたかったのだ。歩くことで、気持ちを少し落ち着けたかった。

歯車が狂っていた。

リズムが乱れ、ビートがすれ違っていた。

美奈子が用意してくれたデートは完璧だった。ささやかだが幸せな光景の中に、ふたりはいた。美奈子と結婚しようと決めて、夢にまで見た光景だった。美奈子もまた、そうだったろう。たまの休日を、夫婦ふたりが寄り添って過ごす。他人にどう思われるかではなく、自分たちで噛みしめられる小さな幸せ。そんなごくありふれたものが、結婚する前の自分たちには、いちばん遠く感じられた。

望みのものを手に入れたはずだった。なのに、その幸せな光景は、迫田にとってひどく居心地の悪いものだった。理由は言うまでもない。照れくささを押し殺して手を繋いでくる妻を愛しているのに、裏切っているからだ。せめて今日一日は、杏奈のことは頭から追いだしてデートを満喫しようとしていたのに、できなかった。

中折れしてしまったのは、昼酒のせいではない。

美奈子とひとつになりながら、杏奈のことを思いだしてしまったからだ。四十二歳と二十歳の抱き心地を、無意識に比べてしまったからだ。

この体はすでに蝕まれている。

蝕んでいるのは、毒ではなく快楽だった。まるで麻薬のようなものだ。恐ろしかった。心は美奈子と結ばれている。なのに体が求めているのは、彼女ではない。彼女の娘だ。血を分けた実の……。

歩くスピードをあげた。

夜が黒かった。

都内なのに、こんなにも暗いものかと思った。日曜日で、クルマの通行量がいつもより少ないせいだろうか。

とはいえ、まったく走っていないわけではなく、時折スピードに乗ったクルマとすれ違う。迫田はまぶしさに眼を細めた。ヘッドライトの光がまともに眼に入り、視覚が奪われた。

　かつての迫田にとって、光は影を濃くする不快なものだった。あるいは、すべてを露わにする残酷なものだった。そういう面もたしかにあるが、正視すればなにも見えなくなるのもまた、光というものの特性らしい。クルマが過ぎ去ってしばらくしても、視覚がなかなか戻ってこない。もしかすると、闇より手に負えない混沌が、光の正体なのかもしれない。

　杏奈が放っている過剰な色香は、まぶしすぎる光だった。見てはならなかった。まともに向きあって正視すれば、なにも見えなくなってしまう。本人に自覚がないから、なおさら始末が悪い。母親の夫であり、義理の父親である男と関係をもっているのに、彼女には罪の意識がない。迫田にはそう思える。

　バレなければ大丈夫、というのが杏奈の行動原理だった。都合の悪いものは全部闇に覆ってしまえ。そうすれば誰も傷つかない。むしろ日々の暮らしは快適だ。三人で上野に服を買いにいった。本物の家族のようだった。人に自慢できるようなことはなにひとつなくても、幸せを絵に描いたような光景の中にみんなでいた。だが、杏奈は気づいていない。自分こそが闇を暴き、視覚を狂わせるまぶしい光を放っていることを、まるでわかっていない。

　自宅についた。

　歩いても気持ちは少しも落ち着かず、むしろざわついただけだった。

玄関を開けると、リビングからテレビの音が聞こえてきた。軽やかな足音が近づいてくる。杏奈は見覚えのある黒いワンピースを着ていた。どう？　とばかりに胸を張った。美奈子に見立ててもらったワンピースだ。杏奈にとって今日は退屈な日曜日だったから、ひとりで上野まで買いにいったのだろう。

七分袖のレースが、白い素肌を透かしていてセクシーだった。ミニの丈は、少し跳ねただけで下着が見えてしまいそうなほどガーリーだ。可愛かった。世の中にこんな可愛い生き物がいてもいいものかと思った。なのにいやらしかった。振りまく牝（めす）の匂いが、ピンク色のオーラにも見えるほどだった。

迫田は靴を脱ぎ、芋ようかんの紙袋を差しだした。杏奈は見向きもせずに抱きついてきた。眼尻を垂らして笑った。キスをした。お互いすぐに口を開き、舌をからめあった。芋ようかんが床に落ちた。

シャワーを浴びたい、と迫田は思った。今日は仕事をしていない。床下にもぐりこんで埃（ほこり）や泥にまみれていないし、小動物の死骸を片付けてもいない。なのにシャワーを浴びたくてたまらなかった。自分の体臭が不快だった。嫌な臭いを放っていると思った。腐臭か、死臭か、いずれにしろ鼻の曲がるような悪臭を振りまいている気がしてしようがなかった。

「ママは飲みにいった。しばらく帰ってこないから、シャワーを……」

杏奈は金髪を揺らして首を横に振った。ボタンをひきちぎるようにして、迫田のシャツの前を開いた。胸板に鼻を押しつけて匂いを嗅いだ。舌を這わせてきた。とってもおいしい、と微笑んだ。

8

性器と性器をこすりあわせるだけの単純な運動に、どうしてこれほど夢中になってしまうのか、不思議と言えば不思議だった。

咀嚼（そしゃく）に似ているかもしれない。噛みしめるほどに肉汁が滲（し）みだしてきたり、野菜の新鮮さが口の中にひろがっていく感覚を、彷彿（ほうふつ）とさせないこともない。あるいは、ランナーズハイだ。ピストン運動が佳境に差しかかると、頭の中が真っ白になって忘我の境地に達する。息が切れ、心臓は悲鳴をあげているのに、脳内麻薬が分泌して高揚していくあの感じにとてもよく似ている。

とはいえ、セックスはやはりセックスだ。野性の本能の発露であり、言葉のいらないコミュニケーションだ。人間は言葉を発明したことで、すっかりそれによるコミュニケーションに頼るようになってしまった。おかげでセックスは、遺伝子を残すためだったり、快楽を追求する手段に成り下がってしまっている。

しかし、セックスに溺れているとよくわかる。言葉のいらないその行為にも、豊穣なコミュニケーションがあることを。性器をジョイントさせ、リズムを共有し、お互いを味わいつくすことで、魂をにじり寄らせようとしている。ひとつの生き物であるという、まぼろしを見ようとしている。

迫田は杏奈を後ろから突きあげていた。

四つん這いになった杏奈の尻の中心に、硬く勃起しきった男根を抜き差ししている。

迫田は正常位以外の体位をあまり好まない。杏奈が相手だととくにそうだ。しかし、今日はいつもと違うやり方で繋がってみたかった。体位が変われば結合の角度が変わり、必然的にあたるところも違って、新鮮な刺激があった。

杏奈は体位が変わっても受けるのがうまかった。ただ四つん這いになっているだけではなく、身をくねらせ、腰を動かしてくる。迫田が両手でつかんでいるので激しく動かすわけではないが、直線的な男根の抜き差しに対して、横の動きを加えてくる。もちろん、自分が気持ちがいいところに男根をあてるための無意識な動きだろうし、実際にそうやって杏奈は燃えていく。金髪を振り乱し、シーツを握りしめ、背中に汗の粒をびっしりと浮きあがらせる。

女が燃えれば、男も燃える。反応がいい女は、どんな美人より抱き心地がいい。男に生まれてきた悦びに浸ることができるからだ。迫田は夢中になって腰を使った。パンパンッ、パンパンッ、と丸く張りつめた尻を打ち鳴らし、一ミリでも奥まで入っていこうとした。

「ああっ、いやっ……またイクッ……またイッちゃうっ……」

杏奈が声を裏返す。オルガスムスに達すれば、驚くほど激しく裸身を痙攣させて、肉の悦びを嚙みしめる。迫田が腰をつかんでいないとどこかに飛んでいきそうな勢いで、五体の肉という肉を喜悦に打ち震わせる。

迫田は呼吸も忘れ、フルピッチのピストン運動を続けた。にわかに締まりを増した蜜壺に抗うように、渾身のストロークを送りこむ。顔の中心が燃えるように熱くなってい る。濡れた肉ひだがざわめきながら男根に吸いついてきて、奥へ奥へと引きずりこもうとしている。いちばん奥まで突いているつもりでも、まだ奥がある。この体は全身がヴァギナなのではないかと思ってしまうほど奥行きがあり、快楽は底が知れない。

「ああっ、修さんっ……修さんっ……」

杏奈が振り返って口づけを求めてきた。眼の下をピンク色に染め、汗にまみれた顔がいやらしすぎる。すがるような眼つきに興奮を駆りたてられながら、迫田は舌をからめあった。杏奈が上体を反らせたので、迫田の両手は呼応するかのように、腰から胸に迫りあがっていく。丸々と実った双乳に指を食いこませ、揉みくちゃにする。乳房もまた、発情の汗にまみれている。

その体勢では、激しく突きあげることはできない。しかし、腰をグラインドさせながらゆっくりと抜き差しするのも、たまらなく心地よかった。男根の中でもいちばん敏感なカリのくびれで、濡れた肉ひだを感じる。粘りつくような音をたてて攪拌すれば、濡れた肉ひだがからみついてくる。舌よりも浅ましくぴったりと吸着し、ひくひくと収縮して女体の発情を伝えてくる。

「……そろそろ」

迫田は口づけをといて言った。

「そろそろこっちもっ……我慢の限界だっ……」

「出して、修さんっ……」

杏奈が息をはずませながら見つめてくる。

「中にいっぱいっ……いっぱい出してっ……」

迫田はうなずくと、両手を乳房から腰に戻した。したたかな連打を放つと、杏奈は振り返っていられなくなり、甲高い悲鳴をあげてシーツを握りしめた。怒濤の勢いで抜き差しされる男根は射精の前兆に野太さを増し、鋼鉄のように硬くなっていた。長さまで増している気がした。奥の奥のさらに奥まで突きあげられ、杏奈がまた絶頂に駆けあがっていく。獣じみた悲鳴と、尻を打ち鳴らす乾いた音、そしてお互いの激しい呼吸音が部屋の中に充ち満ちて、興奮の坩堝の中でふたりは固く結ばれる。快楽によってひとつになる。

迫田は杏奈で、杏奈は迫田だった。そうとしか言いようのない陶酔の境地で、迫田は男の精を吐きだした。射精の発作に身をよじりながら、死んでもいいと思った。それほどの快感が体の芯を震わせ、肉を痙攣させていた。最後の一滴を漏らしおえるまでの長くて短い時間、この世に出現した桃源郷を味わい抜いた。

静寂が訪れた。
時間がとまったようだった。
お互いに呼吸を整えること以外、なにもできなかった。
結合をといても、体の境界線が曖昧だった。
自分と杏奈が別々の存在であることが、妙に気持ち悪かった。
射精に達した瞬間、自分たちはたしかにひとつの生き物だった。いや、自分と杏奈と
この六畳の部屋が、一枚の絵になってしまったような気がした。円環が閉じていた。温
度が一律だった。過不足はなにもなかった。自分にとって必要なものは、すべてこの部
屋の中にあると思った。
不意に円環が破れた。
空気が不穏に揺れ、温度が変わった。
襖が開かれたのだ。
過不足なく完璧に満たされていたものが、一瞬にして瓦解してしまった。
美奈子がそこに立っていた。
迫田は声も出せなかった。迫田も杏奈も裸だった。素肌という素肌を淫らな汗で濡れ
光らせ、性器をさらしていた。ペニスもヴァギナも白濁した体液にまみれ、湯気でもた
っていそうだった。
美奈子は、玄関に落としたままだった芋ようかんの紙袋を持っていた。顔はこれ以上

なくこわばっていた。左右の眼を険しく細め、黒い瞳に深い哀しみをたたえて、色を失くした唇を嚙みしめていた。

「やっぱりね……」

長い溜息をつくように言った。

とまっていた時間が動きだしたのを、迫田は感じた。

「だから言っただろう？　その子は危ない子なんだって。気をつけろって言ったじゃないか……」

こわばっていた美奈子の顔が、ピクピクと痙攣しはじめた。怒りと哀しみが、どちらも臨界点を超えて制御できなくなったようだった。頰もこめかみも唇も、瞼も睫毛も小鼻も、顔中のパーツというパーツがさざ波のように震え、全体がみるみる真っ赤に染まっていった。怒りが哀しみを凌駕した、とはっきり感じた。持っていた芋ようかんの紙袋を畳の上に落とした。いや、叩きつけた。ストッキングを穿いた足で踏みつぶした。音をたてて何度も踏んだ。

「やめてっ！」

杏奈が両手で耳を塞ぎ、

「待ってな」

美奈子が唸るような低い声で言った。細めた眼が鉛色に見えた。殺意が匂った。むせかえるようだった。

「これから下に行って包丁持ってくる。ふたりとも殺す……ぶっ殺してやるから、そこを動くなっ！」

バタバタと階段を駆けおりていく足音が、迫田にはやけに遠く聞こえた。不思議なくらい静かな気持ちだった。満潮の海が一瞬にして引いていき、まわりに砂しか見当たらなくなった。そんな感じだった。孤独や淋しさの比喩ではない。すべてをさらっていく大津波の前兆を感じたのだ。

美奈子がそうしたいのなら、殺されようと思った。それくらいのことをした自覚はあった。自分には生きている価値も資格も、なにひとつないと思った。

死ぬのは怖くなかった。死んで当然だった。死んで詫びるしかないようなことをしでかしたのだ。もちろん、美奈子を殺人者にするわけにはいかなかった。彼女が持っている包丁を奪い、自分で始末をつけるしかない。

あとは杏奈だった。純真無垢な彼女を、刃傷沙汰に巻きこむのはあまりにむごい。布団のまわりに脱ぎ散らかしてあった女物の服と下着を集めた。困り果てた顔をしている杏奈に押しつけた。

「ベランダで服を着て、隣の塀に飛び移って逃げろ。急ぐんだ」

腕を取って立ちあがらせた。しかし動かない。足を踏ん張っている。

「聞こえないのか、逃げるんだ」

「修さんは……」

「美奈子に謝る」

「嘘」

まっすぐに見つめられた。

「ママに殺されるつもりでしょう?」

迫田は大きく息を呑んだ。眼が泳いだ。必死に気を取り直した。

「いいかよく聞け。ママは興奮している。刃物を持ってきたらなにをするかわからない。ベランダから逃げろ」

「修さんが殺されるつもりなら、わたしも一緒に……」

「馬鹿なこと言ってないで逃げてくれ」

強く腕を引っぱった。動かない。

「だってぇ……わたし、こんな気持ち初めてなんだよ。修さんのことが大好きなの。わたしのこと大事にしてくれる人、ようやく見つけたの。だから、死ぬ。修さんが死ぬなら、わたしも一緒にあの世に行くの」

地団駄を踏み、金髪を跳ねさせる。たわわに実った乳房も揺れる。

迫田はパニックに陥りそうだった。勘弁してくれ、と泣きたくなった。こんなときになにを言いだすのだ、と怒声をあげたくなった。と同時に、なんていたいけなやつなのだと胸が熱くなっていく。

痛恨がこみあげてきた。迫田が杏奈のまぶしさに視覚を狂わされたように、杏奈もまた、男と女の間にセックス以外のものがあることを、感じられるようになったのか。どうして気づいてやれなかったのだろう。杏奈がその荒廃した心にひとつの花を咲かせていたというのに、なぜ自分のことしか考えられなかったのか。罪の意識もなく欲求不満を解消したいだけなどと、馬鹿な決めつけをしてしまったのか。

だが、悠長なことを言っていられる状況ではなかった。いまにも正気を失った美奈子が、包丁を片手に階段を駆けあがってくるのだ。逃がさなければならない。死なすわけにはいかない。杏奈だけはなんとしても……。

言葉での説得を諦め、いままでふたりでその中にいた掛け布団をつかんだ。杏奈に頭から被せた。布団蒸しだ。修学旅行でやった遊びだが、いまは遊びではなかった。布団の中で杏奈が暴れても、手加減しなかった。じりじりと窓際に押していき、ベランダに続く窓を開けた。布団ごと外に突き飛ばした。

窓を閉め、鍵をかけた。カーテンを引いた。杏奈がガラスを叩いている。強化ガラスだ、女の力で簡単には割れまい。

「逃げろって言ったら逃げろっ！」

絶叫して部屋を飛びだした。どういうわけか、美奈子はなかなか戻ってこなかった。まさか包丁を研いでいるわけでもあるまいが、下におりていってからもう四、五分は経っている。戻ってこなくて助かった。リビングで死のうと思った。迫田が死ねば美奈子の怒りも少しはおさまり、血まみれの肉塊になった迫田を杏奈に見せないようにしてくれるだろう。

一撃で死ぬなら心臓だ。心臓に包丁を突き立てるのだ。できるだろうか? できるかできないかではなく、やるのだ。膝が震えすぎて階段を踏みはずしそうになった。普段は灯りもつけずに行き来している階段なのに、断崖絶壁をくだっていくみたいだった。

震えおののいている自分が、なんだか愛おしかった。死ぬのは怖くないが、包丁を自分の胸に突き立てるのは痛いに決まっている。大量の血が出て、意識を失うまでにわずかだが時間がかかる。痛みに泣き叫びながら、血の海でのたうちまわるのだ。

しかし、だからこそやる価値があると思った。おののきもせずに命を落として、美奈子の怒りがおさまるわけがない。タブーを犯して母娘と関係を結んだ、贖罪(しょくざい)になるはずがない。

リビングに足を踏みいれた。美奈子がいた。右手に包丁を握りしめていたが、顔面蒼白(そうはく)で立ちすくんだまま動かない。その顔からは怒りも哀しみもきれいに消えて、ただ驚愕(きょうがく)だけがありありと浮かびあがっている。

異様だった。迫田に気づいているはずなのに、一瞥もくれない。視線はまっすぐテレビに向かい、微動だにしない。テレビは迫田が帰宅するまで杏奈が観ていて、つけっぱなしで二階にあがってしまったのだ。それにしても、いまの美奈子から殺意を奪うとは、いったいどんな番組なのか。

迫田は美奈子の後ろにまわりこみ、画面に眼を向けた。ニュース番組らしい。高速道路が空撮され、クルマが一台、黒い煙をあげていた。手塚光敏というテロップの文字が見えた。

手塚光敏（45歳）、高速道路で激突事故――。

「繰り返します……」

映像に女性アナウンサーの声が被る。

「先ほど、午後八時三十分ごろ、人気アーティストの手塚光敏さんが、中央自動車道を走行中に防音壁に激突、死亡した模様です。クルマは炎上したまま、まだ煙がおさまっていません。事故の詳細はわかっておりませんが、巻きこまれたクルマがないことから、スピードを出しすぎてカーブを曲がりきれなかった可能性が高い、と付近の道路事情に詳しいジャーナリストの……」

嫌な音がした。美奈子が持っていた包丁を落とし、フローリングの床に突き刺さった音だった。

第六章　病める者たち

1

手塚光敏が死んだ。

愛車の白いフェラーリF12ベルリネッタとともに高速道路で炎上し、本当の星になってしまった。

クラッシュ時の時速はゆうに二百キロを超えていたと発表されたにもかかわらず、巻きこんだ被害者がいなかったことから、メディアは追悼ムード一色に染まり、天才アーティストの非業の死に日本中が涙した。

自殺説も多く飛び交ったが、あり得ない、と迫田は思った。たとえ創作に行きづまっていたり、ビジネス上のトラブルを抱えていたとしても、手塚には果穂という存在がある。生涯の伴侶を手に入れたばかりのタイミングで、みずから命を捨てる馬鹿はいない。

メディアは手塚を独身と伝え、果穂が恋人や婚約者として紹介されることはなく、それだけが不可解と言えば不可解だったが、迫田にはもう関係ない話だった。

騒がしい世間をよそに、家の中は異様な静けさに支配されていた。爆撃のあとの焼け野原は、きっとこんな感じなのではないかと思った。恐ろしいほどの空虚ばかりがそこにあった。

美奈子も杏奈も、それぞれ二階の部屋に閉じこもって出てこない。それが三日間も続いている。杏奈は時折、冷蔵庫からジュースを出して飲んだりアイスを食べたりしているが、美奈子はトイレ以外では決して二階からおりてこなかった。さすがに心配になり、コンビニで買ってきたパンとジュースを部屋の前に置いておいた。いつの間にかなくなっていたので、餓死するつもりはないらしいし、家を出ていくつもりもないようだったが、安心はできなかった。

迫田は仕事を休んでいた。馬淵に電話をかけ、風邪をひいたと嘘をついた。馬淵は苛立ちを隠そうとしなかったが、とても仕事ができる精神状態ではなかったので、勘弁してもらうしかなかった。心の中で嵐が吹き荒れていた。暴風雨の勢力は時間が経つごとに増していくばかりで、リビングのソファから動くことができなかった。

美奈子のことを、ずっと考えていた。

夫と娘に裏切られ、殺意に駆られて包丁を握りしめた瞬間、かつての恋人の悲報が飛びこんできたのである。そのときの気持ちを、推し量ることさえはばかられる。魂がちぎれてしまってもおかしくないくらいの衝撃が、彼女を打ちのめしたに違いない。

とにかく謝ろう――。

そう思いつつも、迫田はなにもできないまま三日を過ごしてしまった。西側の窓が血の色に染まっていた。もうすぐ陽が暮れるらしい。夜が明ければ、仕事にいかなければならない。連日の病欠に馬淵は激怒しているから、三日以上はさすがに休めない。生きていくつもりなら現場に戻り、泥まみれになってシロアリを退治するしかない。

覚悟を決めるべきときだった。とまった時間を動かさなければ、このまま朽ち果てていくしかないのだ。自分も、美奈子も、杏奈も……。

迫田はソファから立ちあがると、ふらついた足取りで二階への階段をのぼっていった。かつて夫婦の寝室だった部屋の前に立ち、息を吸って、吐いた。

「ちょっといいか？」

返事はなかった。迫田は震える指で襖を開けた。美奈子は部屋の隅で壁にもたれていた。迫田の顔を見るなり、眼を剝いた。

「なんだよてめえっ、入ってくんなっ！」

耳につけていたヘッドフォンをはずし、投げつけてきた。ラジカセとコードで繋がっていたので、迫田まで届かなかった。

美奈子は少し痩せ、眼の下に黒々とした隈ができていた、しかし、思ったほどやつれてはいなかった。眼の光が強かった。迫田を見て怒りを再燃させたから、生気があるように見えるだけなのかもしれないが……。

「なんだよ？　なんの用？」

美奈子はそっぽを向き、苛立ちを示すように貧乏揺すりをした。

迫田は畳の上に正座して両手をつき、深々と頭をさげた。

「……すまなかった」

胸のつかえを吐きだすように言った。

「言い訳をするつもりはない。俺が悪い。悪いとわかっていて杏奈と関係をもってしまった……本当に申し訳ない」

「もういいよ」

美奈子は横顔を向けたまま、吐き捨てるように言った。貧乏揺すりを激しくしながら、自嘲するような薄笑いを浮かべた。

「なんていうかさ、わたしも調子コキすぎてたんだ。おかげで眼が覚めたよ。いい年したババアが、恋してる気になっちゃって……よく考えたら気持ちワリィよな。恋なんてさ、若くてピチピチした女がするもんだろ。花も恥じらう乙女(おとめ)がするもんだ。わたしなんかはもう、しちゃいけなかったんだよ」

「そんなことないだろ。恋に年なんて関係……」

「あるよ」

美奈子は遮り、ヘッドフォンのコードをラジカセから抜いた。十六ビートのダンスナンバーが大音響で鳴り響いた。歌っているのは手塚光敏だった。ラジカセの隣に十枚以上積まれているCDは、すべて手塚のアルバムだった。そんなものを美奈子が隠しもっていたことに、迫田は驚いてしまった。

人の気持ちはひと筋縄ではいかない、ということなのだろうか。彼女は手塚を憎んでいたはずだ。身を焦がすほど憎悪し、思いだしたくもなかったはずだ。愛憎はコインの裏表と言うけれど、人は激しく愛した相手しか、激しく憎むことはできないのかもしれない。

「ずっと聴いてたのか？　この三日間、ずっと……」

「さあね」

美奈子は質問をはぐらかし、問わず語りに言葉を継いだ。

「わたしにだって、あったんだよ……若くてピチピチしてたときがさ。いまはこんなでも、二十ン年前はけっこうイケてて、男からの誘いが引きも切らなかったわけよ……いちばん輝いていたのは、手塚と付き合ってたころだね。うん、それは間違いない。あの男、当時は甲斐性なしだったけど、見た目はいまよりずっとカッコよかったよ。うっとりするくらいの男前で、一緒に街を歩いてると、映画のワンシーンにまぎれこんだような気分になるんだ。自分まで可愛くなった気になっちゃうんだから、イケメンっていうのはすごいよ。歩いてるだけでスキップしたくなるくらいってことはさ、セックスのときなんか、もうね……夢の中でひとつになってるみたいなのよ。裸になって脚ひろげてるってのに、なんだかとっても美しいことをしている気になるわけ。わかる？　美しいって思えるのよ、あんあん悶えてる自分がよ。貧乏くさいアパートの煎餅布団でやってるのに、おとぎの国のお姫様になっちゃうんだから……嘘じゃないよ……本当に……」

　美奈子は言葉を切って息を呑んだ。熱いものがこみあげてきたようだった。

「たぶんあれが……わたしにとっての恋だったんだよ。最初で最後の……たった一回だけだけど、本当の恋を一度も知らないで死ぬ人だっているわけじゃないか。だからあれで満足すべきだったんだ。あれ以上を望んでも……」

「俺と……」

　迫田は顔を歪め、声を震わせた。手塚の歌声がうるさかったので、ラジカセのボリュームを絞った。

「俺と結婚したのは、失敗か？」

「……うん」

　美奈子は笑顔でうなずいた。笑っているのに、両眼からは大粒の涙がこぼれていた。

「失敗も失敗、大失敗に決まってるだろ」

「そんなこと言わないでくれ……」

　迫田も涙を流してしまいそうだった。

「失敗はたったひとつじゃないか。杏奈と関係しちまったのは、たしかに失敗だった。でもそれは、結婚が失敗だったわけじゃなくて、俺ひとりのあやまちだよ。おまえはなんにも悪くない。だから償わせてくれ。俺は……俺は殺されてもいいって思った。おまえに見つかったとき、本当にそう思った」

「ハハッ。よかったよ、殺さなくて」

美奈子は眼尻の涙を指で拭いながら言った。

「あやうく人殺しで刑務所行きになるところだった。あんたも手塚に感謝しな。あの男が死んだおかげで助かったんだから」

「もう一度、チャンスをくれないか」

「なんのチャンスさ?」

「やり直すチャンスだよ」

迫田はすがるように美奈子を見た。

「俺は元の家族に戻りたい。この家に引っ越してきたばかりのころみたいに、三人で力を合わせてやっていきたい。だから……」

「ギャハハハッ、馬っ鹿じゃねえの」

美奈子は腹を抱えて大笑いした。いささか芝居がかっていたが、痛々しさが逆に迫田の胸に刺さった。

「おまえ、頭わいてるんじゃね? やり直せるわけねえだろ、浮気の現場押さえられといて、なにが元の家族だよ。単なる浮気なら……まあ、怒り狂っただろうけど、最後には許せたかもしんねえよ……だけど杏奈だぜ。おまえがセックスしてたの、わたしの娘なんだぜ。血の繋がった母娘をやり比べて、楽しかったかい？　やっぱ、二十歳の娘のほうが抱き心地よかったかね？　でもさ、やっていいことと悪いことの区別がつかないのは、人間じゃなくて畜生じゃね？」

迫田は返す言葉を失った。

「それにさ……」

美奈子はラジカセのボリュームをあげた。音が割れるくらいの大音響で手塚光敏の曲を鳴らした。

「わたしが本当に心から愛してたのは、生涯ひとりだけなのよ。手塚光敏って男だけ。それでいいんだよ。あんたの口車に乗ってうっかり結婚なんかしちゃったけどさ、あんたのことなんか本当は愛してなんかなかったわけよ。家族ごっこがしてみたかっただけで、愛してなんか……」

迫田は唇を嚙みしめた。美奈子の言葉を額面通りに受けとっていいとは思えなかった。実際、悪態をつきながらも、彼女の表情は苦渋に満ちている。

とはいえ、最初から愛していなかったと思わなければやりきれないほどの傷を美奈子が負ってしまったのも、また事実なのだろう。夫への愛を否定し、泥まみれの過去を引っぱりだしてきてすがりつく――そうでもしなければ、彼女の魂は救われないのだ。

迫田は自分が犯した罪の重さに眼がくらんだ。

元から美奈子は口の悪い女だったが、今日に限っては情緒不安定な不良少女と話をしているようだった。口調も表情も言葉の選び方も、いつもの彼女ではなかった。人は抱えきれないほどのショックを受けると、幼児返りすることがあるという。美奈子の場合は、反抗期返りとでも言えばいいか。

「とにかくすまなかった……」

迫田は頭を深くさげ、額を畳にこすりつけた。それ以外になにをすればいいか、いくら考えてもまったくわからなかった。

2

打ちのめされた気分で階段をおりていった。できることなら、このまま地の底までおりていきたかった。

リビングのソファに、杏奈がちょこんと座っていた。

「どうした？　腹へったか？」

迫田は力なく笑いかけた。

「いま飯つくってやるな」

「ううん、いい……」

杏奈は首を横に振った。

「そう言うなよ。たらこスパゲティつくってやるから。バターを入れたやつ。おまえ好きだろ？」

杏奈は首を横に振っていたが、迫田はかまわず台所に向かい、鍋に湯を沸かしはじめた。無理にでも食べさせるべきだった。本当ならもっとまともな料理をつくってやりたかったが、さすがにそこまでの気力はない。出来合のソースをかけたパスタでも、食べないよりはずっとマシだろう。

ガス台の前で湯が沸くのを待っていると、杏奈が近づいてきた。もともと白い顔から血の気が引き、紙のような色になっている。美奈子よりもむしろ、杏奈のほうが憔悴の度合いが強く見えた。

「わたしが……悪いんだよね……」

声をか細く震わせた。

「ママのこと、いっぱい傷つけちゃったよね……修さんのことも……」

杏奈は、自分が手塚光敏の娘であることを知らない。美奈子が部屋に籠城しつづけているのは、迫田との関係がバレたせいだけだと思っている。もちろん、よけいなことを知って、ショックを大きくする必要はない。

「いや、悪いのは俺だ」

迫田は強く言った。

「全部俺の責任だよ」

「でも、最初に誘ったのはわたしでしょ？　修さん困ってたのに、わたしが無理やりたしかにそうだが、それでも悪いのは自分だと迫田は思った。

「最初は……最初はね……」

杏奈は大きな瞳を潤ませた。

「本当にエッチしたいだけだったの……嘘じゃないのよ……エッチがしたくて、我慢できなくて……」

「二回目は俺が誘った」

迫田は言った。事実としてそうだった。杏奈とのセックスは後を引く。射精してもすっきりせず、もう一度したくなる。いくらダメだと自分に言い聞かせても、彼女が欲しくて夜も眠れなくなり、求めずにはいられなかった。

「……嬉しかった」

杏奈は噛みしめるように言った。

「いけないことしてるってわかってたけど、あんなに嬉しかったことってない。ホントよ。わたし、ホントに嬉しかったのよ」

「もういい。それ以上言うな……」

迫田は力なく首を振った。鍋に載せたアルミの蓋がカタカタと音をたてていた。蓋を取ると白い湯気がたち、煮えたぎっている泡が見えた。塩と麺を入れるべきなのに、できなかった。杏奈が腕にしがみついていた。

「ママには悪いけど、わたし、修さんとずっと一緒にいたい……死ぬなら一緒に死にたい……」

　迫田は言葉を返せなかった。

「だってぇ……修さん、わたしのこと好きでしょ？　ママよりずっと愛してるでしょ？　だから……」

「どうしてわかる？　どうして俺が、ママよりおまえを愛してるって」

　迫田はこわばった顔で訊ねた。杏奈の言い方が断定的だったからだ。美奈子と杏奈のどちらをより強く愛しているか、自分でもよくわからないというのに……。

「そんなのわかるよう」

　杏奈はせつなげに眉根を寄せた。

「女だからわかるもん。きっとママだってわかってると思う。修さんが、自分よりわたしのことが好きだって……」

　迫田は言葉を返せないまま、ぐらぐらと沸騰する湯を眺めていた。こんなふうに血をたぎらせながら、迫田は杏奈を抱いた。あれほど熱狂的なセックスを、迫田は他に知らない。しかし、だからといって美奈子より杏奈を愛していると、断言することはできない。

　杏奈はしがみついた腕を放さなかった。彼女の幼い愛が、嬉しくなかったと言えば嘘になる。だがやはり、手放しで受けいれることは難しい。美奈子と杏奈、どちらをより強く愛しているかはわからなくても、どちらをより深く傷つけたかは、はっきりしていた。とにかく美奈子に罪を償わなくては、自分の気持ちを正視することもできない。

3

数日が過ぎた。

世間は相変わらず手塚光敏の追悼に騒がしく、迫田の家の中は時間がとまったように静まり返ったままだった。

美奈子は二階の部屋に引きこもりつづけていた。杏奈も似たようなものだった。いつになったら部屋から出てくるのか、見当もつかなかった。

迫田はひとり、仕事に戻った。ふたりの引きこもりを養うためにも、職を失ってしまうわけにはいかなかった。

三日も休んだせいで、馬淵の機嫌の悪さは尋常ではなかった。仕事に戻ったその日から、一日中怒鳴り散らされるようになった。

「チンタラやってんじゃねえよ、クソ野郎っ！　時は金なりって言ってんだろ。てめえはいま、金をダダ漏れさせてんのと一緒だぞ」

仕事に厳しい馬淵とはいえ、以前はさすがにそこまで言わなかった。ほとんど人間が変わってしまったかのような悪態のつき方だった。現場はまだしも、逃げ場のないクルマの中が最悪で、運転している迫田に、助手席から延々と罵声を飛ばしてきた。

「抜けよ。前のクルマ抜けっ！　車線変えりゃあ抜けんだろ。あー、行けたよ、いま。赤でも行けた。なに優等生ぶって交通ルール守っちゃってんの？　こっちは仕事してんだよ。家族でドライブしてんじゃねえんだよ。赤信号なんて無視しねえと終わんねえのが仕事だろ。わかってんのかっ！」

言いながらダッシュボードを叩き、サイドウインドウを肘打ちする。実際に殴ってくることはなかったが、鼻先に拳を飛ばしてくることはあった。常軌を逸していた。嘘とはいえ、迫田は風邪で休んだことになっている。この男は、社員の病欠を認めないつもりなのだろうか。自分が風邪をひいたらどうするつもりなのだろうか。

それでも、耐えなければならなかった。嘘をついて休んだ後ろめたさもあったし、生活費を稼ぐことだけがいまの自分にできる精いっぱいなのだから、歯を食いしばってやりすごすしかなかった。

毎晩毎晩、心身ともに疲れ果てて家に戻った。

皮肉な話だが、美奈子が引きこもりでいてくれて助かった。こんな状況で帰宅するなり口汚くなじられたりしたら、とてもではないが神経がもたない。

連日、午後十時過ぎまで残業が続いていたが、その日は馬淵になにか用事でもあったのだろう、午後七時には解放された。美奈子や杏奈のために、なにかまともな料理をつくろうと、スーパーで食材を買い求め、家に着いたのが午後八時過ぎだった。

玄関ドアを開けた瞬間、異臭が鼻についた。なにかが焦げる匂いだ。あわてて靴を脱いで中に入っていくと、リビングに白い煙が充満していた。人は誰もいなかった。迫田は窓を開けてまわり、煙の出所を探した。魚焼きグリルの中で、魚が真っ黒に焦げていた。元がわからないくらいの炭状態だった。網の下に水を張っていないから、こんなことになったらしい。

それ以外も、台所はなにもかもめちゃくちゃになっていた。キャベツやウインナーやパックに入った豚肉が散乱し、トマトジュースの缶が倒れて床までこぼれている。マヨネーズやケチャップは蓋を開けたまま放置され、包丁やまな板はキッチンシンクの中。そしてどういうわけか、茹(ゆ)でたスパゲティがボウルで水にさらされてマカロニのような太さになっていた。

犯人は床にうずくまっていた。

杏奈だった。

体育座りになって顔を腕の中にうずめ、小さな背中を震わせていた。

「……どうした？」

訊ねてみるまでもない。料理をしようとして失敗したのは一目瞭然だった。

「なにをつくろうとしたんだい？」

杏奈が顔をあげた。

赤い眼をして泣きべそをかいている。

「和風なのか洋風なのか、俺には見当もつかないぜ」

迫田が笑うと、杏奈は困った顔をし、しばらく考えてから首をかしげた。

「ハハッ。つくる人間がわからないんじゃ、俺にわかるわけないか。でも、失敗なんて気にすることないさ。また挑戦すればいい。まあ……火の元には気をつけたほうがいいけど」

金髪の頭を撫でてやった。迫田は自分でも驚くくらい、胸が熱くなっていた。失敗したとはいえ、杏奈の前向きな行動が嬉しかった。あの日以来、これほど気持ちが高揚したのは初めてだった。

「よし。泣いてないで、片付けちゃおう」

迫田がシャツの腕をまくろうとしたとき、玄関の呼び鈴が鳴った。

迫田は杏奈と眼を見合わせた。焦げくさい匂いが窓の外に流れ、近所の人が心配してやってきたのだろうか。

もう一度、呼び鈴が鳴る。

迫田はしかたなく玄関に向かった。近所付き合いを極力避けているので、こういう場合はバツが悪い。向かいの家の奥さんは、けっこう神経質そうな人だった。あの人だったら嫌だなと思いながら、玄関ドアを開けた。

五十がらみの男がふたり立っていた。

近所の人ではなかった。ひと目でそうわかったのは、身なりがよすぎたからだ。とくに片方は、ミッドナイトブルーの三つボタンスーツをきっちりと着こなし、曇りなく磨きあげられた靴を履いていた。

「夜分遅く申し訳ありません。迫田さんですね？」

ミッドナイトブルーが言った。

「はあ……」

迫田が曖昧にうなずくと、

「私、こういう者です」

と名刺を渡された。ミッドナイトブルーは弁護士で、もう一方は探偵事務所の所長だった。

「こみいった話になりますので、少々お時間をいただけないでしょうか？　悪い話じゃありません。駅前のマリーンという喫茶店をご存じでしょうか？　奥に個室があるみたいなので、そこでお待ちしています」

迫田は首をかしげた。身なりのいい弁護士と探偵が来て、悪い話じゃありません。意味がわからない。心当たりはなにもない。

「警戒するのも無理はありませんが、本当に悪い話じゃありませんから……」

弁護士は笑みを浮かべた。自信が感じられる笑みだった。

つまらないことを思いだした。迫田もかつて、似たような台詞を口にしたことがある。池袋のラブホテルで美奈子にだ。手塚がなぜ自分たち母娘を捜しているのかと、美奈子は訊ねてきた。悪い話じゃないと思う、と迫田は答えた。自信満々に……。

「出直したほうがよろしいですか？」

「いや……」

彼らが嘘をついているようには見えなかったが、美奈子と杏奈を残して家を出たくなかった。リビングには魚の焦げた匂いが充満しているけれど、めちゃくちゃになっているのは台所のほうだ。まわりこまれなければ、見られることはない。

「じゃあ、中へどうぞ。ちょっといま、家を離れられない事情がありましてね。駅前まで行くこともできないんですよ」

スリッパもなくて申し訳ないと詫(わ)びつつ、中に通した。

「すいませんね、食事時に……」

焦げくさい匂いが気になったのだろう、弁護士は顔をしかめて鼻に手をやった。リビングに入っていくと、杏奈がびっくりして立ちあがった。まさか客を中に通すとは思っていなかったのだろう。可哀相(かわいそう)なくらいあたふたしている。

迫田はテーブル席にふたりをうながし、相対して座ると、杏奈を手招きで呼び寄せた。杏奈は「なに？　なに？」と口の中でもごもご言いつつ、怯(おび)えたように眼を泳がせながら近づいてきた。

「大丈夫だから」

隣に座らせ、膝を叩いてやる。その手の上に、杏奈の手がのった。ぎゅっと握りしめてくる。

「あのう、できましたら……」

　弁護士が気まずげに言った。

「迫田さんとまず、お話がしたいんですが……」

　杏奈に席をはずさせろ、ということらしい。

「悪い話じゃないんでしょ?」

　迫田は笑った。

「なら家族と一緒にお聞かせください。いい話は家族で分かちあいたい」

　弁護士と探偵は苦りきった顔で眼を見合わせた。

「いずれわかることですから」

　探偵が小声で言い、弁護士はしかたなさげにうなずいた。

「杏奈さんですね?」

　弁護士に眼を向けられ、杏奈はビクンと背筋を伸ばした。鳩が豆鉄砲を食らったような顔をしていたが、迫田も驚いていた。彼らが本当に用があったのは、迫田ではなく、杏奈のようだった。

「私は弁護士の野田(のだ)と申します。このたび急逝(きゅうせい)された手塚光敏氏の顧問弁護士を務めておりましてね、預貯金、有価証券、不動産、著作権まで含めた財産のすべてを管理しています。その手塚氏ですが……世間には公表していませんし、認知もしていない、会ったことすらないようですが、血の繋がった娘さんがひとりいた。自分の財産は彼女にすべて相続させる、という遺言が見つかったんですよ。走り書きのメモじゃない。裁判所で通用するきちんとしたものです。それが銀行の貸金庫に密かに保管してあった。我々も驚いてしまったわけですが……」

杏奈はキョトンとしている。迫田は顔色を失っていた。悪い話じゃありませんの全貌が、途轍もなかったからだ。

手塚の財産？　当代一の人気アーティストの全財産は、いったいどれくらいになるのだろうか。十億か二十億か、とにかくべらぼうな額になることだけは間違いないだろう。手塚がなぜそのすべてを杏奈に相続させるような遺言を残したのか質したかったが、問題がひとつあった。話を続けるためには、杏奈に出生の秘密を明かさなければならない。

「つまりね、杏奈さん……」

「ちょっと待ってくれ……」

迫田は手をあげて弁護士を制した。制したところで、なにをどうしていいかわからなかった。言葉は続かず、頭は混乱しきっていた。とにかく、いったん彼らに出直してもらったほうがいい。そして、まずは自分が落ち着くことだ。杏奈に実の父親を告げる覚悟を決め、順を追って話をしてやらなければ……。

「どうしたの、修さん？」

杏奈は耳元で声をひそめる。

「この人たち、いったいなんの話してるの？」

「迫田さん……」

探偵が口を開いた。

「驚くのも無理はありません。こんな話、誰だって腰を抜かしますよ。あなたの場合ならとくに……いろいろ調べさせていただきました。よ。あなたはなにか他意があって彼女と養子縁組したわけではない。それはわかっています。かつて手塚氏が別れざるを得なかったふたりを、地道に働いて養っている。立派だと思います。しかし、あなたはなぜ、美奈子さんや杏奈さんと知りあったのですか？　まさか偶然じゃないですよね？」

「いや、それは……」

迫田はにわかに言葉を返せなかった。いくら腕利きの探偵でも、手塚が秘密裏に迫田に頼んだ仕事までは調べられなかったのだろう。だが、それ以外は知っているようだ。そして疑問に思っている。妻を寝取られた迫田が、寝取った手塚が昔捨てた母娘を、どうして養っているのか……。

「ねえねえ、修さん？」

杏奈がシャツの袖を引っぱり、もじもじしながら上目遣いを向けてくる。

「わたし、もう二階に行っていいかなあ？　難しい話、よくわからないから、修さん聞いておいて……」

　迫田が返答につまっていると、部屋の空気が変わった。

　リビングに美奈子が入ってきたのだ。

　髪はボサボサで、パジャマ代わりのTシャツにスエットパンツという人前に出るような格好ではないのに、こちらに近づいてきた。表情が異様だった。脂ぎった笑みを顔全体に貼りつけ、眼を爛々と輝かせている。

「すごい……すごいじゃないか……」

　テーブルに両手をつき、弁護士と探偵の顔を交互にのぞきこんだ。

「手塚光敏がそんな遺言を残してたんですか？　血を分けたひとり娘に全財産を残すって……この子にっ！　この子に全部っ！」

　美奈子は杏奈の双肩を後ろからつかんで揺さぶった。杏奈は顔色を失っている。

「ど、どういうこと……」

　杏奈は助けを求めるように迫田を見た。迫田も青ざめていた。

「あんたはね、あの男の子供なのっ！　手塚光敏の娘なのよっ！」

　美奈子はいまにも高笑いをあげてしまいそうだ。

「認知はされてないけど、ＤＮＡ鑑定でもすればすぐにわかるよ。正真正銘、あんたの父親は手塚光敏なのっ！　遺産を全部貰える権利があるのっ！」

　杏奈は混乱しきって泣きそうな顔になっている。

「なにこれドッキリ？　全然面白くないよ、ママ……」

「ドッキリでもなんでもないでしょ？　えーっと、弁護士の野田さん？」

美奈子はテーブルの上に置いてあった名刺を確認した。

「そうですよね？　弁護士の先生が、冗談でこんなところまでわざわざ足を運んでくるはずないですもんね？」

「ええ、まあ……」

野田は唖然としていた。あまりにあからさまにはしゃいでいる美奈子を見て、隣の探偵も眉をひそめている。

それでも美奈子の暴走はとまらなかった。

「手塚光敏の忘れ形見をお捜しなら、この子に間違いありませんっ！　ただ……ただね、この子はちょっとオツムが悪いので、母親のわたしが代理人を務めさせていただきます。正直に言うと、この子が馬鹿なのも、すべては手塚の責任なんですけどね。あの男は、妊婦のわたしを捨てたんですよ。世間じゃ天才扱いでも、むごたらしいことをする男なんですよ。手に職もないわたしがシングルマザーで育てたから、この子に満足な教育を受けさせることもできなくて……遺言には、そのへんのこと書いてありませんでした？杏奈の母親にも申し訳ないことをしたとか。お詫びに十億円くらい受けとってほしいとか……」

「いやいや、お母さん、ちょっと落ち着いて……」

野田が額の汗をハンカチで拭いながらたしなめたのと、杏奈が席を立ったのが、ほぼ同時だった。

階段を駆けあがっていく杏奈の足音を聞きながら、迫田は暗澹(あんたん)たる気分になった。幼くも清らかな魂が、また傷つけられた。

杏奈はいま、自分の実の父親を知ると同時に、その死を知ったのだ。実の父親に二度と会えないという、哀(かな)しい運命を突きつけられたのだ。

「落ち着いてますよ。わたしは落ち着いてますとも、ええ……」

美奈子は杏奈のことなど気にもとめず、自分が手塚に捨てられた顚末(てんまつ)を、身振り手振りでしゃべりつづけた。

4

季節が変わった。

梅雨(つゆ)が明け、やりきれないほど暑い夏がやってくると、シロアリ駆除の仕事はいよいよ過酷さを極めていった。

気温が三十五度を超える中、湿気のこもった床下にもぐりこんでいくのは、肥溜(こえだ)めの中に頭から突っこんでいくようなものだった。肌を露出するわけにはいかないので、冬とそう変わらない作業着姿だ。とにかく暑い。湿気でぶよぶよに柔らかくなった地面の上を匍匐前進していくと、下着が絞れそうなほど汗をかく。そんな状態で泥や埃にまみれていくのは、耐えがたいほど不快だった。高温多湿のせいで悪臭の威力も冬場とは比べものにならない。猫やネズミが死んでいれば、鼻が曲がりそうになる。素肌をほとんど出していないのに、真夏のヤブ蚊は服の上からでも血を吸ってくる。

朝いちばん、最初の現場を終えた段階で、一日に使うエネルギーをすべて使い果たした。あとは限度を超えた疲労と不快感を、体の中に溜めこんでいくようなものだった。

きつかった。目的があり、目標があるうちなら、歯を食いしばって踏ん張ることもできたかもしれない。きつければきついほど、生きている充実感を味わっている気にもなったろう。

だが、いまの迫田には、なにもなかった。まっとうに働く理由がなくなっていた。それでも暗闇の中、汗まみれ、泥まみれになって足掻いているのは、それすらもやめてしまえば、糸が切れた凧のようにどこかに吹き飛ばされてしまいそうだったからだ。

美奈子と杏奈は、それぞれに変化があり、引きこもりから脱却した。

けれども、その方向は正反対と言ってもいいほどで、迫田を戸惑わせた。

二週間ほど前、弁護士と探偵が突然家を訪ねてきたあの日――。

迫田はふたりを玄関から見送ると、二階にのぼっていった。遺産が手に入るとはしゃいでいる美奈子に、怒りを覚えていた。なにもあんな無残な形で、杏奈に出生の秘密を告げることはなかったと。

杏奈は自分の部屋でうずくまっていた。泣いてはいなかった。迫田が部屋に入っていくと、ぼんやりした顔を向けてきた。放心状態に陥っているようだった。

「びっくりしただろ？」

迫田は恐るおそる声をかけた。

「あまりにも突然だったもんな……」

「修さん、知ってたの？」

杏奈の声はか細く震えていた。

「わたしが手塚光敏の娘だって、知ってた？」

「……ああ」

迫田はうなずき、杏奈の隣に腰をおろした。こうなった以上、彼女が納得いくような説明をする必要があった。

「黙ってて、悪かった。でもそれは、ママの意向だったんだ。美奈子は手塚光敏と、あんまりいい形で別れられなかったらしい……はっきり言って、捨てられたみたいなもんなんだよ。おまけに、慰謝料や養育費も貰っていない。女手ひとつで、苦労して苦労しておまえを育てなくちゃならなかった。美奈子は俺に、手塚のことを恨んでるって言ってた。恨んで当然だと俺も思った。だから、おまえに誰が父親か教えたくないって意見にも賛成した……」

「……ひどいね」

杏奈は泣き笑いのような顔で言った。

「自分の父親が誰なのか知る権利くらい、わたしにもあると思うけど」

「……そうだな」

「手塚光敏だってさ、わたしに会いたかったんじゃないかな？　ママとは喧嘩別れしたかもしれないけど、わたしには……だってそうでしょ？　遺産を全部渡すなんて遺書を残してたってことは、わたしのこと忘れてなかったわけでしょ？　会いたかったはずよ、絶対……」

「……そうだな」

迫田は口の中に苦いものがひろがっていくのを感じていた。たしかに手塚は杏奈に会いたがっていた。幸せではない生活をしていれば、援助したいという気持ちももっていた。

そのチャンスを潰したのは、他ならぬ迫田自身だった。自分のエゴで、手塚から杏奈を遠ざけた。美奈子と愛しあい、杏奈と家族になることで、自分も立ち直り、まっとうになりたかった。

さすがにそこまでは杏奈に言えなかった。手塚光敏が死んでしまった以上、杏奈が実の父親と会う機会は、もう永遠にない。その原因が自分にあるとは、どうしても伝えることができなかった。

その日から、杏奈は変わった。

どういう心境の変化があったのかはわからないが、引きこもりをやめてアルバイトを見つけてきた。小岩にある社員食堂で皿洗いだと言っていた。カラオケボックスやティッシュ配りよりずっとハードワークで、時給も安いようだったが、頑張って続けている。

一方。

美奈子の変化は溜息が出るようなものだった。

弁護士と探偵が家に来た翌朝のことだ。迫田が仕事に出ていこうとすると、二階から足音もけたたましくおりてきて、右手を差しだしてきた。

「お金貸して」

満面の笑みを浮かべて言った。頬がこけ、眼の下に隈ができているのに、顔全体がギラギラと脂ぎっていた。

「倍にして返すからさ、貸してもらってもいいだろ」

もはやすっかり、手塚の遺産が懐に入ったような態度だった。

「いくらだ？」

「十万でも二十万でも」

「そんな大金、財布に入ってるわけないじゃないか」

「じゃあ、カード貸して。三倍にして返してもいいから」

「……なんに使うんだ？」

「パーッとやるのよ」

美奈子は勝ち誇ったように胸を張った。

「わたしにも、ようやくツキがまわってきたわけじゃない？　苦労しても報われない人生は、昨日で終わったわけじゃない？　裏切られるばっかりのわたしを、神様は見捨てなかったんだよ。まさかこんな一発逆転があるとは思わなかったけどさ。とりあえず前祝いしたいから、お金！」

迫田はしかたなく銀行のキャッシュカードを渡した。この家に引っ越してきた際、果穂が用立ててくれた金の残りもあったし、小遣いを使う暇もなかったので、残高は百万を超えていた。

その金で美奈子はたくさんの服を買った。着飾って夜の街に繰りだしていき、毎晩のように泥酔して帰ってくる。夫と娘に裏切られた傷心を、浪費で埋め合わせるかのように……。

迫田にはなにも言えなかった。言えるわけがなかった。

ただ、虚しくなった。

迫田が働かなければならない理由は、もうどこにもなかった。迫田が養わなくても、美奈子も杏奈も一生遊んで暮らせるのだ。

結婚している意味だってない。

美奈子の頭の中はいま、手塚の遺産だけに占領されている。夫婦関係や家族関係を修復しようなどという考えが、入りこむ余地もない。

もちろん、修復不可能な地点に追いこんだのは迫田だった。あのまま引きこもりを続けて病気になってしまうより、元気に夜遊びでもしてくれていたほうがまだマシと言えないこともないから、手塚に感謝すべきなのだろうか。

しかし、ならば自分の存在はいったいなんなのだろう？

美奈子も杏奈も、二度と生活に困ることはない。手塚の膨大な遺産をもってすれば、いままで味わった苦労や傷心を忘れるくらいの豪遊だってできるだろう。

美奈子にはその資格がある。

杏奈だってそうだ。

だが、そこに自分の居場所はあるのだろうか？

手塚の遺産のおこぼれにあずかりたいなどとは、これっぽっちも思っていなかった。迫田が欲しかったものは金ではなく、まっとうな生活だった。汗水垂らして金を稼ぎ、家族を養う、そういう暮らしの中に、生まれてきた意味を見つけだしたいと思っていた。

自業自得なのかもしれなかった。

あんたのことなんて本当は愛していなかった、と美奈子は言った。わたしはただ、家族ごっこがしたかっただけだったんだと。

それはそのまま、迫田にもあてはまる言葉に思えてならなかった。

美奈子のことを本当に心から愛していたのだろうか？

あの日から、終わりのない自問自答が続いている。

愛していたと思いたかった。愛しあっている実感だって、短い間だけどたしかにあった。しかし、答えは濃い霧の中に包まれている。

愛していたなら、あんなことはできなかったはずだと、もうひとりの自分が言う。美奈子のことを愛していれば、杏奈に手を出すことなど間違ってもできなかったはずだと……。

5

夕刻、シロアリ駆除の仕事を終えて事務所に戻った。

いつになく平穏な一日だった。

馬淵の態度が急変したからだ。怒鳴り散らしても疲れるだけだと気づいたのか、今日は朝からずっと静かだった。もちろんそれが普通の状態なのであり、怒鳴られて萎縮しながら作業するより、黙っていてもらったほうが迫田の作業効率もあがった。

ただ、丸一日そんな状況が続くと、静かすぎることがかえって不安を誘ってきた。いつもはラッセル車を彷彿(ほうふつ)とさせるほどエネルギッシュに働いている馬淵なのに、元気がなかった。煙草(たばこ)を咥(くわ)えた横顔に陰鬱な影が浮かんでいた。体の具合でも悪いのかもしれないと思ったが、余計なことを言って逆ギレされてもかなわないから、迫田はなにも訊ねなかった。

汗まみれの作業着を脱ぎ、早々に帰路につこうとすると、

「ちょっと話があるんだ」

と呼びとめられた。

迫田は嫌な予感に身構えながら、丸椅子に腰をおろした。馬淵はなかなか話を切りだしてこなかった。煙草に火をつけ、一本を灰にしてから、ようやく口を開いた。

「昨日の夜……おまえが帰ったあと、ある人がここを訪ねてきたんだ」

次の煙草をすかさず咥え、火をつけた。

「誰だと思う？」

「……さあ」

迫田は首をかしげるしかなかった。

「おまえのカミさんだよ」

まさかと思った。いったいなんの用事があったのだろう。

「ハハッ、けっこうパンチの利いた人だな。ド派手なワンピース着て、どこのスナックのママかと思ったよ」

「なにしに来たんですか？」

「給料を前借りさせてくれって話だった。聞いてるか？」

「いえ……」

迫田はこわばった顔を左右に振った。

「まあ、そうだよな。おまえには内緒って感じだったからな」

「……すいません」

迫田は深々と頭をさげた。百万からの金を、美奈子は二週間あまりで使い果たしてしまったらしい。いや、それよりも、わざわざ夫の仕事場までやってきて給料を前借りしようとする行動に、異常なものを感じずにはいられなかった。

「まあ、こっちも台所が苦しいから、前借りさせてやるわけにはいかなかったけど……」

馬淵の横顔に浮かんだ陰鬱な影の理由が、おぼろげにわかってきた。馘にされるのかもしれないと覚悟した。人手不足とはいえ、女房が給料の前借りにやってくるような、面倒くさい従業員を雇っておきたいと思う経営者はいない。

「だがよ、いくら断っても、おまえのカミさん、なかなか諦めてくれなくてな。こっちも疲れてるからキレそうになってきたら、『ケチケチすんなよ、倍にして返してやるから』なんて言うんだ。びっくりしたよ。給料の前借りを倍にして返すなんて話、聞いたことないからな。そんなことしたら次の月タダ働きじゃねえか。人様のカミさんつかまえてこんなこと言うのもアレだけど、ナメてると思ったね。とにかく帰ってくれって追い返そうとするんだけど、まだ諦めない。で、出てきたのが遺産話だ。近いうちに数十億の遺産が転がりこんでくるって、おまえのカミさんは言うわけだ」

迫田は天を仰ぎたくなった。

「嘘を言っているようには見えなかった。ちょっとばかり大げさに言っていたとしても、遺産が転がりこんでくること自体は事実……そう思ったが、違うか？　まったくのホラ話ってことはないだろ？」

「いや、それは……」

迫田が言葉を濁そうとすると、馬淵は身を乗りだしてきた。

「そこだけはきっちり答えてくれ。遺産話が本当なのか嘘なのか、そこだけはきっちり……」

迫田は黙して眼を泳がせた。

弁護士の野田とは、あれから何度か電話で話している。

実際に遺産が手に入るまでは、まだ少し時間がかかりそうだった。いくらなんでも認知もしていない子供がすべてを相続するのはおかしいと、所属事務所やレコード会社が異議を申し立てているらしい。手塚の両親はすでに他界しているようだが、兄弟とその家族が自分たちの取り分はどうなのか騒いでいるという。ありそうな話だし、もっともな話でもある。

なにしろ手塚には、一般的な遺産以外にも、膨大な数の著作権がある。自分の楽曲はもちろん、他のアーティストにも数多く提供しているから、それらは手塚の死後も金を生む。誰かがカラオケで歌うだけで刻一刻と増えていく。急逝したことでプレミアがつき、もはや野田にもどこまで財産がふくれあがるのか把握できないらしい。たとえそのすべてを相続することは無理でも、正式な遺言状がある以上、杏奈の権利が消滅することはない。二、三割を相続しただけで、軽く十億は超えるだろうと言っていた。

「どうなんだ？　本当なのか、嘘なのかっ！」

馬淵に迫られ、

「……嘘じゃないですよ」

迫田は渋々答えた。

「ただ、その遺産の相続権があるのは、嫁の連れ子で……」

「養子縁組してるんだろ？」

「ええ、まあ……」

「じゃあ、おまえに入ってくるのも同然じゃないか」

「いやあ……」

迫田は苦りきった。馬淵の目的はいったいなんなのだろう。遺産の話が本当なら、倍返しで給料を前借りさせてやるとでも言いたいのだろうか。

「遺産が入ったら、おまえ仕事やめるのか？　やめるよなあ。何十億も懐に入ってくるのに、汚ねえ床の下なんかにもぐりこみたくないもんなあ」

迫田はなにも答えなかった。手塚の遺産で左団扇（ひだりうちわ）なんてまっぴらごめんだが、まっとうに働く意味もなくなってしまった。

「俺もよ、シロアリ退治してるのが最近しんどくなってきてな。いや、シロアリ退治はいいんだよ。なかなか前途有望な業種だと思ってるぜ。ただ現場の作業がさすがにしんどい。社長業に専念したくても、人がいついてくれなくちゃ話にならねえ。でまあ、考えたわけだ。素人雇って一から教育するより、ベテランを引き抜いてきたほうが早いってな。いや、いっそのこと、よそのシロアリ会社を丸ごといただいちゃったほうが……いい話があるんだ。知りあいの社長が株で大損こいて、会社を手放したがってる。従業員が六人、若手からベテランまでバランスよくいる。経理を任せられる女までな。うちが吸収合併すれば、どうなる？　こっちにはこなしきれないほど仕事があるし、向こうにだってお得意さんがいる。売上は倍々ゲームだ……」

迫田は心がささくれ立っていくのを感じた。要するに、その事業資金を遺産から捻出してほしいということらしい。

「あんたはよく働いてくれたよ。俺の右腕だったと思ってる。でもまあ、億単位の遺産が入ってくりゃあ、さすがに仕事はやめるだろう。当たり前の話さ。しかし、残された俺はどうなる？　いまでも猫の手を借りたいくらい忙しいのに、あんたがやめたらたったひとりで全部のスケジュールをこなさなきゃならねえ。無理だよ。ここはひとつ、人助けだと思って、金を都合してもらえないだろうか。いやいや、もちろんこれは投資だよ。売上は間違いなく倍々ゲームだから、元金はすぐに返せる。利息だってちゃんとつけて……」

「いや……」

迫田は力なく首を振りながら立ちあがった。

「さっきも言ったとおり、その遺産、俺が口出しできる筋じゃないんですよ」

「カミさんを説得してくれないか？」

馬淵は涙眼になって、すがるように見つめてきた。

「いい話なんだ。向こうの社長も救われるし、従業員だって失業しなくてすむ。人助けってのは、そこまで含んでの話なんだよ……三千万！　ホントは五千って言いたいところだが、三千でいいから都合してもらえないだろうか？」

「無理ですよ……」

迫田が苦りきった顔で首を振ると、驚いたことに馬淵は土下座した。

「頼むよ、迫田くんっ！　この通りだっ！」

床に額をこすりつけんばかりに頭をさげる馬淵を見て、迫田はただ呆然とするしかなかった。

6

酒でも飲まなければやってられなかった。

事務所をあとにした迫田は、駅前の繁華街で赤ちょうちんを探した。

それがまともな事業計画なら、昨日までクソ野郎呼ばわりしていた従業員に土下座せずとも、銀行に融資の相談に行けばいい。社会人経験のほとんどない迫田にも、それくらいのことはわかる。

土下座で集める金は博打の金だ。音楽業界でもよくあった。集客が期待できないイベントに、銀行は金を貸してくれない。だが、とにかく興行を打たなければ自転車操業がとまってしまうイベントプロデューサーは、資金をまわしてくれそうなスポンサーに酒を飲ませ、女をあてがい、それでもダメなら土下座までして情けにすがろうとする。

もちろん、そんなやり方に未来はない。博打と仕事の区別がつかない業界ゴロの末路は、消息不明と相場は決まっている。

どうでもいいことだった。馬淵がどれだけ頭をさげようが、迫田には金を用意することなどできなかった。

赤ちょうちんはすぐに見つかったが、暖簾をくぐる前に、杏奈に電話することにした。残業で遅くなることはよくあるが、酒くさい息を吐きながら帰れば、飲んできたことがバレる。あとから言い訳するより、先に謝っておいたほうがいいと思った。

「すまん。申し訳ないが、仕事の付き合いで飲んでいくことになった」

嘘をつく罪悪感に胸が疼く。

「だから悪いけど、晩飯はひとりで食ってくれ。お菓子とかじゃなくて、ちゃんとした飯な。大通りに手づくりの弁当屋があるだろう？　あそこに行って……」

「ううん……食欲ないから……」

杏奈はひどく心細そうに言った。

「そう言わないで食べてくれよ。淋しい思いさせて悪いけど……ママはどうせ飲みにいってるんだろう?」

「うん……」

杏奈の声はほとんど消え入りそうだった。

「修さん、どっか行っちゃやだよ」

「えっ……」

迫田は一瞬、返す言葉を失った。

「ひとりでどっか行ったりしないでね。かならず帰ってきてね」

電話の向こうから聞こえる声に、すがりつかれた気がした。泣きそうになっている杏奈の顔が、ありありと浮かんできた。

「当たり前じゃないか。なに言ってるんだ」

迫田は笑い飛ばして電話を切ったが、胸がざわめくのをどうすることもできなかった。どこかに行ってしまいたい——そういう願望がまったくないと言えば、嘘になるからだ。このところ、自分さえいなければすべてが丸く収まるのではないかと、よく考えていた。すべてが丸く収まるわけではないにしろ、美奈子と杏奈が住む家に、迫田がいる必要はもうないのだ。汗水垂らして働かなくても、ふたりは生涯、金に困ることはない。

その一方で、迫田が一緒にいることにより、ふたりの心は乱れるばかりだ。美奈子は娘に夫を寝取られた現実に向きあわなければならないし、杏奈は母親を恋のライバルとして敵視する。迫田さえいなくなれば、三角関係のアンバランスさが解消され、母娘の軋轢は多少なりとも和らぐはずなのである。

酒場の暖簾をくぐろうとすると、電話が鳴った。

杏奈からかと思ったが、そうではなかった。

果穂だった。

迫田はまじまじと携帯電話を見つめてしまった。離婚して以来、果穂から電話がかかってきたことはないし、こちらからもしていない。出るのを躊躇っているうちに、コールが切れた。すぐにまたかかってきた。迫田は酒場の前から離れて路地裏に入り、電話に出た。

「修ちゃん……」

懐かしい声が耳底にしみた。

「どうしたんだ？」

「元気でやってる？」

「いや、まあ……なんとかな……」

そっちは、と訊こうとして、やめた。手塚光敏が死んだのだ。彼女にとって最愛の恋人が……。

「大変だったな」

「まあね」

果穂の声は震えていた。

「さすがのわたしも、ちょっとまいってる」

「慰める言葉もないよ……」

沈黙になった。

「ごめんね、仕事中？」

「いや、もう終わった」

「本当？　じゃあ、これからちょっと会えない？　手塚のこと、まわりの誰にも言ってなかったから、話を聞いてもらう相手もいなくてね……」

迫田は束の間、黙したまま逡巡した。

時間はある。ひとりで飲むのをやめればいいだけだが、自分に果穂を慰める資格があるとは思えなかった。妻とスターの恋に嫉妬し、二年もの長きにわたって離婚を受け入れなかった自分には……。

ただ、ひとつ胸に引っかかっていることがあった。手塚の追悼番組に、果穂の姿が映ることはなかった。話さえ出てくることがない。あれほど熱く愛しあっていたふたりになにがあったのか、気にならないわけではなかった。

「まあ、いいけど……」

「よかった」

果穂が安堵の溜息をつく。

「うちに来てもらってもいい？」

「それは……」

さすがに躊躇ってしまう。いまはまだ、別れてからの時間より、一緒に暮らしていた時間のほうが遥かに長いのだ。その思い出が残った場所に足を向けるのは気が進まなかった。ましてや、中目黒のマンションにあるのは悪い思い出ばかりなのである。

それでも了解してしまったのは、果穂に対する同情心に他ならなかった。おそらく、自由に外を出歩けるほど気持ちが回復していないのだろう。そう思い、二度と足を向けたくなかった場所を訪れることにした。

7

中目黒のマンションの部屋は、かつて迫田が住んでいたころとはまるで様変わりしてしまっていた。

模様替えというレベルではない。内装工事が入って2LDKの部屋がワンルームになり、広々とした空間が呆れるほどゴージャスに飾られていた。以前の部屋も高級感があったと言えばあったのだが、それはあくまで普通よりワンランク上の高級感であり、いま目の前にひろがっている部屋は次元が違う。

外資系ホテルのスイートルームさながらとでも言えばいいか、通されたのは七、八人はゆうに座れそうなコの字形のソファセットだった。革の質感も座り心地も極上だ。部屋のあちこちにデザイン性の高い椅子や花瓶台が配置され、中央には白いグランドピアノ。奥には天蓋付きの巨大なベッドが見える。

さらにはカーテンと照明だ。赤や青のヴェルヴェットがライトアップされている様子は、燃えている火の中にいるようにも、海底深く沈んでいるようにも感じられる、幻想的な雰囲気を醸しだしていた。

手塚光敏の趣味に違いない。

果穂とふたりきりの時間をゴージャスに演出するために、こんなふうに造りかえたのだ。それにしても、と溜息が出る。この部屋を満たしているのは、むせかえりそうになるほどの濃厚なエロスばかりだった。愛しあう男と女のための隠れ家として、贅が尽くされていた。高級感とはつまるところ官能性を帯びているかいないかなのだと思った。クルマでも靴でも腕時計でも、実用品のレベルを遥かに超えた値段がついているものは、例外なく官能的だ。家具でもカーテンでも照明でも、それは同じだった。

ただし、部屋の女主人はやつれていた。

憔悴しきっていた。

予想はしていたがそれ以上で、げっそりと頬がこけ、眼つきが虚ろだった。微笑を浮かべていてもまるで幽霊のように生気がなかったが、美人というのは恐ろしい。そういう状態になってなお、女らしい色香を感じさせた。花も葉もない厳寒の冬に、枝ぶりだけで存在感を示している桜のようだと言えばいいか。

迫田と果穂は、ソファのコーナーを挟んで斜めに向きあった。エロスばかりを放射する部屋の雰囲気と相俟って、色香に気圧されそうだった。

思えば、この部屋に住んでいた最後のころは、果穂と手塚がまぐわうところを想像し、自慰にばかり耽っていた。セクシーなランジェリーに身を包んだ女盛りの果穂を、柔らかい革で宝石を磨きあげるように愛撫する手塚光敏。あるいは、恥ずかしいプレイを求められるほど、淫らに乱れて欲望の翼をひろげていく果穂の姿を思い浮かべ、ジェラシーと裏腹の暗い快楽をむさぼっていた。

「少しは落ち着いたのか?」

迫田は気を取り直して訊ねた。そうではないことは一目瞭然だったけれど、会話の糸口として訊ねてみるしかなかった。

「手塚が亡くなって、もう……三週間か……いろいろ忙しかったろう?」

「まあ、わたしは蚊帳の外だから……」

果穂は力なくつぶやいた。

「お葬式はもちろん、ファンを集めたお別れ会も、テレビの追悼番組も、なにひとつタッチできない。正式に籍を入れるまで、関係を隠すことにしてたからね。しようがないって言えば、しようがないんだけど……」

「俺と離婚して、もう半年以上経ってるじゃないか。どうして籍を入れなかったんだ?」

果穂は黙して視線を落とした。

人気商売ゆえ、配慮することがたくさんあったのだろう、と迫田は思っていた。略奪婚の汚名を着せられるのを避けるため、できるだけ離婚から時間を置きたかったのかもしれないし、豪華な結婚式を挙げるため、スケジュールを調整中だったのかもしれない。

それでも、三千万という少なくない身銭を切ってまで、迫田に身を引かせようとしたのが手塚という男だった。一度だけ、内装を変える前のこの部屋で会った。果穂を真剣に愛していると言っていた。結婚を考えているともはっきり口にした。スーパースターのまばゆいオーラを放ちながらも、ひとりの男としての誠意が、たしかに伝わってきた。

そういう手塚であるから、親しい内輪の人間には果穂のことをフィアンセとして紹介していてもおかしくないと思っていた。それが、葬式までも蚊帳の外とはひどい話である。結婚していれば、彼女が喪主なのだ。手塚が急逝して、いちばん哀しみに暮れているのが他ならぬ果穂ではないか。それを紙っぺら一枚のことでのけ者扱いされてしまうとは……。

「手塚は……自殺したようなものなのよ……」

果穂はうつむいたまま小さく言った。

エロスに満ちた部屋の空気が、不穏に揺れた。

「……どういうことだ？」

迫田は声を低く絞った。

「手塚はおまえと結婚するつもりだったんだろう？　俺という障害は消えたわけだし、どうして自殺なんか……」

「あの人には、わたしと結婚する前に、どうしてもクリアしておきたいことがあったの……」

果穂が顔をあげた。迫田は動揺した。果穂の眼つきが、なにかを見透かしているような気がしたからだ。

「隠し子よ……認知をしていない娘さんがひとりいるの……」

迫田は果穂から視線をはずした。

「修ちゃん、知ってるわよね。一緒に住んでるんだから、知らないわけないわよね。手塚に頼まれたんでしょ？　探偵ごっこして、生き別れになった娘を捜してくれって。そうじゃなかったら、あの母娘と接点があるわけないもの」

果穂が言葉を切ると、重苦しい沈黙が訪れた。空気を揺らす不穏さが、まるで黒い影のように迫田に迫ってくる。

「……どこまで知ってるんだ？」

「わたしも彼に頼まれたのよ。杏奈っていう娘を捜してくれって。自分との関係が絶対にバレないように注意してほしいっていうから、いくつも探偵を使って、時間をかけてね。けっこうお金もかかったけど、捜しました……まあ、びっくりしたわよ。修ちゃんの養女になってるんだから。いったいどういうことなの？　奥さんになった人だって、ずっと年上の人でしょう？　それになんていうか、かなり荒（すさ）んだ生活をしてきた人みたいだし……」

果穂の口調からあからさまな軽蔑が伝わってきたので、迫田は苛立った。

「どういう意味だ？　荒んだ生活って」

「風俗で働いてたって証言が、あちこちから……」

「そんな生活を押しつけたのが、他ならぬ手塚光敏だろ。手塚に捨てられて、シングルマザーでどうしようもなくなったわけだよ彼女は。責めるんだったら、手塚を責めるべきじゃないか」

果穂は黙っている。

「信じてもらえるかどうかわからないけど、正直に言う。たしかに俺は、手塚に頼まれてやつの娘とその母親を捜してた。おまえと離婚する直前のことだ。手塚は俺に、これは個人的に頼む仕事だと言ったけど、手切れ金のつもりもあったんだろうな。報酬は三千万。もちろん受けとっていない。見つかったのに、見つからなかったと報告したからだ。理由はふたつある。美奈子って女は……おまえが言うとおり売春までして娘を二十歳まで育てあげたんだ。荒んだ生活どころの話じゃないよ。生き地獄のようなものだったと思うよ。それでも彼女は、プライドを捨てていなかった。手塚に娘を会わせれば生活の援助も見込めると言ったのに、頑として会わせることを拒んだんだ。その気持ちを汲んだのが、手塚に嘘の報告をした理由のひとつだ。二十年も放置しておいた娘に会いたいと思うのは手塚の勝手だが、二十年もひとりで苦労を背負いこまされた美奈子には、拒否する権利があると思った。そんな彼女に……手塚の施しなんか受けたくないって突っ張った、誇り高い彼女に俺は惚れた。それが、ふたつ目の理由だ」

「……本当？」

果穂が訝しげに眉をひそめる。

「あなた、実はこう思って彼女と結婚したんじゃないの？　妻を寝取った男の隠し子を身内にして、いずれそれを切り札に手塚に復讐しようと……」

「あのなあ……」

迫田は深い溜息をついた。

「どっからそういう発想が出てくるんだ。俺はシロアリ駆除の仕事をして、美奈子と杏奈を養ってるんだ」

「知ってる」

「じゃあわかるだろ。復讐もへったくれもない。俺はただ、まっとうな生活がしたかっただけだ」

果穂の表情から猜疑心は消えなかった。無理もないのかもしれない。かつて彼女と一緒に住んでいたとき、迫田はまっとうな生活とは正反対の暮らしをしていた。離婚を求める果穂に対し、ゴネてゴネてゴネ倒した。

「話を元に戻そう」

尖っていた声音を穏やかにして言った。

「おまえさっき、物騒なこと言ってたぜ。手塚は自殺したようなもんだって」

「そうよ。あれはほとんど自殺よ。わたしが……自殺に追いこんだみたいなものなのよ」

果穂の顔から、にわかに表情が抜けおちた。

「わたしは彼に、こう報告したの。あなたの娘は風俗嬢だって。もはや救いがたいところまで堕ちているから、いまさら親だって名乗りでるのはどうなんだろうって。子供ならわたしがつくってあげるって……」

「待てよ。杏奈は風俗嬢なんかじゃないぞ」

「そうね。わたしが彼女に辿りついたときは、カラオケボックスで働いてたわね。それから駅前のティッシュ配り。でも、過去に働いてたことはあるでしょう？　偶然なんだけど、わたしが雇った探偵のひとりがやたらとそっち系に詳しい人だったのよ。風俗マニアってやつね。その彼が、彼女に見覚えがあるっていうわけ。心当たりの高田馬場のお店のホームページを見たら、まだ写真が残ってた。目線が入ってたけど、看板の写真は完全な顔出しだったから、それを手塚に見せたのよ」

風俗店では、もうやめてしまった女の写真を使いつづけることが、珍しいことではないのだろう。

「つまりわたしも、修ちゃんと一緒。手塚に嘘の報告をしたってわけ……」

「……なぜ？」

「過去に捨てた女のことなんかすっぱり忘れて、未来を見て生きましょうってこと。だってそうでしょ？　いま現在、愛しあっている女がいて、その女が子供を産みたいって言ってるのよ。そっちでつくればいいだけの話じゃない。冷たい言い方だけど、もう成人してる娘のことなんか気にしてたったしようがないでしょ？　ねえ、修ちゃん、そう思わない？」

果穂はだんだん眼の焦点が合わなくなってきた。

「でもね、成功者ってそういうところがあるのよね。考えてもごらんなさいよ。どんなに売れてるロックスターだって、最初はただのギター小僧じゃない。彼だってハンバーガー屋さんかなんかで働きながら、デビューのきっかけを探してたわけでしょ？　どこにでもいるロック好きな若者だったわけよ。お金がなくても、若さにまかせてその日暮らしをしてたわけ。それがデビューするや、トントン拍子に出す曲出す曲ヒットして、自分でも思いがけない大成功を収めちゃった。豪邸も高級車も手に入れて、身につけるものは全部ブランド品、レストランに行けば自分専用の特別メニューが供される、そうなってくると、今度はそこから転落するのがものすごく怖くなってくるのよ。過去の汚点みたいなものがじわじわと大きくなっていって、苦しむようになる。あのときのあのあやまちが、因果応報で不幸を招き寄せるんじゃないかってね……芸能界じゃありがちな話だけど、彼もいろんな占い師やスピリチュアル系の人と関わりがありました。そういう人が口を揃えて言う決まり文句が、過去のあやまちを贖いなさい。手塚って人は自意識過剰なナルシストだけど、基本的には善人よ。悪いことができないタイプ。でも、そんな手塚にも、過去に大きなあやまちがひとつあった。わたしと結婚する前に、どうしても贖っておきたい罪があった。だけど、結婚しようとしている女は、そんな娘のことなんか忘れてしまえと言う。かわりにわたしが赤ちゃんを産んであげるって言う。悩んだでしょうね。わたしはそれでも譲らなかった。だって……だって、わたしも修ちゃんと別れたんだから。ひどい女を演じて、一生懸命あなたに嫌われようと努力して、死ぬ思いで離婚したっていうのに……どうしてあの人が二十年前に捨てた娘と、いまさらわざわざ関わろうとするのか、意味がわからなかった。手塚はわたしにこう言った。たとえ娘が風俗嬢でも、認知して面倒みたいって。呆れた話よ。わたしは激怒しました。たとえ義理でも、風俗嬢の母親になんかなりたくないって……」

「もういいっ！」

迫田は立ちあがって冷蔵庫に向かい、乱暴にドアを開けた。ビールが飲みたかったが、ペリエと果物ジュースとシャンパンしか入っていなかった。冷蔵庫のドアを閉め、水道の水を飲んだ。

果穂が言いたいのは、そうやって自分が精神的に追いつめた結果、手塚はノイローゼ寸前になり、高速道路でアクセルを踏みすぎて事故を起こしてしまった、と。

ありそうな話だが、真実かどうかはわからない。過去にあやまちを犯したことがない人間がいないように、ストレスを抱えていない人間もまた、いないからだ。思い悩んでいるすべての人間が、いちいち時速二百キロでハンドルを切り損ねていたら、人類はとっくに滅びている。

ソファに座ったままの果穂を残し、ベランダに出た。熱帯夜だったが、風が強かった。迫田はひとり、生暖かい夜風に吹かれつづけた。果穂にかけてやる言葉を考えていたが、なにも浮かんでこなかった。

状況は混迷を極めていた。まさかこちらのプライヴェートが暴かれているとは思っていなかったけれど、なにもかも暴かれているわけではないところが、迫田の気持ちをよけいに不安定にした。

リアルな現状は、果穂が知っているよりずっと闇深いものだった。迫田が杏奈とも関係をもっていたと知れば、果穂はいったいどんな反応を見せるだろうか。過去に風俗で働いていただけで、軽蔑のまなざしを向ける彼女のことだ。母娘とセックスをするなんて、畜生の営みだと罵られるだろうか。もちろん、答えなど知りたくもなかったが……。

果穂がベランダに出てきた。

ゆったりしたワンピースを纏（まと）った彼女は、手脚がやけに細く見えた。風によろけそうになりながら近づいてきて、体を支えるように鉄柵をつかんだ。

「信じてもいい？」

眉根を寄せて見つめてくる。

「あなたがまっとうな生活をしたいって話、信じても……」

「ああ……」

迫田はうなずいた。心に空いた風穴に、生暖かい夜風が吹き抜けていった。まっとうな生活がしたくても、それはすでに失われてしまっている。

「じゃあ……」

果穂は静かに、けれども力強く言葉を継いだ。

「杏奈ちゃんに、遺産を放棄するように言ってもらえないかしら」

「……なんだって？」

「手塚の遺書……遺産はすべて杏奈ちゃんに相続させるって遺書は、決して彼の本意じゃないの。現在と過去の板挟みになって、悩んで悩んで悩み抜いて、事故を起こして死んじゃうような精神状態で書かれたものなのよ。絶対に正気で書かれたものじゃない」

「……なにが言いたいんだ？」

「手塚の残した功績は、後世に伝えられるべきなのよ。わたしの残りの人生は、その仕事に捧げるつもり。でもね、ドキュメンタリー映画をつくるにしろ、フィルムコンサートを開くにしろ、ミュージアムを建てるにしろ、なにをするにもお金がかかる。膨大なお金が……」

迫田は果穂を見た。どこかで見たような眼つきをしていた。手塚の遺産が転がりこんでくると知ったときの、美奈子のことを彷彿とさせた。あるいは、会社を大きくするために投資してくれと土下座したときの馬淵を……。

「だいたい、あなたたち家族が何十億も手に入れたって、どうしようもないでしょう？　まあね、手塚があういう遺書を残したわけだから、多少のお金はとってもいいと思う。でも、一億もあれば充分じゃない？　それでマンションでも買えばいい。あのね、宝くじに当たったせいで、人生を踏み外しちゃう人が多いって知ってる？　お金は人を狂わせるのよ。まっとうな生活とは真逆のことになっていくわよ。だから、そんな遺産、受けとらないほうがいい。わたしに任せてもらえないかしら。きちんとした財団を設立して、手塚に関わるすべての権利を管理する。ね、そうさせてちょうだい」

迫田は言葉を返せなかった。主張そのものは、九割方賛同してもよかった。美奈子や杏奈が手塚に受けた傷の深さを考えれば、一億ではいささか足りないかもしれない。せめて一生金に困らない額は渡してやってほしいが、すべてを受けとることもない。果穂が言うようなことに金を使ったほうが、世間の誰もが納得するに違いない。

だが、迫田の心は不安に曇っていくばかりだった。

なるほど、金は人を狂わせる。

果穂だけが狂わないという保証はどこにもないのだ。

「わたしにはね、彼の功績を後世に伝える義務があるのよ。ううん、義務だけじゃなくて、権利だってあるはず……だってね、あんなに愛しあってた彼が亡くなったのに、籍が入ってなかったただけで、わたしにはなにも残されていないのよ。それどころか、恋人だったたって証拠にメールのやりとりを見せたら、所属事務所もレコード会社も、わたしのことを徹底的にパージしてきた。本当にひどい。誰も彼も、金の亡者になってる。でも、やらなくちゃいけないの。彼の赤ちゃんを産めなかったかわりに、わたしはミュージシャンとしての手塚光敏の輝くような功績を、永遠に残してあげなくちゃ……」

言いながら、果穂の眼はどんどん美奈子に酷似していった。もうすでに狂っているのかもしれないと思うと、迫田は戦慄を覚えずにはいられなかった。

第七章　因果の果て

1

どうかしているのは、まわりの人間たちなのか、あるいは自分のほうなのか、迫田は次第に自信がもてなくなってきた。

仕事に行けば、馬淵が事業資金を都合してくれとしつこく頭をさげてくる。果穂も毎日電話をかけてきては、手塚の遺産は手塚のために使うべきだと、くどくどと言い募る。美奈子は今夜も夜遊びだ。馬淵に前借りを頼むくらいだから軍資金も尽きているだろうに、着飾って出かけていくのをやめようとしない。

誰も彼も、金に眼がくらんでいた。

方向性の違いはあるにしろ、そうとしか言いようがなかった。

迫田は棚ぼたの金など欲しくなかった。

音楽スタジオ付きの豪邸、外国製のスポーツカー、高級ブランドの服や靴、金銀の装飾品、一ダースのシャンパン、三つ星レストランでの豪華ディナー――二十歳のころ、身をよじるくらい欲していたものだ。

それが成功の証であり、ステータスシンボルだからである。

つまり、迫田が欲しかったのは、成功であり、ステータスだったわけで、物に執着していたわけではなかった。成功もせずに物だけ手に入れても意味がない。自分で稼いだわけでもない金で高級品を手に入れて悦に入っている図は、風呂なしアパートに住んでいるのにフェラーリに乗っているとか、偽物のロレックスを身に着けて喜んでいるのに似て、哀しいくらいに滑稽だ。

しかし、まわりがこうまで浮き足立っていると、冷めている自分がおかしく思えてくる。いっそ一緒に踊ってしまったほうがいいのだろうか、と考えこんでしまう。美奈子と一緒に夜の街でドンチャン騒ぎでもしてみれば、心の傷や人間関係の軋轢もうやむやになり、かえってうまくいったりするのだろうか。

夜遊びをすることで、美奈子は元気を取り戻した。少なくとも表面上はそう見える。そして、不思議なくらい綺麗になった。装いは派手で化粧も濃く、果穂に言わせれば荒んだ女ということになるのかもしれないが、迫田には毒々しささえ華に見えた。

もちろん、それでいいとは思えなかった。夜遊びで綺麗になっていく美奈子を横眼で眺めている迫田の心には、不安や虚しさや疲労感が澱のように溜まっていった。しかし、夜遊びをやめさせたところで、どうすればいいのかわからない。わかっているのは覆水盆に返らず、二度と元には戻れないという絶望的な状況だけだった。

そんな生活の中にも、ほんの小さな救いがあった。

「ちょっとしょっぱいね」

味噌汁をひと口飲んだ杏奈が、気まずげに笑った。

「いや、そうでもないよ」

迫田も笑い返す。本当はかなり塩辛かったが、お湯で薄めるのも申し訳ない気がして、いつもそのまま飲み干している。

杏奈のつくってくれた夕食を、ふたりで向きあって食べていた。

美奈子が完全に放棄してしまった家事を、杏奈がやるようになってくれたのである。当然のように最初は失敗の連続で、後片付けのほうが大変なくらいだったが、それでもめげずに続けている。

なかでも料理は、かなりマシになった。アルバイトをしている社員食堂で、同僚のおばさん連中に教わっているらしい。と言っても、まだまだ初心者の域は出ないのだが、リビングの食卓にごはんと味噌汁と目玉焼きが並んでいるのを見たときは、すごいじゃないか、と感嘆の声をあげてしまったものだ。

今日のおかずは、社員食堂のあまりものをもらってきたというハンバーグだったが、レタスやキュウリやプチトマトできちんと盛りつけをして出すところが、年ごろの女の子らしい。頑張れ、と心の中で応援歌でも歌ってやりたくなる。

「おままごとみたいね」

杏奈が恥ずかしそうに言った。

「わたしの料理が下手すぎて、おままごとみたい」

「そんなことないよ、上等だよ」

迫田は笑顔で答えた。

「修さん、子供のとき、おままごとしたことある?」

「いや、俺は男だし……」

「わたしはよくやってた。でも、いつもひとりだから、つまんなくてすぐやめた。だって、ごはんよそってハイって渡しても、自分でテーブルの向こうにまわって、ハイって受けとるんだもん」

「そりゃあ、面白くないな」

「だから、修さんがいてくれて嬉しいよ。ハイって渡す人がいるから、お料理も楽しい」

「そうか……」

迫田は遠い眼でうなずいた。ままごと遊びをしたことはなくても、似たような気分を味わったことならあった。下北沢のボロアパートで、果穂と同棲を始めたばかりのころだ。なにしろ金がなかったので、食卓はビールケースにベニヤ板を載せたものだったし、食器もバラバラだった。それでも果穂は楽しそうだった。彼女もまた、子供のころのままごと遊びを思いだしていたのだろうか。

　杏奈を見た。頑張って料理の腕をあげたとはいえ、まだきちんと箸を持つことができず、よくこぼす。

「ねえ、修さん」

　胸元にこぼしたごはん粒を指で拾いながら言った。

「明日はロールキャベツつくってみるね」

「残業かもしれないぞ」

「遅くても、帰ってきてから食べてよ。わたし待ってるから」

「……そうか」

　迫田はうなずいた。

「まあ、様子見て連絡するよ」

「やった」

　杏奈が笑顔でガッツポーズをつくる。

「やっぱり、食べてくれる人がいないと、つくり甲斐(がい)がないからね、うん」

　迫田は遠い眼でうなずきながら、いつまでこんな時間が続くのか、と思っていた。

　杏奈の好意があからさまなだけに、胸が痛んでしかたがない。

　ふたりで食事をする時間は、いまの迫田にとって唯一の救いであり、掛け値なしに楽しかった。杏奈が料理の腕をあげていくのを見守ることは喜びだし、出来映えを恥ずかしがっている姿を見るのも心が和む。

けれども、心から楽しむことができないのも、また事実だった。いつだって、杏奈の顔には、美奈子の顔が二重写しになっている。この小さな幸せの裏側には、美奈子の怒りや哀しみが貼りついている。

やはり、自分はこの家から出ていくべきなのだろう。

そういう思いだけが、日増しに強くなっていった。美奈子という存在がある限り、杏奈とふたりで楽しい時間を過ごしてはいけないのだ。思い出だって、これ以上つくらないほうがいい。つくればつくるほど、別れがつらくなる。

親として箸の持ち方くらいは教えてやりたかったけれど、そんな時間さえ残されていないようだった。果穂のときの轍を踏んではいけない。離婚するしかないとわかっていながら、いたずらに決断を延ばしたばかりに、お互い傷だらけになってしまったあのときの……。

2

その日、美奈子が帰ってきたのは、深夜二時を過ぎてからだった。ずいぶん賑やかなご帰還だった。

「おーいっ、開けろーっ！　開けろーっ！」

酒でかすれたわめき声と、ドンドン、ドンドン、と玄関扉を叩く音で、リビングのソファで寝ていた迫田は眼を覚ました。

「開けろって言ってんだろ、こらあっ！　聞こえねえかあっ！」

迫田は朦朧としたまま体を起こし、玄関に向かった。鍵なら美奈子だって持っているはずだった。どこかに落としてしまったか、バッグから取りだせないほど泥酔しているのか、いずれにしろこんな騒ぎを起こしたのは初めてだ。

玄関の灯りをつけ、扉を開けた。

美奈子はひとりではなかった。若い男に肩を担がれていた。茶髪をツンツンに逆立て、細身のダークスーツに身を包んだ、一見してホストの類いとわかるような男だった。

「送ってくれて、ありがとねっ！」

美奈子は上機嫌で若い男にキスをした。たっぷり十秒以上舌をからめあってから、覚束ない足取りで家に入っていった。

啞然としている迫田に、若い男は冷めた視線を投げてきた。

「タクシー代」

悪びれることなく、右手を差しだしてくる。迫田は顔を歪めて睨みつけた。ぶん殴ってやりたかったが、耐えるしかない。美奈子は不良少女に反抗期返りしているのだ。そう思って耐えるのだ。いったんリビングに戻り、財布を手に戻った。一万円札を渡すと、

「新宿からっすよ」

それじゃあ足りないとばかりに、男は冷たく笑った。迫田はしかたなくもう一枚、一万円札を差しだした。

「毎度ありー」

おどけた態度で踵を返そうとする男を、迫田は引きとめた。

「待てよ。タクシー代もないのに、飲み代はどうしたんだ？」

「掛けですよ。売り掛け」

つまりツケだ。

「どれくらい溜まってるんだ？」

「えっ？　それ聞いちゃいます？」

「言えよ」

「ざっくり三百万ってとこですかね」

一瞬、絶句した。

「月末までには五百いくかもしれませんけどね」

「彼女に支払い能力があると思うのか？」

「あんたがいるじゃないですか」

男は笑いながら、眼だけを邪悪に輝かせた。嫁のホスト通いをやめさせられないのは、夫のあんたにも後ろめたいことがあるんじゃないかい？　と言わんばかりだった。

「まあ、あんたが払えなければ、娘さんがいるしね。写真見せてもらったけど、かなーり別嬪さんですよね。取りっぱぐれがない、と俺は踏みました。俺の名前は高見沢麗司。歌舞伎町の〈グロリア〉って店で、いずれナンバーワンになる男です。以後お見知りおきを」

迫田が睨みつけると、高見沢は「おおこわ」と肩をすくめて去っていった。怖がっているようには、まったく見えなかった。売り掛け金を回収するためならなんでもやると、細身のスーツに包まれた背中から気迫が伝わってきた。

迫田は呆然と立ちつくしていた。

ただの夜遊びならともかく、ホストクラブはまずい。料金の桁が違う。なんとか説得して、やめさせなければならない。

玄関に鍵をかけ、リビングに戻ると、蛍光灯がつけられていた。美奈子が冷蔵庫の前で水を飲み、そのすぐ側に杏奈が立っている。仁王立ちで肩を震わせ、見たこともないほど険しい表情で母親を睨んでいる。

「いいかげんにしてよ、ママッ！」

驚いたことに、甲高い怒声をあげた。

「毎晩毎晩、お酒ばっかり飲んできて……それにいまのホストでしょ？　ホストとイチャイチャしてたでしょ？　二階の窓から見たんだから」

「なにが悪いんだよ、ホストとイチャイチャして」

美奈子は薄ら笑いを浮かべながら、水の入ったグラスを手に、「どっこいしょ」とソファに座った。

「わたしはね、あんたを育てるために、ずーっと男の顔色うかがう仕事で稼いできたんだ。お尻を撫でられながら、水割りつくったりね。チップのために、狒々爺とベロチューしたりね。いつか逆の立場で楽しんでやろうって思ってたけど、ようやく夢が叶ったよ」

「ママって昔っからそればっかり」

杏奈が吐き捨てるように言う。

「なにかっていうと、あんたを育てるため、あんたを育てるため……そんなに育てるのが嫌なら、わたしのことなんか産まなきゃよかったじゃないのよっ！」

「できることならそうしたかったけどね。まあ、産んでおいてよかったよ。遺産の話があるまでは、そんなこと一度も思ったことなかったけどさ」

「最低……」

「なにが最低なんだ。最低なのはあんただろ。昔っからオシモのゆるい子だったけど、母親の男とまで寝やがって。こんなヨゴレ見たことないよ」

「自分だって売春婦じゃないよっ！」

杏奈は総身の毛を逆立てた猫のような形相で叫んだ。しかし、それはあきらかに行きすぎた言葉だった。

「もうやめとけ……」

迫田が杏奈の肩を抱くと、

「あーら、お仲がよろしいのねえ」

美奈子が下卑た笑いもらした。

「ねえ、杏奈。売春婦のなにが悪いんだい？　職業に貴賤はないって学校で教わらなかったかい？」

「そうね。ママはお金貰ってエッチしてる女だったもんね。オシモのゆるい女の子供だから、オシモがゆるくてもしようがないんじゃんよっ！」

「もうやめろっ……」

迫田は杏奈を後ろから抱きかかえた。そうしていなければ、美奈子につかみかかっていきそうだったからだ。二階に連れていこうとしたが、

「誰に向かって口きいてんだいっ！」

美奈子が杏奈の顔にグラスの水をかけた。

「わたしが体売って金稼がなけりゃ、あんたを育てられなかったんだよ。育てなきゃよかったよ、そんなこと言われるくらいなら。川にでも流して捨てちまえばよかった」

水をかけられた杏奈は、ふうふう言いながら眼を剝いている。

「あんたはねえ、全然わかってないよ。自分がどれだけわたしの人生をめちゃくちゃにしたか全然わかってない。こっちだってねえ、最初は真面目に子育てしようとしてたんだよ。母子家庭だって馬鹿にされないように、きちんと育てあげなきゃって気合い入れ

てたんだ。それが……忘れもしないよ、小学校の最初の授業参観。あんたは授業中だってのに勝手にうろうろ歩きだして、男の子の前で腰振ったんだ。スカートめくれと言わんばかりにね。男の子がびっくりして逃げだして、わたしは顔から火が出そうになったよ。普通逆だろ。男の子にスカートめくりされそうになって、逃げまわるのが女の子だろ」

「……忘れたわよ、そんな昔の話」

杏奈が唇を噛(か)みしめる。

「あんたが忘れたって、こっちが忘れられないんだよ。単なる馬鹿ならまだ救いがあるのに、ことあるごとにエロいトラブル起こしやがって。大好きな修さんに教えてやりなよ。あんたが万引きやめられなかった理由。お仕置きにスカートめくられて、お尻ペンペンされたかったからなんだもんね」

「……うるさい」

「ホントはパンツの中までいじられてたんじゃないかい？　あの文房具屋のオヤジ、見るからにスケベそうなロリコン面してたから」

「うるさいっ！」

杏奈は悲鳴にも似た声をあげると、迫田の腕を振りほどいて美奈子につかみかかっていった。美奈子が応戦する。美奈子のほうが小柄だが、力は強かった。杏奈の金髪を鷲(わし)づかみにし、容赦なく拳で頭を殴る。ゴンと鈍い音がたち、杏奈が泣きわめく。

迫田が割って入って引き離しても、ふたりの興奮はなかなか治まらなかった。敵わないとわかっているのに、杏奈は突っかかっていく。美奈子が倍の力で突き飛ばす。のけぞり、あお向けに倒れた杏奈に馬乗りになる。ビリビリッと杏奈の服が破ける音がする。顔面に平手を飛ばす。何発も飛ばす。

「嫌いっ！　ママなんか大っ嫌いっ！」

杏奈が鼻血を流しながら絶叫する。平手を飛ばされても怯まずに、下から美奈子を睨みつける。野良猫の眼で叫ぶ。

「産まなきゃよかったのよっ！　わたしのことなんか産まなきゃっ！」

「ああっ、そうだねっ！　その通りだよっ！」

美奈子が平手を飛ばす。杏奈の鼻血が飛び散って床を汚す。

「あんたさえいなければっ……あんたさえっ……」

「もういいっ！　もういいからっ！」

迫田は美奈子を後ろから押さえた。羽交い締めにすると、杏奈が下から美奈子の頰に平手を飛ばした。バチーンと鈍い音がし、

「なにすんだ、親に向かって……」

美奈子が火がついたように暴れだした。迫田の顔に肘を飛ばし、自由になった両手で鼻血まみれになった杏奈の顔を鷲づかみにする。

地獄だった。

血の繋がった母と娘が、なぜ口汚く罵りあい、殴りあわなければならないのか。自分たちが嵌まりこんでしまった闇は、いったいどこまで深いのか。

「もうやめてくれっ！　やめろっ！　頼むから っ……」

美奈子を杏奈から引きはがし、必死になってふたりをなだめながら、迫田は途方に暮れていた。

3

翌日。

迫田はその日のうちに家を出ることにした。

仕事もやめる。

馬淵には申し訳ないが、もう限界だった。

昨夜の乱闘騒ぎで決心がついた。迫田さえいなければ、美奈子も杏奈もあそこまで興奮しなかったはずだ。歪な三角関係が、ふたりをどこまでも感情的にしてしまうのだ。

もちろん、迫田がいなくなったからといって、急に仲良くなることもないだろう。しかし、少なくとも諍いの馬鹿馬鹿しさには気づくはずだ。それに、ふたりは血の繋がった母娘だった。絶対的な関係があるのだから、時間が経てば許しあえる部分も出てくるかもしれない。

迫田はただ消えてしまえばいい。

朝、玄関を出ると、思わず振り返ってしまった。二度と戻らないつもりだった。口の中に、杏奈がつくってくれた味噌汁の味が残っていた。今朝の味噌汁もやはり塩辛かったが、最高に旨かった。料理としては出来損ないでも、あの味噌汁には価値がある。杏奈が自分の力で獲得したものが含まれている。

この古ぼけた家だって、迫田にとっては価値のあるものだった。短い間だったけれど、この家の中に自分の力で獲得した幸せがあった。壊してしまったのもまた、自分自身だった。いくら後悔してもし足りないが、未練を断ち切って、姿を消すしかない。

「なんだって？　やめるう？」

話を切りだすと、馬淵は泣き笑いのような顔で言った。

「おいおいおい、いくらなんでも今日でやめますはねえだろうよ。スケジュールはパンパン、従業員はおまえさんひとり。こんな状況で、よくやめるなんて言いだせるなあ」

「本当にすみません」

迫田は平謝りに頭をさげつづけた。

「でも、遺産の関係で、ちょっとまとまった時間がいるんです。なにしろ額がでかいから、各方面と調整が必要で。弁護士とか税理士とか……ただ、投資の話は、女房がなんとか認めてくれそうです」

「……なんだって」

馬淵の顔色が変わった。

「三千万、なんとかしてくれるのか？　それとも五千万か？」

「ええ、たぶん五千万で大丈夫です」

もちろん嘘だった。しかし、そうとでも言わなければ、やめさせてもらえないだろう。やめるだけなら辞表を郵送すればいいが、残った給料を精算してもらわなければ、旅立つことができない。

「そうか……五千万……なんとかなりそうなのか……」

案の定、馬淵はホクホク顔で給料を渡してくれた。締め日を過ぎていたので、丸々ひと月分あった。これで北海道でも沖縄でも、どこにでも好きなところに行くことができる。

電車を乗り継ぎ、東京駅に出た。

北海道や沖縄に向かうなら羽田空港だろうが、なんとなく新幹線に乗りたくなった。目的地を決めないまま、とりあえず新大阪までのチケットを買い求めた。自分でも意外なほど、心が軽かった。やはり、尋常ではないストレスを抱えこんでいたらしい。解放感を覚えている自分に失望しつつも、いまはただ、ほんの少しでいいからすべてを忘れて休みたかった。

駅の構内にある弁当屋に入り、缶ビールと駅弁を買った。いろいろあって目移りしたが、人気が高いらしい米沢牛を使った牛丼弁当にした。考えてみれば、旅に出るのはずいぶん久しぶりだった。バンドでメジャーデビューした直後は、キャンペーンでそれこそ全国を駆けまわっていた。レコード会社から見放されたあとも、バンドが活動を続けている間は、なんだかんだと地方のライブハウスによく出かけていったような気がする。とはいえ、果穂と結婚してからはどこにも行っていないから、新幹線に乗るのも十年ぶりだ。

発車時刻まではまだ時間があった。

新幹線のホームでぼんやりベンチに座っていると、携帯電話が鳴った。

弁護士の野田からだった。

出る必要はなかった。美奈子は遺産の話になると異常なハイテンションになるし、杏奈はほとんど口をきかなくなるので、野田は用事があるとき、まず迫田に連絡してくる。しかしもう、迫田には関わりのない話だった。野田は美奈子や杏奈の携帯番号も知っているので、そちらに電話してもらえばいい。

ただ、気にはなった。

留守番電話にメッセージが残っていたので再生してみた。

「あー、迫田さんですか？　お仕事中、大変申し訳ございません、弁護士の野田です。ちょっといま……奥様が手塚氏の所属事務所に押しかけているみたいで、先方から連絡が入りました。私もこれから向かいますが、できましたら迫田さんもいらしていただけないでしょうか？　なんと申しますか、奥様、ずいぶん興奮していらっしゃるようでして……どうなるか私にもわからないものですから……メールで事務所の住所をお送りしておきます……」

迫田は深い溜息をついた。

美奈子が手塚の所属事務所に押しかけたとすれば、理由はひとつしかない。四の五の言ってないで遺言通りに早く金をよこせ、と言いにいったのだ。

事態は膠着状態気味で、文句を言いたくなる気持ちもわからないではなかった。しかし、物事には順序があり、大人の世界には手続きが必要なのだ。弁護士にも相談せず、いきなり事務所に乗りこむような真似をしても、話がややこしくなるだけなのが、どうしてわからないのだろう。

「ハッ。俺にはもう……関係ないことさ……」

独りごちて、携帯電話をポケットにしまった。新幹線に乗車するまで我慢しようと思っていた缶ビールを、弁当の袋から出した。プルタブを引きあげようとしたところで、メールの着信音が鳴った。野田からだった。見てみると、件の事務所の所在地は有楽町だった。東京駅の隣の駅である。

「……ふうっ」

もう一度、深い溜息が口からあふれる。魂までも抜けていきそうになる。

行く必要はなかった。行ってはならないと思った。

しかし、プルタブを引きあげようとする指に力が入らない。美奈子の様子が気になってしかたがない。

きっと、鬼の形相で事務所の人間につめ寄っているのだろう。迫田の貯金を使い果たし、おそらく自分の持ち金も使い果たして、ツケで飲み歩いている美奈子だった。一分一秒でも早く、手塚の遺産が欲しいのだ。欲に眼がくらんだ金の亡者のような態度で、罵詈雑言(ばりぞうごん)をわめきたてているに違いない。

情けなかった。

やりきれないほどの哀しさがこみあげてきた。

もはや書類上だけのこととはいえ、美奈子は正式に籍の入った妻なのだ。

迫田は缶ビールを弁当の袋に戻し、ベンチから立ちあがった。

4

目当ての会社は、駅から徒歩五分ほどのオフィスビルの七階にあった。

意外と慎ましいところだった。手塚光敏のような売れっ子を抱えているのだから、てっきり巨大な自社ビルでも構えているのだろうと思っていた。

意外なことはもうひとつあった。

受付にいた女性に会議室に通されると、美奈子は涼しい顔で座っていた。楕円(だえん)形のテーブルを挟んで彼女と相対しているのは、白髪の老紳士と四十前後の銀縁メガネをかけた男だった。この事務所の社長と経理の責任者だと、女性が紹介してくれた。

迫田が名乗って頭をさげ、美奈子の隣の席に腰をおろしても、ふたりとも憮然とした表情を崩さなかった。弁護士が来るまで、ひと言も口をきかないと決めているような態度だった。

美奈子は迫田を一瞥し、鼻で笑った。迫田は寒気を覚えた。美奈子はこの状況を楽しんでいる、と思ったからだった。相対しているふたりの男を困らせて、悦に入っている。

迫田に数分遅れて野田が到着すると、白髪の老紳士は疲れ果てた表情で、溜息まじりに言葉を継いだ。

「とにかく、今後はこういうことは慎んでください。直接交渉すると話がこじれるから、うちだって弁護士を立てているわけですよ。うちにはうちの言い分があるし、迫田さんには迫田さんの言い分があるでしょう。それを法律的にきちんとしましょうって話なんですからね」

「法律もへったくれもないんだよ」

美奈子は耳障りなほど乾いた声で言った。

「あんた方はミュージシャンとしての手塚を育てたかもしんねえけど、こっちは手塚の子供を育てたんだ。さっきからそう言ってるだろ。わたしはねえ、妊婦のときにあの男に捨てられたんだよ。慰謝料どころか、養育費だってビタ一文貰ってないんだよ。そんなことやってるから、手塚はバチがあたって死んだんだろうよ。ざまあみろって話だけど、遺言には感心したよ。あの男にも人間らしい心がちょっとはあったわけだよ。いいかい？　手塚の意向を踏みにじると、あんたらにもバチがあたるぞ。天罰覿面！」

「まああ……」

野田が額の汗をハンカチで拭いながらなだめる。

「そのあたりの事情は、私が充分に承知しておりますから。社長さんだけじゃなくて、レコード会社やご親族とも、話しあいの途中ですから。どうかいましばらくお待ちください。とにかく、今日のところは帰りましょう」

「ふんっ。あんたの仕事がトロいから、こういうことになるんだろうが。もっとチャッチャと進めてもらわないと困るんだよ」

迫田と野田が腰をあげているのに、美奈子はなかなか立ちあがろうとしなかった。

「なんだったら、洗いざらいマスコミにぶちまけたっていいんだよ」

場の空気が一瞬にして凍りついた。

「わたしだってねえ、できればそんなこたぁしたくないよ。いくら手塚が妊婦を捨てる糞野郎でも、死んだ墓にまで糞ぶっかけるような真似はしたくない。でもさ、あんたらがあんまりガタガタ言うようなら、世間にでも訴えなきゃしようがねえよな。泥仕合覚悟で、手塚の偶像を地に堕としてやろうか。孕ませた女をやり捨てて二十年……罪悪感に耐えかねて娘に遺産を残すと遺書に書いたのに、所属事務所やレコード会社が欲に駆られて大反対。世の奥さん連中は、どんな反応するだろうね？」

青ざめている社長に向けて、ニヤリと不敵な笑みをこぼす。

「わかりました……おっしゃることはよーくわかりましたから、とにかく今日のところはこのへんで……」

野田にうながされ、美奈子は渋々会議室を出ていった。迫田も事務所の社長や社員に一礼して、後に続く。エレベーターの中の空気は最悪だった。美奈子は勝ち誇った笑みを野田に浴びせ、野田はおまえの監督不行き届きだと言わんばかりに迫田を睨んでくる。いっそこのまま奈落の底にでも落ちていけばいいと思った。

「どうも、大変ご迷惑おかけしました」

ビルの外に出ると、迫田は野田に頭をさげた。

「とにかく、二度とこういうことはないようにしてください。私どもも、精いっぱいやっておりますので」

野田は露骨に迷惑そうな顔で言い、足早にその場を立ち去っていった。

「ったく、無能な弁護士だよ……」

美奈子が野田の背中に向けて吐き捨て、迫田は深い溜息をついた。

残されたふたりの間に、白けた空気が流れていく。外でふたりきりになったのは、実に久しぶりのことだった。いつか浅草に行き、隅田川の川下りに行った日以来ではないだろうか。

そこまで記憶を辿(たど)って、迫田の胸はつまった。彼女とデートらしいデートを初めてしたあの日に、杏奈と裸でいるところを見つかったのだ。美奈子との関係は音をたてて崩れ、同じ日に手塚光敏もあの世へと旅立った。あの日から、自分たち家族の乗った船は、難破したまま黒い闇の中をさまようばかりだ。

「少し、話ができないか？」

　迫田は声を絞って切りだした。

「せっかく銀座にいるんだ、飯でも食いながら……俺なんかと飯を食いたくないだろうけど、少しだけ……」

　迫田の思いつめた表情に、美奈子もなにかを察したのだろう。言下に拒否することなく、黙って逡巡している。

　迫田は別れを告げるつもりだった。世話になった礼を言い、みずからのあやまちをもう一度謝る。だが今度は、やり直そうなどとは言わない。それはもう不可能だと、骨身にしみている。深く頭をさげて謝って、これから東京を離れることを正直に伝える。

　そして、もう少し穏やかな美奈子に戻ってくれ、とお願いするのだ。杏奈にやさしくしてやってくれと、誠心誠意訴える。杏奈はまだ子供で、罪を背負える大人じゃない。悪いのはすべて自分なのだと……。

「なあ、いいだろ？　飯が嫌ならお茶だけでも……」

　ハッ、と美奈子は苦笑した。

「ま、いいけどね。どうせ夜まで暇だし。蕎麦屋でも寿司屋でも、酒が飲めるところならどこでも付き合うよ」

口調はひどく偽悪的なのに、美奈子の顔には愁いが浮かんでいた。いくら濃い化粧をしていても、感情が透けて見えた。別れを察しているのだ。それが逃れられない運命だと、彼女もわかっている。

こみあげてくるものがあった。あんたのことなんか愛していなかったと、美奈子は言った。家族ごっこがしたかっただけだと。

自分もそうだったのかもしれない、と迫田は思った。しかし、その結論はあまりにもせつなく、虚しい。美奈子と愛しあっているという実感だって、たしかにあったのだ。仮初めで、不確かな愛だったかもしれないけれど、迫田のあやまちさえなければ、本物の愛になったかもしれないのである。

美奈子を見た。視線が合い、歩きだそうとしたときだった。

「修さんっ！」

背中から声をかけられ、迫田は振り返った。

杏奈が駅の方から走ってきた。

「大丈夫なの？　弁護士の先生から、焦った声で電話かかってきたけど……」

息をはずませながら、迫田と美奈子を交互に見る。

「いや、まあ、もう大丈夫だ……」

迫田は苦りきった顔で答えた。タイミングが悪すぎる。杏奈を見た瞬間、美奈子の顔から愁いが消えた。謝罪することも願いを伝えることも、ひとつの関係にきちんとピリオドを打つことも、できなくなってしまった気がした。

「ふんっ、焦ってんのはあんただろ？」

美奈子が杏奈に向かって悪態をつく。

「わたしが大騒ぎして、遺産話がパーになるのがそんなに心配だったのかい？」

「そんなこと……」

杏奈は唖然としたように眼を見開く。

「まあいいよ、財布出しな。ほら、あんたも」

美奈子は、迫田と杏奈に財布を出させ、中から札を全部抜いた。杏奈からは三千円、迫田からは一万二千円。馬淵から受けとった給料袋は、財布とは別のポケットに入れておいたので助かった。

「パチンコの軍資金ね。これからひと勝負してくるから、勝ったら倍にして返してやるよ。負けたら手塚の遺産で三倍返し。アハハ、だったら負けたほうがいいか……」

嫌な笑い声を残して、美奈子はひとり、その場から立ち去っていった。

迫田は呆然とするしかなかった。

この足で東京を離れれば、これが美奈子との今生の別れになる。後味の悪い別れになってしまう。これも自業自得だろうか。彼女を裏切った因果応報なのか。

「ねえ、修さん、大丈夫？」

立ちすくんだまま動かない迫田の顔を、杏奈が心配そうにのぞきこんできた。

「えっ？　ああ……仕事はどうしたんだい？」

「抜けてきた。だって本当に、弁護士の先生、焦ってたんだもん。ママがすごい剣幕だって……」

「……そうか」

迫田はうなずいて歩きだした。杏奈もついてくる。どこにも行くあてはなかった。杏奈を誘って食事をする気にはなれなかった。もちろん、別れを伝えることもできない。彼女になにを言ったところで、別れを受け入れてもらえるとは思えなかった。ならば、黙って姿を消してしまったほうがいい。杏奈に泣かれると、こちらもつらいものがある。

駅まで行って別れようと思ったが、なんとなく美奈子が去っていったのと反対方向に向かって歩きだしたので、日比谷通りに出てしまった。道路の向こうは日比谷公園、有楽町駅は後方である。

「ねえ、修さん、どこ行くの？」

杏奈が声をかけてくる。

「あっ、いや……道を間違えたな……」

迫田は苦笑して踵を返そうとしたが、

「そうじゃなくて、それなに？」

杏奈が指さしたのは、迫田が持っていた白いビニール袋だった。東京駅の構内で買った、缶ビールと牛丼弁当が入っている。

「えっ？　これは……その……」

しどろもどろになってしまった。弁当を持っていたことなど忘れていたし、咎めるような杏奈の視線に動揺してしまったのだ。その反応に、杏奈はますます表情を険しくし、

「見せて」

袋を奪って中をのぞきこんだ。牛丼弁当の包装紙には、ご丁寧にも「駅弁」と印刷されていた。

「駅弁って……」

杏奈の声は完全に怒っていた。

「電車の中で食べるものよね？」

迫田は言葉を返せなかった。

「東京駅で新幹線にでも乗ろうとしたの？」

「ば、馬鹿言え……」

「だいたいおかしいと思ったの。修さんだって仕事中のはずなのに、わたしより先に来てるなんて……」

迫田は苦笑して誤魔化そうとするのが精いっぱいだった。杏奈が頬をふくらませて睨んでくる。たまたま東京駅にいたとか、デパートの駅弁フェアで買ったのだと、言い訳が脳裏を駆け巡っていたが、口にはできなかった。なにを言っても説得力がなさそうだ

った。

「ちょっと来て」

杏奈は迫田の手をつかむと、目の前の道路を渡りはじめた。

5

日比谷公園の木陰のベンチに並んで腰をおろした。

盛夏だった。まともに陽があたるところでは、さすがに座っていられない。まだ昼休みには少し早いようで、人影はまばらだった。蟬だけがやけに賑やかに鳴いていた。都心にあるとは思えないだだっ広い噴水広場はガランとして、蜃気楼でも見えそうだった。

杏奈は完全に怒っていた。頰をふくらませ、口をへの字に曲げている。

こうなったらすべてを正直に話すしかない、と迫田は覚悟を決めた。杏奈のリアクションは想像がつくし、つらい別れになりそうだが、それもまた自業自得、因果応報なのだろう。甘んじて受けとめるしかない。

ところが、先に口を開いたのは杏奈だった。

「修さん、わたしね……」

すっと背筋を伸ばして言った。

「手塚光敏の遺産なんかいらない。全部ママにあげようと思う」

「……なんだって？」

　迫田は耳を疑った。

「そりゃあ、お金は欲しいわよ。これからどうやって生きていくんだろうって思うとすごく不安になるし。お金さえあれば仕事だってしなくていいだろうし。でも、それよりもずっと……怖いって感覚のほうが大きい……何十億円なんて、怖くて怖くて、もう考えるのも嫌」

「いや、しかし……」

　迫田の心臓は早鐘を打っていた。落ち着かなければならなかった。杏奈は落ち着いている。考え抜いた末に出した結論を、自信をもって口にしているように見える。

「おまえが手塚の娘っていうのは事実なんだし、手塚が親としての責任を放棄したのも事実じゃないか。だから、遺産を受けとる正当な権利はあると思うよ。もちろん、ママにだってあるだろうけど……」

「いらない」

　杏奈の態度は揺るぎなかった。

「ってゆーか、ママにお金全部あげるから、そのかわりに修さんをちょうだいって言う。それで……それで、ママを傷つけたことが帳消しになるとは思わないけど……でも言う。わたしには……わたしにはどうしても修さんが必要なんだってお願いする」

　迫田は返す言葉を失った。どういう顔をしていいかさえわからなかった。遺産はいらないときっぱりと言いきった杏奈の横顔は、気圧されそうなほど凜々しかった。迫田は思いだしていた。初めて彼女と会ったとき、ふわふわした綿菓子のようだと思ったことを。顔立ちは整っているのに存在感が希薄で、頼りなく儚げな印象ばかりが伝わってきた。

まるで別人だった。顔立ちそのものは変わっていないし、服だって似たようなピンクと白のワンピースなのに、雰囲気がまるで違う。ひと皮も、ふた皮も剝けた気がする。こちらが気づかないうちに、いつの間にか大人の女になってしまったらしい。

「修さん、わたしね……ホントは……ホントはけっこう前から、修さんのこと好きだったんだよ……一生懸命、親身になって話をしてくれるし、そういう男の人は他にもいっぱいいたけど、修さん以外は全員体目当てだったし……ぶたれたとき、わたし泣いちゃったじゃない？　でもあれ、途中から嬉しくて泣いてたんだから……この人、わたしのこと嫌いでぶったんじゃないって、わかったから……体目当てじゃないのに愛してくれてるって……そう思ったら、わたしも修さんのことが好きで好きで大好きなんだって感極まっちゃって、ママには悪いけど一回だけエッチしてもらいたくなっちゃって……」

「もういいから」

迫田は杏奈の震える肩を抱いた。杏奈が泣きだしてしまいそうだったので制したつもりだったが、

「ねえ、修さん、いいでしょ？」

杏奈は話すのをやめなかった。

「修さんもわたしと一緒でしょ？　お金なんかいらないんでしょ？　だからひとりでどっかに行こうとしたんでしょ？　だったら……だったら、わたしも一緒に連れてってください」

すがるような眼で訴えてくる杏奈を、ファザコンだと決めつけるのは簡単なことだった。父親を知らずに育った彼女が、義理とはいえ父親になろうと奮闘努力する迫田の振る舞いに心を動かされたという図式は、わかりやすいと言えばわかりやすい。

しかし、その気持ちを受けとめるのは、簡単なことでも、わかりやすいことでもなかった。受けとめる覚悟があるのか、迫田は自問自答した。答えは出なかった。理屈ではない部分で、気持ちを揺さぶられていた。

迫田は何度も言おうとしていた。美奈子と杏奈に言いたかった。遺産なんて放棄してしまえと。そんなものなどなくたって、俺が幸せにしてやると。さすがに言いだせなかった。迫田ひとりが与えられる幸せより、何十億の金がもたらしてくれる幸せのほうが遥(はる)かに大きいというのが、世間の常識だからだ。十人いれば十人が、百人いれば百人が、何十億のほうをとるだろう。

「……本当にいいのか？」

迫田は感動していた。杏奈の変化に、恋に一途(いちず)な潔さに、感動せずにはいられなかった。感動とは恐ろしいものだと思った。いままで積みあげてきた理屈が一瞬にして崩れ去り、胸に溜めこんでいたものがあふれだしていく。

「一緒に、来てくれるのか？　遺産を放棄して……」

迫田の声は、恥ずかしいほど上ずっていた。疑問形で訊ねていながら、歓喜を隠しきれなかった。

「いい。どうせわたしのお金じゃないもん」

杏奈の声は、もう震えていなかった。

「よく考えるんだ」

「もう考えた。こんなに考えたの、生まれて初めてってくらい」

視線と視線がぶつかりあった。

「じゃあ……じゃあ一緒に行こう。行く先も決めてないけど……どこだっていいんだ。一からやり直すつもりだったんだ。それでもいいか？」

杏奈がうなずく。肩にかかった金髪を跳ねさせて何度も何度もうなずきながら、大粒の涙で頬を濡らす。

迫田は杏奈を抱きしめた。正午を過ぎたらしく、あたりはサラリーマンやＯＬで賑わいだしていた。関係なかった。抱擁を強め、耳元で熱くささやいた。

「これからは、ずっと一緒だ」

「……嬉しい」

「ただ、ママにはきちんと話をしよう。黙っていなくなるのはやめだ。話をして納得してもらって、それから……」

腕の中で、杏奈がうなずく。何度もうなずく。背中が汗ばんで熱い。燃えるようななにかが手のひらに伝わってくる。

ほんの少しだけ、未来に光明が見えた。

ほんの少しでも、黒々とした闇の中にいた迫田には、ひどくまぶしかった。

おそらく美奈子は納得してくれるだろう。

彼女にはもう、自分とやり直す気があるとは思えない。先ほど、杏奈が現れる前、久しぶりにふたりきりになった。たったの二、三分のことだったが、気持ちが共振したと思ったのは錯覚ではないはずだった。

迫田が別れを切りだすことがわかっていて、美奈子は食事に付き合ってくれようとした。別れを受け入れようとしたのである。おまけに遺産は独り占めだ。美奈子がこちらの申し出を断る理由は、どこにもないはずだった。

6

ＪＲと私鉄を乗り継いで自宅に帰った。

家の玄関が、迫田にはやけによそよそしく感じられた。今朝方、二度と帰らないと思った場所だからではない。今度こそ本当にいなくなるからだ。迫田がひとり姿を消すのではなく、杏奈と一緒に出ていく。逃げだすのではなく、新たな人生のページがめくられる。美奈子と三人で暮らしていた思い出は、それで完全に過去のものとなる。

玄関扉を閉めるなり、靴も脱がずに唇を重ねた。帰りの車中で、ふたりはほとんど口をきかなかった。黙って手を繋いでいた。だが、まるでそうすることを約束していたように、扉が締まった瞬間、抱きしめあってキスをした。

欲情していたわけではない。

少なくとも迫田は、性的な興奮に駆られてそうしたわけではなかった。ただ、杏奈を抱きしめずにはいられなかった。唇を重ね、舌をからめあわせずにはいられなかった。幾万の言葉を交わすより、そうしたほうが心を近づけることができると思った。舌を吸いあいながら、体をまさぐった。杏奈のワンピースは生地が薄く、服の上からでも尻の丸みが生々しく伝わってきた。腰も背中も首筋も、どこもかしこも触らずにはいられなかった。ブラジャーのカップがひしゃげるくらい、服の上から乳房を揉みくちゃにした。

迫田は痛いくらいに勃起していた。欲情ゆえのキスではなく、セックスのための抱擁でなくとも、始めてしまえば興奮する。杏奈が相手なら奮い立つ。彼女が若くてピチピチした体をしているからではない。どこまでも淫蕩なセックスの天才だからでもない。

愛しているからだ。

迫田はいままで必死になって、自分の気持ちと向きあわないようにしてきた。向きあえば、誰もが傷だらけになるに決まっているからだ。わかっていたから、ひとりで逃げようとした。しかし、運命が逃亡を妨げた。杏奈は何十億の遺産を放棄すると言った。そんなド阿呆（あほう）がこの世にいるとは思わなかった。

衝撃を受けた。度肝を抜かれた。身震いするほど感動してしまった。

迫田は金でどうにかできる幸せより、自分の力で獲得する幸せにこだわりたかった。誰かに与えられた幸せなど意味がないと思った。杏奈の潔さがまぶしかった。ド阿呆な彼女を愛さずにはいられなかった。

乳房を揉みしだく激しさに、杏奈がキスを続けていられなくなった。蕩（とろ）けた眼つきで小刻みに首を振り、もう立っていられないと訴えてきた。

迫田も我慢できなくなった。乱暴に靴を脱いで、もつれあいながら階段をあがっていった。布団を敷くのももどかしく、畳の上に倒れこんだ。

杏奈が欲しかった。杏奈のすべてが欲しかった。身の底から煮えたぎるような欲望がこみあげてくる。

お互いに服を奪いあうようにして、裸になった。部屋には陽射（ひざ）しが差しこみ、エアコンはつけられていなかった。サウナの中にいるような蒸し暑さに、ふたりともすぐに汗みどろになった。素肌と素肌が、ヌルヌルとすべった。

部屋が明るいのに、杏奈は恥ずかしがらなかった。その眼にはもう、迫田のことしか映っていないようだった。迫田の首に両手をまわし、自分からキスを求めてきた。迫田は口づけをしながら汗まみれの乳房を揉みしだいた。硬く尖った乳首を指の間で押しつぶした。右手を両脚の間に忍びこませると、杏奈は金髪を振り乱して激しくあえいだ。

迫田の指に、蜜が粘った。いやらしいくらいに、ねっとりとからみついてくる。花びらをめくって奥に入っていけば、肉ひだは妖しいほどに熱を帯び、女体の発情を伝えてきた。

杏奈があえぎながら男根を握りしめてくる。手つきも淫らにしごきたて、これが欲しいと訴えてくる。だが結合にはまだ早い。迫田は杏奈の脚をつかみ、匂いたつ花園に唇を押しつけていく。あふれた蜜を啜りたて、包皮から顔を出しているクリトリスを舌先で転がす。

杏奈は男根から手を離していない。クリトリスを舐められる刺激に身悶えながら、迫田の股間に顔を近づけてくる。汗まみれの体が交錯し、横向きのシックスナインの体勢になっていく。

まるで餓鬼道に堕ちてしまったようだった。そこに命の水でもあるように、お互いの性器をむさぼりあった。どこまでも荒々しく相手を求め、男根は鋼鉄のように硬くなっていった。花園は涸れることを知らない泉のように、あとからあとからこんこんと蜜をあふれさせる。

杏奈の股間は陽射しに照らされ、なにもかもが迫田の眼にさらされていた。割れ目のたたずまいが鮮烈だった。アーモンドピンクの花びらが蝶々のような形にひろがり、その奥までよく見える。薄桃色の肉ひだが薔薇の蕾のように幾重にも重なって、呼吸をするようにひくひくとうごめいている。

まるで、杏奈とは別の生き物がそこに生息しているようだった。可愛い顔にそぐわない、呆れるほど卑猥な生き物が……。

しかし、股ぐらに別の生き物を飼っているのは、彼女ひとりではなかった。迫田にも大蛇のごとき男根があった。隆々とそそり勃って、杏奈の唇にぴったりと包みこまれている。なめらかな舌で舐めまわされ、唾液にまみれていく。

視線が合った。

迫田はシックスナインの体勢をとき、杏奈の両脚の間に腰を割りこませていった。勃起しきった男根は、杏奈の唾液に濡れているだけではなく、涎じみた先走り液を大量に噴きこぼしていた。

軋みをあげて反り返っているそれを握りしめ、切っ先を濡れた花園にあてがった。杏奈が祈るような表情で見つめてくる。迫田も見つめ返しながら、上体を被せていく。素肌と素肌が汗ですべる。

「あああっ！」

ずぶずぶと貫いていくと、杏奈は迫田にしがみついてきた。声も体も震えていた。迫田もまた、そうだった。結合しただけで、興奮の身震いがとまらなくなった。

動くのが怖いくらいだった、しかし、動かずにはいられない。万感の思いをこめて腰をまわし、濡れた肉ひだを攪拌した。それだけで粘っこい肉ずれ音がたつほど、奥の奥までよく濡れていた。にもかかわらず、締まりもすごい。肉ひだの一枚一枚がカリのくびれにからみつき、吸いついてくる。勃起しきった男根を、奥へ奥へと引きずりこもうとする。

迫田は全身の血が沸騰していくのを感じた。杏奈が相手では、手練手管など通用しなかった。焦らしていることができなくなり、ピストン運動を開始した。汗でヌルヌルになっている女体をしっかりと抱きしめ、いきなり連打を浴びせた。渾身のストロークをフルピッチで送りこんだ。パンパンッ、パンパンッ、と打擲音をあげて突きあげた。

「ああっ、いやっ……あああっ……はぁあああっ……」

杏奈があえぐ。迫田が送りこむリズムに呑みこまれていく。五体の肉という肉を躍動させて、肉の悦びをむさぼりはじめる。

唇と唇が吸い寄せられるように重なり、舌を吸いあった。唾液と唾液を交換しては、熱い吐息をぶつけあった。

迫田はすでに夢中だった。ほとんど熱狂していた。

杏奈が腰を動かし、結合の角度を微調整してくるからだ。いちばん気持ちのいいポイントにあたるように、男根を誘導してくる。もちろん、女にとって気持ちのいいポイントは、男にとっても気持ちがいい。女が燃えるほどに、男も燃える。男根を抜き差しするほどに、業火のように燃え盛っていく。

杏奈がひいひいと喉を絞ってよがり泣く。漏らしすぎた発情の蜜が、迫田の陰毛をぐっしょり濡らし、内腿（うちもも）や玉袋の裏まで垂れてきている。

迫田は腰を振りたてた。頭の中は真っ白だった。全身がそそり勃っていた。できることなら、頭から杏奈のヴァギナに入っていきたいくらいだった。

「むううっ……むううっ……」

鏡を見なくても、自分の顔が真っ赤に染まっていることがわかった。顔の中心が、火の玉でも埋まっているかのように熱い。息が苦しいのに、腰の動きをとめることができない。

「くぅうっ……くぅううーっ！」

杏奈がイッた。白い喉を突きだしながらぶるぶると震え、衝撃をこらえるように迫田の背中に爪を立ててきた。皮膚を裂くような力強さだったが、痛くはなかった。むしろ気持ちよかった。熱狂が痛みすら快感に変えて、男根を芯から硬くみなぎらせていく。

迫田はピストン運動のピッチをさらにあげた。息をとめて、怒濤（どとう）の連打を送りこんだ。杏奈が腕の中でもがく。ピンク色の染まった顔をくしゃくしゃに歪めて、甲高い悲鳴を放つ。またイッた。背中に爪が食いこんできた。皮膚を引き裂き、肉をえぐればいいと思った。血を流しながら、杏奈を愛したかった。いっそ射精と同時に、事切れてもいいと思った。そのイメージが熱狂に拍車をかけ、興奮の坩堝（るつぼ）へと突入していく。

「もう出すぞっ！　出すぞっ！」

迫田は声をあげ、フィニッシュに向かって腰を振りたてた。こみあげてくる衝動のまま、本能を解き放とうとする寸前、ほんの少しだけ理性をとりもどした。杏奈がピルを飲みつづけているかどうか、確認していなかった。確認する時間はなかった。

「おおうぅっ！」

雄叫びとともに最後の一打を深々と突きあげ、その反動で男根を引き抜くと、驚いたことに杏奈が飛び起きた。迫田が握るより早く、男女の淫液でドロドロになった男根を口唇に咥えこんだ。

迫田はうめき声をあげて、杏奈の金髪にざっくりと指を沈めた。小さな頭を両手でつかんで天を仰ぎ、射精を開始した。ドクンッ、ドクンッ、と熱い粘液を吐きだすたびに、鮮烈すぎる快感が訪れた。身をよじりながら、眼尻に喜悦の涙を滲ませた。杏奈は射精のタイミングに合わせて亀頭を吸ってきた。したたかに吸いたてては舌を動かし、根元をしごきたてて、男の精を最後の一滴まで余すことなく嚥下した。

7

いちおうメールは入れておいた。

――話があるからできるだけ早く帰ってきてくれ。

それでも美奈子はなかなか帰ってこなかった。午後十時を過ぎても、帰宅はおろかメールの返事すらなかった。

迫田と杏奈は何度も顔を見合わせては溜息をついた。どうやら旅立ちは明日の朝になりそうだった。

できることなら、今日中に東京を離れたかった。杏奈と再び体を重ねた今日という日を、人生の新たなページをめくる記念日にしたかった。

だが、思惑通りにならないのもまた、人生というものらしい。

迫田と杏奈は、リビングのソファに座って待った。ふたりとも、唇を引き結んでひと言も口をきかなかった。話したいことなら、いくらでもあった。東京を離れて東に行くのか西に向かうのかさえ、ふたりはまだ決めていなかった。この家を出てからの夢と希望を語る前に、美奈子に対してケジメをつけなければならなかった。そのハードルを越えてからでなくては、浮き足だってはいけないような気がした。

美奈子が帰ってきたのは、午前零時近かった。ひとりで帰ってきた。ひどく機嫌がよかった。パチンコで大勝したらしい。

「十三万よ、十三万。ふらっと入った有楽町のパチンコ屋で十三万。そのあと新宿でスロットやったら、またまたジャンジャンバリバリ出ちゃってさ。今度は二十五万。びっくりしたよ、もう。一日で三十八万も勝ったことなんて、さすがにないからね。ええーっと、勝ったら倍返しの約束だったね……」

分厚くふくらんだ長財布を取りだすと、迫田に三万円、杏奈に一万円渡してきた。

「あーっ、釣りはいらないよ。ご祝儀、ご祝儀。やっぱりさあ、金は金を呼ぶって言うけど、あれはホントだね。心に余裕があると、出るもんなんだね。あーっ、気持ちいい。スカッとした」

冷蔵庫からミネラルウォーターのボトルを出して飲んでいる美奈子をよそに、迫田と杏奈は眼を見合わせた。迫田が小さく首を振ると、杏奈もうなずいた。どうせ今夜のうちに旅立つことはできないのだから、話をするのは明日にしたほうがよさそうだった。

しかし……。

「それで、話ってなんだい？」

美奈子のほうから切りだしてきた。にわかに上機嫌をひっこめ、険しい表情で迫田を睨んでくる。

「いよいよふたりでこの家を出ていくことにしたのかい？　冗談じゃないよ。遺産の正式な相続人は、その子なんだからね。相続人を連れて逃げようったって、そうはいかないよ」

「ママ、わたし遺産なんかいらない」

杏奈がソファから立ちあがって言った。

「ママに全部あげる。弁護士の先生にそういうふうに言って、正式な書類をつくってもらう。だからお願い。修さんと離婚してください」

「はあ？」

美奈子は一瞬、惚けたような顔をした。しばしの沈黙のあと、冷蔵庫に戻ってもう一度水を飲んだ。グラス一杯飲み干してから、こちらを向いた。しきりに首をひねりながら言った。

「あんた……馬鹿だ馬鹿だと思ってたけど、そこまでだったかい？　なんだか涙が出てきそうだよ。遺産はいらないから、離婚してくれ……釣りあいがとれてないってわからないのかね？　世の中ってのはさ、結局のところ金なんだよ。金さえあれば楽しく暮らせるんだよ」

杏奈は怯まなかった。

「じゃあ、いいのね？　わたしが修さんをもらっても？」

「いいも悪いも……」

美奈子はわけがわからないという表情で、食卓の椅子に腰をおろした。

「勝手にすりゃあいいけどさ。驚いたね、まったく……」

美奈子の白けきった態度が、その場の空気を澱ませた。気まずい沈黙だけが流れる中、杏奈は眼を見開いて立ちすくんでいる。ありったけの勇気を振りしぼった顔をして、握りしめた両の拳を震わせている。

「すまなかった」

迫田もソファから立ちあがり、美奈子に頭をさげた。

「こんな幕切れになっちまって、お詫びのしようもない。だが、これよりマシな選択肢はなさそうなんだ。おまえはもう、俺の顔も見たくないだろう？　手塚の遺産で面白おかしく暮らしていきたいんだろう？」

美奈子が視線を向けてくる。惚けたようだった表情が、にわかに険しさを取り戻していく。

「勝手なこと言ってくれるねえ……たしかに、あんたの顔なんか見たくないよ。杏奈の顔だってね。でもねえ、ふたりでお手々繋いで出ていかれるのも腹がたつね。事あるごとに思いだして、はらわたが煮えくりかえりそうだ。いまごろあのふたりは、イチャイチャしてるんだろうって……」

「意地悪言わないでよっ！」

杏奈が叫んだ。

「わたしだって……わたしだって、ママに悪いって思ってるわよ。修さんだってそうよ。でも、他にどうしようもないじゃないよ。ママはお金さえあれば楽しく暮らせるんでしょ？　わたしはお金より修さんが欲しいのっ！」

迫田の胸は熱くなった。杏奈のまっすぐな愛情がまぶしかった。それが自分に向けられていることに、喩えようのない激情がこみあげてくる。

「……あんた、変わったね」

美奈子がポツリと言った。

「いつからそんな立派な口がきけるようになったんだい？　それも愛の力？　まったく、

嫌になっちゃうねえ。ほんのこの前まで、誰にでも股開く、盛りのついた牝猫だったくせに」

「もういいじゃないか」

迫田は首を振ってふたりを制した。

「母娘で罵りあうのは、もうやめよう。とにかく、俺たちは明日の朝、この家を出ていく。東京から離れて……」

「冗談じゃないよっ！」

美奈子が金切り声をあげた。

「明日の朝出ていくって、なんなのそれ？　こっちにはまだ、遺産が手に入ってないんだ。相続人である杏奈を連れていかれたら困るんだよ」

「だからそれは、弁護士の先生に正式な書類を……」

迫田は泣き笑いのような顔になった。

「うるさいって言ってるんだっ！」

美奈子の形相は、尻尾を踏まれた猛獣のようだった。

「遺産も入ってないのに、おまえたちのランデブーなんて許されないんだよ。許されるわけないじゃないか。勝手なこと言うのもいい加減にしろっ！」

吐き捨てるように言うと、美奈子は激しい足音を残してリビングから去っていった。

二階にあがったのではなく、玄関から出ていったらしい。カンカンカンカンという苛立ちを吐露するような足音が遠ざかっていく。

迫田は追わなかった。

追っていったところで、どんな言葉をかければいいかわからなかった。

人の気持ちはひと筋縄ではいかないものだ。

手塚光敏が急逝（きゅうせい）したとき、美奈子は隠しもっていた彼のＣＤを聴いていた。あれほど憎んでいた男の歌を、繰り返し繰り返し聴いていた。

遺産をすべて渡すから別れてくれという言い方は、間違いだったのかもしれなかった。世の中金だと、美奈子は言いきった。だが、それはやはり、彼女の心からの言葉ではないのではないか。

迫田と結婚する前なら、心からそう言ったかもしれない。

しかし、美奈子は知ってしまった。迫田と結婚し、みずからもまっとうになろうとして味わった。ほんの短い期間だけれど、金がなくても充足した日々を。

「浸らせてよ」と照れくさそうに言っていた美奈子を思いだす。「もうちょっと、いまの生活に浸らせてよ。わたし初めてなんだよ、こんな感じ。どういう感じって言われても困るけど……」。

あの生活はかけがえのないものだった。手塚の残した何十億の遺産より、ずっと価値があった。美奈子だって、本心ではそれに気づいているはずなのだ。脛（すね）に傷をもつ半端者同士が力を合わせ、つぎはぎだらけのにわか家族をなんとかして本物にしようとしているその過程に、幸福を見いだしていたに違いない。

「……ふうっ」

迫田はソファに腰をおろした。美奈子が出ていったことで、リビングは急に静かになった。

「まあ、美奈子の言い分もわからないではないな。今日明日出ていくっていうのは、諦めたほうがいいかもしれない」

「弁護士の先生のところに行く？」

「それもそうだし、離婚届も……」

迫田の胸には疼くものがあった。紙一枚のこととはいえ、やはり離婚は重い。婚姻届を出したときの、高揚感の裏返しだ。あのときは、紙一枚のことでも家族を得た思いがした。無闇にやる気がこみあげてきた。

「どれくらい待てばいいの？　お金が入るまで？」

「いや、遺産関係の正式な書類をつくるまででいいだろう。それさえあれば、美奈子も安心するだろうし……」

遺産相続のトラブルがどういう形で決着がつくものなのか、迫田には皆目見当がつかなかった。なにしろ額が大きいし、手塚の死から二カ月以上経っているのに進展がないということは、やはり相当こじれているのだろう。

「とにかく、今日はもう寝よう……」

杏奈の背を押し、二階にうながした。

「修さんは?」

「俺は下で寝るよ。いつも通りに……」

「いつも通り?」

杏奈はひどく不満そうに唇を尖らせた。たしかに、今日は昨日と同じではなかった。杏奈と気持ちが結びつき、体も重ねた。しかし、だからといって、迫田が杏奈の部屋で寝るというのも、美奈子の気持ちを考えると難しい。下手に刺激したくない。デリケートに扱ったほうがいい。

「今日は、ひとりでいたくないな……」

杏奈が上目遣いで見つめてくる。その気持ちもよくわかったが、

「いや、今日のところは……我慢してくれ」

そう言うしかなかった。予定では、いまごろ東京ではない土地の夜空の下で、同じ布団で寝ていることになっていた。それを思うと迫田もやりきれない気分になったが、美奈子の気持ちを最優先に考えてやったほうが、結果としてはうまくいくはずだ。

8

リビングのソファでうつらうつらしていた迫田は、玄関から聞こえてきた物音で眼を

覚ました。

　ようやく美奈子が帰ってきたらしい。

　窓の外が白くなりかけていた。寝ぼけまなこをこすって時計を見ると、午前五時を少し過ぎたところだった。

　足音が近づいてきて、蛍光灯がつけられた。迫田はまぶしさに眼を凝らした。美奈子はひとりではなかった。高見沢というホストを従えていた。さらにもうひとり、高見沢と似たような年格好の男もいる。ただし、高見沢のようにスーツを着ているわけではなく、Tシャツにジーパンだった。Tシャツの袖口から、西洋風の柄の青黒いタトゥーをのぞかせていた。

「あんた、なにやってんだい？」

　美奈子が近づいてきて、ソファで寝ている迫田を見下ろしてくる。泥酔に泥酔を重ねた彼女の顔は、メイクが落ちて赤くむくんでいた。夜遊びで輝きを取り戻した妖艶な色香は影をひそめ、ひどく醜悪だった。

「もう遠慮してここで寝ることないじゃないか。愛しの杏奈ちゃんの部屋で寝ればいいだろ」

「いや……」

　迫田は眉をひそめながら上体を起こした。高見沢たちが薄ら笑いを口許に浮かべて、こちらを見ていた。さすがの美奈子も、ホストを家にあげたことはいままでにない。いったいどういうつもりなのだろうか。

「今日からね、この人たちにも、ここに住んでもらうことにしたから。あんたがリビングで寝てたら邪魔なんだよ。さっさと二階の杏奈の部屋に行きな」

「……なに言ってるんだ？」

迫田は睨みつけたが、美奈子は余裕綽々に受け流す。

「見張りだよ、見張り。あんたたちが逃げないように、この人たちに見張ってもらうことにしたの。だってそうだろ？　遺産の正式な相続人は、杏奈なんだからね。あの子を連れて逃げられたら困るんだよ」

「誰が連れて逃げるんだ？」

迫田は気色ばんだ。

「それについては弁護士にきちんと書類をつくらせるし、出発もしばらく遅らせようって杏奈にも言ったさ。そんなに俺が信用できないのか？」

「信用だって？」

美奈子は乾いた声で大笑いした。

「信用なんかできるわけないだろ？　娘に手を出すような男の、いったいなにを信用しろっていうんだよ、この馬鹿野郎。そういう性根の腐った男はねえ、また裏切るに決まってるんだよ」

迫田は言葉を返せなかった。

「でも、今度は絶対に許さない。逃がしたりしない。さあ、さっさと二階に行っておくれ」

　美奈子がバッグを振りまわしてきたので、迫田はソファから立ちあがった。薄ら笑いを浮かべているふたりのホストを一瞥した。不穏な空気に胸騒ぎが起きる。美奈子はいったい、彼らにどこまで話したのだろうか。まさか、手塚光敏の全財産を相続できると言ってしまったのか。

　リビングの入口に、杏奈が青ざめた顔で立っていた。彼女もホストたちに不穏なものを感じているようだった。感じているに決まっている。

「行こう」

　それでもとりあえず、ふたりで二階にあがるしかなかった。やり方はでたらめでも、美奈子の言っていることは間違っていなかった。たしかに、自分の娘に手を出すような男の言葉など、信用できるわけがない。裏切り者は何度でも裏切るという論理を覆せる材料を、迫田はなにひとつもっていない。

　杏奈の部屋には布団がひと組しかなかった。

「俺はこのへんで適当に寝るから……」

　畳の上に腰をおろそうとすると、杏奈に腕を取られた。視線が合った。杏奈はいまにも泣きだしそうな顔をしていた。

「お願い……一緒に寝てください……」

断れなかった。並んで布団に横になると、杏奈は腕にしがみついてきた。できることなら、迫田だって抱きしめたかった。唇を重ね、体をまさぐり、快楽の中に逃げこんでしまいたかった。

しかし、できない。

ここで快楽に逃げこんだりしたら、自分を律することができなくなり、すべてが悪い方向へと流れていきそうで怖かった。我慢しなければならなかった。ここは耐えがたきを耐える、正念場に違いなかった。

眼をつぶれば、泥酔に泥酔を重ねて醜く腫れた美奈子の顔が瞼の裏に浮かんできた。自宅にホストを連れこんで、自分たちの見張りをさせるという。見張りだけではなく、ドンチャン騒ぎもするのだろう。

不穏さの正体がわかった。

復讐の匂いがするのである。

彼女は鬼になったのかもしれない。ホストを自宅に招き入れるという、常軌を逸した手段の目的は、ただの見張りではない。迫田と杏奈に対する嫌がらせなのではないだろうか。

背筋に戦慄の震えが這いあがっていく。

もちろん、美奈子が鬼になったのであれば、鬼にしたのは迫田だった。

自業自得、因果応報に違いなかった。

第八章　トリガー

1

赤の他人とひとつ屋根の下で暮らすということが、これほど煩わしいものだとは思わなかった。

リビングはもちろん、一階にあるトイレや洗面所を使うときも、いちいち他人の眼を気にしなければならないのは相当なストレスで、迫田は杏奈の部屋からほとんど出なくなった。

美奈子によって連れこまれたふたりのホストは常にリビングに陣取り、テレビを観たり、自分たちで持ちこんだゲーム機で遊んだり、美奈子をまじえて酒を飲んだりしていた。必然的に台所を使う気になれず、杏奈と外食に出ようとすると見張りだと言ってついてきた。一緒に食事をするのも不愉快なので、結局は弁当を買ってきて杏奈の部屋で食べた。彼らの食事は、美奈子がピザや寿司をケータリングでとっているようだった。

そんなことが、もう三日も続いている。

迫田はまいっていた。

弁護士の野田に事情を説明したところ、呆れた声が返ってきた。

「はあ？　杏奈さんが相続の権利を放棄して、すべてを美奈子さんに譲るう？　ちょっと待ってくださいよ。そんなこと急に言われても……」

野田は狼狽えるばかりで、返事は保留された。毎日連絡を入れているが「ちょっと待ってください」の一点張りで、話は前に進んでくれない。

野田としては話をこれ以上ややこしくしたくないのだろうが、遺産をすべて美奈子に渡すという書類をつくれなければ、迫田と杏奈はこの家を出ていくことができないのだ。一日中、杏奈とふたりで六畳間に閉じこめられたまま、息のつまるような時間を過ごさなければならないのである。

一方、迫田の携帯電話には、果穂と馬淵から日に何度も電話がかかってきた。用件はわかっていたので出なかった。杏奈が遺産の相続を放棄すると言っている以上、果穂の期待には応えられないし、美奈子に彼女の希望を伝えたところで一笑に付されるだけに決まっている。馬淵のほうはもっとひどい。事業資金を用立てられるような嘘をついてしまったので、電話に出ても嘘を重ねることしかできない。

「ねえ、修さん……」

杏奈がうんざりした顔で言った。

「わたし、お料理したいよ。せっかく覚えはじめたのに、やらないと忘れちゃうもの。台所使っちゃダメかなあ。あの人たちのことなんか無視して……だってここ、わたしたちの家じゃない？」

料理がしたいというより、籠の鳥のような生活に耐えきれなくなっているようだった。迫田もなるべく部屋から出ないが、杏奈にもそうさせているのだ。ホストを生業（なりわい）にするような連中と、杏奈を接触させたくなかった。

時計を見た。午後七時を過ぎている。そろそろ夕食の時間だった。迫田がひとりで買い物に出るぶんにはホストたちはついてこないので、近くのコンビニで買えるものばかり食べていたが、もういい加減見るのも嫌になっていた。

「ちょっと話をしてくる……」

迫田は立ちあがって言った。

「あの連中も、三日もここに泊まりこんで、さすがに飽きあきしてるんじゃないか。逃げやしないから、いったん引きあげてくれって頼んでみるよ」

「……気をつけてね」

心配そうにささやく杏奈に見送られ、迫田は部屋を出た。階段を一段一段おりていくごとに、下から聞こえるしゃべり声のボリュームが大きくなっていく。男がふたりに、女がひとり。声だけで、酔っていることがわかった。たぶん、昼間から飲みつづけている。

リビングに出た。案の定、三人は飲んでいた。ソファに座り、両隣に若い男をはべらせている美奈子はワイングラスを片手にご機嫌で、「それでね、それでね」とおしゃべりがとまらない。ホストたちはシャツをはだけたり、靴下を脱いでズボンの裾をまくったり、すっかりくつろいでいる。テーブルの上には、空になったワインのボトルやビールの缶、ケータリングピザのケースが積まれ、袋の破られたジャンクフードが所狭しと並べられている。

「……なに？」

美奈子が酔いに濁った眼を迫田に向けてきた。ホストたちと話しているより、声がワンオクターブも低かった。

「話がある」

「だからなに？」

「そっちじゃなくて、この人たちにだ」

「あっ、そう」

美奈子は鼻白んだ顔で言うと、

「じゃあ、わたしはトイレにでも行ってくるか」

立ちあがってリビングから出ていった。

ホストたちも鼻白んだ顔で、眼を見合わせている。

「いい加減、帰ってもらえないか」

迫田は怒気を含んだ声で言った。

「あんたたちにいられると迷惑なんだ。酒なら、自分のところの店に彼女を連れていって飲めばいい」

「そう言われても……」

高見沢が言い、タトゥーがうなずく。薄ら笑いが腹立たしい。

「俺らぁ、ここで遊んでるわけじゃないっすから。仕事ですよ、仕事。美奈子さんに頼まれて、杏奈ちゃんとあんたが逃げないように見張ってるわけ」

「逃げやしないから帰ってくれ」

「あんた美奈子さんに、まったく信用されてないよ。話を聞けば納得だ。あんた、美奈子さんと結婚してるのに、娘の杏奈ちゃんとデキちゃったんだろう？　びっくりするほど外道だな。ホストだってそこまではやらねえよ」

「……おまえらには関係ない話だ」

迫田はようやくそれだけを口にした。

「関係あるんだよ」

タトゥーが横から口を挟んだ。

「仕事だって言ってるんだよ、一億円のビジネスなんだ。俺らぁ、あんたと杏奈ちゃん見張って、一億円のギャラ貰（もら）えることになってんすよ」

迫田は眩暈（めまい）を覚えた。

「美奈子さん、ああ見えて若いころ手塚光敏と付き合ってたんだってね。すげー話だよな。で、手塚が死んで、忘れ形見の杏奈ちゃんに全財産を相続させるっていう遺書が見つかった。全部聞いて知ってんだよ。その遺産が入るまで、杏奈ちゃんから眼ぇ離すわけにはいかねえんだ。なあ？」

高見沢と眼を見合わせ、うなずきあう。ふたりの異様な眼の輝きと脂ぎった笑顔が不快だった。遺産の話を耳にしたときの、美奈子と同じ表情をしていた。あるいは馬淵や果穂と……。

まるで伝染病だった。

桁外れの大金が転がりこんでくるという話を聞いた途端、誰も彼もが同じような表情になる。その金でなにができるのかを想像し、あるいはおこぼれにあずかることを夢見て、浅ましさを隠しきれなくなる。

それにしても……。

美奈子はいったいなにを考えているのだろうか。こんな連中に遺産の話をし、一億もの金を渡す約束までするなんてどうかしている。

美奈子は馬淵にも遺産の話をもらしていたが、手塚の名前まで出していなかったはずだ。馬淵の口から、手塚のての字も出ていなかった。しかし、いま目の前にいる連中にはしゃべったのだ。おそらく、自慢話として。

迫田と初めて会ったとき、美奈子は手塚のことなど思いだしたくもないと言っていた。

援助が受けられると説明しても、頑なに突っぱねだ。あのときの高潔なプライドは、彼女にはもう残されていないのだ。急逝したスーパースターと付き合っていた過去の栄光だけが、いまの彼女のプライドになってしまったらしい。

「話、終わったかい？」

美奈子がトイレから戻ってきた。ヘラヘラと薄ら笑いを浮かべながら、若い男の間に腰をおろす。ただ座っただけではなく、ふざけて体を横向きにする。高見沢に膝枕をされながら、タトゥーの膝の上に脚を投げだす。ホストふたりの顔にも、美奈子によく似た薄ら笑いが貼りついている。

「俺は逃げないよ」

迫田は遠い眼で美奈子を見下ろした。

「だから、そのふたりを帰してくれないか。杏奈だって怯えてる。三日は我慢したが、もう限界だ」

「だったら早く金が手に入るように、弁護士をせっついてくれよ」

眼を合わせずに、美奈子は言った。

「わたしだって困ってるんだ。この子たちに金が渡せなくてさ。ハッ、それにしても金の力は偉大だね。金さえありゃあさ、わたしみたいなババアでも、こうやってチヤホヤしてもらえるんだ。若いイケメンに」

「美奈子さんはババアなんかじゃないですよ」

高見沢が夢見るような眼つきで言う。

「俺、美奈子さんについていきますから。なんでも言ってください。美奈子さんのためならなんだってやりますよ」

「俺も俺も」

タトゥーがスカートからはみ出している美奈子の生足を撫でる。

「じゃあ、ワイン飲まして」

美奈子が高見沢を見上げて言った。高見沢はうなずいてワイングラスを手にすると、口に含んで美奈子にキスをした。口移しでワインを飲ませた。そのままディープキスになり、唾液がねっとりと糸を引いた。

見ていられなかった。

迫田はリビングをあとにした。

「おいちい」

幼児じみた口調でおどける美奈子の声が、背中から聞こえてくる。若いホストたちがゲラゲラと笑う。美奈子も笑っている。勝利の高笑いのように、三人の笑い声はいつまでも絶えることなく続いていた。

2

結局、外に食料を買いにいった。

近くのコンビニではなく、少し歩いたところにある手づくり弁当の店までいったのだが、杏奈は半分も食べてくれなかった。迫田もすべて平らげるのは無理だった。

「とにかく、明日朝イチで弁護士のところに行ってくる。そうしないと埒が明かない。こんな状況、もう耐えられないからな」

思わず舌打ちしそうになり、あわてて深呼吸した。苛立ってはならないと思った、少なくとも、苛立っているところを見せてはいけない。

迫田よりも杏奈のほうが、遥かにストレスが大きいはずだからである。

何十億もの遺産相続を放棄するという決断は、決して軽いものではない。杏奈は物欲が旺盛なタイプではないようだけれど、それにしても一生遊んで暮らせる金だ。と同時に、永遠に会えることがなくなってしまった実の父親との、唯一の絆でもあった。それを断ち切って新たな人生を切り拓いていこうとしているのに、停滞を余儀なくされている。猜疑心の強すぎる母親の理不尽な強権によって、軟禁状態の憂き目に遭っている。

その気持ちを推し量ると、迫田も平静ではいられなかった。なんとかしなければと気ばかり焦るが、実際問題、打つ手がない。

「ねえ、修さん」

杏奈の声で、迫田は我に返った。

「んっ？　なんだい？」

「わたしのことなら、心配しなくていいからね。大丈夫だから」

驚いたことに、穏やかな笑みを浮かべていた。

「自分の意志を通すのって大変なんだなって、そう思ってるから。いままでわたし、なんでも流されて生きてきたのね。ママに怒られるようなこともいっぱいしたけど、それだってわざとやったわけじゃなくて……でも今度は、そうじゃないから。修さんと一緒にいたいって、ちゃんと考えて結論出したの。ママを傷つけても、絶対に譲りたくないって……だから、大丈夫。我慢できるよ」

「杏奈……」

迫田は眼を細めて見つめた。まさか杏奈に励まされようとは、夢にも思っていなかった。

一方、杏奈が健気(けなげ)であればあるほど、美奈子の振るまいが疎ましくなってくる。美奈子の狙いはやはり、嫌がらせにあるような気がしてならない。そうでなければ、家にホストを連れこむようなことはしないはずだ。だらしなく酔っ払って、あてつけがましく口移しでワインを飲んだりしないはずだ。

呼び鈴が鳴った。

それが福音に聞こえたのは、弁護士の野田ではないかと思ったからだ。時刻は午後八時に近かったが、野田は以前にもこの時間に呼び鈴を押したことがある。電話にしても、午後九時、十時にかけてくることが珍しくない働き者だった。

「誰だろうな？」

迫田は微笑を残して一階におりた。玄関扉を開けると、立っていたのは働き者の弁護士ではなく、坊主頭の巨漢だった。筋肉が瘤（こぶ）のように盛りあがった浅黒い上体に、ぴったりした白いタンクトップ。人間離れした風貌に、迫田は絶句した。この男もタトゥーをしていた。いや、ファッショナブルな西洋風のタトゥーよりずっとまがまがしい、和彫りの刺青（いれずみ）だ。肩から腕にかけて龍と鬼、首をぐるりと大蛇が二匹。あまりの異形に正視できない。

「俺は金貸しのエンマってもんだが……」

和彫りの男が言うのと、背後に足音が迫ってきたのが同時だった。高見沢とタトゥーだった。エンマを見て息を呑（の）んだ。酔いに緩みきっていた顔を凍りつかせて、深々と頭をさげる。

「おまえら、なに俺のこと仲間はずれにしてくれちゃってんの？」

エンマは迫田のことを無視して高見沢たちに言うと、勝手に靴を脱いであがりこんできた。後退（あとずさ）る高見沢とタトゥーを壁際に追いこんでいく。

「ずいぶんおいしい話をつかんだらしいじゃねえか？　なあ？」

エンマの眼が、高見沢とタトゥーを交互に見る。ふたりは蛇に見込まれた蛙(かえる)状態で、身をすくめて視線を合わせることもできない。

「ふたり揃(そろ)って店やめて、こんなところで宴会？　俺をはずしてボロ儲(もう)けの相談かい？　売り掛け飛ばされたてめえらを、いままで助けてやったの誰？　俺がいなかったら、おまえらとっくに山に埋められてるよ」

「いや、その、自分たちは……」

高見沢が苦りきった顔で言った。

「売り掛けを回収しに来ただけで……」

「へーえ」

エンマが下卑た笑みを浮かべた。

「この期に及んで、まだしらばっくれるんだ？　俺ぁ、てめえの女に聞いちゃったんだけどな。元デリヘル嬢のマリエちゃんが言ってたぜ。手塚光敏の遺産が手に入りそうだって。相続人の母親をつかまえたって。きっちりカタに嵌(は)めたら、マリエと一緒にバリに移住だって？」

高見沢の顔が蒼白(そうはく)に染まっていく。タトゥーもだ。

「どうすんの？」

エンマが凄(すご)む。

「黙ってここから出ていくの？　俺の下で働くの？」

重苦しい沈黙の中、高見沢とタトゥーが一瞬、目配せした。どちらの顔も怯えきっていた。一方のエンマは余裕綽々で、歯を剝いて笑っている。

迫田は動けなかった。エンマは見るからにやばそうな男で、暴力の匂いをあからさまに漂わせ、同じ空間にいることが耐えがたいほどだった。

「すみませんでした」

「下で働かせてください」

高見沢とタトゥーが深々と頭をさげた。

「わかりゃあいいんだよ」

エンマが鼻で笑ったとき、

「なにしてんだい？」

と美奈子がリビングからやってきた。エンマのことを知らないらしく、訝しげに眉をひそめる。

「おう、あんたがママかい？　詳しく話を聞かせてもらおうか」

エンマが美奈子の肩を抱いた。

「な、なにすんだよ……」

美奈子は狼狽え、すくみあがっている。身をよじっても、エンマの腕の中から逃れられない。

「遺産の話を聞かせてくれよ。妄想だったら勘弁しねえぞ」

「なんなんだ、あんたは……」

迫田は恐怖を呑みこみ、ありったけの勇気を振りしぼってエンマの前に出た。

「なんの話をしてるんだ、いったい……」

「こいつ、なに？」

エンマは迫田を無視して、高見沢に訊ねた。

「その女のダンナです」

高見沢が美奈子を指差しながら答える。

「相続人の娘にとって、義理の父親ってことになります。ただ、ちょっとややこしいのは、娘とデキてます」

「義理の父親？　娘とデキてる？　わけがわかんねえな。要するに、いてもいなくてもいいってことなの？」

迫田は苛立った。この連中は、いったいなんなのだろう。人の家にあがりこんで、なにを勝手なことばかりほざいているのか。

「出ていって……もらえませんか……」

迫田が言うと、エンマが一瞥をくれてきた。一瞬見られただけで、体の芯に震えが走った。眼の色が尋常ではなかった。シロアリ駆除の作業中、床下で相対したネズミと同じ眼をしていた。理屈が通用しない眼だった。

「話なら外で聞きますから……ここには……」

言いおわる前に、エンマの巨大な拳が鼻っ柱に飛んできた。鉄の塊をぶつけられたみたいだった。眼の裏側で火花が散り、一発で戦意喪失した。いや、戦意など最初からなかった。頭をさげて帰ってほしいと頼もうとしただけだった。なのに二発目が飛んでくる。瞬間、エンマと眼が合った。自分に向けられた獰猛で残忍な暴力衝動におののく間もなく、もう一度鼻っ柱を殴られた。続いてみぞおちを膝で蹴りあげられ、息ができなくなった。胃がひしゃげて中のものが逆流し、口の中が酸っぱくなった。

「吐くな。飲みこめ。汚えから」

エンマは言いながら、もう一発みぞおちに拳を飛ばしてくる。体を折ると、胸に膝蹴りがきた。背中まで激痛が突き抜けた。また殴られた。蹴られたのかもしれない。衝撃が次々に襲いかかってきて、どこをやられているかもわからなかった。美奈子の悲鳴が遠くで聞こえた。迫田は床に転がっていた。うめき声をあげて体を丸めているのに、なおも執拗に蹴りあげられる。

明確な殺意を感じた。

このまま俺は殺される、とはっきり思った。

3

そこがバスルームだと気づくまで、しばらく時間がかかった。

迫田は胎児のように体を丸めた格好で、湯を張っていない浴槽の中にいた。どれくらい眠っていたのだろう。意識を取り戻すやいなや、体中に激痛が走り、もう少しで叫び声をあげてしまうところだった。

全身がコンクリートの塊になってしまったように固まっていた。両手は背中で交差され、腕の上からガムテープが巻きつけられている。

頭上の小窓から、外灯の青白い光が差しこんでいた。見えているのは天井くらいだが、視界が魚眼レンズでものぞきこんでいるように歪(ゆが)んでいる。耳鳴りもひどい。遠い雨音のようなホワイトノイズが、耳の奥で鳴りつづけている。さらに眼を覚ました瞬間から、ハアハアと怖いくらいに息があがっていた。

いや、体の変調などたいしたことではなかった。

魂に打ちこまれた楔(くさび)じみた恐怖のほうが、遥かにタチが悪かった。

自分に向かってきた生々しい殺意を思いだすと、戦慄に息苦しくなり、大量の冷や汗が噴きだしてくる。

いったい、あのエンマという男は何者なのだろう？

躊躇(ためら)うことなくあれほどの暴力を振るえる人間と、迫田はいままで向きあったことがなかった。地方都市で喧嘩(けんか)上等と吠(ほ)えているヤンキーなどとは次元が違う。金貸しだと言っていたけれど、闇社会に生きるアウトローであることは間違いなかった。

美奈子が呼びこんだわけではなさそうだったが、そんな男に遺産話を嗅ぎつけられたのは、最悪の展開と言っていい。あれから美奈子はどうなったのだろうか？　杏奈は……。

「ぐあっ……」

立ちあがろうとすると、腹筋がちぎれそうになった。それでも必死に上体を起こし、浴槽の壁に背中をあずけながらなんとか立ちあがった。幸いというべきか、脚にはガムテープが巻きつけられていなかった。浴槽の縁をまたいで洗い場のタイルを踏んだ。激痛に気が遠くなりそうだった。ふたりの元に行かなければならないという衝動だけが、体を動かしていた。

脱衣所のドアを開け、廊下に出た。その時点で初めて、ツンと鼻につく異臭に気づいた。シャツの胸元を汚していた。あれだけみぞおちを殴られたのだから、寝ている間に嘔吐(おうと)していてもおかしくなかった。

一歩、また一歩と、階段をのぼっていく。激痛と恐怖のせいで足が思うように動かず、スローモーションの映像をなぞっているようだった。視覚は相変わらず魚眼レンズをのぞきこんでいるように歪んでいた。耳鳴りもひどくなっていく一方で、ざらついたホワイトノイズが頭の中でこだましている。

二階に辿(たど)りついた。

襖(ふすま)の隙間から灯(あか)りがもれているのは、杏奈の部屋だった。ホワイトノイズの向こうから、女の悲鳴が聞こえた。杏奈か美奈子かわからなかった。男の笑い声も聞こえた。それはエンマだとはっきりわかった。

「心配しなくても、裏切ったりしなきゃ、世間に出したりしねえよ」

オープンリールテープを手動で再生しているように、声がこもり、よじれている。もちろん、おかしいのはこちらの耳だろう。

「しかし、こうしてみると壮観だね。ママの花びらが黒すぎてやばいぜ。相当使いこんでるのかな。ダハハハ……」

迫田はゆっくりと、足を前に送りだした。灯りがもれている襖の隙間に顔を近づけていくと、のぞいてはいけない！　ともうひとりの自分が叫んだ。緊急事態を知らせるサイレンが鳴り、踵を返せと言っていた。

それでも、のぞかずにいられなかった。頭で考えて行動しているのではなく、体が勝手に動いていた。襖の隙間から、部屋の中をのぞいた。美奈子と杏奈が、裸に剝かれて縛りあげられていた。ふたり並んで、両脚をM字に割りひろげられた無残な格好だった。

「やめてっ！　やめてくださいっ！」

杏奈が真っ赤な顔で叫んでいる。金髪を振り乱して泣きわめいている。

一方の美奈子の顔も真っ赤に染まっていた。しかし、泣いてはいない。屈辱に顔を歪め、唇を嚙みしめている。

女の恥部という恥部を露わにされた母娘を、下卑た笑いを浮かべてむさぼり眺めているのがエンマだった。その側には、高見沢とタトゥーがいる。高見沢はスマートフォンをかざし、母娘の無残な姿を撮影していた。

「しっかし、おめえらホント、眠てえな」

エンマが高見沢とタトゥーに言った。

「三日も泊まりこんで、どっちも抱いてねえなんて、どうなってるの。脳味噌腐ってるんじゃねえか。女なんて、やっちゃえばおとなしくなるんだよ。ひいひい言わせてやれば言いなりなんだよ。言いなりにならなきゃ、ひいひい言ってる動画を見せてやりゃあいいんだよ」

自分の股間をまさぐりながら、母娘の方に身を乗りだした。ふたりの恥部を舐めるように眺め、舌なめずりをする。熱い視線を注ぎこんでは、鼻息を荒げていく。人差し指を咥えてたっぷりと唾液をまとわせ、その指を杏奈の股間に近づけていった。杏奈の顔が、真っ赤に染まったまま凍りつく。

「やめろっ！」

迫田は絶叫した。襖に体当たりし、バキバキ音をたてながら、部屋の中に転がりこんだ。頭の中に火がついていた。思考回路がショートするほど、全身で怒り狂っていた。

「なんだ、てめえっ！」

高見沢とタトゥーがつかみかかってきた。両手を拘束された状態でジタバタ足掻いているだけの迫田は、一瞬にして押さえつけられた。エンマがやってきて、ひやりとしたものを額に押しつけてきた。

「騒ぐと殺（や）っちゃうよ」

エンマの手に握りしめられていたのは、黒い鉄の塊だった。拳銃だ。銃口を額に押しつけられ、迫田は動けなくなった。本物だろうか？　そうであるなら、生まれて初めて見たことになる。

「死にたいのか？　うん？　脳味噌吹っ飛ばされて、あの世に行きたいか？」

迫田は言葉を返せず、恐怖にガチガチと歯を鳴らすばかりだった。

「ハッ、冥土の土産（みやげ）にいいもん見せてやるよ」

エンマに目配せされた高見沢が、迫田の口に布を突っこんできた。美奈子か杏奈から奪ったショーツだ。その上からガムテープを巻かれた。さらに両脚にもぐるぐる巻かれ、手も足も出ない芋虫のようにされてしまう。それでも動こうとすると、タトゥーが腹を蹴ってきた。背中に乗られ、髪をつかんで無理やり顔をあげさせせされた。

「修さんっ！　修さんっ！」

真っ赤になって叫んでいる杏奈の声が、ひどく遠く聞こえた。彼女への距離は一メートルもない。なのに何万光年も彼方にいるようだった。目の前の現実が、フィルムが経年劣化した古い映画のように見えた。

エンマは杏奈の性器を舐めはじめた。陰毛を指でつまみながら、ねちっこく舌を踊らせる。杏奈が泣きわめくと、さも嬉（うれ）しそうにギラギラと脂ぎった笑みを浮かべ、これ見よがしに舌なめずりをする。この運命を受け入れるのだと諭すように、割れ目に指を沈めていく。そうしつつ、獰猛な蛸のように尖らせた唇で、クリトリスを吸いたてる。杏奈の悲鳴が悲哀に満ちる。

ひとしきり責めると、今度は美奈子だった。娘の性器を味わったその舌で、母親の性器も味わいはじめる。

美奈子は泣きわめかなかった。唇を嚙みしめて屈辱に耐えている。その態度が気に入らないらしく、

「ったく、汚えオマンコだな」

エンマは淫水灼けして黒くなった花びらを思いきり引っぱった。杏奈のときと打って変わった激しいやり方で責めはじめた。熟れた乳房を平手で叩き、乳首をちぎれそうなほどひねりあげる。蜜壺に指を三本も入れ、めちゃくちゃに掻き混ぜる。そうしつつ、陰毛を掻き分けてクリトリスを露わにし、指でつまんでしたたかに押しつぶす。

美奈子はさすがに悲鳴をあげた。エンマはニヤニヤ笑いながら、さらに残忍に責めていく。乳房を叩く平手打ちに、容赦がなくなっていく。乳房だけではなく、太腿や尻も叩く。舌を引っぱりだし、鼻の穴を上に向け、髪をつかんで頭を揺さぶる。

もはやほとんど拷問だった。さすがの美奈子も泣きじゃくっている。隣で杏奈がやめてと叫ぶ。だったら奉仕しろと、エンマは服を脱いで勃起しきった男根を誇示した。刺青が彫りこまれた筋骨隆々の裸身に負けず劣らず、ドス黒く反り返ったイチモツはまがまがしかった。

杏奈は鼻をつままれ、強引に口を開かされた。そしてその中に、肉の凶器とでも呼べそうな男根を突っこまれる。エンマは杏奈の頭をつかんで容赦なく根元まで咥えこませ、腰を振りたてた。顔ごと犯すような勢いで、男根を抜き差しした。いまにも白眼を剝きそうな杏奈の顔が、正視に耐えなかった。鼻奥で悶え泣く声が憐れを誘った。

「たまんねえな。これが手塚光敏の娘のフェラか……あの手塚光敏の……」

エンマはうっとりとつぶやきつつも、腰の動きを休めない。ますます痛烈に男根を抜き差しし、杏奈の顔を犯し抜いていく。

その様子を、高見沢がスマートフォンで撮影している。ズボンの前がふくらんでいる。勃起しているのだ。杏奈をいたぶる光景に、興奮しているのだ。

迫田は殺意を覚えた。

怒りのあまり、脳味噌が爆発しそうだった。叫び声をあげても、口の中に突っこまれたショーツに吸いとられた。めちゃくちゃに体を跳ねさせると、タトゥーが立ちあがって腹を蹴ってきた。股間まで容赦なく踏みつぶされた。衝撃に眼球が飛びだしそうになった。のたうちまわる迫田の髪をタトゥーがつかみ、顔をあげさせられた。まるで岡っ引きに引っとらえられた罪人だった。

目の前に杏奈の性器が現れた。匂いが嗅げる距離だった。すぐに視界に別のものが現れた。エンマの男根だった。美しく咲いた杏奈の花に、野太く膨張した肉の凶器が押しあてられた。アーモンドピンクの花びらを巻きこんで、黒い肉杭がずぶずぶと埋めこまれていく。杏奈が泣く。泣きわめく。迫田の眼からも涙があふれだす。

異常な光景が畳みかけられた。

エンマは腰を遣って杏奈のヴァギナをひとしきり味わうと、美奈子のほうに移動した。それを追って、迫田も移動させられた。杏奈の体液でヌラヌラと濡れ光る肉の凶器が、母親の恥部にあてがわれた。黒い花びらがめくりあげられ、突っこまれた。美奈子は喉を突きだしてのけぞりつつも、歯を食いしばって悲鳴だけはこらえた。

「杏奈ちゃんに比べて、ママのマンコはガバガバだなあ」

腰を振りたてながら、エンマが笑う。

「こんなガバマンじゃ、娘に男とられても文句は言えねえんじゃね……おっ、そうだ、そうだ」

男根を一度抜くと、アヌスに切っ先をあてがい直した。美奈子の表情が凍りついた。

「こっちの締まりはちょっとはマシかもしんねえな。いくらヤリマンでも、こっちまでガバガバだったらうんこ漏れちゃうもんな……むううっ！」

エンマが眼を輝かせて腰を前に送りだすと、美奈子の口から人間離れした悲鳴があがった。見るからにサイズが合っていない小さなすぼまりに、男根がむりむりと押しこまれていく。眼尻が切れそうなほど、美奈子が眼を見開く。泣きわめいて許しを乞う。

美奈子の頰にエンマは平手を浴びせ、畳に転がっていたショーツを口に突っこんだ。

高見沢がゲラゲラ笑いながら、小鼻を真っ赤にして泣いている美奈子の顔をスマホで撮っている。いったいなにがおかしいのか、タトゥーも笑っている。エンマが腰を振りたて、美奈子の排泄器官を犯し抜いていく。

地獄は続いた。

エンマが射精に至ると、高見沢とタトゥーがジャンケンをした。勝った高見沢はズボンとブリーフをおろし、杏奈に挑みかかっていった。最後の順番にまわされたタトゥーは、迫田に八つ当たりした。ガムテープでぐるぐる巻きにされている無抵抗の男を、渾身の力で蹴りあげてきた。腹や股間だけではなく、顔や後頭部も蹴られた。脳味噌が揺さぶられ、視界が霞んだ。耐えがたい痛みと苦しみに苛まれながら、次第に意識が遠のいていった。

それでいいと思った。

もうこれ以上、地獄の光景を見ていたくなかった。

4

いつ目覚めたのか、はっきりしなかった。

どれくらい時間が経ったのかも、まるでわからない。おそらく一昼夜だが、もしかしたら二昼夜かもしれない。

迫田の眼には、オレンジ色の常夜灯に照らされた薄暗い六畳間が映っている。迫田の他に、美奈子と杏奈がいる。ふたりとも全裸で、上半身にガムテープを巻きつけられていた。畳の上に転がって、ピクリとも動かない。

動かないのは、ガムテープによる拘束のためではないだろう。

精根尽き果てるまで犯し抜かれたからだ。

とくに、アナルセックスを強要された美奈子のダメージは深刻そうで、尻と太腿に血がついていた。すでに乾いてドス黒くなったその血痕は、この部屋で起こった惨劇が、決して悪夢ではなく現実なのだというなによりの証拠だった。にわかには受け入れられなかったが、逃れることもできなかった。

静かだった。

迫田が最初に意識を取り戻したとき、エンマたちはすでにこの部屋にいなかった。階下から賑（にぎ）やかな笑い声が聞こえてきた。いまはそれも聞こえなくなり、物音すらしない。

エンマたちが帰ったとは考えにくかった。彼らの目的はレイプではないからだ。おそらく寝ているのだろうが、いまはいったいいつなのか。この部屋には壁時計がかかっていないからわからない。窓には雨戸が引かれているが、昼間なら隙間から差しこむ光があるだろうし、前の道をクルマが通る音くらい聞こえてくるはずだった。

やはり夜なのだろう。

深夜、と考えるのが妥当な線だ。

どうすればこの状態から脱出できるのか？

意識を取り戻してから数時間が経ち、ようやくのことで考える気力が蘇ってきた。放心状態から脱してみれば、わずかに体を動かしただけであらゆる場所に激痛が走った。手脚も腹も背中も熱をもって疼き、息をするだけで胸が痛かったが、そんなことを言っている場合ではなかった。

このままでは殺される……。

エンマという男は、金のためなら平気で人を殺せる冷酷なやくざ者に違いなかった。そうでなければ、ここまでのことをできるはずがない。迫田はもちろん、美奈子も危ない。彼らとしては、正式な相続人である杏奈さえ残しておけばいいのだから、心中にでも見せかけて殺してしまったほうがいい、と考える可能性だってありそうだった。

そうなれば、天涯孤独となった杏奈には、死ぬよりむごたらしい運命が待ち受けている。寄ってたかって犯し抜かれ、心を折られて、なんでも言うことを聞く操り人形にされてしまう。手塚の膨大な遺産を相続しても、一円だって使う自由は与えられない。殺されずとも、暗い部屋に閉じこめられる。彼女の残りの人生は、死までの長いカウントダウンを数えることだけに費やされる。

戦慄がこみあげてきた。

これは悪夢ではなかった。

現実なのだ。

逃げなければならない。

だが、どうやって？

この部屋の外にはベランダがある。そこから隣家の塀を伝っていけば逃げられないこともないが、美奈子も杏奈も虫の息に見えた。迫田の体も、使いものになるかどうかわからない。

「修さん、起きてるの？」

ひそめた声をかけられ、ハッとした。杏奈だった。迫田と美奈子は猿轡(さるぐつわ)をされていたが、杏奈はされていなかった。常夜灯だけの薄暗い中、瞳が光っているのが見えた。

迫田はうなずいたが、ショーツで猿轡をされているので言葉を返すことはできなかった。たとえ猿轡をされていなくても、なにも言えなかっただろう。杏奈にどんな言葉をかけていいのかわからなかった。どういう顔をしていいかさえわからず、途方に暮れるしかない。

エンマに犯された杏奈の姿を、迫田は見てしまった。もちろん、見たくて見たわけではないが、目撃したという事実は重い。エンマの野太い男根が彼女に挿入された瞬間、迫田の頭は爆発しそうになった。杏奈はそれ以上のショックを受けたことだろう。淋(さび)しさからセックス依存症に陥ってしまった彼女とはいえ、レイプが平気なわけがない。ましてや、母親と並べられてだ。母娘揃って、一緒くたに凌辱されたのだ。これほど人間性を踏みにじる鬼畜の所業を、迫田は他に知らなかった。

杏奈が畳の上を這(は)って、こちらに近づいてくる。

泣き腫らした顔が痛ましかった。乱れに乱れた金髪にも、剝きだしの乳房の上にガムテープを巻きつけられた姿にも、レイプの痕跡がありありと残っていて、正視することができない。

ただ、泣きたいなら、胸を貸してやろうと思った。迫田の体は芋虫のように手も足も出ないし、猿轡をされていて慰めの言葉のひとつもかけてやることができないが、胸を貸してやることはできる。

しかし、横向きに寝ていた迫田があお向けになろうとすると、

「そのままでいて」

杏奈が言った。

「ううん、できればうつ伏せになってほしい」

杏奈の声はひそめられていたけれど、力強い意志が伝わってきた。迫田が言われたとおりにすると、杏奈は背中にまたがってきた。なにをしているのか訊ねたくても、猿轡をされていては言葉が出ない。

両手に巻かれているガムテープが引っぱられていた。ガムテープに嚙みつき、歯で剝がそうとしているのだと気づくまで、時間はかからなかった。

「修さん、逃げよう」

杏奈が息をはずませながら声を絞りだす。

「こんなの……こんなの絶対許さない……負けたくない……あんな連中に、人生めちゃ

くちゃにされたくない……」

震える声でささやかれ、迫田は息を呑んだ。大きな衝撃とともに、胸に迫るものがあった。

いつから彼女は、これほど強い女になったのだろう？

どんな女だって、あそこまでされたら普通、抵抗の気力を奪われる。恐怖のどん底で放心状態に陥り、思考回路が停止する。

杏奈は傷ついているはずだった。立ちあがることができないくらいのダメージを負っているに違いなかった。それでもガムテープに嚙みついてくる。ふうふうと鼻息を荒げて、迫田の両手を自由にしようとしている。

迫田はこみあげてくる熱いものを呑みこんだ。

涙を流している場合ではなかった。

杏奈の強さに触発され、奮い立った。

彼女の言うとおりだった。

あんな連中に、人生をめちゃくちゃにされてたまるものか。

5

さすがに時間がかかった。

腕を押さえるために上半身に巻かれたガムテープの下に、左右の手首を拘束しているガムテープがあり、杏奈はそのどちらも剝がさなければならなかった。

剝がしおえたとき、杏奈は顔中を脂汗にまみれさせ、肩を激しく上下させていた。おそらく、舌や歯や顎が相当に傷ついたことだろう。

両手の自由を得た迫田は、血の気を失っている手指を必死に動かして口に貼られたガムテープを剝がし、ショーツを吐きだした。両脚に巻かれたガムテープも剝がした。暴行を受けた部分には芯まで痛みが残っていた。体を折り曲げてガムテープを剝がすだけで何度も叫び声をあげそうになり、作業を中止しなければならなかったが、泣き言は言っていられなかった。驚くべき根性を見せた杏奈の前で、泣き言など言えるわけがない。

「待って」

ガムテープを剝がしてやろうとすると、杏奈は首を横に振った。

「ママを……先に……」

一瞬間を置いてから、迫田はうなずいた。顔を脂汗にまみれさせて肩で息をしながらも、母親を先に自由にしてくれという彼女が、慈悲深い女神にさえ見えた。

迫田は横になっていた美奈子の上体を起こし、拘束をときはじめた。迫田は服を着ていたが、美奈子と杏奈は全裸だった。乳房の上からガムテープが巻かれており、皮膚から丁寧に剝がしてやらなければならなかった。

見るからに痛そうだったが、美奈子はぐったりしたまま動かなかった。気を失っているわけではなく、薄眼を開けていた。しかし、こちらを見てくることはない。言葉も発しない。すべてを剝がしおえると、自由になった両手を動かすこともなく、畳の上に倒れこんだ。体を起こしていることもできないくらい、心身に深手を負っているようだった。

迫田は押し入れを開けて服を探した。そこは杏奈の部屋だったので、サイズが合わないような気がしたが、白いレースの下着とピンクのワンピースを出して、美奈子の前に置いた。

「着ろよ」

耳元で声をひそめ、背中を揺すっても、美奈子は畳の上にぐったりしたまま動こうとしない。迫田はしかたなく、美奈子にショーツを穿かせ、ブラジャーを着けてやった。上体を起こしてワンピースを被せ、なんとか体裁を整えた。

残るは杏奈だった。

美奈子に服を着せたことで、裸身にガムテープを巻かれ、股間の茂みすら隠すことができない彼女の格好が、ひときわ異様なものに感じられた。

迫田がガムテープを剝がしてやろうとすると、

「待って」

杏奈は再び首を横に振った。

「どうした？　早く服を着て、ベランダから逃げよう」

「わたし、前にベランダに閉めだされたとき、下におりようとしてもおりれなかったし」

「えっ？」

迫田は眉をひそめた。

ふたりの情事が、美奈子に見つかったときのことだ。

「それは……裸だったからだろう？」

「ううん。怖くて隣の塀に飛び移れなかったの。わたし、高いところ怖いの。ママはもっと無理だと思う……」

杏奈がチラリと美奈子を見やる。畳の上に倒れ、ぐったりしている。眼は開けているが、焦点が合っていない。まるで糸の切れたマリオネットのようで、たしかに彼女を担いで隣家の塀に飛び移るのは難しそうだった。

「しかし、他に逃げ道なんて……」

あるとすれば、迫田がひとりでここから抜けだし、警察に駆けこむことだ。ふたりを残していくのが心配だが……。

「わたし、下に行って様子見てくる」

杏奈がまなじりを決して言った。

「おしっこしたいって言って、下の様子がどうなってるか……下に何人残ってるか

「……」

「……なるほど」

迫田は大きく息を呑んだ。杏奈はおそらく、ずっと考えていたのだ。迫田が気を失い、眼を覚ましても放心状態に陥っている間、ここから脱出するための作戦を、ずっと……。

ならば、彼女の意見に従ったほうが賢明かもしれない。迫田がひとりで脱出するにしろ、下の状況がどうなっているのか知っておいたほうがいい。チャンスは一回きりで、失敗は許されないのだ。

「あの、エンマって男が、いるかいないかが問題だな……」

杏奈がうなずく。いなければ、勝機を見いだせそうな気がする。見張りが高見沢かタトゥーのどちらかひとりなら、もっといい。

「あとは……拳銃か……」

杏奈がもう一度うなずく。

迫田は全身が粟立っていくのを感じた。銃口を押しつけられたときの冷たい金属の感触が、いまも額に生々しく残っていた。こんなところでまさか撃ちはしないだろう、といまは思う。住宅街で銃声を轟かせれば、一発でパトカーがやってくる。しかし、額に銃口を押しつけられたとき、冷静にそんなことは考えられなかった。パトカーが来ても来なくても、撃たれればそれで終わりなのだ。次の瞬間、命は果てる。

「わたしにまかせて。大丈夫。危ないことはしないから」

きっぱりと言い放つ杏奈に、迫田は気圧された。こちらを見つめてくる杏奈の眼は、泣き腫らしているのに、強い光を放っていた。

未来を照らす光だった。「あんな連中に、人生めちゃくちゃにされたくない」という彼女の台詞が、耳にこびりついて離れない。

以前の杏奈なら、言うはずのない台詞だった。彼女の人生は、すでにめちゃくちゃだった。出生した時点から悲劇的な運命を背負わされ、救いがたい現状に抗う武器をなにひとつ持たず、ただ流されるように生きていた。幸せを求める健康な感覚を麻痺させて、セックスにおける快感だけに救いを求めていた。現実と向きあうことから逃れるために、見境なく男に脚を開いてしまうのが杏奈という女だった。

「……気をつけろよ」

迫田はそう言うことしかできなかった。彼女の成長に圧倒されてしまったから、だけではない。どれだけ最悪な事態になっても、いきなり杏奈が殺されることはないだろう、と思ったからだ。

殺されるなら、まず自分だ。

そして美奈子だ。

しかし、そうはさせない。させてはならなかった。杏奈を救いたかった。美奈子を救いたかった。それが叶うなら、自分は死んでもかまわないと覚悟を決めた。

部屋を漁ったが、携帯電話はなかった。やはり、エンマに取りあげられてしまったらしい。

6

杏奈の部屋には、武器になりそうなものもなにもなかった。しかし、たとえナイフがあったとしても、相手がエンマでは勝てる見込みはなさそうだった。躊躇うことなく人を殺せそうな、あの男が相手では……。

迫田は杏奈と眼を見合わせた。

「じゃあ……行ってくる……」

杏奈が立ちあがった。よろよろと襖に向かい、後ろ手で開けて出ていく。

一瞬転びそうになり、迫田を見て笑った。大丈夫だと言いたらしいが、その笑顔もこわばっていた。さすがに緊張しているのだろう。何度か深呼吸してから出ていった。

階段をおりる杏奈の足音が遠ざかっていくと、迫田も身を屈めて廊下に出た。聞き耳をたてるため、廊下の手前で腹這いになった。

「あのう、すいません……」

杏奈がリビングに向かって声をかける。

「すいませーん、誰かいませんか……」

「……なんだ?」

答えた声の主は、高見沢のように思われた。

「トイレ行きたいんですけどぉ」

「行けばいいだろ」

声はひどく眠そうだった。

「ガムテープ、剝がしてください」

「……ったく面倒くせえな」

リビングから出てきたのは、やはり高見沢だった。杏奈をうながし、トイレの方へ向かう。ふたりの様子をうかがえたのは、ほんの一瞬だった。階段の上から見て、右がリビング、左がトイレで、その先に玄関がある。

「ガムテープ、剝がしてください」

杏奈の声が聞こえた。

「ふいてやるからそのままましろよ」

高見沢の薄ら笑いが眼に浮かぶようだった。

「……意地悪言わないで」

「面倒くせえんだよ、もう一回巻きなおすのが」

「そんなこと言われても……」

「そのままやれ」

「嫌です……もう漏れちゃいます……おしっこ漏れちゃう……」

「べつにいいけどぉ、ここは俺たちの家じゃない……って、おいっ！」

高見沢の声がにわかに上ずった。

「ホントにするやつがあるかよ。なにやってんだ」

「だってぇ……だってぇ……」

「とめろよ」

「とまらないですぅ」

床にゆばりが落ちる音が、迫田の耳にも届いた。長々と続いた。女は男のように、小便を途中でとめられないのだ。

「ったく、なんてことするんだよ」

高見沢の声には、呆れと怒りが混じっていた。

「小便なんて漏らしやがって。エンマさんがいたら、おまえ、ただじゃすまないぞ」

迫田は大きく息を呑んだ。「エンマさんがいたら」ということは、いま現在、あの男はいないのだ。

ベリッ、ベリベリッ、と乱暴にガムテープを剝がす音が聞こえ、

「痛い痛いっ！」

と杏奈が悲鳴をあげる。

「いちいちうるせえなあ。そら、自由にしてやったから自分でちゃんと拭いとけよ。こ

こはおめぇらの家だけど、俺らだってしばらくいるんだ。小便くさくちゃかなわねえ」

迫田は乱れる鼓動を聞いていた。エンマはいない……となると、あとは拳銃だ。高見沢は持っているのか。あるいはリビングに置いてあるのか。いや、そんな物騒なもの、ホストに預けたりするだろうか。エンマが自分で持って帰った可能性が高いのではないか。

拳銃さえなければ……。

そうすれば、いささか強引にでも脱出することができる。いますぐでもいい。杏奈はいま、両手が自由だ。高見沢さえ押さえておけばいいのだ。全裸で街に飛びだすことになるが、そのほうがかえって注目されて警察への通報も早いかもしれない。迫田は上体を起こし、階段に身を乗りだした。高見沢が拳銃を持っているかどうかが知りたい。教えてくれ、と杏奈にテレパシーを送る。会話のやりとりで、なんとか……。

「なにやってる?」

後頭部に冷たい金属があたった。

「てめえ、どうやってガムテープ剝がした?」

タトゥーの声だった。心臓が縮みあがった。タトゥーはリビングではなく、二階の美奈子の部屋で寝ていたのだ。おまけに拳銃を持っている。後頭部にあたっている冷たい金属の感触を、迫田の体は覚えていた。

「け、警察に……通報したぞ……」

言葉が勝手に口をついた。

「おまえらは……もう逃げられない……」

「なんだと……」

襟首をつかんで起きあがらされた。

「どうやって警察に……」

最後まで言わせなかった。拳銃は顔に向けられていたが、腕をつかんでよけながら体を入れ替えた。そのままドンッ、とタトゥーの胸に肩をぶつけた。渾身の体当たりだった。撃てばいいと思った。深夜の住宅街に銃声が轟けば、誰かが警察に通報する。

タトゥーはしかし、撃たなかった。撃てなかったのだ。タトゥーの背後は階段だった。迫田とふたり、もつれあうようにして下に転がった。一瞬、重力から解き放たれてわけがわからなくなった。体のあちこちに襲いかかってくる衝撃をこらえるだけで精いっぱいだったが、タトゥーはもっとわけがわからなかっただろう。迫田に体当たりされ、後頭部から下に落ちたのである。

一階の壁に、迫田とタトゥーは激突した。衝撃は大きかったが、迫田は頭を打っていなかった。それでも、判断力を取り戻すまで数秒を要した。

「おい、やめろ……」

恐怖に震える声がした。高見沢だった。

「それ本物だぞ……う、撃つな……」

杏奈が両手で拳銃を構え、高見沢に向けていた。階段から落ちたタトゥーが拳銃を落とし、杏奈の方に転がっていったらしい。杏奈がふうふう言いながら、高見沢を睨みつけている。その眼にはっきりと殺意が浮かんでいる。

当たり前だ。

目の前にいるのは自分を犯したレイプ犯だった。杏奈の両脚の間を勃起しきった男根で穿ち、欲望のエキスをしたたかに放出したのだ。隣では母の美奈子が犯されていた。その様子を、愛する男に見せつけられた。

杏奈の殺意は偽物ではない。

燃え狂うようなその感情が、迫田にもシンクロした。

「撃てっ！　撃ち殺せっ！」

迫田は叫んだ。

「引き金を引けえっ！」

杏奈は迫田に一瞥もくれなかった。眼を凝らし、高見沢を睨んだまま視線を動かさない。一糸纏わぬ裸身から生々しく伝わってくる殺意が、刻一刻と密度を増していく。増せば増すほど、美しくなっていく。ピンクの乳首も黒い陰毛も露わにした二十歳の裸身が、この世のものとは思えないまばゆい光を放っていた。いっそ神々しいとさえ言いたくなるほど、白く輝いている。

杏奈は撃つだろうと思った。それでいいと迫田は思った。轟音とともに弾丸を放ち、その白い裸身に真っ赤な返り血を浴びればいい。

正当防衛が成立するかどうかなど、知ったことではなかった。

レイプの被害者がレイプの犯人をぶち殺し、罪に問われるようなことがあるならば、この世は闇だ。

「撃てっ！　撃つんだ、杏奈っ！」

狂気じみた迫田の絶叫が、狭い廊下に響きわたった。

第九章　難破船

1

黴の臭いがした。

埃っぽさもひどいものだった。

やけにだだっ広い室内には、何十年前のものかわからないピンボールゲームやパチンコ台が置かれ、カラオケ機器も異様に古い。使いこまれすぎた臙脂色の絨毯が脂じみた光沢を放ち、布が擦りきれてクッションがはみ出しているソファに至っては、不快感を通り越して溜息しか出なかった。

看板だけは仰々しいラブホテルの一室だった。

こんなところでセックスをする人間の気持ちが知れなかったが、迫田はとりあえず安堵の溜息をついた。杏奈はふらふらと巨大な円形ベッドに近づいていき、ダイブするように顔から倒れこんだ。美奈子も布の擦りきれたソファに腰をおろし、眼を閉じて深く息を吐きだす。

三人とも疲れきっていた。

迫田は喉の渇きを覚え、冷蔵庫からミネラルウォーターを三本取りだした。杏奈は黙って受けとったが、美奈子は「ビールがいい」と言った。迫田はうなずき、冷蔵庫からビールを出して渡してやった。

部屋の隅にソファとは別の椅子があったので、迫田はそこに腰をおろした。冷たい水を喉に流しこむと、口の中の傷にしみた。体中が痛みに疼いていた。高ぶりすぎた神経を飼い慣らすことが、痛みに耐える以上にしんどかった。

風呂にでも入れば少しは落ち着くかもしれない。

ラブホテルの風呂なら広いだろうから、湯を溜めてゆっくり浸かりたい気もしたが、痛んだ体を熱すると、よけいに痛みが増してしまいそうだ。

「ねえ、修さんっ！」

杏奈は枕元に置いてあったメニューを見ている。

「やったね。このホテル、二十四時間出前が取れるんだって。近くのファミレスから。気が利いてるうーっ！」

「そうか……じゃあ、なんか食うか……」

迫田はうなずいた。丸一日以上なにも食べていなかった。食欲などまるでなかったが、食べておいたほうがいいだろう。

それにしても、杏奈は元気だった。いや、元気というのとは少し違う。彼女もまた、高ぶりすぎた神経を飼い慣らすのに四苦八苦しており、食欲を満たすことで落ち着こうとしているに違いなかった。

「わたし、和風パスタにしよう。寝る前にあんまりこってりしたもの食べないほうがいいものね。修さんは？　カレー？　ふふっ、無難な選択。わたし、パフェも食べようかな。ケーキもいいな。やっぱやめた。太るから……」

杏奈はフロントに電話をかけて注文をすると、鼻歌を歌いながらバスルームに消えていった。やはり元気があると言いたくなる。テンションが高すぎる。

迫田もシャワーを浴びたかったが、腰をおろした瞬間から立ちあがる気力が刻一刻と減退していった。美奈子にしても、放心状態に陥っている。ビールの缶を持っているのに、それを口に運ぶことなく、ぼんやりと虚空の一点を見つめているばかりだ。

迫田は椅子にもたれ、眼をつぶった。視界が黒い闇に吸いこまれた。眠ってしまってはまずいと思ったが、黒い闇の中は居心地がひどくよくて、瞼をもちあげる気にはなれなかった。テレビをつけ、ニュースを確認したほうがいいかもしれないと思った。面倒くさかった。いや、現実と向きあいたくなかった。うとうとしていると呼び鈴が鳴った。出前が来たらしい。

すでにシャワーを浴びおえていた杏奈が、ホテルに備えつけのバスローブ姿で対応した。鼻歌を歌いながら、ソファの前のローテーブルに、ラップのかかったパスタやカレーやハンバーグの皿を並べていった。

「ねえ、修さん、食べようよう」

杏奈は絨毯の上にあぐらをかいて言った。

「ああ……」

迫田はうなずき、向かいあって腰をおろした。この部屋の絨毯に直接座るのは抵抗があったが、しかたがない。ソファは美奈子が占領していた。いつの間にか横になって寝息をたてていた。

食欲はなかったが、杏奈が料理の皿からラップを取ると、香ばしい匂いが漂ってきて腹が鳴った。杏奈がパスタ、迫田はカレーだ。ハンバーグ定食は、注文を訊いても答えない美奈子のために杏奈が選んだものだった。

「おいしいね」

パスタを頬張るなり、杏奈が笑顔を向けてきた。

「ああ……」

迫田はうなずきながらも、一瞬カレーの味がわからなくなった。

笑っているのに、杏奈は眼を見開いていた。異常な表情だった。びっくりしたときの顔をしているので、白眼がよく見える。いつもは青白いほど澄んでいるのに、血走って赤い。

殺意の残滓だろう。

あるいは殺意そのものが、彼女の中でまだくすぶっているのかもしれない。

迫田は水を飲んだ。スプーンでカレーをすくい、口に運んだ。味覚は戻ってこなかったが、我慢して食べた。

「さすがに疲れたな……」

眼を合わせずに言った。

「飯を食ったら、ひと眠りしよう」

「眠れるかな？」

杏奈の声は笑っている。

「眠れるさ。そこのでかいベッドで一緒に寝てやる」

「ホント、修さん？　ホントに一緒に寝てくれる？」

杏奈の声がはずんだ。

「ああ」

迫田がうなずくと、

「ご褒美だね」

嚙(か)みしめるように言った。

「頑張ったご褒美、嬉(うれ)しいな」

迫田は杏奈を見た。やはり、笑いながら眼を見開いていた。白眼に走った血の色がやけに鮮明すぎて、すぐに眼をそらした。

2

撃て、撃ち殺せ、と迫田は叫んでいた。

ほんの四、五時間前のことだ。杏奈は全裸で拳銃を構え、引き金に指をかけていた。眼を凝らし、高見沢を睨みつけている彼女は、むせかえりそうな殺意を放っていた。

立派なものだと、褒めてやりたかった。廊下でお漏らしをしてしまったのは、おそらくわざとだ。高見沢に拘束をはずさせたあと、なにをしようとしていたのかはわからないが、両手が自由になった刹那、不意に起こったアクシデントに対応して、高見沢より早く拳銃をつかんだ。構えも堂々と引き金に指をかけ、大の男を震えあがらせたのだから、いくら褒めても褒め足りないくらいだった。

「撃てっ！　撃つんだ杏奈っ！」

叫ぶ迫田もまた、正気を失うくらい殺気を燃やしていた。頭の中で、アドレナリンが大量に分泌されているのがはっきりとわかった。杏奈の殺気がシンクロしていた。人殺しの飛び道具を握りしめている杏奈のテンションが、迫田の心にそっくり重なっているようだった。

しかし――。

「うっ、撃たないでくれえええっ……」

高見沢は声をひっくり返し、その場に膝をついた。顔をくしゃくしゃにして、いまにも泣きだしてしまいそうな顔で言った。

「おっ、俺はエンマさんに言われてやっただけだっ……やらなきゃこっちだってどうなってたかわからないんだっ……俺たちだって被害者なんだよっ……」

頭を打って倒れていたタトゥーが上体を起こしたので、

「動くんじゃねえっ！」

迫田が顔面を蹴りあげると、タトゥーは悲鳴をあげてのたうちまわった。

「ずいぶんな言い草じゃねえか……」

迫田は高見沢を睨みつけた。

「誰に言われてやろうが、やったことには変わりねえよ。エンマを呪って死ねばいい。杏奈っ、撃てっ！」

杏奈が一歩前に進み、引き金を絞る。

「撃たないでくれえええーっ！」

高見沢の声が悲鳴じみていく。

「か、勘弁してくれよっ……俺たちは、レイプまでするつもりはなかったんだっ……だってそうだろう？　エンマさんが来るまでは、指一本触れてなかっただろう？　そんな気はなかったんだよ。悪いのはあの人なんだっ……」

その言い分は、わからないでもなかった。たしかにエンマが来るまでは、このふたりは美奈子の下僕のようだった。もちろん、そういうふうに見せかけて甘い汁を吸いつくそうという魂胆は見えみえだったし、美奈子に求められるまま唾液が糸を引くディープキスまでする態度には虫酸が走ったが、エンマに怯えて追従していたというのは嘘ではないだろう。

「いったいなんなんだ、あの男は？」

迫田は眉をひそめて訊ねた。

「エンマってのはやくざなのか？」

「や、やくざよりタチの悪い、金貸しだよ……闇金融屋だ……」

高見沢が震える声で答える。

「ホストと闇金と風俗ってのは、たいてい裏でつるんでるんだよ。ホストが女を捕まえて、闇金が金を貸して、最終的に風俗に沈める。だから俺ら、エンマさんのことはよく知ってるんだ……悪いやつばっかりいる闇金の中でも、あの人は別格だ。脅しじゃなくて、ガチで拷問して、マジで殺す。やばい人なんだよ。あの人のまわりで、いままで何人もの人間が消えてるんだ……」

「事務所はどこだ？」

高見沢が言いよどんだので、

「杏奈っ！」

迫田は視線を杏奈に向けた。

「わーったっ！　わーったから撃つなよっ！」

高見沢はあわてて財布を取りだし、中から一枚の名刺を差しだしてきた。「金融・閻魔」の太い文字の下に、住所と電話番号が記してある。住所は新宿区歌舞伎町だ。

迫田は名刺をポケットにしまった。これで警察への手土産ができた。早々にエンマを逮捕してもらうことができるかもしれなかった。不法侵入、婦女暴行、監禁、銃刀法違反、傷害、殺人未遂……高見沢の言によれば、余罪もたっぷりありそうだ。いったいどれくらいの刑が言い渡されるのだろう？

全身を満たしていた殺意が、引き潮のようにゆっくりと引いていった。目の前でいまにも泣きだしそうになっている小悪党より、引導を渡さなければならないのはエンマだった。ここで高見沢を殺せば、騒ぎが大きくなってエンマに逃げる隙を与えてしまうかもしれない。

「よし……」

迫田は高見沢に言った。

「そいつを連れて、トイレに入れ」

床に横たわっているタトゥーを一瞥する。

「お、恩に着るよ……」

高見沢が顔中をひきつらせて言ったが、

「待ってっ！」

杏奈が甲高い声で叫んだ。拳銃を持つ手をわなわなと震わせた。

「わたしやっぱり、こいつら許せないっ！」

ほどけかけていた緊張感が再び引き締まり、その場の空気が凍りつく。

「いいよね、修さんっ……撃ってもいいよねっ……」

迫田は言葉を返せなかった。全裸で拳銃を構えた杏奈の迫力に圧倒され、凶暴な殺意に呑みこまれていた。とめたくても、とめる言葉が口から出なかった。

次の瞬間、ズドンッと銃声が響いた。その場の景色を一変させる、衝撃的な音だった。打ち上げ花火の爆裂音も、V8エンジンの唸る轟音も目じゃなかった。

人を殺せる音だからだ。ピストルの弾が放たれた音は、はっきりと殺人を意図して響き、その場にいる全員の度肝を抜いた。

迫田も高見沢も、そして引き金を引いた杏奈自身も、腰を抜かして尻餅をついていた。タトゥーは頭を抱えて震えている。放たれた弾は人体を撃ち抜かず、天井に穴を空けていた。いくら殺意に充ち満ちていても、杏奈は二十歳の女の子だった。発射の反動で腕が跳ねあがってしまったのだ。

「杏奈っ！」

迫田は四つん這いでバタバタと這っていった。杏奈は両手で拳銃を構えた格好で固まっていた。表情も、眼をカッと見開いた状態で固まっている。

「もういい、杏奈っ！　もういいからっ！」

迫田が拳銃を奪おうとしても、杏奈はなかなか離さなかった。いや、離せなかった。硬直している指を一本一本剝がすようにして、迫田は杏奈の手から拳銃を奪いとった。顔中が気持ちが悪いほど脂汗にまみれてヌルヌルし、火を吹いたばかりの拳銃を持つ手は、滑稽なくらい激しく震えていた。

その迫田の脇を、高見沢が四つん這いで玄関に這っていく。その姿もまたひどく滑稽だったが、もちろん笑うことなどできなかった。タトゥーも高見沢に続き、玄関を飛びだしていく。

迫田は追わなかった。杏奈の手を取って二階にあがった。杏奈は極度の興奮状態で、眼を見開いてうーうーと唸っている。

「服を着るんだ」

二階の部屋に入ると、迫田は言った。

「いまの銃声で、近所の人が警察に通報してくれるはずだ。すぐにパトカーが来る。裸じゃまずい」

杏奈は虚空を見つめて唸るばかりで、動こうとしない。美奈子は部屋の隅で転がっていた。銃声を聞いても眼をさまさないとはたいしたものだが、そのままにしておく。

「頼む、杏奈」

迫田は杏奈の双肩をつかみ、顔をのぞきこんだ。

「おまえはよくやった。おまえのおかげでみんな助かった。礼を言うよ。本当に心から感謝してる……だから、服を着てくれ。正気に戻ってくれ」

「わたし……よくやった？」

　杏奈が泣き笑いのような顔になる。

「ああ、よくやった。驚いたよ。まるで戦隊アニメのヒロインみたいだった。安心していいからな。ピストル撃ったからって、罪になることはない。なるわけないよな、家にあがりこんだ悪い連中を追い払ったんだ。罪になるどころか、警察から感謝状もらえるよ。だから、服を着てくれ。正義のヒロインが素っ裸じゃ格好がつかないだろ」

「警察の感謝状なんかいらないよ」

　杏奈は頬に猫の髭のような皺を寄せて、照れくさそうに笑った。

「修さんが褒めてくれればそれでいい。ご褒美ちょうだい。ちゃんとひとりで服着るから、ご褒美……」

　唇を差しだし、キスを求めてくる。わけもないことだった。迫田はうなずいて唇を重ねようとしたが、

「警察がなんだって？」

　美奈子がムクリと上体を起こした。

「あっ、いや……」

　迫田はあわてて杏奈から顔を離した。

「杏奈が頑張って、あの連中を追い払ったんだ。もうすぐパトカーが来る。助かったん

だよ」

「なんだって……」

美奈子の顔から血の気が引いていく。

「パトカーなんて冗談じゃないよっ！」

バネではじかれたように立ちあがると、部屋を飛びだしていった。隣の部屋に行ったらしい。放っておいた。娘のピンクのワンピースを着て、人前に出たくないのだろう。それよりも杏奈だった。押し入れから下着と服を出し、渡してやる。着ようとする意志はあるようだが、動きがのろい。ブラジャーのホックがなかなかとまらない。

「ほら、足あげて」

ショーツを穿かせ、頭からワンピースを被せていると、怒りをこめたような足音とともに、美奈子が部屋の前を横切った。眼がチカチカしそうなサイケデリック柄のワンピースに着替えていたが、様子がおかしかった。血相を変えている。階段をおりていく足音が聞こえてくる。

「……ちょっと待ってろ」

迫田は杏奈を残し、美奈子を追った。一階におりると、美奈子は玄関で靴に足を突っこんでいた。

「なにやってるんだ？」

腕をつかんで言った。

「警察なんて冗談じゃないんだよっ！」

美奈子は噛みつきそうな顔で返した。

「こっちは被害者だぞ、なにも怖がることは……」

「ふざけんなっ！」

唾を飛ばして叫ぶ。

「わたしに証言しろっていうのかい？　あの連中になにをされたか……」

一瞬、返す言葉を失った。

レイプなんて、野良犬に咬まれたと思って忘れてしまえ、と言えるほど迫田は無神経ではなかった。野良犬に咬まれて体が不自由になった人間が、野良犬に咬まれたことを忘れるわけがない。野良犬はもちろん、犬という愛玩動物全般を呪うほど憎悪してもおかしくはない。ましてや、美奈子はもう、娼婦に身をやつしていたころの彼女ではない。

だがいまは、とにかく警察に保護を求めることが先決ではないか。エンマを逮捕してもらい、罪を償わさせるのだ。逆に逮捕してもらわなければ、枕を高くして眠ることもできない。

「待ってくれっ！」

ノブに手をかけた美奈子を、後ろから抱きしめた。

「話をしよう。話を聞いてくれ……」

「警察には行かないって言ってんだろっ！」

「わかった。わかったから落ち着いてくれ。頼むから……」

「うるさいよっ！」

それでも出ていこうとする美奈子を家にあげようとすると、暴れだした。先ほどまで糸の切れたマリオネットのようにぐったりしていたのが嘘のような力で、迫田の腕を振りほどこうとした。遠くからパトカーのサイレンが聞こえてくると、迫田の腕に嚙みついてきた。肉をえぐられると思った。ほとんど正気を失った錯乱状態だった。腕を振り払うと、自分の頭を壁にぶつけだした。ゴンッ、ゴンッ、と響く鈍い音が、彼女が負った心の傷の深さを伝えてくるようだった。

3

夜が明けようとしていた。

空は群青色になりつつあったが、地上にはまだ黒い闇が残されていた。それにまぎれて三人で逃げた。赤いパトライトが闇を照らすのが見えると、心臓が停まりそうになった。美奈子をなだめ、杏奈を励まして住宅街をコソコソと動きまわりながら、いったいなにをやっているのだろうと迫田は思った。

自分たちは紛うことなき被害者だった。

発砲したとはいえ、こちらは監禁されていたのだ。発砲しなければ、逃げだすことができなかったのだ。百歩譲って、杏奈には殺意があったかもしれない。しかし、母と一緒に犯された彼女は、普通の精神状態ではなかった。怒りに感情をコントロールできなくなり、引き金を引いたのも致し方なし、と警察だろうが裁判所だろうが判断するに決まっている。なにしろ相手は拳銃を手に人様の家に土足であがりこんできた、やくざ以上の極悪人なのである。

なのになぜ逃げているのか？

迫田は錯乱状態の美奈子を説得できなかった。殴り倒し、縛りあげてでもその場に留(とど)めさせたほうがいいような気がしたが、どうしてもできなかった。美奈子も被害者だった。心身に深手を負っていた。

次善の策をとるしかなかった。警察には行かないから三人で一緒に逃げようと美奈子をなんとか説き伏せ、杏奈を連れて家を出た。杏奈がきちんと服を着てくれていたことだけが救いだった。もちろん、美奈子の気持ちが落ち着けばあたらめて説得し、警察に出頭するつもりだった。

とにかく冷静になる必要があった。美奈子だけではなく、迫田にしろ、杏奈にしろ、正気を保っているとは言いがたかった。あれだけのことがあったのだから、正気を保っていられるわけがない。

警察に出頭するのは、気持ちを落ち着けてからでも遅くはなかった。まずは安全な場所で心身を休めたほうがいい。熱いシャワーや温かいスープや柔かい布団で気力を回復させなければならない。発砲の現場を放置してしまうことになるが、それくらいのことは許されるだろうと思った。こちらは加害者ではなく、被害者なのだから……。

「タクシーはダメだよ、警察とツーカーだから」

美奈子が言うので、始発電車が動きだすまで歩くしかなかった。大通りを避け、裏道ばかりを選んで歩いていると、自分たちがゴキブリの家族にでもなったような気がしてきた。

空が白々と明けはじめるころには、京成高砂駅付近にいた。三駅歩いた計算になる。そろそろ始発電車が動く時間になるはずだったが、

「ガラガラの電車に乗ったら目立ってしょうがないだろ。ラッシュまで待つんだよ」

美奈子が頑なに譲らないので、ＪＲの小岩駅を目指して再び歩きだした。彼女はどうあっても警察に拘束されたくないようだった。

とはいえ、さすがに疲れを隠しきれない。明るくなってからはほとんど口をきかなくなり、眼つきも虚ろになっていった。反対に、杏奈は歩けば歩くほどテンションがあがっていった。歩くリズムに合わせて鼻歌を歌い、口笛を吹いた。歌まで歌いだして、

「うるさいよ」と美奈子に小突かれていた。

「ねえ、修さん、お腹空いたよ。なんか食べようよ」

ファミリーレストランの看板が眼につくたびに、杏奈は言ってきた。迫田も少し休み

たかったが、ガラガラの電車に乗りたくないのと同じ理由で、美奈子は早朝のファミリーレストランになど入りたくないようだった。

「ちょっと待ってくれ。いま飯食ったら、眠くなって動けなくなる。まずは落ち着けるところを探そう」

そう言って、何度も杏奈をなだめてやらなければならなかった。

結局、JR小岩駅まで歩いて、総武線に乗った。通勤ラッシュに差しかかっていたので、ホームは人でごった返していた。スーツ姿のサラリーマンやOLの中で、三人は完全に浮いていた。眼がチカチカしそうなサイケデリック柄のワンピースを着た美奈子に、金髪にピンクのワンピースの杏奈。そして、迫田のシャツとズボンには、明るいところでよく見ると嘔吐物のシミや血痕があちこちについていた。

なにより迫田は、自分の眼つきや姿勢がおかしくなっていることを自覚していた。挙動不審とは、こういうことを言うのだろうと思った。

シャツの下で、拳銃をベルトに挟んでいるからだった。もちろん、犯罪を犯すつもりなどなく、エンマを逮捕させるための大切な証拠だったが、職務質問されたりしたらただではすまないだろう。必然的に猫背になり、まわりにいる人間に敏感になる。スマホばかりを見つめているサラリーマンやOLの中で、迫田はひとり、険しい眼つきで視線をせわしなく動かしていた。

満員電車に揉みくちゃにされると、杏奈はいまにも泣きだしてしまいそうになり、美奈子は夏バテした老犬のような顔になった。迫田は険しい表情でまわりを威嚇し、押してくる者があれば倍の力で押し返した。喧嘩になりそうになったが、殺気を抑えることができなかった。

秋葉原で山手線に乗り換え、上野で降りた。本当はもっと遠くまで行きたかったのだが、満員電車にそれ以上乗っていることができなかった。漠然と「もっと遠くへ」と思っていても、具体的にどこまで行けばいいのかわかっていなかったせいもある。

改札を抜けてからも、人混みが延々と続いていた。電車に乗っているうちに太陽があがり、気温も上昇していた。

夏の盛りだった。少し歩いただけで汗が噴きだし、信号待ちで立ちどまると眩暈がした。人混みから逃れるように、逃れるように歩を進めた。三人でひと塊になり、右往左往していると、まぶしい朝日に照らされているにもかかわらず、闇の砂漠をさまよっているようだった。

駅からかなり離れたところでようやくラブホテルを見つけることができた。看板だけは仰々しいがずいぶんと古めかしい建物で、殺伐とした雰囲気さえ漂っていたが、かまっていられなかった。

とにかくひと息つきたかった。

4

迫田は眼を覚ました。

悪夢を見ていた。内容は覚えていないし、思いだしたくもない。それでも、悪夢を見ていたことは間違いなく、その余韻に心臓を鷲づかみにされていた。ハアハアと息があがり、顔も体も汗びっしょりだった。

杏奈が隣で寝息をたてている。

あんなことがあったというのに、寝顔はとても穏やかだった。いいことだった。寝ているときくらいは、穏やかでありたいものだと迫田は思った。悪夢にうなされ、切れぎれの睡眠しかとれなくては、心身がまったく休まらない。

思いだしたくもない悪夢が、脳裏にフラッシュバックしていく。

浅黒い肌におどろおどろしい刺青を施した大男を、迫田は拷問していた。エンマの爪を一枚一枚剝いでいき、許しを乞う口をハンマーで叩いて歯を打ち砕き、唸るチェーンソーで四肢をバラバラにして、断末魔の叫び声をあげている顔に高笑いを浴びせている夢を見ていた。

現実だったらどれだけよかっただろう。実際に凄惨な暴力の餌食になったのは迫田のほうであり、愛するふたりの女まで無残に犯された。手も足も出ない状態で、その瞬間を目撃させられた。

殺してやりたかった。

いま見た悪夢よりももっとむごたらしいやり方で、エンマを地獄に堕としてやりたい。衝動が眼を冴えさせ、体を震わせる。気持ちを落ちつかせるために別のことを考えようとしても、エンマを八つ裂きにすることしか考えられない。

呼吸が整ってくると、自分の汗の匂いが鼻についた。

汗だけではなく、シャツには嘔吐のシミや血痕もこびりついている。不快でしかたなかったが、体は睡眠を求めていた。シャワーを浴びて着替えたほうがよく眠れるのではないか、いや、それはもう一度眠ってからでも遅くはないと、三十分ほど悶々としていただろうか。

美奈子がいないことに気づいた。そこで寝ていたはずのソファはもぬけの殻で、部屋のどこにも姿が見えない。

どこへ行ったのだろう？

トイレだろうか？　それとも風呂か？

美奈子は普通の精神状態ではなかった。家の玄関では錯乱状態だったし、歩き疲れて口がきけなくなると自分の殻に閉じこもった。側にいるだけで、魂の軋む音が聞こえてきそうだった。警察に拘束されるのも嫌だったのだろうが、迫田や杏奈と一緒にいるのもひどくつらそうだった。

もしかすると、ひとりでどこかへ行ってしまったのかもしれない。焦ってベッドからおりると、バスルームで人の気配がした。安心はできなかった。美奈子は家の玄関で頭を壁にぶつけていた。錯乱状態の中、無意識にかもしれないが、自殺の衝動があったのだ。バスルームで首を吊ろうとしていることだって考えられる。

迫田は気配を消して近づいていった。シャワーの音がしなかった。そのかわり、話し声が聞こえてきた。どこかに電話をかけているらしい。

いったいどこへ？

迫田は首をかしげながら聞き耳をたてた。

「ああーん？　気にしちゃいないって言ってるだろ。わたし実は、痛いのも嫌いじゃないんだよ。キャハハッ、ちょっとマゾっ気があるわけよ。まさかケツの穴まで掘られるとは思ってなかったけどね……ただまあ、マジモンの拳銃まで持ってきたのは、失敗だったね。杏奈の馬鹿が撃っちまったんだから。パトカーがサイレン鳴らしてきてさ、うちはいまごろ大変な騒ぎになってるよ。なんとか誤魔化せないかね？　しばらく塀の中に行ってくれるチンピラはいないかい？　金は出すよ、もちろん。しばらくって言ったって、天井に一発撃ったくらいじゃ、たいした罪にもならないだろうしさ。二千万くらいで自首してくれるやつ、見つけておくれよ……っ！」

空の浴槽に腰かけて電話をしていた美奈子は、あわてて電話を切った。迫田が扉を開けたからだ。通話ボタンだけではなく、電源まで切る念の入れようだった。

空気が張りつめた。

美奈子の眼つきに異様なものを感じた。錯乱していなかったし、自分の殻に閉じこもってもいなかったが、普通ではなかった。人間の眼つきではなく、ネズミとかヘビとかカマキリとか、そういう感じだった。

「……嘘だろ?」

迫田は力なく言った。空気が抜けるような声だった。鏡を見なくても、自分の顔が血の気を失って青ざめているのがはっきりとわかった。

「電話の相手は、エンマか?」

美奈子は黙っている。しばらくの間、気まずげに視線を泳がせていたが、やがて諦めたようにふーっと息を吐きだした。

「金の力っていうのはさ、やっぱ偉大なもんだね。ちょっと痛い目に遭わせてほしいやつがいるって言ったら、演出家も脚本家も厳(いか)つい顔の出演者も、すぐに集まっちゃうんだから」

居直った表情でニヤニヤ笑う。

「まさか……」

迫田は震える声を絞りだした。

「すべておまえが仕組んだことだったのか?」

「だったらどうだっていうのさ」

美奈子が笑顔をひっこめ、眉間に深い皺を寄せた。

「エンマなんてまだまだ下っ端よ。上には上がいくらでもいるよ。でも、風貌だけはおっかないから、今回のキャスティングにはうってつけだったろ。あんたビビリまくってたじゃないか。杏奈だって……ギャハハハハハッ！」

手を叩いて笑う美奈子が、シンバルを叩く猿の人形に見えた。心がないのに、ゼンマイの力で騒がしく動いているだけの人形に……。

全身の血が煮えたぎりそうな怒りがこみあげてきた。

自分はともかく、実の娘の杏奈にまで、あれほどのむごい仕打ちができるなんて、人間ではないと思った。

だがその一方で、深い哀しみもこみあげてくる。いまの美奈子が鬼ならば、鬼にしてしまったのは迫田だからである。迫田の裏切りによって、彼女はこんなことになってしまったのだ。

しかし……。

だがしかし、怒りより哀しみより、いまは優先しなければならないことがあった。迫田はありったけの胆力を眼つきにこめて美奈子に迫った。美奈子が気圧されて立ちあがり、空の浴槽の中に逃げる。迫田も追いかけて浴槽の中に入る。壁際に追いつめ、息のかかる距離で睨んだ。

「言ったのか？」

「なんのことだい？」

美奈子はとぼけた。

「俺たちがここにいることを、エンマに教えたのか？」

教えていれば、追っ手がくる。エンマたちの狼藉が、美奈子が考えた茶番だったとしても、今度はそうではない。拳銃の存在がトラブルの種になる。身代わりのチンピラひとりを出頭させてすむほど、警察は甘くないだろう。となると、闇社会の住人は、本気で自分たちをどうにかしようとするはずだ。

「どうなんだ？　ここの場所を教えたのか？」

迫田は声を低く絞った。

「さあね」

美奈子は顔をそむけて笑っている。

「言え」

迫田は美奈子の首をつかんだ。

「ハッ、なんの真似だい？　もしかして殺してくれるのかい？　それならそれでかまわないよ。わたしはね、決めたんだ。生きてる限り、あんたとあの子を道連れにすることに決めたんだよ。わたしをひとり置き去りにして、ふたりで手と手を取りあってどこかになんて行かせないよ。ずっと一緒にいてもらう。地獄巡りに付き合ってもらうからね」

迫田は唖然とし、

「……なんの意味があるんだ？」

苦りきった顔で言った。

「そんなことしてなんになる？　俺はともかく、実の娘の杏奈をどうしてそこまで憎むことができる？　杏奈の気持ちも汲んでやれよ。遺産は全部、おまえにやるって言ってるんだぞ。たかが金なんて言えないような大金を……」

「言ってるじゃないか」

美奈子が笑う。

「何十億だろうがたかが金だって、あんたとあの子は言ってる。人をナメきった話だよ。わたしに金を全部渡すことで、金よりも尊いもんがあるって証明しようとしてるんだからね。誰がそんなことさせるもんか。あんたたちがそのつもりなら、わたしは手塚の遺産を全部使ってでも、あんたとあの子の愛をぶち壊してやる。とびきりイカれたやり方でね」

「……頼むよ」

迫田はくしゃくしゃに顔を歪めた。涙が出てきそうだった。

「馬鹿なこと言ってないで、正気に戻ってくれ……」

「正気だよ、わたしは。頭が冴え渡って困ってるくらいだよ。今度はねえ、エンマみたいな力ずくなタイプじゃなくて、女の体を知りつくしてる色事師に、杏奈を調教してもらおうかね。あんたの目の前で、イキまくらせてやろうかね。シャブ食わせるのも面白いかもしれないね。あの子馬鹿だから、シャブ食わせたらかえってまともになったりしてな……ぐっ！」

美奈子は高笑いをあげようとしたが、あげさせなかった。迫田は両手で首をつかんだ。喉にあてがった親指に力をこめた。

「ミイラ取りがミイラになるって知ってるか？」

震える声を低く絞る。

「あんな危ない連中を使ってわけわかんないことして、自分だけ無傷でいられると思ってんのか？」

「ミイラにされてけっこうだよ」

美奈子は激しく咳きこんだが、言葉を継ぐのをやめなかった。

「わたしなんて、とっくのとうにミイラみたいなものなんだからね。あんたの言ってることくらい、先刻承知なんだよ。エンマがわたしのケツの穴を掘ってきただろ？　そこまでするって話じゃなかったのに、あいつは確信犯的にやったんだ。わたしをビビらせて、言いなりにしようとしたわけよ。あいつにしてみれば、いっそのこと脚本が本当の現実になっちゃったほうがいいんだから。ハハッ、あいつには間違いなくそういう魂胆があったはずさ」

「そこまでわかってて、どうして……」

「だから……地獄巡りに付き合ってもらうって言ってんだろっ！」

美奈子の双眸が怒りの炎に燃え狂う。

「許さないから……わたしは絶対、あんたとあの子を許さない。泣かせてやるよ。エンマよりもっとおっかないやつ連れてきて、おまえのことを泣かせてやる。殴ったり蹴ったりも痛いけど、杏奈をいじめられるともっと痛いよな。あの子のことを愛してるんだもんな。だったらあの子の心に、一生消えないようなトラウマをがっちり食いこませてやるよ。あー、楽しみだ、楽しみだ。そんときあんたがどんな顔をするのか、楽しみでしょうがないよ……」

もうダメだ、と迫田は思った。美奈子を鬼や悪魔にしたのは、他ならぬ自分自身だった。わかっていたから、彼女が口汚い悪態をつくたびに胸が痛んだ。罪悪感にやりきれなくなった。しかし、もはや限度を超えている。美奈子は鬼や悪魔に魂を乗っ取られてしまっている。

この女は本当にやるだろう。生きている限り、迫田と杏奈を呪いつづけ、凶悪な刺客を送りこんでくるんだろう。杏奈が犯されているところを見て高笑いをあげ、迫田が打ちのめされている姿を見て溜飲をさげるために……。

憐れだった。

人を呪うためだけに生きている人間など、憐れに決まっている。

美奈子は自分でも、そのことに気づいているようだった。だから、首を絞められても抵抗しない。いや、抵抗しないどころか。むしろ気持ちよさそうだ。

どうしてだろう？　首を絞められ、苦悶に顔を歪めていても、この女はどうしてこんなに気持ちよさそうな顔をしているのだろう？　オルガスムスの表情さえ彷彿とさせるのはなぜだろう？

この女は死にたがっているという確信が、迫田の手指に力をこめさせた。美奈子は死にたがっている。鬼や悪魔から、魂を解放されたがっている……。

「美奈子っ……」

愛する女の名前を呼んだ。

「美奈子っ……美奈子おおおっ……」

自分はたしかに、彼女のことを愛していた。だが、いま目の前にいる女は、かつて愛した女とは別人だった。別人にしたのは迫田だった。堂々巡りが混乱を誘い、視界が歪んでいく。きりきり舞いしながらどこかに落ちていくような感覚の中、命綱をつかむように手指に力をこめる。細く柔らかい女の首を、渾身の力で絞めあげていく——。

どれくらい時間が経ったのだろう。

気がつくと、美奈子はすでに事切れていた。

恐るおそる、手指から力を抜いた。亡骸となった美奈子は、ドサリと重苦しい音をたてて浴槽の床に崩れ落ちた。動かなかった。見開かれたまま光を失った眼が、命が燃え尽きたことを告げていた。

静かだった。耳が痛くなるほどの静寂の中、迫田は立ちつくし、崩れ落ちた美奈子を呆然と眺めていた。

人の気配がした。

バスルームの扉のところに、杏奈が立っていた。紙のように真っ白い顔をしていた。一部始終を目撃したようだった。

「ううう……おおおおっ……」

迫田は声をあげて走りだした。杏奈の体を押しのけてベッドに向かい、枕元の引き出しに隠しておいた拳銃を取りだした。

「やめてっ！」

銃口を口に咥えようとしていた迫田に、杏奈が飛びかかってきた。拳銃を持っている両手をつかみ、迫田の顔から遠ざけようとする。

「離してくれっ……殺しちまったっ……美奈子を殺しちまったっ……」

「どうして殺したの？　ねえ、どうして？」

「美奈子がエンマと通じていた……あんなことをさせたのは、美奈子の差し金だったらしい……」

「……嘘でしょ？」

杏奈の顔がぐにゃりと歪む。

「嘘じゃない。風呂場でエンマに電話してた……エンマより悪いやつに、おまえを犯させるって……でも……でも殺すことはなかったんだっ！」

　迫田が再び銃口を顔に近づけると、

「お願いだからやめてえぇぇーっ！」

　杏奈が必死に手を押さえる。手首に爪が食いこんでくる。

「いまの話が本当なら、修さんは悪くないよ。悪いのはママよ」

「ああっ、そうだ。悪いのはママだ。だが、殺すことはなかった……おまえのママを殺すことは……」

　銃口を咥えた。硬い金属にガチガチと歯があたる。指を動かして引き金を探す。

「やめてって言ってるでしょっ！」

　スパーンッと頬を張られ、迫田の動きはとまった。

「ママも修さんも死んじゃったら、わたし、生きていけないじゃないのっ！　死ぬんだったら、わたしを殺してからにしてっ！　わたしを先に殺してっ！」

　全身から力が抜けていった。杏奈は拳銃をつかんだ迫田の手を引っぱり、明後日の方向に向けた。眼を見開いて睨んできた。天敵と遭遇した猛獣のように、唸り声さえあげそうだった。

5

警察を呼ぼうと思った。

それが唯一にして絶対の解決方法だった。

警察が来れば、杏奈も保護してもらえる。たとえエンマやその仲間たちがやってきたとしても、手も足も出せない。

しかし、杏奈が納得してくれなかった。

「修さんだけ刑務所行くのなんておかしいよ。悪いのはママでしょ？　ママが悪いんでしょ？　殺されたってしかたがないことをしたんでしょ？」

迫田は疲れてしまった。

言葉を費やし、杏奈を説得する気力がなかった。正論を諭したところで、彼女に通用するとも思えなかった。

杏奈は駄々をこねているだけなのだ。美奈子が死に、迫田が警察に逮捕されて、自分ひとりが残される現実を受け入れられないのである。

顔立ちは手塚によく似た杏奈だが、母親からもきっちりと遺伝子を受け継いでいた。駄々をこねる彼女は、「警察は嫌だ」と玄関先で錯乱状態に陥った美奈子を、ありありと思いださせた。

残された道は、美奈子の亡骸を放置して逃げだすことだけだった。

そんなことをすれば罪は重くなるし、美奈子にも申し訳が立たない。せめて手厚く葬ってやりたかったが、ここに留まっていて闇社会の人間に捕まってしまうのは、最悪の展開だった。断腸の思いで決断した。

ラブホテルを出たのは午後五時前だった。外はまだ明るかった。蒸し暑さが尋常ではなかった。雨が降ったらしく、アスファルトが濡れていた。むわりと湯気さえたちそうで、一分も歩いていると全身が汗みどろになり、あとは湯の中を歩いているみたいだった。

上野駅を目指して歩いていたはずが、方角を間違えたらしく、なかなか着かなかった。土地勘がないのでどこをどう間違えたのかさえよくわからなかったが、人に訊ねてみる気にはなれなかった。延々と歩きつづけ、次第に陽も暮れてきた。ようやく線路が見えてそれを頼りに進んでいくと、上野の隣の駅である鶯谷に着いてしまった。

駅前にラブホテルが林立していた。驚くような数だった。駅前にこれほどたくさんのラブホテルが建っていて住人がなにも言わないのか不思議でならなかったが、いまの迫田には救いの手に思えた。

「そのへんのホテルに入ろう」

「ええっ？　もっと遠くに逃げなくて大丈夫？　わたしてっきり、上野から新幹線乗るんだと思った」

「いや……とにかく……少し休ませてくれ……」

「……そう」

杏奈は納得いかないようだったが、迫田の表情を見てしかたなさそうにうなずいた。疲労が顔を覆い尽くしているのだろう。実際、疲れきっていた。体のあちこちには暴行を受けた痛みがまだ残っているし、昨日から歩いてばかりで筋肉痛もひどい。ベッドに横になったとはいえ、悪夢にうなされてよく眠れなかった。さらに、手指に力が入らない。箸さえ落としそうなのに、美奈子の首を絞めた感触だけは嫌というほど生々しく残っている。

ラブホテルの部屋に入ると、ベッドまで歩いていくことさえできず、ドアの前でへたりこんだ。身の底から不快感がこみあげてきた。汚れたシャツが放つ悪臭も、汗のヌルヌルした感触も、もう一秒も耐えがたかった。ボタンをひきちぎるようにしてシャツを脱ぎ、Tシャツも頭から抜いてしまう。

「ちょっと待ってて。お風呂入れてくる」

杏奈がバスルームに走っていった。

迫田のベルトには拳銃が挟まっていた。力の入らない手でそっと抜き、まじまじと見つめた。黒い金属の塊に、まがまがしい殺意が宿っていた。杏奈が高見沢に向けた殺意だった。実際、引き金を引いて発砲した。迫田の殺意も宿っている。迫田は自分で自分を殺そうとした。

本当に引き金を引く気があったのかどうか、いまとなってはよくわからない。しかし、杏奈にとめられなかったら、やはり死んでいただろうと思う。美奈子を殺してしまったという現実を、受け入れられなかった。それが事実と理解しながらも、耐えられなかった。逃げこめる場所があったなら、それが死でもかまわなかった。

「美奈子……」

いったいなんという最後だろう。

自分にさえ出会わなければ、彼女は死ぬことはなかった。腹を痛めて産んだ実の娘を、狂気に駆られるほど憎悪する必要だってなかった。

自分にさえ出会わなければ……。

ほんの一瞬だけれど、自分たちだって人並みの幸せに近づいたときがあった。つぎはぎだらけのにわか家族が、本物の家族になりかけた瞬間があった。

いや……。

いまは考えるのをやめようと思った。考えれば考えるほど、やりきれない気分になっていく。再び銃口を口に咥え、引き金を引きたくなる。自分の頭を吹っ飛ばしたくなる。

拳銃を置いた。ポケットから美奈子の携帯電話を出した。

ベルトをはずし、ズボンを脱いだ。ブリーフの中にもたっぷりと汗をかいていた。座ったまますりおろし、脚から抜いてしまう。

「……やだ」

バスルームから戻ってきた杏奈が苦笑した。

「どうしてこんなところでマッパになってるの」

迫田は苦笑もできなかった。立ちあがる気力もなく、このまま横になって眠ってしまいたかった。

「ふふっ、わたしも脱いじゃおう」

杏奈が両手を首の後ろにまわし、ワンピースを床に落とした。ブラジャーとショーツもすぐに脱いで、全裸になった。

迫田は見とれてしまった。

綺麗な裸だった。何度となく抱いた体だし、全裸で拳銃をぶっ放す大立ちまわりまで目撃した。それでも見慣れることがない。見れば視線が釘づけになるし、抗いようもなく欲望が疼きだす。その丸みを帯びた乳房や尻を撫でまわし、指を食いこませて揉みしだきたくなる。

だが、迫田は疲れ果てて動けなかった。杏奈をこの腕に抱いたところで、手指に力が入りそうにない。若い素肌を味わえない。

「ほら、修さん。立って」

杏奈が手をつかみ、迫田を起きあがらせてくれる。情けないことに、空元気を出して自力で立ちあがることさえできなかった。

「背中流してあげるよ」

浴室に入ると、椅子に座らされた。まるで病人だった。杏奈はシャワーを手にすると、熱い湯を頭からかけてきた。

「おいおい、背中を流してくれるんじゃなかったのか?」

迫田は焦ったが、

「えっ? 背中も流すけど、まずは頭からでしょ。わたしそうだもん」

杏奈は気にもとめずにシャワーの湯をかけてくる。ずいぶん乱暴なやり方だと思ったが、結果的にはそれがよかった。熱いシャワーが喝となり、眼が覚めた。髪を洗われる刺激に、気力が少し蘇ってきた。

杏奈は続いて、ボディーソープを背中に塗りたくってきた。スポンジやタオルを使わず、手で直接だった。ヌルヌルした手のひらが背中を這いまわり、肩や腕を撫でまわしてきた。

気持ちよかった。触られると痛みが走る場所もあったが、それを差し引いても夢心地の気分になっていく。

ボディソープにまみれた背中に、硬いものがふたつ、あたっていた。杏奈の乳首だった。色は清らかなピンク色なのに、彼女の乳首は尖るとやけに硬くなる。さらに、弾力のある乳房も押しつけられる。と同時に、両手が前にまわってきて、イチモツを洗いだした。ボディソープのローション効果と手つきのいやらしさが相俟って、疲れきっているはずなのにむくむくと大きくなっていく。

「おまえ、うまいな……」

照れ隠しに言った。

「そのへんのソープ嬢より、うまいんじゃないか……」

「修さん、ソープなんて行ったことあるの？」

杏奈が無邪気な声で訊ねてくる。

「いや、行ったことないけどさ……」

迫田は苦笑した。苦笑する元気が戻ってきた。杏奈の手の中で、イチモツは芯から硬くなり、熱い脈動を刻みはじめている。

杏奈が欲しかった。

その一方で、勃起などしてはいけないとも思う。ましてやセックスなどあり得ないと自分を戒める。

脳裏に美奈子の顔がよぎっていった。首を絞めているときの顔だ。息のできない苦しさに眼を見開き、閉じることのできなくなった唇を震わせて、美奈子は事切れた。最期まで、自分を裏切った迫田と杏奈を憎悪することをやめなかった。瞳に燃え狂う憎悪をたたえ、絶対に許さないと呪文のように繰り返していた。

どうすればいいのだろう？

どうすれば、美奈子に対する罪を贖(あがな)えるだろう？

答えなどあるはずがなかった。

しかし、探さなくてはならない。死に物狂いで答えを探すのだ。それを見つけることだけが、残りの人生に課せられたすべてだと思った。愛する女を殺してしまった男の、逃れられない運命だった。

6

風呂から出ると、全裸のままベッドに倒れこんだ。

それほど熱くない湯だったが、三十分近く浸かっていたので、ほとんどのぼせていた。さすがラブホテルの風呂と言うべきか、大人がふたりで入っても充分脚を伸ばせる広さで、ジャグジーまで付いていた。照明を暗くし、噴出する気泡に身を委ねていると、体中の凝りがほぐれた。ほぐれすぎたくらいだった。

杏奈がバスルームから出てきた。バスタオルを体に巻いた姿で冷蔵庫を開け、ミネラルウォーターのボトルを取りだす。白い喉を反らして、口の中に流しこんでいく。うまそうだ。

「俺にもくれ」

かすれる声で迫田は言った。杏奈はうなずいてベッドに腰をおろした。しかし、ミネラルウォーターのボトルは渡してこない。自分の口に含み、唇を重ねてきた。冷たい水を、口移しで飲ませてくれた。

杏奈が欲しかった。

しかし、腕を伸ばして抱きしめられない。触れあった舌をからめて、キスを深めることもできない。

杏奈が唇を離す。ひどく残念そうな顔をしている。ベッドの縁に座りなおし、迫田に背中を向けた。迫田は横たわったまま、バスタオルの巻かれた杏奈の背中を眺めていた。

気まずい空気がふたりの間に漂っていた。

「ねえ、修さん……」

杏奈が背中を向けたまま言った。

「いままでさ、いちばん気持ちよかったエッチってなに？」

少し間を置いてから、迫田は答えた。

「おまえとするのがいちばんいいよ」

杏奈は黙っている。

「嘘じゃない」

「わたしも……」

杏奈の声は少し上ずっていた。

「わたしも修さんとするのがいちばん気持ちいい……最高……って言いたいんだけど……一回だけ、ものすごく気持ちよくて……おかしくなりそうなエッチしたことある……」

チラリと上目遣いで振り返った。

「怒った？」

「いや……」

迫田は首を横に振った。

「そのときの話、してもいい？」

「……ああ」

本当は聞きたくないような気もした。しかし、会話をやめても、することがない。この腕ではもう、杏奈を抱きしめることができない。

「二年くらい前かなあ、相手は冴えないおじさんで、もう顔もよく覚えてないけど、よれよれになったネズミ色のスーツ着て、頭が薄くて、ちょっと太ってた。あっ、そうそう、堀切のカラオケボックスにいた店長みたいな感じ。でも、雰囲気が全然違って、ものすごく暗いわけ。もう真っ暗。なにがあったのか知らないけど、この世の果てを見てきましたみたいな顔をしてた。そのときわたし、椎名町のホームのベンチに座ってて、棒についたアイス食べてたんだけど、隣に座ってジロジロ見てくるわけ。それで『もしよかったら、その食べかけのアイス一万円で売ってくれませんか』って言ってきたの。わたし、とっても虫の居所が悪くてね。ママと喧嘩したからなんだけど、なんか言い返すのも面倒くさくて、ハイって渡したわけ。お金はいりませんから、欲しければどうぞって、ちょっとむくれた感じで。おじさんは受けとって、おいしそうでもまずそうでもなく、とっても哀しそうな顔してアイスを舐めてたの。どうでもよかったから、なんにも言わずに電車に乗ったら、ついてきて。池袋で降りて、街に出てもまだついてくるわけ。わたしが立ちどまって振り返ると、向こうも立ちどまって申し訳なさそうに下向いて……わたしもう頭にきちゃって、ずんずん近づいていって言ってやったの。わたしとエッチしたいんですか、って。そうしたら『僕の財布にはいま八万二千円入ってる。全部あげてもいい』とか言うわけ。またお金？　って苛々して、お金はいりませんけど、気持ちよくしてくれるならしてもいいですよって言ったの。自信があるならホテル行きましょうって。おじさん、もごもごなんか言ってたけど、結局はホテルに行くことになった。で、始まったんだけど、普通のやり方だったし、腰の使い方なんてわたしのほうがうまかったくらい。ただ、クライマックスが近づいてきたとき、『すごく気持ちよくなるやり方があるからやってもいいか』って言われてね……首を絞めあったの。わたしが上になってる騎乗位で、お互いに両手で……すごかった。イキっぱなしってこういうことを言うんだなって思った。体中がぶるぶる、ぶるぶる痙攣しまくってて、頭の中は真っ白。たぶん涎なんかもたくさん流してたと思うけど、もうわけわかんないくらい気持ちよくて、首絞められてるから苦しいんだけど、苦しいことまで気持ちがいいの。矛盾してるけど、本当にそうなの。なんて言うんだろう、幽霊みたいに半透明になって、どこかに吸いこまれていく感じがした。たぶん失神しちゃうんだろうなって思ったけど、ある瞬間からこれは絶対に死ぬんだろうって感じになった。それでも全然やめられなくて……結局は失神もしないで終わったんだけど、おじさん終わったあと、トイレに閉じこもっておいおい泣きじゃくりはじめたから驚いちゃった。わたし怖くなってすぐ逃げたけど、あのときたぶん、おじさんはわたしと一緒に死のうとしてたんだと思う。誰でもいいから道連れにして死にたかったけど、途中で気が変わってやめたんだと思う……あとから考えてゾッとした。わたし、殺されるところだったんだって……」

杏奈が言葉を切ると、ホテルの部屋に異様な静けさが訪れた。迫田は杏奈の背中を見ていた。緊張が伝わってきた。

「……してもいいよ」

振り返って言った。

「いくら気持ちよくたって、あれだけは二度としないって決めてたけど、修さんとだったらしてもいい……」

死んでもいい、というふうに迫田には聞こえた。生きていたところで、ふたりが離ればなれになるのは間違いなかった。迫田は、美奈子を殺した罪を贖わなければならなかった。警察がどうとか、法律がどうとかいう問題ではない。自分で自分にケジメをつけなければならない。たとえば杏奈とふたりでどこかに逃げるとか、そういうことは考えられない。つまり彼女と一緒にいられるのは、せいぜいあとひと晩くらいのものなのである。

杏奈もそれを察している。だったらいっそのこと、と眼顔で訴えてきている。いままで封印してきた最高に気持ちのいいセックスをしたい。まかり間違えて死んでしまってもかまわない。頭が真っ白になるエクスタシーを味わいながら、ふたりでこの世から消えてなくなりたい……。

甘美な最期だと思った。

かつて、手塚光敏に杏奈を捜してくれと頼まれたとき、その報酬を手にしたら、異郷に渡って死のうと思っていた。太陽がギラギラと輝いている国で、暗く湿った部屋に閉じこもり、麻薬と最下層の娼婦にまみれて息絶える瞬間を想像しては、悪くない死に方だと思っていた。

それよりも遥かに甘美に思える。

首を絞めあうセックスが気持ちがいいというのは、よく耳にする話だった。本当かどうか、やったことがないのでなんとも言えないが、男根は限界を超えて硬くなり、蜜壺も限界を超えて絞まりを増すらしい。その一体感たるやノーマルなセックスなど足元に及ばず、中毒になって命を落とす例もあるという。それもまた、嘘か本当かわからないが……。

「こうやってやるんだよ」

杏奈が身を翻し、迫田の上にまたがってきた。両手を喉に伸ばし、そっと巻きつけてくる。視線が合うと、お互いに息を呑んだ。杏奈はバスタオルの下にショーツを着けていなかったので、熱く息づく女陰が腹に直接あたっていた。

「修さんも、してよ……」

「……ああ」

躊躇いながらも、迫田は杏奈の首に両手を伸ばしていった。自分で自分がおぞましかった。いま杏奈の首にあてがわれているのは、彼女の母親を殺した手だった。殺したときの感触さえ生々しく残っている。

「本気で絞めてもいいよ」

杏奈がすがるように見つめてくる。

「馬鹿言え」

「死のうよ、一緒に」

声を震わせて哀願する。

「わたしもう、生きてるのが嫌になっちゃった。修さんがいなくなったら、生きてたって意味ないよ」

「……ダメだ」

迫田はまぶしげに眼を細めた。

「おまえを殺すわけにはいかない。できることなら俺だけ殺されたいが……おまえを人殺しにはできない」

「修さん、ずるいよぉ」

杏奈の眼から大粒の涙がこぼれる。

「ママのことは殺したのに、どうしてわたしのことは殺せないの？　わたし、ママの首を絞めてる修さん見て、自信がなくなった。本当はわたしよりママのほうが好きなのかもしれないって不安になった。不安にさせないで。ママのこと殺したんだから、わたしのことも殺してよ……」

迫田は力なく首を横に振った。杏奈の愛がまぶしかった。杏奈より美奈子のほうが好きなのかと問われても、答えることはできない。どちらをより強く愛しているのか、自分自身でさえよくわからない。

「じゃあ……せめて……抱いて……」

杏奈は震える声を絞りだすようにして言った。

「お別れまで、ずっと抱いてて……もうできないっていうまで、しよう……エッチしよう……」

迫田は眼を細めて杏奈を見つめた。杏奈も見つめてくる。視線と視線がぶつかりあい、からみあっていく。

杏奈の眼つきからは、欲情ではなく、淋しさばかりが伝わってきた。迫田もまた、途轍もなく淋しかった。淋しくて淋しくてしかたがなかった。

騎士がマントをはずすように、杏奈はバスタオルを取った。湯上がりの素肌がピンク色に上気していた。そのせいで女らしい丸みを帯びた裸身がいつもよりずっと生々しく、エロティックに見えた。

7

杏奈は迫田の腹にまたがったままだった。

たわわな乳房も黒い草むらも露わにすると、唇を重ねてきた。舌も差しださない軽いキスだった。唇を離すと、今度は首筋に押しつけてきた。チュッ、チュッ、と音をたてて、後退り(あとずさり)ながらキスの雨を降らせてきた。

迫田からは、四つん這いになって高々と掲げられている杏奈の尻が見えた。どこまでも丸く、艶(なま)めかしい形をしている。

眼に焼きつけておこうと思った。尻の形だけではなく、揺れはずむ乳房も、素肌の白い輝きも、彼女の美しい体とこれから起こるすべてのことを、余すことなく記憶に留めるのだ。

男根が握りしめられた。杏奈は右手でそっとしごきたてながら、左手で金髪をかきあげた。サクランボのような赤い唇を割りひろげ、亀頭を口に含んだ。杏奈の口の中は、驚くほど大量の唾液が分泌していた。亀頭が湯の中で泳がされているようだった。舌が動きだした。唇で吸ってきた。男根はすぐに芯から硬くなり、いてもたってもいられなくなった。

いつものことだった。杏奈のフェラチオは、可愛い顔に似合わず濃厚で、ねちっこい。できるだけ長い時間味わっていたくなるが、気持ちがよすぎてそれは叶わない。一方的に責められていると暴発してしまう懸念があるから、五分と味わえずに次に進むことになる。

「おい……」

喜悦に顔を歪めて声をかけた。

「俺もしてやるから、こっちに……」

シックスナインにうながそうとしたが、

「ちょっと待って」

杏奈は迫田の両脚をひろげてきた。女のようなM字開脚に押さえこむと、玉袋に舌を這わせ、睾丸をひとつ口に含んだ。

迫田は息を呑んだ。睾丸を強く吸われると、魂さえも吸いとられてしまうような感覚に陥る。さらにアヌスにも舌が這ってくる。声をあげそうになってしまったが、さすがにそれはこらえた。

細い皺が集まったすぼまりを、くなくな、くなくな、と舐められると、ひどくくすぐったい。しかし杏奈は、同時に男根もしごいてくる。くすぐったさと快感が渾然一体の刺激となり、身をよじらずにはいられない。恥ずかしいほど息がはずむ。火がついたように顔が熱くなっていく。

「元気が出たでしょ?」

杏奈が上目遣いで悪戯っぽく笑う。

「男の人って、お尻の穴を刺激されると回春効果があるんだって」

「杏奈のも舐めたい。こっちにお尻を……」

うなずいて、体を反転させる。女性上位のシックスナインの体勢で、尻を突きだしてくる。

彼女の大きくて丸い尻は、まるで美術品のように完璧な色とフォルムをたたえていた。しかし、桃割れの間からは、獣じみた匂いが漂ってくる。女体の発情を示す発酵臭にいざなわれて奥をのぞきこめば、アーモンドピンクの花びらが慎ましやかに口を閉じていた。

迫田は尻の双丘を両手でつかみ、ぐいっと割りひろげた。露わになった女の割れ目と尻の穴を、熱い視線でむさぼり眺めた。鼻を鳴らして匂いを嗅ぎまわしながら、舌を伸ばした。まずは花びらの合わせ目を、丁寧に舐めあげた。あふれた蜜が糸を引いた。さらにねちっこく舐めあげていくと、花びらがじわじわとほつれていき、薄桃色の粘膜が恥ずかしげに顔をのぞかせた。

迫田は舌を踊らせた。杏奈が可愛い悶え声をあげ、四つん這いの身をよじらせる。尖らせた舌先を穴に差しこむと、鼻息をはずませて男根をしゃぶりあげてきた。痛烈に吸いたてながら、唇をスライドさせてくる。

舐めて舐められるオーラルセックスに、ふたりで溺れた。部屋はクーラーで冷えていたが、みるみるうちにお互いの肌がじっとりと汗ばんでいった。

「……もう我慢できない」

杏奈が振り返って言った。

「もう欲しい……修さんが欲しい……」

言いながら、握りしめた男根をしごいてくる。しごき方が乱暴になっているのは興奮の証（あかし）だった。切羽つまった欲情が生々しく伝わってきた。

迫田がうなずくと、杏奈は体を反転させてこちらを向いた。騎乗位の体勢で、勃起しきった男根を両脚の間に導いた。

視線が合った。

杏奈はせつなげに眉根を寄せ、眼の下と小鼻を濃いピンク色に染めていた。いやらしい表情だった。息をとめて、腰を落としてきた。びしょ濡れになった女の部分で、男の器官を呑みこんでいく。すべてを呑みこむと前屈み（まえかが）になり、迫田の顔の両側に手をついた。迫田の顔はこれ以上なくこわばっていた。結合の歓喜が、顔だけではなく全身をこわばらせている。

まだ視線は合ったままだった。

杏奈は動きださない。迫田もそうだ。ただ見つめあう。性器の結合を意識しながら、視線だけをからめあう。

先に焦れたのは、迫田だった。両手を伸ばし、杏奈の尻をつかんだ。双丘に指を食いこませて揉みしだくと、性器と性器が軽くこすれあった。ほんの微弱な刺激だったが、体の芯に火がついた気がした。

杏奈が息をはずませる。もう我慢できないとばかりにいやらしく腰をくねらせる。杏奈の体の中で粘りつくような音がたつ。それが迫田には、耳からではなく結合した性器を通じて聞こえてきた。

気がつけば、リズムが起こっていた。最初はごくスローピッチで、杏奈は腰をまわしてきた。迫田はそれに呼応するように、膝を立てて男根を抜き差しした。まだリズムに没入していなかった。性器と性器がこすれあう感触を、お互いに確かめている感じだったが、熱狂はすぐそこにあった。迫田は我慢していた。杏奈もそうだろう。本気で腰を振りあってしまえば、ゴールを目指してまっすぐに走りだしてしまうからだ。

それは嫌だった。始めれば終わりが来るという当たり前のことが、受け入れられなかった。

しかし、だからと言っていつまでも我慢できるものではない。杏奈の腰の動きが、グラインドから前後運動に移行していく。迫田のピッチもあがっていく。杏奈の呼吸がにわかにはずみだし、喜悦に歪んだ声がもれる。それでもまだ我慢しようと、唇を重ねてくる。舌をからめあい、唾液を啜りあう。杏奈が体のあちこちを触ってくる。迫田も触り返す。両手を尻から乳房に移動した。深い口づけで唾液を交換しながら、硬く尖った乳首をいじった。つまみあげては爪ではじいた。

杏奈はキスを続けていられなくなり、淫らに歪んだ声をもらしながら本格的に腰を振りたてはじめた。はしたないほど肉ずれ音がたっても、羞じらうこともできないまま、肉の悦びをむさぼりはじめた。

迫田は受けとめた。下から突きあげて、杏奈を絶頂に追いつめていった。すぐにイッた。歯を食いしばって首に筋を浮かべ、下半身を激しく痙攣させて最初のオルガスムスに駆けあがっていった。

そこからが杏奈の真骨頂だった。一度イッても集中力を切らさず、若い肢体をバウンドするように躍らせて、次のオルガスムスを貪欲に求めていく。締まりを増した蜜壺で、勃起しきった男根をしたたかにしゃぶりあげてくる。金髪を振り乱し、尖った乳首から汗を飛ばして、あえぎにあえぐ。ありあまる欲望をスパークさせ、一心不乱に燃え狂う。

たまらなかった。

二度目のオルガスムスに駆けあがっていく杏奈を見上げながら、迫田は男に生まれてきた悦びを噛みしめていた。杏奈とのセックスは、男根だけではなく、全身が勃起しているような気分になる。体中が興奮に張りつめ、爆発の時に向けてエネルギーを溜めこんでいく。

射精の瞬間を想像すると、身震いが起こった。それほど遠くなかった。先ほどまで、あれほど終わりを恐れていたのに、いまはもう、一刻も早く放出したい。それ以外のことを考えられない。

だがそのとき……。

杏奈が迫田の両手をつかんできた。それをそのまま自分の首に導いていった。

「大丈夫だよっ……加減してやれば死なないよっ……」

ハアハアと息をはずませながら、杏奈が濡れた瞳で見つめてくる。自分の両手を、迫田の首に伸ばしてくる。

「ねえ、修さん、お願いっ……もっと気持ちよくしてっ……忘れられないエッチにしてっ……」

杏奈の瞳は淫らなまでに潤みきっていたが、ささやく口調は切実だった。欲望だけが言わせた台詞ではないはずだった。杏奈は死にたがっていた。生きていることを放棄したがっていた。

迫田は手指に力をこめ、杏奈の首を絞めた。殺すつもりはなかったが、杏奈の期待に少しは応えてやりたかった。杏奈も絞めてくる。息苦しさが押し寄せてくるのと同時に、性器の一体感がいや増していく。杏奈の締まりが強くなったのか、自分のものが膨張したのか、おそらくその両方だろう。

首を絞めあうセックスは、手放しで気持ちがいいわけではなかった。快感の裏側には、息苦しさがぴったりと貼りついていた。このまま首を絞めあっていれば死ぬかもしれないと思った。恐怖を覚えていた。しかし、恐怖こそが快感を増幅させる魅惑の装置だった。黒々とした闇に落ちていくような死の存在が、生をどこまでも輝かせる。命ある限り、性を燃え狂わせようとする。

迫田は下から渾身（こんしん）のストロークを送りこんだ。杏奈も腰を使う。首を絞めあいながら、いやらしいほど身をくねらせ、股間をしゃくってくる。

杏奈がイッた。五体の肉という肉をぶるぶると震わせて、絶頂に達した。そこからは、イキッぱなしになった。リズミカルに腰を振ることができなくなり、不規則に痙攣しつづけた。口から涎を垂らしていた。可愛い顔をくしゃくしゃにして、いまにも白眼まで剝いてしまいそうだった。

リズムを刻んでいるのは、下になっている迫田だった。パンパンッ、パンパンッ、と打擲音（ちょうちゃくおん）をたてて、女体を浮きあがらせていた。この息苦しさから解放されるには、射精に達する以外になかった。

しかし、突きあげても突きあげても、射精の衝動が迫ってこない。とっくに達してもいいような快感の中に、迫田はいた。なのに達することができず、経験したことがないほどの衝撃的な射精の予感だけが大きくふくらんでいき、押しつぶされそうになってしまう。

死にたい、と思った。

曖昧な感覚ではなく、はっきりとそう思った。杏奈にも死への衝動があるようだった。イキながら、喉をつかんだ指に力をこめてくる。生々しい殺意を感じる。自分の首も、もっと絞めてほしいと訴えている。迫田は応えた。白く細い杏奈の首を、渾身の力で絞めあげた。このままふたりで死んでしまうことが、途轍もなく幸福なことに思えてしかたがなかった。

生きていることを放棄するのではない。

気持ちがよすぎて死にたくなったのだ。

死は黒い闇ではなかった。その向こうまで突き抜けていけば、なにかが見えるとたしかに思った。

それはたとえば、手塚の歌にあった「見えるはずのない満点の星」のようなものだ。杏奈がオルガスムスのとき瞼（まぶた）の裏に見えるというまぼろしだ。曖昧で不確かなものだったが、迫田にも見えそうだった。なにかがチカチカと点滅していた。星が誕生した瞬間にも、星が滅亡する瞬間にも見えた。その瞬間に、自分の人生のすべてがあった。いいことも悪いことも、喜怒哀楽のようなあらゆる感情も、一瞬の中に凝縮されているようで、光がどんどんまぶしくなっていく。喩（たと）えようもない歓喜の光となって、意識を包みこんでくる。

迫田は幻惑された。美奈子が最期に見ていた光景は、これだったのかと思った。黒闇の向こう側にあるまぶしい光に包まれながら、オルガスムスにも似た表情で事切れていったのか……。

だが、なにかを考えていられたのはそこまでだった。

耐えがたい勢いで、射精の衝動がこみあげてきた。体がめくりあげられるような予感に身構えた次の瞬間、体のいちばん深いところで爆発が起こった。

叫ぼうとしても声が出なかった。呼吸などとっくにしていなかった。眼を見開いているはずなのに、なにも見えなかった。

わかっているのは、自分が跳ねていることだけだった。煮えたぎるほど熱くなった男の精を吐きだすたびに、釣りあげられたばかりの魚のようにビクンビクンと体全体が跳ねあがった。

死痙攣かもしれないと思うと、魂がすくみあがった。快楽と恐怖に揉みくちゃにされながら、迫田は泣いた。幼児のように泣きじゃくった。

あたりは真っ暗だった。左右の眼はまるで節穴のように、膨大な量の涙だけを流しつづけていた。

射精はいつまでも終わらなかった。永遠に終わらないかと思った。

ブレイカーが一つひとつ落ちていくように、欲望のエキスを吐きだしている男根以外の感覚が消えていった。男根だけが生きていた。生きて暴れていた。女陰の中で暴れていた。ヌメヌメと熱く濡れた肉ひだの感触だけが、迫田の感じているすべてだった。

意識が遠くなっていく中、なにかが見えた。黒闇の向こう側にはやはり、まぶしい光があった。まぶしさのあまり光が照らしているものまでは凝視できなかったけれど、死はただの無ではないという確信が、迫田の胸を衝いていた。

第十章　闇の彼方に

1

まだ生きていた。

眼球だけを動かして隣を見ると、裸身の杏奈が猫のように体を丸めていた。呼吸はしているようだった。彼女もまだ生きているらしい。

体の中に、熱狂の残滓（ざんし）は残っていなかった。いったいどれくらい眠っていたのか見当もつかないが、体が冷えきっていた。一瞬、凍っているのかと思った。クーラーをつけっぱなしにした状態で、全裸のまま寝ていたせいだろう。

ベッドから降り、バスルームに向かった。空の浴槽が嫌な記憶を呼び覚ました。熱いシャワーを頭から浴びた。眼をつぶってしばらく浴びていると、次第に体が生気を取り戻していった。

バスローブを羽織って部屋に戻った。コーヒーのいい香りがした。ホテルに備えつけのインスタントコーヒーを、杏奈が淹れていた。皺くちゃになったピンクのワンピースを着ていた。裸だとあれほど綺麗なのに、ひどくみすぼらしく見え、可哀相になった。

杏奈が振り返ってこちらを見る。

どんな顔をしていいかわからないというふうに、力なく笑う。

「生きてたね」

上目遣いでポツリと言った。

「……ああ」

迫田も力なく笑った。

「死んでもよかったんだけどね。ってゆーか、死んだほうがよかった」

「……でも生きてた」

迫田はコーヒーカップをひとつ受けとり、立ったまま飲んだ。口の中が火傷しそうなほど熱かったが、眼を覚ますにはちょうどよかった。

リモコンでテレビをつけた。

朝のニュース番組をやっていた。時刻は午前七時二十分。若い女性アナウンサーがニュースを読み、画面には見覚えのある景色が映っていた。

「台東区のホテルで、女性の死体が発見された事件の続報です。被害者の身元がわかりました。葛飾区の迫田美奈子さん、四十二歳。警察によりますと、一緒にホテルに泊まっていたと思われる三十五歳の夫を、重要参考人として指名手配する方針で、彼女の自宅で起きた発砲事件との関連も含めて捜査を継続……」

迫田はテレビを消した。

ベッドに腰をおろし、コーヒーを飲んだ。まるで味がせず、ただ熱いだけだった。視線を感じた。杏奈がこちらを凝視しているようだった。

「生きてたからには……」

杏奈を見ないで言った。

「自分のやった罪は償わなくちゃな」

杏奈は黙っている。

「俺は警察に行くよ。どんな理由があるにしろ、やったことはやったことだ。指名手配までされてるんじゃ、これ以上のんびりもしてられない」

杏奈はまだ黙っている。

「わかるな?」

「わかりたくない」

ふて腐れたように言った。

「そう言うなよ……」

迫田は深い溜息(ためいき)をついた。

「俺はね、杏奈。昨夜、おまえと首を絞めあいながら、このまま死んでもいいと思ったよ。本当だ。杏奈と一緒に死ねたらどんなにいいだろうって……でも、生きてた……つまり、生きて罪を償えってことなんだ」

「もう一回しようよ……」

杏奈が声を震わせる。

「ううん、何度でもすればいい……死ねるまで……」

「ダメだ」

迫田はきっぱりと首を横に振った。

「おまえはまだ若い。未来があるんだ。こんなところで死んじゃいけないんだ」

「わたしをひとりで置き去りにしていくのね？」

「ひとりにはしない」

迫田はコーヒーを飲んだ。やはり、味はしなかった。舌打ちし、コーヒーカップをサイドテーブルの上に置いた。

「俺の元の嫁さんに、おまえを預けようと思う」

「えっ……」

杏奈の顔が歪んだ。

「俺の元の嫁さんはな、手塚光敏の恋人だったんだ。俺と結婚してるときから付き合ってて、結婚する予定だった」

杏奈が息を呑んで眼を見開く。混乱に唇がわなないている。

「そんなことってあるの？　わたしが手塚光敏の娘で、修さんの元奥さんが手塚光敏の恋人って……」

偶然にしてはできすぎた話だ、と杏奈は言いたいようだった。もちろん偶然ではない。迫田はしかし、その経緯を詳らかにするつもりはなかった。

「俺も一度だけ、手塚に会ったことがある。いい男だったよ。格好よかったし、誠実さも感じられた。事故で死ぬなんてな……本当に残念だ……」

ロボットがしゃべっているみたいだ、と迫田は思った。逡巡していることを勘ぐられないように、上っ面の言葉ばかり並べている。杏奈を果穂に預けていいものかどうか、まだ迷っていたのだ。

果穂に対する不安要素は、数えあげればきりがなかった。遺産に眼の色を変えているし、そもそも杏奈とは不幸すぎる因縁で結ばれている。杏奈は実の父親との再会を、二度邪魔された。一度は迫田によって。二度目は果穂によって。逆に果穂は、杏奈の存在に結婚を邪魔されたと思っている。風俗で働くような女を毛嫌いし、見下しているところもある。

それでも、果穂に預ける以外に選択肢がなかった。少なくとも、杏奈をひとりで放りだすより、ずっとマシなはずだった。杏奈にひとりで生きていく力があるとは思えないし、なにをやらかすかわからない。手塚の遺産を相続すれば、悪いやつらが群がってくる。誰かが守ってやらなければならない。

「わたしも……警察行くよ……」

杏奈がポツリと言った。

「拳銃、撃っちゃったし……犯罪でしょ、それ……」

「俺が撃ったことにすればいい」

「でも……」

「おまえが警察行ったって、なんの意味もないんだよ」

迫田は強く言った。

「どうせ罪には問われない。監禁されてたんだから、逃げるための正当防衛になるに決まってる。そんなことより、おまえをひとりにできないんだ。俺の元嫁……果穂っていうんだけど、ちゃんとした女だよ。性格は真面目すぎるほど真面目だし、会社を経営してるから社会的地位もある。あとはまあ、こういうことはあんまり言いたくないけど、いちおう俺と愛しあってた女だ。おまえのパパとも愛しあってた。信用できる人間だろう？　おまえを預けるのに、これ以上の適任者はいないだろう？」

言いながら、舌がざらついた。果穂が信用できる人間かどうか、自信がもてなかった。

それでも、しかたがないのだ。果穂はおそらく、あの手この手で杏奈を洗脳しようとするだろう。手塚の偉大さを刷りこんで、ドキュメンタリー映画の制作費やら、ミュージアムの建設資金やらを、遺産から引っぱりだそうとするに違いない。

それでも、やはり他には選択肢がない。洗脳し、金を引っぱろうとするかわりに、守ってくれるはずだからである。身のまわりの世話だって、きちんとしてくれるだろう。

いまの杏奈に必要なのは、そういう存在なのだ。

「彼女に電話するからな」

杏奈はうなだれている。

「事情を説明して、おまえのことを引き渡す。そのあと三人で飯でも食おう。最後の晩餐、ってやつだな。飯食ったら、俺は警察に行く」

杏奈は黙っていたが、迫田はそれ以上、言葉をかけなかった。杏奈も理解しているはずだと思ったからだ。このままここにいても、どうしようもないことはわかっている。ただ、受け入れるのに時間がかかるだけなのだ。

迫田は美奈子の携帯電話を開いた。

果穂の携帯番号を指で押した。自分の携帯電話は家に置き忘れてきてしまったけれど、元嫁の番号は指が覚えていた。

2

眼にも鮮やかなリキッドブルーのＢＭＷが住宅街にすべりこんできた。

「ったく、気が利かねえなあ」

後部座席に乗りこみながら、迫田は苦笑まじりに言った。人目を避けるため、表通りから一本入った裏通りで待ちあわせていた。

「指名手配されてるって言ってるのに、なんだってこんなド派手なクルマで来るんだよ。レンタカーでプリウスでも借りてくりゃあよかったのに」

自虐的な軽口のつもりだったが、

「ごめんなさい」

運転席の果穂は、言い訳もせずに謝った。

「そこまで気がまわらなかった……」

顔に色がなく、こわばりきっていた。軽口に付き合っている余裕など、いまの彼女にはないらしい。電話を切ってから、まだ二時間と経っていなかった。

「上野から高速に乗るね。そうすれば中目黒まですぐだから」

ハンドルを握る果穂の背中からは、痺れるような緊張感が伝わってきた。それもそのはずだ。お尋ね者のふたりを乗せ、東京を縦断しようとしているのだ。緊張するなというほうが無理な相談だろう。

ラブホテルからの電話で、ここ数日に起こったことと、その背景はかいつまんで話してあった。

重要なポイントはふたつある。

迫田が美奈子を殺めてしまい、警察に自首しなければならないこと。

そして、杏奈の今後の面倒を見てほしいということだ。

美奈子を殺めたことを伝えると、果穂は絶句した。電話の向こうで十秒くらい押し黙っていた、それでも、頼みは引き受けてくれた。腹の中までは窺い知れなかったが、力強い口調でこう言った。

「わかった。わたしにできることは全部する。杏奈ちゃんは任せて。あなたのためにも……手塚のためにも……とにかく迎えにいくから、うちで話の続きをしましょう。ちょっと待ってね、いまストリートビュー開くから……」

待ちあわせ場所を確認すると、愛車を飛ばして来てくれた。ハンドルを握る彼女の背中からは、極度の緊張感とともに、とにかく前向きに事にあたろうという意志が伝わってきた。彼女がやってきたのは、獄に落ちる迫田を慰めるためではなく、明日を生きる杏奈の力になるためだった。それでよかった。

迫田の隣で、杏奈は唇を真一文字に引き結んでいた。うつむいてひと言も口をきかないその姿は、まるで護送される囚人のようだった。

いつかわかってくれるだろう、と迫田は胸底で繰り返していた。いまは迫田に捨てられたような気分かもしれないが、彼女はまだ成長の過程にいる。もっと大人になれば、かならずやわかってくれる。あのとき一緒に死ななくてよかったと、思ってくれる日がきっとくる。

高速を使うと、東京縦断はあっという間だった。無事に中目黒のマンションまで辿りつくと、さすがに安堵の胸を撫で下ろした。警察の検問に引っかかったりしたら、眼もあてられなかった。

「とにかく着替えね。こんなものしかないけど、我慢して」

果穂がクローゼットから出してきたのは、「こんなもの」とはとても言えない高そうな服ばかりだった。先に杏奈が、バスルームで着替えた。彼女が選んだのは、鮮やかなレモンイエローのワンピースだった。ミニ丈で、ウエストに大きなリボンがついている可愛(かわい)いデザインだが、生地に高級感があるので、果穂のような大人の女が着てもおかしくないものだった。

「やだ。すごく似合う。わたしよりずっと似合うじゃない」

果穂は眼を丸くして言った。

「素敵よ。肌が白いからかしら、とってもいい。金髪にも合ってるし、そのままパーティにだって行けそうなくらい」

芝居がかった大げさな褒め方だったが、実際、見違えるほど綺麗になった。金髪は乱れていたし、化粧もしていなかった。表情は冴(さ)えなかったけれど、実の父親によく似た美貌が、服によって引きだされた感じだった。

一方、迫田は黒いサマースーツと白いシャツを選んだ。いちばんシンプルだったからだ。他にもいろいろあったが、この部屋にあるということは、どれも手塚光敏のワードローブだろう。もちろん、文句を言える立場ではなかった。

「どうしよう？　お腹空(なかす)いたでしょ？　でも、食材がなんにもないのよ。出前でもとりましょうか」

「いや。飯はあとでいい」

迫田はソファに座っている杏奈を見やり、話をするようにうながした。果穂はうなずき、

「じゃあ、あらためて……わたし、果穂です。初めまして」

杏奈の前にしゃがんで言った。

「修一さんから聞いてると思うけど、わたしはあなたのパパ……手塚光敏さんと、お付き合いさせていただいてました。あんなことが起こらなかったら、間違いなく結婚してたと思う。だから、あなたのことは他人とは思えない。安心して。全部わたしに任せておけばいいから」

迫田は冷蔵庫に行き、ドアを開けた。ビールが飲みたかったが、ペリエと果物ジュースとシャンパンしか入っていなかった。前にもここで同じ失敗をしたことを思いだし、舌打ちしながら冷蔵庫のドアを閉めた。水道の水をガブ飲みした。

胸がむかついてしようがなかった。

果穂の言葉は嘘（うそ）にまみれていた。なにが「他人とは思えない」だ。そう言った同じ口で、「たとえ義理でも、風俗嬢の母親になんかなりたくない」と手塚に言い放ったのではなかったか。手塚との結婚話を進める中で、杏奈の存在が邪魔で邪魔でしかたなく、憎しみ抜いていたのではなかったか。

しかし……。

それが大人の対応というものなのだろう。

過去の言動など何食わぬ顔で放置して、とりあえず目の前のトラブルを解決しようとしている果穂は、ある意味立派だった。胸がむかつく一方で、果穂に頼ったのは間違いではなかったと思った。あるいは、そう思いこみたいだけなのかもしれないが……。

「この部屋はちょっと住むには向いてないから、近所にマンションを借りましょう。セキュリティがしっかりしているところを探すから、そこに住めばいい。まあ、しばらくはバタバタしそうだから、ホテル暮らしになるでしょうけどね。落ち着いたら、わたしの仕事を手伝ってくれたら嬉しいな。洋服とか雑貨の通販だから、楽しいわよ。無理に働くことないけど、なんにもしないでいるのも退屈でしょうしね」

眼を輝かせて未来を語る果穂に、杏奈は困惑しきっている。

「あっ、そうそう」

果穂はタブレットを持ってくると、杏奈の隣に腰をおろした。

「手塚と撮った写真があるの。見てみない？　ほらこれ、この部屋でギター弾いてるところ。けっこう、この部屋で曲つくってることも多かったんだから。それでね、こっちはロスにお忍び旅行にいったとき……」

タブレットの写真を次々に替えていっても、杏奈の視線は虚ろにさまよっていた。まったく興味がなさそうだった。いや、心ここにあらずだった。前向きな関係をつくりあげようとしている果穂とは完全に気持ちがすれ違い、見ていて痛々しいほどだった。

それでも、迫田は口を挟もうと思わなかった。いま会ったばかりのふたりが、ぎくしゃくしてしまうのは当然のことだ。ましてや杏奈は難しいところがある。時間をかけて関係を築きあげていくしかない。

迫田自身、そうだったからだ。家族になりたてのころ、悪戦苦闘していた。聞き役に徹するいい父親になろうと思ったこともあるし、黙っていられなくて滔々と説教したこともある。言葉が届いている実感はなかったが、あとから杏奈は言っていた。親身になって話をしてくれて嬉しかったと。言葉そのものは届いていなくても、気持ちは届いていたのである。

なんだか懐かしい。

そういう日々とも、もうお別れだった。

もうすぐ終わる。

跡形もなく消えていく。

壁にアールデコ調の鏡がかかっていた。のぞきこむと、ひどい顔がこちらを見てきた。死相が出ているというのは、こういう顔を言うのだろうと思った。死相が出ていてもおかしくなかった。迫田はすでに、覚悟を決めていた。

死ぬ覚悟、だけではない。

なるほど、こんなことになってしまったすべての原因をつくったのは、自分だった。母と娘を同時に愛するという愚かな行為の果てに、この手で美奈子を死に追いやってしまった。

しかし、本当に自分ばかりが悪いのだろうか。自分以上に悪いやつがいたせいで、ここまで救いがたい事態になってしまったのではないだろうか、あんな連中さえ土足で家に入りこんでこなければ、こんなことには……。

「見たくないっ！」

突然、杏奈が声を張りあげた。

「わたし、こんな写真見たくないです。父親って言われても、会ったこともないんだからどうだっていいし。ってゆーか、人のお世話になってなりたくない。わたしは……わたしは修さんと一緒にいたい……」

駄々をこねる子供のように唇を尖らせて、果穂が持っているタブレットを押しのける。

やれやれ、と迫田は胸底で溜息をついた。どうやってなだめようか思案していると、

「しっかりしなさいっ！」

驚いたことに、果穂が杏奈の双肩をつかんで声を荒げた。

「修一さんはね、償わなくちゃいけない罪があるの。もう一緒にいられないの。大人になって受け入れるのよ。好きな人が目の前からいなくなっちゃうのはね、とってもつらいわよね？　それは、わたしにだってよくわかる。わたしだってまだ、全然立ち直れてないもの。だけど、生きていく限り、どっかで立ち直らなくちゃいけない。それもわかってる。しっかりしなきゃって、毎日自分を励ましてる……」

果穂の声が涙に潤んでくる。

「ねえ、杏奈ちゃん。わたしの最愛の人は、天国に行っちゃったからもう会えないけど、修一さんはそうじゃないでしょ？　罪を償えば戻ってこられるし、面会にだって行けるのよ。死んでしまうわけじゃないから……」

果穂が大粒の涙を流し、泣き崩れそうになったので、

「まあまあ……」

迫田は近づいて声をかけた。

「そう興奮するなよ。少し落ち着こう。杏奈もあんまりわがまま言わないでくれ。果穂はおまえのためを思って、いろいろやってくれようとしてるんだ」

「修さん……」

杏奈が立ちあがり、スリッパをパタパタと鳴らして近づいてくる。迫田の胸に飛びこみ、嗚咽(おえつ)をもらしはじめる。

「大丈夫だから……」

迫田は金髪を撫でてやった。

「心配しなくても、果穂はおまえの敵じゃない。味方なんだよ」

杏奈の金髪を撫でながら、果穂を見た。首をがっくりと折ってうなだれ、肩を震わせていた。声を殺して泣いているようだった。その姿が、かつての自分に重なって見えた。

迫田が杏奈の父親になろうとしたように、いまの果穂からは母親になろうとする意志を

感じる。ならばきっと、流した涙は無駄にならない。迫田がそうだったように、いつか心を開いてもらえるときがくる。

　そのとき——。

　杏奈が突然、迫田の腕の中から飛びのいた。レモンイエローのワンピースを翻して、跳ねるように後退った。

　まさかと思った。杏奈の手には黒い拳銃が握られていた。ジャケットの下でベルトに挟んでいたそれを、奪いとられたのだ。

　杏奈は挑むような眼つきで迫田を見つめながら、胸の前で拳銃を構えた。銃口を自分の顎に押しあてると、ふうふう言いながら眼を見開き、引き金を指にかけた。

「待てっ！」

　迫田は近づこうとしたが、

「動かないでっ！」

　杏奈の甲高い声に制された。

「修さん、知ってるよね？　わたし、撃つよ。馬鹿だから本当に撃つよ。引き金引いちゃうから……」

　爛々と輝く瞳が、異常事態を告げていた。

「……なんのつもりだ？」

　迫田は声を上ずらせた。

「そんなに果穂に預かってもらうのが嫌なのか？　落ち着けよ。拳銃なんか持たなくたって、話くらいできるだろう？」

「質問はなしにして。余計なこと言われたら、勢いで撃っちゃいそう」

視線と視線がぶつかった。

杏奈の本気が伝わってきた。高見沢に向けて弾をぶっ放したときと同じ眼をしていた。むせかえるような殺意が漂ってきた。

しかし、杏奈には自殺以外の意図があるようだった。ただ死ぬつもりなら、拳銃を奪った瞬間に引き金を引いていただろう。

「その人、縛って……」

杏奈は顔を迫田に向けたまま、果穂に目配(めくば)せした。突然、拳銃を手に騒ぎはじめた杏奈に、果穂も真っ青になって表情を凍りつかせている。

「縛ったら、クルマの鍵を借りて……早くっ！」

高ぶる声も、こちらを睨(にら)む眼つきも、狂気が滲(にじ)んでいた。言う通りにしなければ、杏奈は本当に引き金を引きそうだった。

3

ＢＭＷの運転席に座るのは初めてだった。

果穂はこの車種に強い思い入れがあるようで、事業に成功して以来、モデルチェンジのたびに新車を買っていたが、迫田が運転したことは一度もない。女房の成功の証であかしる高級外車を乗りまわすくらいなら、足が棒になるまで歩いたほうがマシだと思っていたからだ。

エンジンをかけてアクセルを踏みこみ、マンションの地下駐車場を出た。久しぶりの運転に不安を覚えながら山手通りを進み、目黒通りを左折する。目黒の駅を越えて、首都高の入口を目指す。

杏奈は後部座席にいた。運転席のすぐ後ろに座り、バスタオルに隠して拳銃を握りしめている。荒々しくはずむ吐息が、殺意が途切れていないことを伝えてくる。

言葉は発しなかった。「クルマ出して」と言ったきり、目的地を告げてくることもない。迫田も訊ねていない。首都高を目指しているのは、職務質問のリスクが少ないと思ったからに過ぎない。

まさかの展開に、迫田は混乱していた。杏奈がキレた原因は、いったいどこにあるのだろう？ 迫田の元嫁にして、手塚光敏の恋人という果穂の立場に、アレルギー反応を起こしたのだろうか。

しかし、迫田にはもう、果穂以外に頼れる人間がいないのだ。杏奈が果穂をとことん拒むなら、ひとりにするしか手立てがなくなってしまう。いくら杏奈に一緒にいることを乞われても、望みを叶えてやることはできない。

「……橋」

後部座席から、かすれた声が聞こえた。

「なんだって？」

クルマはすでに高速に入っていた。

「橋に行きたい」

「なんだよ橋って」

「海が見える橋」

「レインボーブリッジか？　お台場の」

「……たぶんそれ」

なんだってそんなところに行きたいんだ、という言葉を呑みこみ、迫田はお台場方面にハンドルを切った。杏奈に目的の場所があるとは思えなかった。適当に言っただけだろうが、走っているうちに気持ちが落ち着いてくれることを祈るしかなかった。縛りあげたまま放置してきた果穂のことを考えると、あまり長く走っているわけにもいかないが……。

レインボーブリッジは、意外なほど近くにあった。東京湾に接近すると、にわかに視界が開けた。テレビでしか見たことがなかったが、巨大な橋の上からの眺望は驚くほど迫力があった。かなり高い位置から東京湾を見下ろし、夏の青空がパノラマ状にひろがっていた。まぶしい太陽が、入道雲を白く輝かせている。

「すごいね。わたし、初めて来た」

杏奈が感嘆の声をあげる。

「俺も……そうかもしれない……」

迫田はうなずいた。もしかしたら昔来たことがあるのかもしれないが、明確な記憶はない。果穂と暮らしていたときはクルマで移動する習慣がなかったし、シロアリ駆除の仕事では荒川から東に向かうことが多かった。

有明で高速をおりた。建物が少ないほうに向かってアクセルを踏んだ。まだ開発されていない空き地も多く、埋め立て地らしい荒涼とした景色がひろがっていた。荒涼とした景色は嫌いではなかった。雑草ばかりが茂った空き地の真ん中を進んでいくにつれ、このまま地の果てまでぶっ飛ばしたくなっていった。異様な大きさでそびえ立った風力発電の風車が視界に入ってくると、現実感が奪われた。しばらく走って、公園の駐車場にＢＭＷを停めた。杏奈はなにも言わない。

「少し……散歩でもするか」

迫田が外に出ると、杏奈は黙ってついてきた。広い公園にはバーベキュー用の施設などがあり、週末になれば家族連れで賑わいそうだったが、平日なので閑散としていた。陽射しの強さに閉口しながら歩いていくと、海に出た。油のようにギラついた海だった。それでも波の音はする。潮の香りが漂ってくる。

「不思議な眺めだな……」

迫田は鉄柵に両手をつき、海の向こうの東京を眺めた。

「東京湾を挟んで、いつもと反対側から見てるわけか」

裏口というか、裏庭というか、そういうところから見ているようだった。巨大な工場群を擁して高層ビルが林立するその景色は、自分たちが住んでいる東京ではなく、ギラついた海の中に忽然と現れた近未来都市のように見えた。

杏奈は海の向こうの景色に背を向け、鉄柵にもたれた。血走った眼つきで、迫田の顔をのぞきこんでくる。両手をバスタオルに隠して、拳銃を持っていた。かなり不審な感じだったが、あたりに人影はまったくない。駐車場からここまで、すれ違った人間もいない。

「少しは気分が落ち着いたか？」

迫田が訊ねると、

「楽しかった」

杏奈は笑った。

「レインボーブリッジをドライブとか、初めてだし」

夏らしいレモンイエローのワンピースに包まれた格好は可愛らしいのに、伝わってくるのは痛いくらいの緊張感ばかりだ。彼女が手にしている黒い鉄の塊は、人殺しの道具だった。目の前にいるのは、実の母親を殺した男だ。立ちこめる死の匂いが、その肉体に宿ったまぶしいほどの若さを曇らせている。

迫田の胸は痛んだ。

荒涼とした景色の中に、蜃気楼のようなまぼろしが浮かんでは消えていく。こんな形ではなく、普通のデートとしてこういう場所に訪れることができたら、杏奈はどれだけ喜んでくれただろう。唇を引き結んで眼を血走らせたりせず、好きな歌を歌いながらスキップでもしたのではないだろうか。

あるいは家族でもいい。美奈子も含めた三人で、バーベキューをしたらどれだけ楽しかっただろう。いつか、近所のもんじゃ焼き屋に三人で行った。熱があったにもかかわらず、杏奈はとてもはしゃいでいた。

戻れるものなら戻りたかった。

ただ、戻ったところで、結局は同じあやまちを繰り返すだけだろうと思った。いくら美奈子を愛し、家族ごっこに満足していても、きっかけさえあれば杏奈を抱いてしまったに決まっている。

杏奈はいい女だ。

いまなら掛け値なしにそう言える。

迫田との関係を美奈子に見つかってから、杏奈はどんどん強くなっていった。大人の女に成長したとも言えるし、それまで隠されていた本性が剝きだしになってきた気もする。

杏奈は強い。本当は、美奈子よりもずっと。もちろん、迫田など足元にも及ばない。

欲しいものは欲しいとはっきり言い、行動に移す。欲望に忠実に生きることに、躊躇いがない。彼女がセックス依存症のようになったのは、淋しさだけが理由ではなかったのかもしれない。

貪欲なのだ。

人並みはずれて愛に飢えているのと同時に、飢えを満たそうとするエネルギーが尋常ではない。

できることなら、こんな形ではなく、杏奈の本性と向きあいたかった。

本気で彼女と愛しあったら、どうなるだろう？　杏奈が発するエネルギーに焼き尽くされ、真っ白な灰になってしまうかもしれない。

杏奈はそういう女のような気がする。セックスの天才も、恋は不器用なのだ。相手の男を潰してしまうくらい、愛しすぎてしまうのだ。

望むところだった。

もし生まれ変わって再会できたら、杏奈の燃え狂う愛の炎に翻弄され、身を焦がしながら、結末の予想がつかない大恋愛をしてみたかった。

4

「なに笑ってんの、修さん」

杏奈の言葉で、迫田は我に返った。

「えっ？　ああ……」

妄想に耽(ふけ)っているうちに、つい頬が緩んでしまったらしい。ベッドで杏奈に殺されるところを思い浮かべていた。事切れてただの肉塊になったら、カマキリのように杏奈がこの体を食べてくれるのではないかと思った。怖くはなかった。甘美な妄想だった。

潮風が強く吹き、杏奈の金髪が揺れた。

「修さん、わたしに嘘ついてるでしょう？」

尖った声で訊ねてきた。

「嘘？」

迫田は首をかしげた。

「なんのことだ？」

「警察なんか行くつもりないくせに」

杏奈は唇を尖らせた。

「本当に自首するつもりなら、いまから一緒に行ってもいいよ。でも行かないよね。最初から行くつもりなんてないもんね」

迫田は息を吸い、吐いた。夏の暑さが噴きださせた汗が、急に冷や汗に変わった気がした。

「……どこに行くと思ってるんだ？」

「エンマのところ」

　杏奈の口調は確信に満ちていた。

「あの男のこと、殺しにいくんでしょう？」

「いや……」

　たしかに……。

　迫田は言葉につまった。杏奈の勘の鋭さに、戦慄を覚えずにはいられなかった。

　迫田は彼女と別れたあと、警察に行くつもりはなかった。エンマに会いにいこうとしていた。

　どうしても解せないことがひとつあった。

　美奈子が電話で話していたのは、エンマと考えて間違いないだろう。美奈子は笑っていた。口調は親しげなものだった。

　だからあのとき迫田は、美奈子がすべての絵を描いていたという、彼女の言い分を信じてしまった。鵜呑みにして殺意に駆られた。

　しかし、時間が経つにつれ、本当にそうだったのかと疑惑が頭をもたげてきた。

　レイプを受けたときの断末魔の叫び、あるいは犯されたあと、絶望だけを瞳にたたえてぐったりしていた美奈子の様子を思いだすと、どうしてもすべてが彼女の思惑だったとは思えないのである。

　昨日から迫田は、美奈子の気持ちを何度となくなぞっていた。その結果、ある結論にろうか、と。

辿りついた。美奈子がそういう考えに至ったのは、家から逃げだしたあとではないのだ
美奈子は警察に拘束され、証言を求められるのを異様なまでに嫌がっていた。錯乱状態に陥るほど恐れていた。証言台で生き恥をさらすくらいなら、生き地獄が続くほうがまだマシだと考えた。

そこでエンマに連絡し、自分ともども夫と娘を拘束してほしいと頼んだのだ。

憎んでも憎みきれない迫田と杏奈を道連れにすれば、地獄を生きる価値もある。そんな悪魔的な想念に取り憑かれ、エンマの軍門に降ろうとしたのだ。「地獄巡りに付き合ってもらう」という啖呵は、あの時点での美奈子の本心だったのだろう。だがそれは、あくまであとから思いついたことで、最初にエンマが家に乗りこんできたことに、美奈子がコミットしていたとは考えづらい……。

「どうなの、修さん？」

杏奈が苛立った声をあげた。

「わたしを残して、エンマのこと殺しにいこうとしてたんでしょ？」

迫田は息を呑んだ。

「……だったらどうだっていうんだ？」

視線と視線がぶつかりあった。火花が散りそうだった。

エンマに会いにいくのは、確認したいことがあるからだった。最初から美奈子と通じ

ていたのかどうか、それを確認しなければ、死んでも死にきれない。

しかし、穏やかな話しあいを期待できる相手ではなかった。いきなり暴力を振るわれる可能性もある。こちらにも応戦する用意があるから、殺しあいになることだって充分に考えられる。いや、それこそが望むところなのかもしれない。

冗談ではなかった。自分ばかりがなぜ悪い。こんなことになってしまったのは、あの男のせいだった。あの男さえ金の匂いを嗅ぎつけて家にやってこなければ、自分たち家族はまだやり直せる可能性があったのだ。少なくとも、美奈子が命を落とすことはなかった。

「おまえの言うとおりだよ」

声を低く絞った。

「俺はこれからエンマに会いにいく。場合によっては殺すかもしれない」

言葉にした瞬間、背中に戦慄が走った。

「だから……拳銃を返してくれ」

「わたしも行く」

杏奈は笑った。自分の勘が間違っていなかったことを祝福する笑顔だった。眼だけは笑っていなかった。爛々と輝いていた。

「おまえ……」

迫田は眼を細め、力なく首を振った。

「そんなに死にたいのか？」

「修さんこそ」

「俺は……」

事の真相がどうであれ、エンマの顔を見て引き金を引かない自信はなかった。すべての弾丸を撃ちつくし、蜂の巣にしてやりたかった。エンマを殺せば、仲間が応戦してくるだろう。勝ち鬨をあげる間もなく、こちらも蜂の巣だ。

それでいい。

美奈子に対する贖罪になれば、それで……。

しかし、杏奈は……。

二十歳の彼女を道連れにはできない。

覚悟を決めなければならないらしい。

「杏奈……」

迫田はまぶしげに眼を細めて杏奈を見つめた。やさしく笑いかけた。杏奈は意味がわからないというふうに、ポカンとした顔をしている。

「……すまん」

頰に平手を飛ばした。バチンと重い音がした。容赦したつもりはなかったが、杏奈は倒れなかった。もう一発、反対の頰を叩いた。それでも足を踏ん張っている。腰を落として猫背になり、バスタオルの下で拳銃を握りしめている。

「杏奈っ！」

迫田は杏奈を背後から抱えあげて倒した。視界が揺らぎ、反転する。埃っぽいアスファルトを転がりながら、拳銃を奪おうとした。杏奈が身をよじって抵抗する。体を丸めて拳銃を守る。もつれあって何度も転がり、芝生の中にまで倒れこんでいった。むせかえるような草いきれの中、息をはずませてもがきあった。迫田が渾身の力で腕をつかんで剝がそうとしても、できない。セックスのときはあれほど柔らかく感じられた体が、石のように硬い。汗が噴きだしてくる。転がる動きがとまり、膠着状態になる。

「渡さないから……」

ふうふうと息をはずませて、杏奈が言った。

「一緒に連れてってくれないなら、絶対に……これは渡さない……」

拳銃にはもう、バスタオルはかかっていなかった。鉄の塊が黒光りを放っていたが、引き金に指をかけているわけではなく、赤ん坊でも抱いているように抱きしめている。

「杏奈……」

迫田は後ろから抱きしめている腕に力をこめた。真っ赤になっている耳に、息をはずませながら声を絞った。

「俺は最低な人間なんだよ。生きてる価値なんてない、糞みたいな男なんだ。昔から、ずっとそうだった。誰かに甘えて生きてきて、まわりを全部不幸にして、そのくせプライドばっかり高くてな。美奈子と結婚してちょっとはマシになったつもりだったが……

やっぱりダメだった。おまえを抱くのを我慢できなかった……いいか？　俺はおまえのことが好きだ。心から愛してるよ……だけど……だけどな、美奈子のことも同じくらい好きなんだ。愛してるんだ……わかるか？　美奈子のことも……本当に……愛してたんだ……」

杏奈が嚙みつきそうな顔で振り返る。

「最低だろ？　この期に及んで、まだそんなこと言ってるのが、俺っていう男なんだよ。だから、最期くらい格好つけさせてくれ。美奈子を殺したケジメを、自分の手できっちりつけたい。エンマを殺して、俺も死ぬ。それでいいんだ。おまえは生きろ。おまえはまだ若い。手塚の残してくれた金もある。これからどんなふうにだって生き直せる」

「一緒だね……」

杏奈は歌うように言った。

「わたしも、最低の女だから。生まれたときからずっと最低。生まれてこないほうがよかったのよ。ママの男をとっちゃうような……」

「そんなことない。悪いのは俺なんだ」

「修さん、ママと心中したいんでしょ？」

迫田は虚を突かれて絶句した。心中という古めかしい言葉が妙に新鮮で、胸に迫ってきた。

たしかにそうかもしれない、と思った。美奈子のあとを追うことで、無理心中のような格好にしたいという気持ちが、無意識のどこかにあったのだ。薄汚いラブホテルの浴室で短い人生を終えた美奈子を、単なる痴情のもつれの被害者にしたくなかった。彼女を犯したエンマを殺し、自分も死ねば、美奈子の魂も少しは救われると思いたかった。

「させない、ママと心中なんか……」

杏奈が高ぶる声で言った。

「ねえ、修さん。わたしね、この世に生まれてきてよかったって、いま初めて思った。ずっと生まれてこなければよかったのにって思ってたのに。わたしさえいなければ、ママだって幸せな人生を送れただろうって……でも、生まれてきてよかった。ママに感謝する。だって生まれてこなかったら、死ぬことができないもん」

「死ぬなよ……」

迫田は杏奈の上に馬乗りになり、涙眼で見つめた。

「死なないでくれ。おまえは生きろ」

「やだ」

杏奈は声も体も震わせて言った。

「お願い、修さん。ママとじゃなくて、わたしと心中して」

「いい加減にしろっ！」

迫田は杏奈の頰に平手を飛ばした。杏奈は怯まない。歯を食いしばって睨んでくる。もう一発、反対の頰を打つ。野良猫の眼がこちらを向く。射すくめられ、迫田は動けなくなった。手のひらが痺れていた。目頭が熱くなってくる。

「……どうしてもか？」

震える声を絞りだした。

「どうしても、俺と一緒に来るのか？」

双頬を赤く腫らした杏奈が、力強くうなずく。

美奈子の娘だった。

どうあっても譲るつもりはないらしい。

これも運命なのかもしれなかった。

しかし、予想がつかない。

杏奈と心中して息絶えるとき、いったいどんな最期を迎えるのか……。

「なんか俺たち……」

迫田は力なく笑った。

「ビンタばっかりやりあってるな」

「わたしがぶったのは一回だけでしょ」

赤く腫れた双頬をふくらませて、杏奈が睨んでくる。

「修さんがぶってばっかりいるんだよ。こんなにぶつ人だと思わなかった」

「……すまん」

迫田は溜息まじりに言い、首を折ってうなだれた。考えてみれば、手をあげたことがある女は杏奈だけだった。最初は親として叩いたが、いまは違う。

「おまえもぶっていいぞ」

頬を差しだしてやると、

「やだ」

杏奈は唇を尖らせ、拳銃を抱えた腕に力をこめた。

「片手でも離したら、修さん、これ取ろうとするもん」

「……わかったよ」

迫田が笑うと、杏奈も笑った。

天を仰いだ。

空の青さが眼にしみた。

5

夜が恋しかった。

新宿歌舞伎町に到着したのは正午過ぎだった。ギラギラと輝く太陽の下で、盛り場はまだ眠りこけている。できることなら夜の闇にまぎれて行動したかったが、陽が落ちるまでにはずいぶんとかかりそうだ。夜まで時間を潰して、緊張の糸を途切れさせてしまうのは避けたかった。

ＢＭＷは、歌舞伎町に近い路上に乗り捨てた。交通量の多いところなのですぐにレッカーで運ばれるだろう。あとは自宅で縛りあげたまま放置している果穂をどうするかだった。考えた末、彼女が社長を務めている会社に電話をした。果穂の元夫だと名乗り、責任者を出してもらった。専務だという女性が応対してくれた。

「実は、昨日から彼女と連絡がつかなくなりましてね。果穂のやつ、ちょっと気を病んでるようだから心配で……もしそちらでも連絡がつかないようなら、自宅まで様子を見にいってやってもらえないでしょうか。僕はこれから、ちょっと遠くまで出かけなくちゃならないので……」

専務の女性は、なぜとっくに別れた元夫が会社にまで電話をかけてきたのか不審に思っているようだったが、こちらの頼みは引き受けてくれた。手塚光敏が急逝してから、果穂は普通ではなかったはずだ。彼女も心配しているに違いなかった。

「よし、行こう」

ガードレールに腰かけていた杏奈に声をかけ、歩きだした。

杏奈はつばの大きな帽子とサングラスをかけていた。歌舞伎町に乗りこむ前、ディスカウントストアで買い求めたものだ。鮮やかなレモンイエローのワンピースと相俟って、お忍びで歌舞伎町に遊びにきた女優のようだった。

同じ店で、迫田は度の入っていないメガネを買い求めた。メガネだけの変装ではいささか不安があったが、こちらまでサングラスや帽子で顔を隠したら、いかにもあやしげなふたり連れになってしまう。それに、頬が痩けて、ずいぶん人相が変わった。無精髭も伸びているから、パッと見では気づかれないだろうと腹を括った。

拳銃は杏奈が持っていた。ディスカウントストアの黄色いビニール袋の中に、バスタオルに包んで隠してある。

引き金を引く役は、彼女に譲ることにした。

恨みを晴らさせてやろうと思った。杏奈には恨みを晴らす資格があった。もっとも、拳銃を渡せと言っても渡さないだろうが。

エンマの事務所があるマンションは、飲み屋街から少しはずれたところに、ひっそりと建っていた。ひっそりはしていても、不穏な空気が漂っていた。あたりを行き交っているのは眼つきの悪い連中ばかりで、殺伐とした雰囲気が緊張を誘った。こんなところに好んで居を構えるのは、水商売や風俗の関係者か、トラブルが飯の種のやくざか、盛り場で散財した客の元にすぐに駆けつけたい闇金融屋くらいのものだろう。

マンションの前を通りすぎ、名刺にあった番号に電話をしてみた。高見沢から奪った「金融・閻魔」の名刺である。

「はい、もしもし」

ぞんざいな感じで電話に出た男は、エンマではなかった。声が甲高く、エンマよりずっと若い感じがした。迫田は金を貸してほしいと言った。

「あー、初めてだったら五万までしか貸せないけど、いい？　あとうちは利息が高いよ。

トゴってわかる？　十日で五割の利息だから」

「かまいません。すぐに貸してもらいたい」

「免許証ある？」

「ええ」

「いまどこにいるの？」

「歌舞伎町ですよ」

「歌舞伎町のどこ？」

迫田は目の前にある花屋の名前を言った。

「なんだ、事務所のすぐ側じゃん。そこからでも茶色いマンションが見えるんじゃない？　下でインターフォン鳴らして。七〇三号室ね」

電話を切った。

杏奈を見た。視線が合った。黙って歩きだした。かわす言葉はもう、なにもなかった。マンションに戻り、エントランスに入っていった。管理人室はあったが、カーテンが引かれていて管理人がいるかどうかはわからなかった。杏奈を後ろに残し、迫田はひとりでインターフォンを押した。七・〇・三。こちらの姿が、カメラに映っているはずだった。さすがに緊張した。この時点でバレることはないだろうと思ったが、指が震えるのをどうすることもできなかった。

「はーい、どちら様？」

先ほどの若い男の声だった。

「いま電話した者です」

オートロックが解除された。迫田が中に入っていくと、杏奈が続いた。エレベーターに乗りこみ、七階のボタンを押した。お互い、ひと言も口をきかなかった。視線すら合わせない。

死地に赴くのだ。

このエレベーターを、生きておりることはないだろう。

心臓の音がうるさかった。

横顔を向けたまま手を伸ばした。

杏奈が指をからめてくる。しっかりと握りあう。迫田は手のひらにびっしょり汗をかいていた。杏奈もそうだった。眼を閉じて耳をすました。杏奈の心臓の音が聞きたかった。心臓の音を重ねたかった。杏奈とひとつになりたかった。ひとつになったときのことを思いだした……。

問題は、エンマが事務所にいるかどうかだった。いなければ、籠城戦になる。こちらは暴力のプロではない。長引けば不利だ。エンマが事務所にいてくれることを祈るしかない。

エレベーターが停まり、ドアが開いた。繋(つな)いでいた手を離し、外に出た。外廊下のマンションだった。眼下に歌舞伎町が見えた。真夏の燦々(さんさん)たる太陽を浴びて、盛り場は相変わらず眠りこけていた。

七〇三号室の前に立った。杏奈に拳銃を出させようとしたが、ドアの上に監視カメラがついていた。杏奈に目配せすると、小さくうなずいた。打ち合わせはしてあった。エンマが出てきたら、すぐに拳銃を出す。別の人間が出てきたら、拳銃を出すのは中に入ってからだ。

迫田はもうなにも考えないことにした。

この手になにも武器も持たずに殴りこみをかけるのは、ひどく心細い。不安でたまらない。武器は自分の体だと思うことにした。攻撃力はなくとも、杏奈の盾にはなれる。

インターフォンを押した。ドアが少しだけ開き、安っぽいスーツを着た若い男が顔をのぞかせた。長髪で肩にフケがたまり、歯が真っ黒だった。

「なに、うしろの人？」

「連れですよ」

「下のカメラにゃ映ってなかったけど」

「出直しましょうか？」

長髪は二、三秒考えてから、

「まあいいよ、入って」

ひどくかったるそうにチェーンをはずし、ドアを開けた。迫田は中に入った。杏奈が続く。短い廊下の先に、十畳ほどのスペースが現れた。スチール製の事務机がふたつ向かいあわせて置かれ、部屋の隅に粗末な応接セットがある。エンマはいなかった。耳にいくつもピアスをつけている男が、事務机のひとつで新聞を読んでいた。

「そこ座って」

長髪が応接セットにうながしてくる。迫田は先に座らせるふりをして、杏奈を前に出した。杏奈が黄色いビニール袋から拳銃を出し、長髪に向けて構える。長髪が気づく。ピアスもだ。にわかに部屋の空気が張りつめた。

「動くな」

迫田は低く声を絞った。

「動いたら撃つ。俺たちは死ぬ覚悟で来てる」

長髪が顔をひきつらせて、手のひらを向けてくる。

「やめろ……」

かすれた声で言い、首を小刻みに振る。ピアスも新聞から手を離し、ホールドアップの仕草をする。

迫田はメガネをはずし、床に捨てた。杏奈も帽子とサングラスを捨てる。

「エンマはどこにいる？」

迫田が言うと、長髪は視線を動かした。奥の部屋に続く扉があった。エンマはそこにいるらしい。

「呼べ」

長髪が躊躇うと、杏奈はじりっと前に進んだ。一メートルの至近距離まで進み、引き金を絞った。

「や、やめろ……」

長髪は身をすくませ、

「エンマさーんっ！」

顔を真っ赤にして、間の抜けた高い声をあげた。

「ちょっ……ちょっと来てもらってもいいですかっ！　エンマさーんっ！」

答えはなかった。たっぷり十秒ほど待たせてから扉が開いた。

「……なんだよ。なに呼びつけてんだよ」

怒気を含んだ声とともに、奥の部屋から坊主頭の巨漢が現れた。筋肉が瘤のように盛りあがった浅黒い上体に、ぴったりした白いタンクトップ。和彫りの刺青がまがまがしい。肩から腕にかけて龍と鬼、首をぐるりと大蛇が二匹。

しかし、さすがの極悪非道な裏稼業人も息を呑んで動けなくなった。杏奈が銃口をエンマの方に向けたからだ。

「あんたに聞きたいことがある」

迫田は声の震えを必死に抑えながら言った。

「あんたがうちに来たのは、美奈子の手引きか？　それとも、あんたの意志だったのか？」

エンマはわけがわからないというふうに首を振り、

「まあ、落ち着けよ」

苦笑まじりに言った。

「あんた、カミさん殺しちまったんだろ？　指名手配されてるぜ。高飛びの相談なら乗ってやる。こんなところで俺なんか弾いても意味ねえから」

「答えろっ！」

迫田は声を荒げた。

「うちに来たのは、美奈子の手引きか？　おまえが勝手に来たのか？」

「そうテンションあげるなって」

エンマは苦笑を浮かべるのをやめようとしない。それどころか、あくびをした。たいした肝の据わり方だった。

「俺はよう、実は今日、あんまり寝てないんだよ。馬鹿がいただろ？　人が預けたハジキをほっぽり出して逃げた馬鹿がふたり。あいつらを、山に埋めてきたんだよ。富士の樹海までドライブだったんだ」

迫田は顔から血の気が引いていくのを感じた。

「なあ、杏奈ちゃん。杏奈ちゃんが殺しそこねたふたり、俺がきっちり始末しておいたぜ。殺さないでくれーなんて泣いてたけど、いまは土の中よ」

「いいから答えるんだっ！」

迫田の声は、ほとんど悲鳴に近かった。

「うちに来たのは、美奈子の手引きか？　おまえが勝手に来たのか？」

「なんだって、そんなこと訊きたいんだ？」

エンマは呆れたように首を振った。

「あんたのカミさん、俺のやり方が気に入ったみたいだったぜ。あとから電話がかかってきたからな」

「だから、最初はてめえが勝手に来たんだろっ！」

「ハハッ、そうだよ。おいしい話にゃ目がないんだよ。しかし、死体出しちゃったらもう終わりだな。悪いこと言わねえから高飛びしろ。その子の面倒は俺が見てやる。遺産が手に入ったら金も流してやるぜ」

やはり、美奈子は嘘をついていた。エンマとなんか通じていなかった。この男が諸悪の根源なのだ。この男さえいなければな、こんなことにはならなかったのだ。

「……杏奈」

迫田は唸るように言った。

「撃て」

ズドンッと銃声が響いた。窓ガラスが割れた。エンマは腰を抜かしている。あたらなかったらしい。

「杏奈っ！」

迫田は叫んだ。

「近づいて正確に狙えっ！　確実に殺せっ！」

二発目の銃声が響く。またはずれた。次の瞬間、迫田にピアスが体当たりしてきた。左の腹が熱く燃えあがった。刃物で刺されたらしい。

「てめえ……」

迫田はピアスの顔をつかんだ。左右の親指で、両眼をえぐった。プチッと気持ちの悪い感触がし、ピアスが悲鳴をあげて倒れた。顔を押さえてのたうちまわった。迫田は、床に落ちた血まみれのナイフを拾った。両手でつかみ、ピアスの腹に突き刺した。死ねばいいと思った。眼を見開いて何度も刺した。凶暴なふりをしていればなんでも許されると思っている人間は死ねばいい。アウトローならやりたい放題やっても許されるのか。許されるわけがない。絶対に許さない。血しぶきがあがり、顔にかかった。それでも刺すのをやめなかった。三発目の銃声が轟いた。

「やめろっ！　撃つなっ！　撃つんじゃねえええーっ！」

エンマが床を四つん這いで這いまわりながら命乞いをしている。天井の蛍光灯が割れ、あたりが白く煙っている。またはずしたらしい。悪運の強い男だ。長髪が、悲鳴をあげて玄関に走りだした。迫田はナイフを手に追った。逃がすわけにはいかなかった。エンマの手下ということは、エンマの手足も同然だ。鍵を開け、ノブをつかんだところで、後ろから喉笛を掻っ切った。

ヒュウッと空気が抜ける音がして、盛大に血しぶきがあがった。返り血を浴びながら、迫田はさらに背中を刺した。突き刺してえぐると、激しい眩暈に倒れそうになった。

迫田の腹からもすさまじい勢いで血が流れていた。押さえてもとまりそうもなかった。血だけではなく、臓器もはみ出していた。激痛に顔が歪み、意識が遠くなりかける。

「撃ってみろよ、コラッ！」

振り返ると事態は一変していた。眼を剝き、息を荒げながら拳銃を構えている杏奈に、エンマも拳銃を向けていた。命乞いをしながら、隠してあった拳銃を出したのだ。ふたりの距離は二メートルもない。

エンマの眼は据わっていた。迫田と杏奈が死を覚悟して乗りこんできたことを、ようやく理解したらしい。おまけに死体がふたつ。弾丸は窓の外まで飛んでいる。もう逃げられない。やがてパトカーがやってきて、エンマはこの事務所を拠点に行ってきた数限りない悪事ともども、警察に持っていかれる。

「ふざけやがって……」

怒りに声を震わせた。

「なにもかもめちゃくちゃじゃねえか……こうなったら、てめえらも道連れだ……ぶち殺してやるから覚悟しやがれ……」

望むところだった。

「もうはずすなよ……」

迫田は息をはずませながら杏奈に言った。

「よく狙って撃て……今度こそきっちり殺せ……」

杏奈の眼に力がこもる。引き金を絞る。エンマも狙いを定めている。

「うおおおーっ！」

迫田はナイフを振りかざしてエンマに突進した。こちらに銃口を向けさせる作戦だったが、一瞬遅かった。杏奈とエンマは銃口を向けあったまま引き金を引いた。同時に銃声が鳴り、お互いに吹っ飛んだ。杏奈は左肩を撃たれて血を流している。エンマの姿は、机の陰に隠れて見えない。

迫田は腹を押さえて足を前に送りだした。激痛に叫び声をあげた。それでも前に進む。走っているはずなのに、左足を引きずっている。エンマは右肩から血を流して悲鳴をあげ、拳銃は床に転がっていた。拾いあげて構えた。燃え狂う殺意が、痛みを忘れさせた。エンマのふたつの眼が凍りつく。その間を狙って、引き金を引いた。眉間を弾丸が貫いた。さらに撃った。二発、三発……。

杏奈も近づいてくる。エンマに向かって引き金を引く。迫田も撃つ。耳をつんざく銃声が、我を忘れさせる。もはや、エンマは絶命していた。脳が飛び散り、顔がなくなっていた。ただの肉塊と化した刺青まみれの浅黒い体が、弾丸を受けるたびに血を噴きながら跳ねあがる。気がつけばお互いに弾がなくなり、ガチャン、ガチャン、と虚しい音をたてていた。

杏奈を見た。

血走った眼を見開いて、ハアハアと息をはずませている。

「どうしよう?」

呆然(ぼうぜん)とした声で言った。

「弾、全部使っちゃった……」

泣き笑いのような顔を向けられ、迫田はハッとした。自分たちを始末するための弾まで使ってしまったのだ。反撃の弾を撃ってくる敵も、もういない。これでは心中にはならないではないか。

迫田は立っていられなくなり、その場にへたりこんだ。

「だ、大丈夫?」

杏奈がしゃがみこんで顔をのぞきこんでくる。

「ああ……大丈夫だ……」

うなずいたものの、大丈夫であるはずがなかった。視界が二重になり、揺らぎはじめている。おそらく、もうすぐ気を失う、そして息絶える。一方の杏奈は、肩を撃たれただけだ。レモンイエローのワンピースが真っ赤に染まっているが、死ぬことはないだろう。

「ねえ、大丈夫? すごい血だよっ!」

焦った声をあげる杏奈に、迫田は笑いかけた。

「やだよっ、修さんっ！　ひとりで死んだらやだよーっ！」

杏奈は泣き叫び、傷を押さえてくる。飛びだした内臓を戻そうとする。

そんなことをしたところで、一秒だって死期を延ばせはしないだろう。

迫田は満足していた。自分は死に、杏奈は生き残る。これもひとつの結果だった。もしかすると、いちばんいい結果かもしれない。

死ぬことは怖くなかった。

このまま黒い闇に吸いこまれていくことが、心地よくさえ思えた。

昨夜のセックスを思いだした。

杏奈に首を絞められながら、このまま死んでもいいと思えた。

死ぬことに恍惚を見ていた。

息絶える前に、思いだすことがあってよかった。

杏奈に礼を言いたかったが、声が出なかった。

ドアを蹴破る音がした。

警官が三人、拳銃を構えて雪崩れこんできた。

「銃を捨てなさい」

銃口がこちらを向き、微動だにしない。訓練されている動きだった。杏奈と違って、引き金を引けば命中するだろう。蜂の巣にされてしまう。さっさと拳銃を捨てるべきだったが、指が硬直して引き金から離せない。杏奈もそうだった。警官に弾が切れていることを知らせたくても、声も出ない。

「修さん……」

杏奈が横顔を向けたまま、かすれた声で言った。

「修さん、愛してる……」

立ちあがって拳銃を構えた。銃口を向けられ、警官たちの顔に緊張が走った。迫田は衝撃を受けた。これほどの愛情表現が、この世にあるのかと思った。

応えないわけにはいかなかった。

迫田も拳銃を構えた。あらん限りの殺気をこめて、警官に銃口を向けた。眼を剝き、最後の力を絞りだして、雄叫(おたけ)びをあげた。杏奈も叫ぶ。獣のように咆吼(ほうこう)する。声を重ねて、引き金を引いた。引いたところで、弾などとっくに切れていた。

銃声が轟き、体が吹っ飛んだ。

意識が途切れる寸前、黒闇の向こうがたしかに見えた。

見えた気がした。

杏奈が笑っていた。


（了）

二〇一五年九月
実業之日本社刊

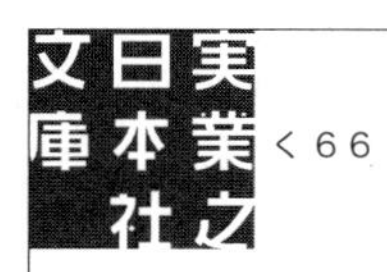

く66

黒闇（くろやみ）

2019年6月15日　初版第1刷発行

著　者　草凪 優（くさなぎ ゆう）

発行者　岩野裕一
発行所　株式会社実業之日本社
〒107-0062　東京都港区南青山5-4-30
CoSTUME NATIONAL Aoyama Complex 2F
電話［編集］03(6809)0473［販売］03(6809)0495
ホームページ　http://www.j-n.co.jp/
DTP　ラッシュ
印刷所　大日本印刷株式会社
製本所　大日本印刷株式会社

フォーマットデザイン　鈴木正道（Suzuki Design）

ISBN978-4-408-55480-8（第二文芸）